Tod auf den Andamanen

M. M. KAYE

Tod auf den Andamanen

Deutsch von Marie Henriksen

Weltbild

Originaltitel: *Death in the Andamans*
Originalverlag: Penguin Books

Besuchen Sie uns im Internet:
www.weltbild.de

Die Autorin

Mary Margaret Kaye wurde in Simmla, einer Stadt am Fuße des Himalaja, geboren. Ihre Familie gehörte zu den alteingesessenen Familien Britisch-Indiens; bereits ihr Großvater stand in Diensten der britischen Kolonialverwaltung. M.M. Kaye verbrachte den größten Teil ihrer Kindheit in Indien und kehrte später nach England zurück. Weltberühmt wurde sie mit ihrem Roman *Palast der Winde*. Die meisten ihrer Bücher sind als Weltbild Taschenbuch erschienen.

Weltbild Taschenbuch

In liebevoller Erinnerung
an
»Fudge«
(Rosemary Cosgrave)
und an die Inseln

Die Insel ist voll Laut …

Shakespeare, *Der Sturm*

Vorbemerkung der Autorin zur Ausgabe von 1985

Die Idee zu dieser Geschichte entstand an einem rauen, stürmischen Nachmittag Ende der weit zurückliegenden Dreißigerjahre auf einer winzigen Insel im südlichen Golf von Bengalen.

Meinen Aufenthalt dort verdankte ich der Einladung einer lieben Freundin und ehemals Mitstudentin der Kunst, der dieses Buch gewidmet ist. Sie hatte ihre Eltern in jenen entlegenen Teil des Britischen Empires begleitet, als ihr Vater Chief Commissioner der Andamanen geworden war. Kurz nach ihrer Ankunft in Port Blair schrieb sie mir und lud mich ein, bei ihnen den Winter zu verbringen: eine sehr verlockende Einladung, die ich nur wenig früher hätte ausschlagen müssen, da meine Malerei nicht besonders viel einbrachte und ich mir die Reise nicht hätte leisten können. Wie das Schicksal gelegentlich so spielt, hatte ich aber jüngst den Pinsel aus der Hand gelegt und mich stattdessen im Schreiben versucht, und zu meinem großen Erstaunen waren sowohl ein Kinderbuch als auch mein erster Roman, eine Kriminalgeschichte, zur Veröffentlichung angenommen worden. Und was mich noch mehr erstaunte: Es gab sogar für beide Bücher einen Vorschuss.

Die Summe, von der hier die Rede ist, war nach heutigem Maßstab lächerlich gering, aber damals erschien sie mir riesig, kostete doch eine Schiffspassage in der Touristenklasse von England nach Indien und zurück nicht mehr als vierzig Pfund (das wären heute etwa fünfzig Dollar). So war ich unverhofft reich geworden! Ohne langes Zögern kaufte ich mir eine Fahrkarte nach Kalkutta. Dort angekommen, ging ich an Bord eines kleinen Dampfers, die *SS Maharaja*, die einmal im Monat die Andamanen anlief, und landete bereits vier Tage danach in der Hauptstadt Port Blair. Von dort brachte mich ein kleines Boot nach Ross – eine Insel von der Größe einer Briefmarke, die den Eingang zum Hafen von Port Blair bewachte und vom so genannten Government House überragt wurde, der Residenz des Chief Commissioner.

Das größte Gebäude in Port Blair war ein rosafarbenes, im maurischen Stil erbautes Gefängnis. Da die Hauptinsel seit fast einem Jahrhundert für Gefangenenkolonien genutzt wurde, waren mehr als zwei Drittel der Bewohner, überwiegend Burmesen, entweder verurteilte Mörder, die hier ihre lebenslängliche Strafe absaßen, oder Nachkommen von Mördern. Letzteres erklärt sich daraus, dass die »Lebenslänglichen« nach einem oder zwei Jahren im Gefängnis die Erlaubnis erhielten, ihre Frauen und Familien nachkommen zu lassen, wenn sie das wünschten. Man stellte ihnen dann eine Hütte und etwas Land zur Verfügung und ermutigte sie, sich hier anzusiedeln. Selbst die Mehrheit der Hausbediensteten und Gärtner auf Ross, auch die im Government House beschäftigten, waren »Lebenslängliche« – und ich muss sagen, dass mir in meinem Leben selten so nette Menschen begegnet sind.

Das Haus selbst machte auf mich allerdings einen ganz anderen Eindruck. Es war ein beängstigender, schauriger Ort; mein schottischer Großvater hätte ihn »unchancy« (verhängnisvoll) genannt. Wenn es jemals ein Haus gegeben hat, in dem es spukte, dann war es dieses. Dort ist mir das, was ich am Anfang meines Buches schildere, genau so selbst passiert – nur war die Gestalt, die ich sah, kein Europäer, sondern ein bösartiger kleiner Burmese, der mit einem *Kriss* bewaffnet war, jenem üblen burmesischen Messer, das eine Klinge mit Wellenschliff besitzt. In diesem Haus sind noch mehr solch seltsame Dinge geschehen; doch das ist, wie es so schön heißt, eine andere Geschichte. Jedenfalls entsprechen die geschilderten Schauplätze und viele der Geschehnisse im Buch der Wirklichkeit.

So fand an Weihnachten tatsächlich ein Picknick auf dem Mount Harriet statt, und es gab einen Kreuzer der britischen

Marine, der den Hafen von Port Blair anlief. Wir sahen den Sturm aufziehen, fingen an davonzulaufen, und einigen von uns war es sogar gelungen, mit der Fähre zurück nach Ross zu fahren; ich weiß bis heute nicht, wie wir das geschafft haben. Glücklich dort angekommen, waren wir dann für fast eine Woche von Port Blair abgeschnitten – und damit vom Rest der Welt. Die verschiedenen Weihnachtsfestivitäten, die wir geplant hatten, wurden buchstäblich weggespült; auch am Nachmittag des zweiten Weihnachtsfeiertages war der Ansturm des Meeres noch fürchterlich, und alle Schiffsanleger in Port Blair waren zerschmettert. Als der schlimmste Teil des Hurrikans vorbei schien, kämpften Fudge und ich uns um unsere Insel herum, bis wir endlich zu dem verlassenen Club gelangten. Dort saßen wir dann, tranken Gimlets und starrten düster auf die feuchten Flecken auf dem Fußboden des Ballsaales und auf den dahinwelkenden Weihnachtsschmuck, mit dem wir den Saal erst vor drei Tagen so fröhlich dekoriert hatten.

Da war es dann, dass ich leichthin sagte – vielleicht, weil ich erst vor kurzem einen Krimi verfasst hatte –, dass die gegenwärtige Lage doch ein wahres Geschenk für jeden potenziellen Mörder sein müsse: kein Arzt auf der Insel, keine Polizei, nur eine Hand voll britischer Soldaten, eine nicht funktionierende Telefonverbindung und keinerlei Kontaktmöglichkeit zur Hauptinsel. Und trotz des Sturms waren die Temperaturen und die Luftfeuchtigkeit so hoch, dass eine etwaige Leiche in größter Eile hätte bestattet werden müssen – wahrscheinlich auch noch ohne Sarg! Fudge meinte dazu vergnügt: »Großartige Idee. Wen bringen wir um?«

Und so verbrachten wir die nächste halbe Stunde damit, einen Mord auszuhecken. Hinsichtlich der beteiligten Personen beschränkten wir uns auf die wenigen Briten, die auf Ross gestrandet waren, ausgenommen Fudges Mutter, Lady Cosgrave; unser fiktiver Chief Commissioner sollte lieber ein Witwer mit Stieftochter sein. Dafür kamen zwei Marineoffiziere dazu, die bei dem Picknick auf dem Mount Harriet tatsächlich dabei gewesen waren, sich aber mit knapper Not zurück auf ihr Schiff hatten flüchten können. Und da die leibhaftigen Vorbilder unserer Personnage nach unserem Dafürhalten allzu durchschnittlich und langweilig waren, machten wir uns den Spaß, ihnen äußerliche Merkmale, Charakterzüge, Angewohnheiten und Schrullen anzudichten, die die Originale nicht besaßen.

Alles in allem erwies sich dies als eine sehr unterhaltsame Art, einen langen und feuchten Nachmittag zu verbringen. Aber ich kam nicht auf den Gedanken, diesen Entwurf zu realisieren, denn ich hatte mich wieder der Malerei zugewandt.

Ich dachte erst wieder an diese Geschichte, als ich mich ein Jahr darauf mit meiner Mutter in Persien aufhielt – beziehungsweise im Iran, wenn Ihnen der Name lieber ist; ich selbst bevorzuge den alten Namen. (Wie viel schöner klingen doch »Perser«-teppich oder »persisches« Liebesgedicht im Vergleich zu »Iran«-teppich oder »iranisches« Gedicht!)

Im Herbst desselben Jahres war der Zweite Weltkrieg ausgebrochen; von nun an waren Besichtigungstouren ebenso ungern gesehen wie das Zeichnen nach der Natur – das im Besonderen! –, und mir wurde die Zeit ein wenig lang. Es waren die Monate des so genannten »Sitzkriegs«, und da ich nicht viel zu tun hatte, entschloss ich mich, mit einer neuen Kriminalgeschichte zu beginnen und dazu die skizzierte Handlung zu verwenden, die ich mir gemeinsam mit Fudge auf den Andamanen ausdacht hatte.

Das tat ich dann auch; als das Manuskript fertig war, hatte ich allerdings nicht die Möglichkeit, es meinem britischen Verlag zukommen zu lassen, denn inzwischen war aus dem Krieg das Gegenteil eines »Sitzkriegs« geworden. Erst viele Jahre später erschien der Kriminalroman in England unter dem Titel »Night on the Island«.

So kam es, dass die Geschichte, an einem langen Nachmittag auf einer winzigen, sturmzerzausten Insel im Golf von Bengalen ersonnen, in Persien niedergeschrieben wurde, und zwar in einer kleinen Stadt am Ufer des Schatt-al-Arab namens Khorramshahr; diese Stadt ist vor nicht allzu langer Zeit im Krieg zwischen dem Iran und dem Irak in Schutt und Asche gelegt worden. Der Insel Ross war leider schon lange zuvor das gleiche Schicksal zuteil geworden: Sie war dem japanischen Bombardement zum Opfer gefallen, bei dem das Government House mitsamt all seiner Gespenster zerstört worden war, ebenso wie alle anderen Häuser auf der Insel; auch das kleine Clubhaus, wo die nachfolgende Geschichte ihren Anfang nimmt.

Man sagt, der Dschungel habe Ross wiedererobert, und niemand käme mehr dorthin. Es gibt aber, so heißt es, ein modernes Touristenhotel in der Bucht von Corbyn's Cove. Es eilt die Zeit, und der Tourist eilt mit!

1

Irgendetwas stieß leicht an den Bettrand, und Copper Randal, die aus dem Schlaf hochgeschreckt war, bemerkte mit Verwunderung, dass ihr Herz raste.

Für einen Augenblick oder zwei lag sie da, starrte in die Finsternis und lauschte. Sie versuchte herauszufinden, was sie so abrupt geweckt und in Panik versetzt hatte. Aber abgesehen von dem monotonen Rauschen des elektrischen Ventilators an der Decke war kein Laut im Haus zu hören, und die heiße, windlose Nacht war so still, dass Copper das heftige Pochen ihres Herzens hören konnte. Dann knarrte irgendwo im Haus eine Fußbodendiele …

Bei diesem kleinen, unheimlichen Geräusch schien sich jeder einzelne Nerv in ihrem Körper zu verkrampfen, und plötzlich befand sich ihr Herz nicht mehr in ihrer Brust, sondern in ihrem Hals und schnürte ihn dermaßen zu, dass sie kaum noch Luft bekam. Sie musste sich zwingen, sich aufzusetzen, eine Hand sehr vorsichtig unter dem fest eingesteckten Moskitonetz durchzuschieben und nach dem Schalter ihrer Nachttischlampe zu tasten. Sie hörte es klicken, als sie auf den Schalter drückte, aber das tröstliche Licht, das die Dunkelheit verbannen sollte, blieb aus.

Das ist vollkommen absurd, dachte Copper, deren Stimmung plötzlich von Panik in Ungeduld umschlug. Sie rieb sich mit der anderen Hand die Augen und drückte noch einmal auf den Schalter – wieder ohne Erfolg. Als sie die Lampe ausgeschaltet hatte, war noch alles in Ordnung gewesen, also hatte entweder die Glühbirne während der Nacht den Geist aufgegeben, was eher unwahrscheinlich war, oder …

Oder ich träume das alles tatsächlich nur, dachte sie jetzt unruhig.

Der Gedanke war albern, aber sie kniff sich trotzdem in den Arm, um sich zu versichern, dass sie wach war; nachdem sie sich dessen vergewissert hatte, drückte sie den Schalter zum dritten Mal. Nichts. Dann muss die Glühbirne … Als sie so weit gekommen war, wurde aus ihrem Ärger wieder blanke Angst, denn nun dachte sie an das meterlange Kabel, das auf dem Fußboden lag und die Nachttischlampe mit einer Steckdose am anderen Ende des Zimmers verband.

Was, wenn jemand – etwas – an ihrem Bett vorbeigeschlichen und über das Kabel gestolpert war und dabei den Stecker aus der Steckdose gerissen hatte? Ihr war das selbst mehrmals passiert, also gab es keinen Grund, anzunehmen – »Schluss damit!«, schimpfte Copper mit sich selbst und flüsterte dabei wütend. »Du benimmst dich wie eine Verrückte! Wenn du noch länger hier in der Dunkelheit rumsitzt, wirst du am Ende das ganze Haus zusammenschreien. Jetzt steh auf!«

Nach dieser Selbstbeschwörung holte sie tief Luft und nahm ihren ganzen Mut zusammen, schob das Moskitonetz hoch und glitt aus dem Bett.

Die glatten, gebohnerten Dielen fühlten sich angenehm kühl unter ihren nackten Füßen an, als sie sich den Weg durch das Zimmer zu dem Lichtschalter bei der Badezimmertür ertastete, und als sie den Schalter fand, drückte sie den kleinen Metallknopf mit dem Gefühl tiefster Erleichterung herunter.

Wieder klickte ein Schalter unter ihren zittrigen Fingern, und diesmal ging auch das Licht an. Aber es war nicht das helle, warme, tröstende Licht, das sie erwartet hatte: Stattdessen erfüllte ein seltsam grünlich phosphoreszierendes Schimmern den Raum, gleichzeitig nahm sie neben sich eine Bewegung wahr und drehte sich schnell um. Da sah sie so nahe neben sich, dass sie ihn mit ausgestreckten Armen hätte berühren können, einen kleinen Mann mit runzeligem Gesicht dastehen, der in einen schmutzigen Anzug aus weißem Drillich gekleidet war.

Copper fuhr zurück, beide Hände schützend um ihren Hals gelegt und mit vor Panik trockenem Mund. Aber der

Eindringling rührte sich nicht. In dem schwachen Licht leuchtete sein weißes Gesicht wie das eines Ertrunkenen, der aus tiefen Gewässern auftaucht, und sie konnte erkennen, dass sein faltiges Gesicht in bösartigem Zorn verzerrt war: eine blinde Wut, die sich nicht auf sie, Copper, zu richten schien, denn die blicklosen Augen starrten durch sie hindurch auf irgendetwas oder irgendjemand hinter ihr.

Aber da war niemand, und das ganze Haus lag in vollkommener Stille da, so totenstill, dass die Stille und das grünliche Licht eine Einheit zu bilden schienen. Und die Zeit war ebenfalls zum Stillstand gekommen und stand wartend hinter ihr ...

Ich sollte schreien, dachte Copper benommen, Val ist ja direkt im Nebenzimmer. Ich muss nur schreien ... Sie öffnete den Mund, aber aus ihrer ausgetrockneten Kehle kam kein einziger Laut, während das grüne Licht flackerte und schwächer wurde. Wenn es ausginge, wäre sie allein in der Dunkelheit mit ... mit ...

Da endlich schrie sie und fand sich zu ihrem Erstaunen in ihrem Bett, zitternd zwischen den Kissen, das letzte Echo ihres eigenen erstickten Schreis noch in den Ohren.

Im Nebenzimmer ging das Licht an, und Sekunden später stürmte ein verschlafenes dunkelhaariges Mädchen in einem rosa Baumwollpyjama durch den mit einem Vorhang versehenen Durchgang, der die beiden Zimmer verband. Dabei rief sie ermutigend, dass sie käme – und was um Himmels willen denn los sei?

»N-nichts«, bebte Copper, deren Zähne immer noch klapperten. »Nur ein Albtraum. Aber ein ganz besonders grauenhafter! Ich kann immer noch nicht glauben ...« Sie streckte ihre zitternde Hand aus und schaltete ihre eigene Nachttischlampe ein, wobei sie sich verwirrt entschuldigte, so einen Aufruhr veranstaltet zu haben. »Ich wollte nicht ... ich hab nur ... es tut mir so Leid, dass ich dich geweckt habe, aber ich dachte, er ... es ... und dann ging das Licht langsam aus, und ... oh, Val, ich bin so froh, dass du da bist! Würde es dir was ausmachen, ein bisschen hier zu bleiben und mit mir zu reden, bis ich mich abgeregt und wieder beruhigt habe? Ich bin so froh ...«

Sie hob ihr Moskitonetz hoch, und Valerie kroch darunter, schnappte sich ein Kopfkissen und machte es sich am Fußende des Bettes bequem. Sie bestand aber sofort darauf, dass nicht sie, sondern Copper reden müsste, und zwar sofort.

»Weißt du eigentlich, was für einen scheußlichen Schrei du gerade von dir gegeben hast? Es hörte sich an wie eine ganze Bande liebeskranker Kater auf dem Dach. Was um Himmels willen hast du geträumt?«

»Ich bin nicht einmal sicher, ob ich geträumt habe«, bekannte Copper mit einem Schaudern. »Ich habe mir noch in den Arm gekniffen, um sicherzugehen, dass ich nicht träumte, und es hat wehgetan!«

»Erzähl!«, befahl Valerie und machte sich daran zuzuhören, während Copper zögernd die seltsamen Geschehnisse der letzten Viertelstunde Revue passieren ließ. Am Schluss verteidigte sie ihre Schilderung: »Es war genau so, wie ich es erzählt habe, Val! Bis zu dem Augenblick, als ich das Licht an der Badezimmertür anschaltete, hätte ich schwören können, dass ich wach war und dass das alles wirklich passierte! Die Tatsache, dass ich in meinem eigenen Bett aufgewacht bin, hat mich viel mehr schockiert, als wenn ich ermordet worden wäre.«

»Hm«, stellte Valerie nüchtern fest, »ich denke, entweder hast du gestern Abend im Club zu viel von den Currykrabben gegessen, oder deine Nerven leiden jetzt doch allmählich unter der Tatsache, dass du hier auf einer Art Teufelsinsel lebst, einer Strafkolonie.«

»Das zweite, denke ich.« Copper entspannte sich und ließ sich auf ihr Kopfkissen zurücksinken. Sie beobachtete die wirbelnden weißen Flügel des elektrischen Ventilators, die bewegte Schatten an die Decke warfen, und sagte langsam: »Es ist schwer zu erklären, aber findest du nicht, dass die Andamanen irgendetwas Seltsames ... etwas Unheimliches ... an sich haben? Ich meine, denk doch mal nach, Val. Auf diesem Teil der Inseln sind fast drei Viertel der Bevölkerung, die Bediensteten deines Vaters eingeschlossen, Mörder, die eine lebenslängliche Strafe abzubüßen haben. Sie alle haben jemanden umgebracht. Das *muss* sich doch auf einen Ort auswirken, auf jeden Ort, egal wo! Jedes Jahr werden Mörder hierher geschickt! All die Menschen, die sie umgebracht haben – die Luft hier muss doch voll davon sein, wie bei einer statischen Aufladung. Oder wie bei Radiowellen oder ... oder irgendetwas ...« Sie zögerte, dann lachte sie verlegen. »Tut mir Leid. Ich kann das offenbar nicht so richtig erklären.«

»Versuch, nicht mehr darüber nachzudenken«, riet Valerie ihr pragmatisch. »Sonst wirst du mich jede Nacht aufwecken, weil du von irgendwelchen Sträflingen träumst, die dich umbringen wollen, oder von den Geistern ihrer Opfer, und ich weiß ehrlich gesagt nicht, ob ich noch mehr davon ertragen könnte – von solchen grausligen ›Verfolgte Unschuld und dämonischer Liebhaber‹-Geschichten. Du hast mich zu Tode erschreckt!«

»Mach dir keine Sorgen. So einen Traum werde ich wohl hoffentlich nicht noch einmal haben – toi, toi, toi«, sagte Copper, indem sie die Hand nach dem nächsten Bettpfosten ausstreckte, um dreimal auf Holz zu klopfen. »Und im Übrigen war es kein Sträfling, von dem ich geträumt habe. Oder gibt es hier europäische Sträflinge?«

»Nein, natürlich nicht. Wie sah er denn aus?«

»Eigentlich wie eine Ratte – stell dir eine Ratte vor mit runzligem Gesicht und einer Menge grauem, zerzaustem Haar. Und mit gemeinem, von Rachsucht verzerrtem Gesicht. Er war nicht viel größer als ich, und er trug einen schmuddeligen weißen Anzug und einen großen Ring mit einem roten Stein an der Hand. Du kannst dir ja nicht vorstellen, wie entsetzlich real und detailliert ich das alles vor mir gesehen habe. Ich konnte ihn so deutlich erkennen, dass ich ein Porträt von ihm zeichnen könnte; das alles war überhaupt nicht wie in einem Traum. Es war vollkommen wirklich. Entsetzlich wirklich. Ich war hier, in diesem Zimmer, und ich konnte den Lichtschalter nicht nur fühlen, ich konnte auch hören, wie er klickte. Das einzig Unwirkliche war dieses grüne Licht.« Sie schauderte wieder, und als sie den Kopf zur Seite drehte, setzte sie sich plötzlich erstaunt auf und sagte: »Es ist ja schon Morgen!«

Das klare, bleiche Morgenlicht war unbemerkt ins Zimmer eingedrungen, während sie sprachen, und ließ das Licht der Glühbirnen zu einem schwachen gelben Schimmer verblassen. Copper glitt unter ihrem Moskitonetz hervor, ging zum Fenster und zog die Vorhänge zurück. »Es muss schon bald sechs Uhr sein. Ich weiß nicht warum, aber ich dachte, es wäre noch mitten in der Nacht.« Sie lehnte sich hinaus, atmete die schwache Morgenbrise ein, die die Mangobäume hinter der Rasenfläche zum Flüstern brachte, und sagte: »Das wird ein wunderbarer Tag, Val. Komm und sieh dir das an!«

Valerie schaltete die Nachttischlampe aus und gesellte sich zu ihr. Die beiden Mädchen knieten sich auf die niedrige Bank vor dem Fenster, um das Aufleuchten des Himmels zu beobachten, das über dem Meer begann und sich dann über die weite Linie des Horizonts zog.

Unter ihnen lag ein breiter Rasenstreifen, der auf der einen Seite von Mango-, Pyinma- und Casuarina-Bäumen gesäumt wurde, die die Grastennisplätze, den Rosengarten und zwei hohe, fedrige Bambusbüsche überblickten.

Dahinter senkte sich der Abhang so steil hinunter zum Strand, dass das glasklare Wasser, das in einer Spitzenborte aus Schaum zwischen den dunklen Felsen auslief, fast direkt unterhalb des Hauses zu liegen schien. Nur die Kronen der hohen Kokospalmen am Ufer der kleinen Insel waren von den oberen Fenstern aus zu sehen. Himmel, Meer und der ebene Rasenstreifen schienen aus Lalique-Glas gefertigt zu sein, so still, glatt und heiter lagen sie da: jene stille, glatte Heiterkeit, die einen wunderbaren Tag am Indischen Ozean vorausahnen lässt.

Die Kronen der Kokospalmen wiegten sich sanft in dem duftenden Luftzug, der durch den Garten wanderte und Valeries dunkles Haar zerzauste, und sie streckte ihre sonnengebräunten Arme über dem Kopf aus und seufzte dankbar. »So herrlich kühl! Und doch wird es in einer Stunde wieder heiß und stickig sein. Verflucht sei dieses Klima!«

»Du bist nur schon zu lange hier und siehst nicht mehr, wie schön es ist«, sagte Copper, die ihren Blick fest auf den schimmernden Horizont gerichtet hatte. »Nach all dem Londoner Nebel und Regen und Niesel kann ich mir gar nicht vorstellen, dass ich jemals genug von der Sonne bekommen könnte, mag es so heiß und stickig sein, wie es will.«

»Warte nur«, gab Valerie zurück. »Vielleicht bin ich schon zu lange auf den Inseln, aber du bist jedenfalls noch nicht lange genug hier. Noch zwei Monate auf den Andamanen, und du wirst dich nach einer Expedition zum Nordpol sehnen.«

Valerie Masson, geborene Valerie Ann Knight, war die Stieftochter von Sir Lionel Masson, dem Chief Commissioner der Andamanen. Sir Lionel, der keine eigenen Kinder hatte, war seit beinahe siebzehn Jahren Witwer; während dieser Zeit hatte er zwar Schulrechnungen beglichen und zahlreiche Schecks ausgestellt, aber seine Besuche in England waren eher selten gewesen, daher hatte er von seiner Stieftochter, die seinen Namen angenommen hatte, bisher nur wenig zu sehen bekommen.

Er wusste, dass das Kind in der Obhut einiger liebevoller Tanten gut aufgehoben war, und seine einzige Befürchtung (wenn er überhaupt über das Mädchen nachdachte) ging in die Richtung, dass man es womöglich zu sehr verwöhnte.

Seine Ernennung zum Chief Commissioner der Andamanen war mit Valeries neunzehntem Geburtstag zusammengefallen, und plötzlich war ihm der Gedanke gekommen, dass er nicht nur eine erwachsene Stieftochter hatte, sondern dass es möglicherweise angenehm sein könnte, in dem großen, weitläufigen Haus auf Ross weibliche Gesellschaft zu haben.

Seine Idee wurde freundlich aufgenommen, Valerie war begeistert und stand seit nunmehr zwei Jahren dem Haushalt ihres Stiefvaters vor, spielte die Gastgeberin auf Government House und genoss ihr Leben außerordentlich.

Was nicht verwundern konnte, denn sie war zwar nicht besonders hübsch, aber ihr dunkles Haar schlang sich über einem freundlichen, sommersprossigen Gesicht zu einem großen Knoten, und in diesem Gesicht saßen zwei aufregend grüne, ein wenig schräg gestellte Augen, und diese Merkmale, in Verbindung mit einem unerschöpflichen Vorrat an guter Laune, richteten unter der männlichen Bevölkerung von Port Blair wahre Verheerungen an.

Ihr derzeitiger Hausgast Miss Randal – ihr Taufname war Caroline Olivia Phoebe Elizabeth, aber gerufen wurde sie seit jeher »Copper«, was sich offenkundig aus den Anfangsbuchstaben der Vornamen herleitete – war ihre beste Freundin seit der frühen Schulzeit.

Zur selben Zeit, als Valerie sich aufgemacht hatte, die Andamanen zu erobern, hatte Copper einigermaßen widerstrebend das weit weniger aufregende Unternehmen angepackt, ihren Lebensunterhalt als Stenotypistin in London zu verdienen.

Zwei elende Jahre lang hatte sie ihren wöchentlichen Lohnscheck von dem Handelsunternehmen *Messrs Hudnut and Addison Limited, Glass and China Merchants* bezogen, deren düstere und schmuddelige Räumlichkeiten sich in dem wenig ansprechenden Teil Londons befanden, der sich

»Elephant and Castle« nennt. Die Summe auf besagtem wöchentlichem Lohnscheck war unglaublich klein, und gelegentlich hatte es Coppers ganzen Erfindungsreichtum erfordert, gekoppelt mit einem unverbesserlichen Optimismus, auch nur annähernd über die Runden zu kommen und das Leben noch lebenswert zu finden. »Aber eines Tages«, pflegte Copper zu sagen, um sich wieder aufzurichten, »wird bestimmt noch etwas wirklich Aufregendes geschehen, du wirst sehen!«

Bis zum Eintreffen besagten Tages hackte sie eine endlose Folge von Briefen in die Maschine, die alle mit »Sehr geehrte Damen und Herren, in Beantwortung Ihres Schreibens vom 15. d. M. ...« begannen. Sie nahm ihre Mahlzeiten an den unwirtlichen Marmortischen von ABC-Teehäusern ein und richtete den Blick derweil unverwandt auf den Horizont, in der hoffnungsvollen Erwartung, die Segel des ersehnten Abenteuers auftauchen zu sehen. Und nun hatten sich vor drei Monaten diese Segel tatsächlich gezeigt, und zwar in Form einer kleinen, vollkommen unerwarteten Erbschaft, die ihr ein schwarzes Schaf der Familie hinterlassen hatte, ein Onkel, der vor langer Zeit in der Wildnis von Belgisch-Kongo verschollen war.

Noch leicht benommen von dem freudigen Schrecken, hatte Copper bei *Messrs Hudnut and Addison Limited* ihre Kündigung eingereicht und ihrer Freundin Valerie gekabelt, sie werde nun gerne die Einladung annehmen, die Inseln zu besuchen. Sie gönnte sich einen ausgedehnten Einkaufsbummel, buchte eine Schiffspassage nach Kalkutta und ging dort an Bord der *SS Maharaja*, jenes kleinen Dampfers, der die einzige Verbindung zwischen den Andamanen und dem Rest der Welt darstellte. Vier Tage später hatte sie sich staunend und verzaubert über die Reling gebeugt, als das Schiff an smaragdgrünen Hügeln und palmengesäumten Stränden entlangtuckerte, um dann in dem grünen, von kleinen Inselchen durchsetzten Hafen von Port Blair Anker zu werfen.

Das war vor etwa drei Wochen gewesen. Drei Wochen mit glitzernd blauen Tagen und unglaublich schönen sternenfunkelnden Nächten. Sie hatte in den klaren, jadegrünen Wellen der Forster Bay und bei Corbyn's Cove gebadet, hatte von dem kleinen Dampfboot *Jarawa* die Angel in die klaren Gewässer über den Korallenriffen ausgeworfen, und sie hatte unter Palmen gepicknickt, deren Blätter die Lieder der Passatwinde begleiteten.

All das unterschied sich so gewaltig von jener anderen Welt aus Nebel und Regen, Stenographie und überfüllten Bussen zur Rushhour, dass sie manchmal das Gefühl hatte, sie habe das alles nur geträumt. Oder war dies hier der Traum, und gleich würde sie erwachen, zurückversetzt in ihre freudlose, von Gaslicht kaum erhellte Unterkunft in einer Nebenstraße der Fulham Road?

Aber nein: Dies hier war die Wirklichkeit, diese wunderbare, farbenprächtige Welt. Copper stieß einen Laut tiefster Zufriedenheit aus und lehnte ihren Kopf gegen den Fensterrahmen.

Valerie, die an ihrer Seite kniete und ebenso wie Copper verstummt war, lehnte sich jetzt aus dem Fenster und legte den Kopf auf die Seite, als würde sie aufmerksam lauschen. Da sie dies so offenkundig tat, steckte sie Copper damit an, die jetzt ebenfalls ihre Ohren spitzte, um etwaige unbekannte Laute aufzufangen, die aus dem Garten zu ihnen heraufdrangen. Doch sie hörte nichts außer dem kaum vernehmbaren Anprall der spiegelglatten See an die Felsen. Nach kurzer Zeit wandte sie sich leicht beunruhigt an ihre Freundin: »Was ist das, Val?«

»Die Vögel. Es ist mir gerade erst aufgefallen. Hör doch ...«

»Welche Vögel? Ich kann keine Vögel hören.«

»Das ist es ja grade. Normalerweise veranstalten sie um diese Zeit einen Heidenlärm. Ich frage mich, was heute mit ihnen los ist.«

Copper lehnte sich nun ebenfalls aus dem Fenster und runzelte die Stirn.

Seit ihrer Ankunft auf der Insel war sie jeden Morgen von einem herrlichen Vogelkonzert geweckt worden, das aus fremden, tropischen Vögel bestand: Papageien, Sittichen, Hirtenstaren, Sunbirds, Pirolen, Fächerschwänzen, die gemeinsam ein freudiges Lied anstimmten, um die Morgendämmerung zu begrüßen. Aber heute, zum ersten Mal, war kein einziger Vogel zu hören.

»Vielleicht sind sie ausgewandert, irgendwohin«, sagte Copper leichthin. »Sieh dir den Himmel an, Val! Ist der nicht großartig?«

Das kühle, perlmuttartige Leuchten der Morgendämmerung hatte sich im Osten zu einem lebhaften Rosa verfärbt, das sich am Horizont zu einem Streifen dunklen, glühenden Purpurs vertiefte und das ruhige Meer mit seinen verträumten Inseln in ein fast unheimliches, abendliches Leuchten tauchte.

»Morgenrot, schlecht Wetter droht«, murmelte Valerie beunruhigt. »Ich will nicht hoffen, dass es ausgerechnet jetzt einen Sturm gibt. Das wäre zu schade, ausgerechnet zu Beginn der Weihnachtswoche.«

»Ach du lieber Himmel«, entfuhr es Copper. »Das habe ich ja vollkommen vergessen. Natürlich, heute ist Heiligabend! Irgendwie scheint mir das völlig unmöglich zu sein. Ich habe das Gefühl, als hätte ich Weihnachten auf der anderen Seite der Erde zurückgelassen. Na, eins ist jedenfalls sicher: Schnee gibt es hier nicht. Und *natürlich* gibt es auch keinen Sturm. Es ist ja keine Wolke am Himmel zu sehen.«

»Ich weiß, aber mir gefällt das Ganze trotzdem nicht.«

»Unsinn! Es ist wunderbar. Wie die Verwandlungsszene in einem Weihnachtsspiel.«

Jetzt verblasste der feurige Glanz am Himmel zusehends, und die Sonne schob sich plötzlich über den Horizont, um ihre Lichtpfeile durch die diamantklare Luft zu schießen.

Harte Schatten eilten nun über die Rasenflächen, und das Haus erwachte in einem unterschwelligen Summen frühmorgendlicher Aktivität.

Der neue Tag war angefüllt mit Geräuschen: dem leisen, flüsternden, unaufhörlichen Murmeln des Meeres, dem seufzenden Laut einer leichten Brise zwischen den graugrünen Zweigen der Casuarina-Bäume, dem entfernten Summen und Klappern aus den Unterkünften der Bediensteten und dem trockenen Klacken und Rascheln des Bambusrohrs.

»Sei nicht in Angst! Die Insel ist voll Laut, voll Tön und süßer Lieder, die ergötzen und niemand Schaden tun«, zitierte Copper, die seinerzeit in der sechsten Klasse die Miranda in Shakespeares *Der Sturm* gespielt hatte, während Valerie den Part des Ferdinand übernommen hatte.

Copper war in tiefes Nachdenken versunken über den immensen Kontrast zwischen Finsternis und Schrecken der vergangenen Nacht und der leuchtenden Herrlichkeit des Morgens, als ihr plötzlich Calibans zauberhafte, unsterbliche Zeilen in den Sinn gekommen waren, und sie hatte sie nachgesprochen, beinahe ohne es zu merken. Sie sprach sie, als könnte sie damit wie mit einem Zauberspruch das Heil heraufbeschwören und alles Böse bannen, und mit so leiser Stimme, dass die Worte kaum hörbar waren.

Aber Valerie hatte sie vernommen, denn sie sagte mit unerwarteter Schärfe in der Stimme: »Schön und gut, aber was mich angeht, so fürchte ich mich sehr wohl, und im Augenblick passt Keats besser als Caliban, finde ich.«

»Keats? Wieso ausgerechnet Keats?«

»Sein Gedicht *La Belle Dame sans Merci*. Dieser Platz an einem See, wo ›kein Vogel mehr‹ singt. Sie singen heute immer noch nicht, und das gefällt mir nicht, ebenso wenig wie dieser rote Himmel! Der gefällt mir *überhaupt* nicht!«

Copper starrte sie erschrocken an, verwirrt von der ungewöhnlichen Vehemenz, mit der die Freundin gesprochen hatte. Sie wandte sich wieder dem Fenster zu und lehnte sich noch einmal hinaus, um aufmerksam zu lauschen. Aber Valerie hatte Recht: Die Insel war immer noch voller Laute, aber kein einziger Vogel sang in ihren Gärten.

2

Die Andamanen sind eine Inselgruppe, die grün, feengleich und wie verzaubert einige hundert Meilen vor der Küste Burmas im blauen Wasser des Golfs von Bengalen liegt. Die Legende behauptet – und sie wird von der Wissenschaft teilweise unterstützt –, ihre Berge und Täler seien einst Teil eines großen Gebirgszuges gewesen, der sich von Burma nach Sumatra erstreckte. Aber die Bosheit der Bewohner hatte Mavia Tomala, den großen Häuptling, verärgert. Er soll daraufhin ein Erdbeben ausgelöst haben, das das Land in mehr als zweihundert Inseln zersplitterte und sie für alle Zeiten im Golf von Bengalen zerstreute.

Fast einhundert Jahre lang war ein kleiner Teil der Andamanen von der indischen Regierung als Gefangenenkolonie benutzt worden. Der einzige bedeutsame Hafen, Port Blair, liegt an der Südostküste der südlichen Andamanen. Das Hafenbecken ist vor dem Meer geschützt durch die winzige, dreieckige Insel Ross, das Verwaltungszentrum der Inseln.

Ross ist nicht mehr als eine Quadratmeile groß, aber auf dieser kleinen Fläche stehen über vierzig Gebäude, darunter ein Clubhaus, eine Kaserne, zwei Kirchen, ein Krankenhaus und ein Gebäude für den Bazar der einheimischen Bevölkerung. Über dieser vielfältigen Sammlung von Häusern thront zwischen grünen Gärten die Residenz des Chief Commissioner: ein lang gezogenes, weitläufiges zweistöckiges Gebäude, das auf den Inseln aus einem längst vergessenen Grund unter dem Namen »Government House« bekannt ist. Die Fenster dieses Hauses blicken auf Dächer und Baumkronen hinunter und hinaus aufs Meer, auf dem liebliche, verlorene Inseln zu beiden Seiten des entfernten Horizonts hinausirren wie eine Schar exotischer Schmetterlinge.

An diesem Morgen des Heiligabends frühstückten die Massons und Miss Randal wie gewöhnlich im Speisesaal von Government House. Es war noch nicht einmal neun Uhr, aber da die Luft ungewöhnlich heiß und stickig war, liefen die elektrischen Ventilatoren bereits auf vollen Touren. Valerie unterbreitete der eher unaufmerksamen Tischgemeinschaft das Tagesprogramm: eine ganztägige Picknicktour auf die Spitze des Mount Harriet, gefolgt von einer großen Dinnerparty im Government House.

Der Chief Commissioner, normalerweise ein äußerst liebenswürdiger, wenn auch gelegentlich etwas abwesend wirkender Mann, runzelte die Stirn bei der Lektüre eines Briefs, der vor einer halben Stunde mit einem Stapel offizieller Post gekommen war und den er schon mindestens zweimal gelesen hatte. Coppers Blick war indessen zum offenen Fenster hinausgewandert, das den Blick über die Hafenmündung hinweg zu dem rosafarbenen, im maurischen Stil gehaltenen Gefängnis freigab bis hinüber zu der kleinen Stadt, die irgendein heimwehkranker Schotte einst Aberdeen getauft hatte und die gegenüber von Ross auf dem Festland von Port Blair liegt. Ein »Festland«, das freilich nur aus der größten der Inseln bestand, auch wenn die Bewohner stets die etwas imposantere Bezeichnung dafür benutzten.

Rechts von der Stadt beschreibt das Land zwischen Aberdeen und North Point einen grünen Bogen, der die Phoenix Bay umringt, in der Boote, Dampfschiffe und Frachter sanft in der blauen Dünung schaukeln. Dann folgt die winzige Insel Chatham Island mit ihren Sägewerken und den hoch aufgestapelten Baumstämmen sowie der Schiffsanleger von Hopetown, wo im Jahr 1872 ein Vizekönig von Indien ermordet wurde. Darüber erheben sich, über der entfernten Seite der Bucht, die grünen, anmutigen Hänge des Mount Harriet.

Diesmal achtete Copper jedoch nicht auf die exotische Schönheit der Aussicht, sondern richtete ihre Aufmerksamkeit ausschließlich auf die schmalen, blitzenden Umrisse eines Marinekreuzers, der weit hinten im Hafen vor Anker lag.

Die *Sapphire*, ein Schiff der königlichen Marine, besuchte

die Andamanen für zwei Wochen. Zur größten Freude der britischen Bewohner von Port Blair, hat doch eine so isolierte Gemeinschaft mit vielfältigen Problemen zu kämpfen. So wird es irgendwann schwierig, einem Gesellschaftsleben noch viel Begeisterung entgegenzubringen, wenn sich jedes Abendessen, jede Tanzveranstaltung, Bridgepartie und jedes Picknick zwangsläufig aus immer denselben fünfzehn oder zwanzig Menschen rekrutiert, die seit Monaten oder gar Jahren auf engstem Raum miteinander leben und deren individuelle Vorlieben und Lieblingsthemen so wohl bekannt sind, dass jedes Zusammentreffen zwangsläufig zur Routine verkommt. Damit erklärt sich wohl, warum die Ankunft der H.M.S. *Sapphire* mit so viel Erleichterung und Freude aufgenommen wurde.

Coppers Gedanken richteten sich jedoch nicht auf die *Sapphire* als Retterin des gesellschaftlichen Lebens auf der Insel oder als dekorative Ergänzung der verstreuten Schiffe, die sich in den klaren Gewässern der Bucht widerspiegelten. Für sie war der Kreuzer vor allem das Schiff, das zu seiner Mannschaft von Offizieren und Seeleuten auch einen gewissen Nicholas Tarrent, Mitglied der Königlichen Marine, zählte.

Dieser Nick Tarrent verfügte über eine Art magnetischer Anziehungskraft, die nichts mit seinem zweifellos blendenden Aussehen zu tun hatte; auch ein einfacherer oder sogar ein ausgesprochen hässlicher Mann hätte mit dieser Gabe ähnlich attraktiv gewirkt. Copper war unsterblich in den Offizier verliebt – und zwar seit genau acht Tagen, sieben Stunden und zweiundvierzig Minuten. Mit anderen Worten, seit dem Augenblick, als sie ihn zum ersten Mal gesehen hatte, zwei Stunden nach der Ankunft der *Sapphire* in Port Blair.

»... und einige von ihnen«, fuhr Valerie soeben fort, »wollen von hier bis zum Schiffsanleger von Hopetown segeln, wo ein Wagen sie erwartet und auf den Gipfel des Mount Harriet bringt. Charles hat die Segelboote gestern von Chatham herüberbringen lassen, sodass sie vom Club-Anleger starten können. Wir anderen werden die Fähre nach Aberdeen nehmen und von dort mit dem Wagen weiterfahren. Der Mount Harriet ist genau auf der anderen Seite der Bucht; ich denke, es sind von hier aus nur zwei oder drei Meilen Luftlinie. Aber auf dem Landweg sind es mehr als dreißig Meilen und – Copper! Du hörst mir gar nicht zu!«

»Oh, tut mir Leid«, entschuldigte sich Copper ein wenig verwirrt. »Ich habe die Aussicht genossen. Sie ist einfach faszinierend.«

»Ja, das ist mir klar. Aber wenn ich gewusst hätte, dass du ihn aus dieser Entfernung sehen kannst, hätte ich die Jalousien herunterziehen lassen. Wirklich, Copper, du könntest wenigstens so tun, als interessierte dich, was ich sage. Ich mache mir gerade für dich so viel Mühe mit den ganzen Vorbereitungen, und du hörst mir nicht eine Minute zu! Wenn du vielleicht für fünf Minuten aufhören könntest, an Nick Tarrent zu denken, wäre ich dir zu tiefstem Dank verpflichtet!«

Copper errötete pflichtschuldigst, woraufhin Valerie lachte und in versöhnlicherem Ton sagte: »Tut mir Leid, Copper, dass ich so entsetzlich unhöflich und kratzbürstig war. Ich weiß auch nicht, warum ich heute früh so gereizt und grantig bin. Vermutlich ist die Hitze schuld. Ich bin froh, wenn wir zum Mount Harriet kommen, da oben ist es immer viel kühler.«

»Es ist heute aber nicht viel heißer als sonst, oder?«, fragte Copper, erleichtert über den Themenwechsel. »Vielleicht kommt es uns nur so vor, weil es so windstill ist? Es geht ja kein Lüftchen! Wer kommt mit zu diesem Picknick?«

»Fast alle. Sie finden schon hinauf, jeder auf seinem Weg. Wir haben vereinbart, uns zwischen zwölf und halb eins am Gipfel zu treffen. Wir zwei fahren mit Charles.«

»Mit wem kommt Nick dorthin?«

»Er fährt mit dem Segelboot. Er und Dan Harcourt und Ted Norton wollen eines der Boote nehmen, und Hamish fährt mit einem zweiten, gemeinsam mit Ronnie und Rosamund Purvis. Im dritten sitzt wohl George Beamish, der seine trübsinnige Freundin Amabel mitbringt. Mr. Hurridge lässt einen Wagen zum Schiffsanleger in Crown Point fahren, sodass sie wohl ein wenig früher als wir auf dem Gipfel sein werden. Obwohl es heute überhaupt keinen Wind gibt …«

»Und was ist mit der reizenden Mrs. Stock? Sie wird doch sicher auch mit von der Partie sein – wohl oder übel.«

»Sei nicht so gehässig, Copper.«

»Warum nicht? Was Ruby angeht, bin ich gern gehässig. Ich habe gehört, wie sie beim Grillfest der Withers mit honigsüßer Stimme zu Nick sagte, dass es ja *so* schade sei, dass die liebe Copper hier den Eindruck erweckt, ein kleines bisschen langweilig zu sein, denn in Wirklichkeit ist das Mädchen geradezu entsetzlich tüchtig, ein echter Blaustrumpf, sie hat ja in London eine *außerordentlich* verantwortungsvolle Führungsstelle innegehabt.«

Valerie lachte. »Die gute Ruby. Sie glaubt vermutlich immer noch das alte Märchen, dass Männer Angst vor intelligenten Frauen haben.«

»Und in neun von zehn Fällen hat sie Recht«, antwortete Copper düster.

»Mag sein. Aber ich wette, dass Nick der zehnte ist, wenn dich das tröstet. Und was Ruby angeht, so hat sie keinen Funken Verstand im Kopf.«

»Sie scheint ihn aber auch nicht nötig zu haben. Du musst zugeben, sie ist nicht ohne! Sie ist ziemlich attraktiv, wenn man diese Sorte schwülstiger ›Queen of Calcutta‹-Schönheit mag, mit ihrem schwarzen Haar und diesen riesengroßen Augen – von ihren Maßen ganz zu schweigen. Was mich wirklich sprachlos macht, ist die Frage, wie sie dazu gekommen ist, einen so bedrückend langweiligen Menschen wie den armen Leonard zu heiraten. Immer, wenn ich die beiden zusammen sehe, frage ich mich, wieso um Himmels willen sie das tun konnte. Da muss doch *irgendetwas* an ihm dran gewesen sein, was sie angezogen hat – aber ich kann mir beim besten Willen nicht vorstellen, was! Leonard erinnert mich immer an eine dieser aufgeregten kleinen Sandkrabben, die bei Ebbe aus ihren Löchern kommen und zurückzucken, wenn sie merken, dass man sie beobachtet. Eine armselige kleine Sandkrabbe. Er hätte wahrhaftig besser jemanden wie Rosamund Purvis heiraten sollen, die beiden hätten ein prachtvolles Paar abgegeben: weder beim einen noch bei der anderen irgendeine Spur von Temperament oder Sexappeal. Dann hätte Ruby Ronnie heiraten können, und damit wäre allen gedient gewesen.«

»Ich vermute«, sagte Valerie nachdenklich, »dass Ruby dachte, einer mit Sexappeal in der Familie wäre genug. Sie scheint mir geradezu allergisch auf Konkurrenz zu reagieren.«

»Wenn sie die Konkurrenz nicht selbst herausfordert«, entgegnete Copper bissig. »Egal, ich verstehe ja nur nicht, warum sie auch noch Nick hinterherlaufen muss, wenn ihr sowieso schon jeder verfügbare Mann auf den Inseln verfallen ist – mit der einzigen Ausnahme deines Charles.«

»Sie sammelt sie«, erklärte Valerie und schenkte sich noch eine Tasse Kaffee ein, »so wie manche Leute Briefmarken sammeln oder Streichholzschachteln oder alte Meister.«

»Scheint so«, sagte Copper gereizt. »Und ich verstehe nicht, wieso ihr Ehemann sich das gefallen lässt.«

»Ach, Leonard ... der hat doch nichts zu sagen! Ich glaube nicht einmal, dass er es überhaupt bemerkt. Oder dass es ihn noch stört.«

»Schon möglich. Aber ich glaube, dass es Rosamund Purvis stört. Es ist ja wohl kaum angenehm, wenn du zusehen musst, wie dein Mann um die Frau eines anderen herumschwänzelt. Allerdings ist sie daran vermutlich schon gewöhnt. Ihr guter Ronnie und Leonards Ruby sind aus dem gleichen Holz geschnitzt – nur dass Ronnie ›alte Meisterinnen‹ sammelt. Du liebe Güte – sag mal, warum bin ich heute nur so biestig und schlecht gelaunt? Was ist nur heute los mit uns, Val? Wir müssen heute früh mit dem falschen Fuß aus dem Bett gestiegen sein. Ich bin furchtbar gereizt, so gar nicht in der richtigen Stimmung für Heiligabend – und für sonst einen Abend auch nicht. ›Friede auf Erden und den Menschen ein Wohlgefallen‹ ... allen Menschen, einschließlich Ruby Stock. Wann startet unsere Expedition?«

»Sobald du mit dieser Mango fertig bist. Ich habe Charles gesagt, wir treffen ihn im Club, spätestens um Viertel vor zehn, also sollten wir uns ein wenig beeilen.«

Der Chief Commissioner, der von dem ganzen Gespräch an seinem Tisch kein Wort mitbekommen hatte, faltete das einzelne Blatt Papier zusammen, das seine Aufmerksamkeit erregt hatte, steckte es zurück in den Umschlag und erhob sich. »Wenn ihr mich bitte entschuldigen wollt«, sagte er, »ich habe noch zu arbeiten. Übrigens, Valerie, brauchst du heute Abend das Boot?«

»Nein, danke, Dad. Wir werden die Fähre um halb sieben nehmen, denn wir müssen früh zurück sein, weil Copper und ich uns noch umziehen müssen und dann den Tisch schmücken und dafür sorgen wollen, dass alles für die Party bereit ist.«

Der Chief Commissioner stöhnte. »Du lieber Gott, ich habe ja ganz vergessen, dass wir heute Abend eine Dinnerparty hier haben. Das heißt wohl, ich werde erst nach Mitternacht ins Bett kommen. Nun gut, in der Weihnachtszeit kann man seinen gesellschaftlichen Verpflichtungen wohl nicht vollständig aus dem Wege gehen.«

Er wandte sich zum Gehen, blieb dann aber stehen und drehte sich noch einmal um. »Übrigens vergaß ich zu erwähnen, dass wir ein Telegramm vom Kapitän der *Maharaja* bekommen haben. Das Schiff hat Verspätung und wird erst am zweiten Feiertag hier eintreffen.«

»O nein, Dad! Das bedeutet, wir bekommen keine Weihnachtspost!«

»Sieht ganz so aus«, murmelte der Chief Commissioner mit mildem Lächeln. »Aber da kann man nichts machen.« Damit verließ er das Speisezimmer, leise gefolgt von Kioh, der Siamkatze. Und eine Viertelstunde später verließen seine Stieftochter und ihre Freundin das Haus und gingen auf dem kurzen, steilen, sonnenbeschienenen Weg zum Clubhaus hinunter, wo Valeries Verlobter, Charles Corbet-Carr, Unteroffizier der Einheit, die derzeit die Kaserne von Ross belegte, auf sie wartete.

Charles war ein großer, blonder junger Mann von dem Typ, den manche Romanautorinnen als »feingliedrig« bezeichnen. Er hatte erstaunlich blaue Augen und einen sehr speziellen Sinn für Humor, der ihn derzeit dazu verleitete, seine Redeweise dem spärlichen Lesestoff der Garnisonsbibliothek anzupassen. Die hatte ihre letzten Bücherzugänge wohl in den goldenen Zwanzigerjahren bekommen, und zwar offenkundig von einem Liebhaber frivoler Geschichten und gruseliger Krimis.

Abgesehen von dieser zeitweiligen Verirrung hatte Copper nichts an ihm auszusetzen, und sie lächelte ihm fröhlich zu, als er mit schnellen Schritten die Stufen des Clubhauses herunterkam, seine Verlobte küsste und mit drängendem Unterton zu sprechen begann: »Nun hat sich eine Schnecke in unseren Salat eingeschlichen, Liebste. Kein Geringerer als John Shilto. Er kam heute Morgen mit dem Schiff. Ich hörte, er verbringt die Festtage beim alten Hurridge und sollte erst heute Abend eintreffen, aber da sein Gastgeber und alle anderen zu diesem Picknick aufgebrochen sind, musste ich den alten Burschen fragen, ob er nicht mitkommen wolle. Du hast doch nichts dagegen? Ich konnte ihn doch nicht den ganzen Tag hier lassen, *unrasiert und fern der Heimat,* schon gar nicht zum lieben Christfest, das verstehst du doch!«

»Natürlich, mein Schatz. Ich werde es schon ertragen. Aber er muss hinten zwischen den Flaschen sitzen und ... Hallo, Mr. Shilto!« Sie ging ihnen voraus ins Clubhaus, um einen schwerknochigen Hünen von einem Mann zu begrüßen, der bei ihrer Ankunft aus seinem Sessel aufstand. Copper schloss aus dem Ton von Vals Stimme – ihrer »Gesellschaftsstimme«, wie Copper es nannte –, dass ihre Freundin Mr. Shilto nicht mochte. Nun, ihr kann es doch eigentlich egal sein, dachte Copper resigniert, ich bin ja wohl diejenige, die hinten im Wagen sitzen und Konversation mit ihm machen darf.

Soeben sagte Valerie: »Wir haben Sie hier schon lange nicht mehr gesehen. Im Club waren Sie wohl auch eine Weile nicht mehr. Darf ich Ihnen Miss Randal vorstellen ... Copper, das ist Mr. Shilto. Er ist der Besitzer einer der größten Kokosplantagen auf den Inseln. Du musst ihn überreden, sie dir einmal zu zeigen.«

»Es wäre mir ein Vergnügen«, sagte Mr. Shilto und streckte seine feuchte, fleischige Hand aus. »Ich hoffe, Sie bleiben recht lange bei uns, Miss Randal. Wie gefällt es Ihnen auf den Inseln?«

Warum müssen die Leute immer dasselbe fragen?, dachte Copper ein wenig ärgerlich, wie Journalisten! Und laut sagte sie: »Ich finde sie sehr schön.«

Charles bestellte frisch gepressten Zitronensaft, der in hohen Milchglasbechern serviert wurde, in denen das Eis klirrte. Serviert wurde er von einem burmesischen Kellner mit schräg gestellten Augen, der ein großes, kirschrotes Tuch trug, das eng um seinen Leib geschlungen war, eine kurze weiße Jacke und einen lachsfarbenen Turban, in den er eine weiße Jasminblüte gesteckt hatte. Während die anderen sich unterhielten, saß Copper schweigend da, nippte an ihrer Limonade und blickte aus dem Fenster des Clubhauses auf das Spiel des Sonnenlichts, das auf der glatten Wasseroberfläche der Bucht funkelte und glitzerte. Sie dachte darüber nach, dass sie die wahre Bedeutung von Farbe niemals zuvor begriffen hatte. Wo das Wasser am tiefsten war, war es ultramarinfarben, an den seichteren Stellen leuchtete es in einem reinen, lebendigen Smaragdgrün, und wo sich die Riffe unter der Oberfläche verbargen, hatte es die Farbe von Flieder und Lavendel. Und auf der anderen Seite der Bucht erhob sich der Mount Harriet aus den Kronen der Kokospalmen und leuchtete in allen erdenklichen Schattierungen von Grün: üppig, verschlungen und tropisch, vor einem Himmel, der einem Schild aus reinstem Saphir glich.

Vom Schiffsanleger ihrer kleinen Insel hörte man zweimal das Horn eines Schiffes. Charles sagte: »In fünf Minuten legen sie ab«, und griff nach seinem Tropenhelm. Copper stürzte den eiskalten Inhalt ihres Glases herunter und stand auf, und sie gingen hinaus in das heiße, blendend helle Sonnenlicht, überquerten die Rasenflächen unter den goldfarbenen Mohur-Bäumen und gingen an dem kleinen Sommerhaus vorbei, das aus der seeseitigen Mauer des Clubhauses herausragte. Der Boden des Hauses bedeckte zur Hälfte das tiefe, dunkle Bassin, in dem die Schildkröten langsam dahinschwammen, die für die Dinnerpartys auf Government House gedacht waren (auch wenn man selten davon Gebrauch machte). So kamen sie zu dem schmalen hölzernen Schiffsanleger, wo die kleine Fähre an ihren Leinen zerrte, als wartete sie ungeduldig auf die Abfahrt. Doch als sie schon einen Fuß auf die Planke gesetzt hatte, blieb Copper plötzlich stehen, drehte sich um und starrte zum Hafen, verwirrt und beunruhigt.

Weit draußen in der Bucht bewegten sich drei kleine weiße Dreiecke auf den Fuß des Mount Harriet zu. Sie leuchteten auf dem schimmernden Blau. Aber es war nicht der Anblick der fernen Boote, der ihre Aufmerksamkeit gefesselt hielt und ihr plötzlich die Angst ins Gedächtnis rief, die ihr früh am Morgen zu schaffen gemacht hatte.

»Ein miserabler Tag zum Segeln«, kommentierte Charles, der ihrem Blick gefolgt war. »Sie werden wohl rudern müssen, es geht kein Windhauch. Na, lieber sie als ich! Was ist los, Coppy? Irgendwas nicht in Ordnung? Bauchweh?«

»Die Vögel«, sagte Copper verwirrt. »Warum sind die Vögel fort? Im Garten waren heute Morgen keine Vögel, und … und seht doch! Es sind auch keine Möwen über dem Hafen. Da waren doch immer Möwen … und Vögel. Meint ihr …?«

Plötzlich schauderte sie und erinnerte sich noch einmal an das beunruhigende Gefühl eines heraufziehenden Unheils, das sie in der heißen Morgenstille überkommen hatte, und an die Tatsache, dass es heute keine Möwen im Hafen gab. Warum ihre Abwesenheit sie so sehr beunruhigte, konnte sie nicht erklären. Wussten Vögel Dinge, von denen die Menschen nichts bemerkten? Sollte der windstille, atemlose Tag eine Warnung sein, die von den gröberen Sinnen der Menschen nicht verstanden wurde? Hatten die Vögel die Warnung beachtet, und …

Valerie sprach sie von hinten an: »Worüber grübelst du so lange, Coppy? Geh weiter, du hältst uns alle auf.«

Copper zuckte zusammen, als wäre sie soeben aus einem Traum erwacht. Sie murmelte eine schnelle Entschuldigung, eilte die Planke hinauf und betrat die Fähre.

3

»So große Raupen? Wie interessant!«, sagte Copper, während sie sich bemühte, ein Gähnen in ein bemüht-freundliches Lächeln zu verwandeln, und sich sehnlichst wünschte, Mr. Shilto würde nicht so viel reden. Sie hätte so gern ihre ganze Aufmerksamkeit auf die seltsame, wilde und faszinierende Landschaft gerichtet, die an ihnen vorbeizog, während das große Auto die gewundene, dreißig Meilen lange Straße zum Mount Harriet entlangfuhr; aber Mr. Shilto war einfach nicht zu bremsen.

Valerie saß neben Charles, der den Wagen lenkte, und Copper war mit Mr. Shilto auf die Rückbank gepackt worden, zusammen mit einer großen Auswahl an Flaschen, die Gin, Bier, Cider, Ingwerbier, Orangensirup, Sodawasser und noch mehr Bier enthielten.

Die Flaschen klapperten und klackten aneinander, als sich der Wagen durch die scharfen Kurven der Straße schwang, und John Shilto versuchte, eine bequemere Position für seine Füße zu finden.

Er war ein sehr dicker Mann, der dadurch abstoßend gewirkt hätte, wenn er nicht so riesengroß gewesen wäre. Trotz der brennenden Sonne vieler Jahre auf den Inseln hatte er die unangenehm fahle Gesichtsfarbe einer Pflanze, die im Dunkeln gewachsen war. Seine schmalen Augen, die aus dicken fleischigen Kissen hervorlugten, standen zu eng beisammen und blickten schlau und berechnend, und seine Konversation, die sich während der letzten zehn Meilen um die zerstörerischen Aktivitäten der Kokos-Raupe gedreht hatte, war ebenso wenig einnehmend wie seine Person.

Copper, die sich aus Raupen nicht viel machte, seien sie auf Kokosnüsse spezialisiert oder auf andere Pflanzen, gestattete sich einmal mehr, ihre Aufmerksamkeit von ihrem Sitznachbarn abzuwenden, als das Auto in einen dichten grünen Schattentunnel hineinfuhr. Er wurde aus riesigen Bäumen gebildet, deren große, seltsam geformte exotische Blätter alles Sonnenlicht aussperrten. Der dichte tropische Urwald beidseits der Straße wölbte sich dabei so, als wartete er nur darauf, dass der Fahrtwind des durchfahrenden Wagens erstarb, um sich dann wieder über der Straße zu schließen.

»Verringert alles, was geschaffen, zu einem Grün in grünem Schatten«, dachte Copper und fragte sich, woher Andrew Marvell den tropischen Wald gekannt haben mochte. Farne und langgliedrige Schlingpflanzen hingen an den Ästen über ihnen oder schwangen sich in verknoteten Schleiern herunter, und die Baumstämme schmückten sich mit Büscheln kleiner weißer Orchideen. Hier und da stand ein Red-Bombway-Baum mit seinen Blättern, die in herbstlich roter Pracht leuchteten, und verschönte den in Schatten getauchten Wald mit einem festlichen Feuer, wodurch Copper an den heutigen Heiligen Abend erinnert wurde.

Plötzlich glitt der Wagen aus dem kühlen Grün ins strahlende Sonnenlicht einer kleinen Lichtung, auf der eine Hand voll Hütten mit Palmblattdächern sowie einige Limettenbäume und Bananenpalmen standen. Hier hatte man den Urwald ein paar zögernde Schritte zurückgedrängt, und nun stand er da, als turmhohe Wand aus undurchdringlichem Schatten, der feindselig auf den kleinen tapferen Versuch der Zivilisation herabstarrte, sich in seinem Reich auszubreiten. Ein kleine, blitzende, smaragdgrüne Schar von Sittichen flog schreiend über die Lichtung, und am Waldrand drehte ein großer, bleigrauer Leguan – ein direkter Nachkomme der Drachen aus den Märchenbüchern – seinen schuppigen Kopf, als das Auto auf das lange gerade Straßenstück einbog, das durch den sternengemusterten Schatten einer Anpflanzung von Kokospalmen führte.

In diesem Moment merkte Copper plötzlich, dass sie ihre gesellschaftlichen Pflichten vernachlässigt hatte, denn Mr. Shilto schwieg. Sie hatte die seltsame Empfindung, dass er sehr plötzlich und mitten in einem Satz zu reden aufgehört hatte, und drehte sich mit einem strahlenden Lächeln zu ihm um, in der Hoffnung, dass es nach aufrichtigem Interesse aussah. Aber Mr. Shilto nahm keinerlei Notiz von ihr ...

Er starrte mit einem Gesichtsausdruck auf die Straße vor ihnen, der ebenso leicht lesbar wie befremdlich war: Zorn, Wut und Angst mischten sich deutlich auf seinen schwammigen Zügen, und kaum hatte Copper diese überraschende Veränderung wahrgenommen, als er sich auch schon in die hinterste Ecke des Sitzes drückte, bis sein Kopf das Dach des Wagens berührte, als versuche er, sich unsichtbar zu machen.

Wer sollte ihn hier wohl sehen und warum sollte ihn das stören, wenn ihn jemand sieht, fragte sich Copper, neugierig gemacht durch dieses seltsame Verhalten. Ohne lange nachzudenken, fragte sie: »Ist das Ihre Plantage, Mr. Shilto?« – und erinnerte sich fast gleichzeitig daran, dass Valerie einmal die riesigen Palmenanpflanzungen jenseits von East Point als die Shilto-Plantage bezeichnet hatte.

Mr. Shilto gab keine Antwort, offenkundig hatte er nicht einmal bemerkt, dass sie ihn angesprochen hatte. Mit größter Wachsamkeit beobachtete er die helle Straße und die aufragenden Reihen von Palmen, und Copper sah, wie er sich immer wieder mit der Zunge über die Lippen fuhr, als wären sie zu trocken. Sie wollte ihre Frage gerade wiederholen, als sie plötzlich von Charles abgelenkt wurde, der einen seiner derben Lieblingsflüche losließ. »Godfrey und Daniels schmiedeeiserne Öfen aus Hull!«, polterte er heftig und brachte den Wagen abrupt zum Stehen.

»Ist irgendetwas passiert? Oder hast du bloß keine Lust mehr weiterzufahren?«, wollte Copper wissen.

»Der Motor ist überhitzt«, antwortete Charles kurz, stieg aus und streckte seine langen Beine aus. Dann öffnete er die Motorhaube, schraubte vorsichtig den Kühlerverschlussdeckel auf, schob seinen Tropenhelm nach hinten und fluchte weiter, während er sich mit dem Handrücken über die feuchte Stirn fuhr.

»Was ist los, Darling?«, fragte Valerie, die ebenfalls ausgestiegen war.

»Es ist doch nicht zu glauben«, sagte Charles bitter. »Diese elenden Saboteure in der Werkstatt haben offenbar eine Kleinigkeit vergessen: Sie haben kein Wasser nachgefüllt! Nun, *mea culpa*, ich hätte es selbst nachprüfen müssen. Der Kühler ist staubtrocken, und wir werden die Karre wohl schieben müssen. Gott sei Dank geht es hier ein wenig bergab, und Ferrers' Bungalow ist nur eine Viertelmeile entfernt. Da werden wir Wasser bekommen.«

Mr. Shilto, der bis dahin nichts gesagt hatte, fuhr wie ein Blitz aus seinem Sitz hoch und stolperte auf die Straße. Seine Gesichtsfarbe hatte ihr fahles Aussehen verloren und war jetzt mit tiefroten Flecken übergossen, und er sagte scharf und mit unerklärlicher Heftigkeit: »O nein, das kommt gar nicht in Frage! Ich will verdammt sein, wenn ich …«

Dann brach der Satz plötzlich ab, und er schien sich mühsam zusammenzureißen. Die Zornesröte verschwand von seinen Wangen, und er fuhr erneut mit der Zunge über seine trockenen Lippen, bevor er mit sichtlicher Anstrengung weitersprach: »Ich meine … was ich meine, ist … nun, es wäre doch sicher viel einfacher, ein kleines Stück zurückzugehen und Wasser aus der Quelle zu holen, an der wir gerade vorbeigefahren sind.«

»Und womit sollen wir dann das Wasser transportieren?«, fragte Charles vernünftig. »Außerdem liegt die Quelle schon mehr als eine Meile hinter uns, und wir brauchen nicht mehr als fünf Minuten, um diese elende Karre hinunter zu Ferrers' Bungalow zu rollen. Sie müssen ja nicht mit ins Haus gehen.«

Valerie hatte die Hand auf John Shiltos Arm gelegt und sprach mit besänftigender Stimme: »Charles hat Recht, wissen Sie, anders geht es nicht. Wir sind ohnehin schon spät dran; inzwischen sind sicher schon alle anderen auf dem Mount Harriet eingetroffen. Sie werden bei dieser Hitze schrecklich durstig sein, und die Getränke sind alle bei uns im Wagen.«

Die Augen des großen Mannes wanderten unstet von Valerie zu Charles und zurück, dann zwang er sich zu einem Lächeln. »Ja ... ja, natürlich. Ich hatte ja nur gedacht, es wäre vielleicht einfacher ... ich meine ...« Er schien unfähig, den Satz zu beenden, und Charles ging zum Auto zurück und löste die Handbremse.

Nach den ersten paar Metern rollte der Wagen mit vergleichsweise wenig Anschub von selbst und kam danach noch mehr ins Rollen, bis man ihn fast nur noch auf dem Weg halten musste. So hatten sie bald die Holzbrücke über den schlammigen Gezeitenstrom erreicht, der von Mangroven gesäumt war. Dort brachte Charles den Wagen zum Stehen.

Eine kleine Seitenstraße, kaum mehr als ein Feldweg, bog nach links in den Schatten der Palmen ein und führte zu einem lang gestreckten, niedrigen Bungalow im Stil der Inseln, der einen verwahrlosten Eindruck machte, als würde er langsam dahinfaulen. Ein träger burmesischer Diener kam den Weg vom Haus herunter und sprach Charles in der Sprache der Einheimischen an, der sich daraufhin an Valerie wandte: »Val, du sprichst doch ein bisschen von dieser Sprache, oder? Was hat er gesagt?«

»Er sagt, Ferrers ist nicht da«, übersetzte Valerie.

»Was soll das heißen?« Mr. Shilto, der auf der anderen Seite des Wagens geblieben war, kam jetzt aus seiner Deckung hervor und sprach den Diener in dessen Sprache an. Kurz darauf wandte er sich mit mürrischer Miene an seine Begleiter und sagte brüsk: »Ja, es stimmt. Dies ist einer der Hausboys. Er sagt, die Stocks haben vor einer halben Stunde hier gehalten und Ferrers mit auf den Mount Harriet genommen. Nun, wenn die Sache so ist, können Sie mich von Ihrer verdammten Picknickliste streichen, so viel ist sicher.« Er setzte sich entschlossen auf das staubige Trittbrett nieder, schob seinen Hut in die Stirn und lehnte sich gegen die Wagentür, wobei er ein Gesicht machte, als wolle er diesen Platz auf absehbare Zeit nicht mehr verlassen.

Copper, die die ganze Szene verwirrt beobachtet hatte, sah, wie Charles die Lippen aufeinander presste, und erkannte, wie sehr er sich beherrschen musste. Seine Stimme jedoch blieb ruhig und unbeeindruckt. »Wie Sie meinen, selbstverständlich. Aber ich weiß nicht, wie Sie zurückkommen wollen. Es wird wohl kaum so bald jemand vorbeikommen, der in Ihre Richtung fährt und Sie mitnimmt. Wir drei müssen nämlich jetzt weiter, und zwar ziemlich eilig.«

»Natürlich«, warf Valerie zuckersüß ein, »können Sie immer noch laufen. Es können ja kaum mehr als zehn oder zwölf Meilen zurück nach Rungal sein, und vielleicht nimmt Sie von dort aus ein Lastwagen mit.«

Mr. Shilto schien die Wahrheit in diesen Bemerkungen nur mit Widerwillen zu verdauen, und nach kurzem Überlegen erhob er sich zögerlich vom Trittbrett und sagte, er würde ins Haus gehen und eine Nachricht aufschreiben, mit der einer der Dienstboten zum nächsten Telefon laufen konnte, um ein Taxi zu bestellen. Nachdem Ferrers ja fort war und so bald nicht wiederkommen würde, könnte er hier auf das Taxi warten.

»Gute Idee«, bestätigte Valerie. »Und nun beeil dich bitte, Charles, Darling, und hol das Wasser.«

Die beiden Männer drehten sich um und gingen den Pfad zu dem Bungalow hinauf, gefolgt vom Hausboy. Sie waren kaum fort, da brach es aus Copper heraus: »Also wirklich ...! Was in aller Welt soll das heißen, Val? Watson, kombinieren Sie!«

»Schlechtes Gewissen, nehme ich an«, sagte Valerie mit einem kurzen Lachen. »Er benutzt diese Straße selbst sicher nie, und deshalb hat er wohl vergessen, dass der kürzeste Weg auf den Mount Harriet durch Ferrers' Plantage führt. Wenn er vorher daran gedacht hätte, wäre er niemals mit uns gefahren.«

»Aber *warum*, um Himmels willen? Los, Val, nun sag schon!«

»Vielleicht aus Angst, dass Ferrers ihm mit der Flinte einen Schuss verpasst? Zuzutrauen wär's ihm. Immerhin hat er schon mehr als einmal öffentlich damit gedroht, John Shilto umzubringen.«

Valerie setzte sich auf das niedrige Brückengeländer, und Copper ließ sich neben ihr nieder. Der säuerliche Geruch des Mangrovenschlamms hing in der feuchten Luft, und unter ihnen flatterten riesige bunte Schmetterlinge über den schlammigen Ufern und den hässlichen, wie Fangarme kriechenden Wurzeln der Mangrovenbäume, die das ablaufende Wasser des meilenweit entfernten Meeres hatte sichtbar werden lassen.

»Das ist eine längere Geschichte«, begann Valerie und zog ihren Hut so über die sommersprossige Nase herunter, dass ihre Augen vor der Sonne geschützt waren. »Und so ganz genau weiß niemand, was da wirklich passiert ist. Der Inseltratsch setzt sich aus hier und da aufgeschnappten Bruchstücken zusammen, der Rest ist dazukombiniert. Ich würde also nicht für jedes Detail die Hand ins Feuer legen. Also: Ferrers Shilto – der Besitzer dieser elenden Hütte da drüben – ist ein Vetter ersten Grades von John Shilto und sein einziger lebender Verwandter. Und vor ein paar Jahren war es wohl so, dass John, der hier draußen recht erfolgreich eine Kokosnussplantage betrieb, sehr dringend Geld brauchte und sich nicht so leicht welches besorgen konnte. Da kam er auf die glorreiche Idee, Ferrers anzusprechen, der an einem friedlichen Flecken namens Ponder's End von den Zinsen seiner kargen Ersparnisse lebte. Er überredete ihn, auf die Andamanen zu kommen, weil er hier ein Vermögen machen könne: Hier stünde eine ausgezeichnete Plantage äußerst billig zum Verkauf, da ihr Eigentümer, der seine Schäfchen bereits ins Trockene gebracht habe, sich aufs Altenteil zurückziehen wolle. Er würde sie ja selbst kaufen, aber er mache ohnehin schon so viel Profit, dass er sich entschlossen habe, großzügig zu sein und seinem lieben Vetter Ferrers eine Chance zu geben.«

Valerie machte eine Pause, um ein herumliegendes Blatt auf eine große feuerrote Libelle zu schnippen, die sich auf einer Mangrovenwurzel sonnte; dann sagte sie nachdenklich: »Ich vermute, Ferrers hatte seit langer Zeit Sehnsucht nach ein wenig Romantik, trotz oder vielleicht wegen Ponder's End. Und womöglich wusste John Shilto das und konnte sich ausrechnen, dass Ferrers auf den Plan mit der Plantage hereinfallen würde. Nun, um es kurz zu machen, Ferrers schnappte nach dem Köder und konnte es kaum erwarten, sein bisschen Kapital dem guten Vetter John zu übergeben, um schnellstens in den Fernen Osten überzusiedeln, ein Millionär zu werden und auf einer Koralleninsel zu leben. Das war vor etwa fünfzehn Jahren und ist inzwischen Geschichte. Aber ich nehme mal an, dass Ferrers nicht mehr als vierzehn Tage, vielleicht auch nur vierzehn Stunden brauchte, um zu begreifen, dass er auf die allerübelste Weise hereingelegt worden war und dass der reiche Mann, dem er die Plantage abgekauft hatte, in Wirklichkeit der liebe Vetter John selbst war.«

»Aber wo ist denn der Haken daran?«, fragte Copper. »Für mich sieht die Plantage ganz prima aus.«

»Also, erst einmal besteht die Plantage zur Hälfte aus Wasser. Angeblich war das Grundstück fünfhundert Acres groß, aber als Ferrers hier herauskam, stellte er fest, dass mindestens die Hälfte davon aus einer gezeitenabhängigen Lagune besteht. Man kann diesen Teil von hier aus nicht sehen, er liegt gleich da drüben, etwa eine halbe Meile vom Haus entfernt; ein dünner Streifen Plantagenland, der nur an einer Stelle durch einen schmalen Kanal unterbrochen ist, trennt die Lagune vom Meer. Und was die Palmen angeht, so tragen sie fast nie, weil überall Meerwasser durch die Plantage fließt. Kokospalmen gedeihen nicht in der Nähe von Mangrovenschlamm, weißt du?«

»Was für ein übler Trick!«, stieß Copper hervor und streckte sich mit einer ungestümen Bewegung, die sie um ein Haar in das schlammige Wasser geworfen hätte, das träge acht Fuß unter ihr dahinfloss. »Das ist ja Diebstahl! Ich verstehe wirklich nicht, weshalb ihr mit so einem Mann überhaupt noch ein Wort wechselt!«

»Das ist eben schwierig in einer so kleinen Gemeinschaft wie hier«, sagte Valerie mit einem schmalen Lächeln. »Natürlich war es ein ganz übler Trick. Aber irgendwie scheinen manche Menschen geradezu dafür geboren zu sein, betrogen zu werden, und Ferrers ist dafür wirklich ein erstklassiges Beispiel. Niemand außer einem ausgewachsenen Trottel würde sein ganzes Geld herausrücken, ohne zuerst einen genauen Blick auf die Ware zu werfen.«

»Nun, er hat wohl seinem Vetter vertraut«, sagte Copper ungehalten.

»Sicher«, stimmte Valerie zu. »Aber er hätte sowieso nicht beurteilen können, ob es ein gutes Angebot war oder nicht, selbst wenn er hierher gekommen wäre und sich das Ganze angesehen hätte. Ponder's End ist nicht gerade der Ort, wo man Erfahrung mit Kokospalmen sammelt, und ich vermute, John hatte in seinem Brief alles Mögliche über Copraöl und Rohnüsse und so weiter geschrieben, sodass das alles höchst eindrucksvoll geklungen haben muss. Wie auch immer, Ferrers ist jedenfalls hergekommen und sitzt seitdem hier fest. Er hat nämlich kein Geld mehr, um zurückzufahren, und natürlich wollte ihm keiner hier die Plantage wieder abkaufen – die ist schließlich keinen Pfifferling wert.«

»Und das ist jetzt mehr als fünfzehn Jahre her«, sagte Copper langsam. »Der arme Ferrers.«

»Er kommt einigermaßen über die Runden«, sagte Valerie, »und ich finde, er könnte hier genauso glücklich sein wie in irgendeiner langweiligen alten Doppelhaushälfte zu Hause, wenn da nicht seine Wut wäre, die er nicht mal für eine halbe Sekunde vergessen kann. Er und John haben seit

Jahren nicht miteinander gesprochen, und vermutlich sehen sie sich auch nur, wenn es gar nicht anders geht.«

»Was in Port Blair sicher nicht ganz einfach ist«, kommentierte Copper. »Ich denke, es ist fast unmöglich, irgendjemandem aus dem Wege zu gehen, wenn man in einer so winzigen Gemeinschaft lebt, wo die Leute praktisch Tür an Tür wohnen. Wie kommen die beiden damit zurecht? Tragen sie Scheuklappen?«

»Nun, das ist nicht ganz einfach«, gab Valerie zu, »aber natürlich stellen wir uns alle darauf ein. Die beiden gehen nicht oft aus, und wir achten darauf, sie nie zu denselben Partys einzuladen. Wenn John dabei ist, vermeidet man das Gespräch über Kokosnüsse, Mangroven und Ferrers, und wenn Ferrers in der Nähe ist, vermeidet man das Gespräch über Kokosnüsse, Mangroven und John. Eigentlich ist es ganz einfach.«

»Und sie treffen sich nie zufällig?«

»Doch, einmal, glaube ich. Da war mal was bei einer Party auf Government House, aber das war unter dem Vorvorgänger meines Vaters. Bei diesen Festen wird normalerweise jeder eingeladen, aber die Shiltos tauchen entweder gar nicht auf oder eben nur einer von ihnen. Bei dieser Gelegenheit dachten wohl beide, der andere habe abgesagt, und so waren dann auf einmal beide gleichzeitig da. Da kam es zu einem höchst eindrucksvollen Auftritt, so viel ich weiß. Sie haben sich Beleidigungen um die Ohren geschlagen, dass es nur so krachte, und am Ende muss wohl die eine Hälfte der Gäste Ferrers mit Gewalt von John weggezerrt haben, während die andere Hälfte John ruhig stellte. In Port Blair wurde noch monatelang danach davon gesprochen, und das Thema wird sogar heute noch gelegentlich hervorgeholt, wenn auf besonders langweiligen Partys allmählich der Gesprächsstoff ausgeht.«

»Klingt sehr erheiternd«, bemerkte Copper. »Da wäre ich zu gerne dabei gewesen. Aber ich verstehe trotzdem nicht, warum man John Shilto überhaupt noch einlädt, wo doch jeder weiß, dass der Mann ein Betrüger ist.«

»Tja, mein Fräulein! Wenn du auf diesen Inseln damit anfängst, Leute von deiner Einladungsliste zu streichen, nur weil du irgendetwas ablehnst, was sie in ihrem so genannten ›Privatleben‹ getan oder gesagt haben, dann sitzt du bald alleine da und kannst dich mit dir selbst unterhalten. Aber jetzt werde ich zynisch und gemein, ich höre lieber auf.«

»Ferrers Shilto«, sagte Copper nachdenklich, »war mit mir auf dem Dampfer, als ich von Kalkutta hierher kam. Was hat er wohl in Kalkutta gemacht, wenn er doch niemals die Inseln verlässt?«

»Ach, du hast den kleinen Shilto getroffen? Soweit ich weiß, fährt er einmal im Jahr hinüber, um die paar Nüsse zu verkaufen, die er erntet.«

»Nein, getroffen habe ich ihn eigentlich nicht«, sagte Copper. »Ich habe nur den oberen Teil seines Tropenhuts gesehen, als er an Bord kam. Aber ich habe sein Gepäck gesehen, sehr alte Gladstone-Reisetaschen. Der Kapitän sagte, der Mann sei seekrank, aber nachdem das Meer fast die ganze Zeit glatt wie ein Spiegel war, habe ich mich doch ein wenig gewundert.«

»Vielleicht die Nachwirkungen eines heftigen Gelages, das er einmal im Jahr veranstaltet?«, überlegte Valerie. »Auch Ferrers wird seine dunklen Seiten haben, vermute ich. Aber jetzt sag mal, was ist denn mit Charles los? Er hätte Zeit genug gehabt, einen ganzen Swimmingpool mit Wasser zu füllen. Wir sollten ihm nachgehen und ... ach, da kommt er. Was tust du denn die ganze Zeit, Darling?«

»Ich habe mir eine von Ferrers' Bierflaschen genehmigt«, sagte Charles, der Wasser aus einem verbeulten Eimer in den Kühler seines Wagens schüttete. »Und jetzt, nachdem sowohl ich als auch dieser Teufelswagen angemessen mit Flüssigkeit versorgt sind, schlage ich vor, wir setzen unsere Reise fort. Einsteigen, die Damen!«

»Was ist mit Mr. Shilto?«, fragte Valerie, indem sie der Aufforderung nachkam. »Hat er nun ein Taxi bestellt oder wartet er, ob ihn jemand mitnimmt?«

»Keine Ahnung!«, antwortete Charles fröhlich. »Ich habe ihn nicht gefragt. Ferrers' Hinterhof stinkt wie eine Sickergrube, da wollte ich mich nicht lange aufhalten. Keine Ahnung, mit was für Zeug der kleine Shilto seine Plantage düngt ... ich vermute mal verweste Tintenfische und Meeresschnecken. Es riecht unglaublich. John Shilto ist rausgegangen, um festzustellen, was es ist, und weiter hab ich mich nicht um ihn gekümmert. Er wird schon nicht ersticken. Also, auf geht's!«

Er betätigte den Anlasser und löste die Bremse, aber in diesem Moment kam John Shilto mit schnellen Schritten den Weg zwischen den Palmen entlang, begann zu rennen und erreichte das Auto gerade in dem Augenblick, als es anfuhr. Sein Gesicht war dunkelrot, und er schien unter einem Ansturm heftiger Gefühle zu stehen, denn seine blassen Augen glänzten vor kaum unterdrückter Erregung, und sein Atem ging schnell und stoßweise.

Er riss die hintere Wagentür auf und ließ sich neben Copper in den Sitz fallen, und während er sich zurechtsetzte und die Wagentür zuschlug, sagte er heftig schnaufend: »Ich hab's mir anders überlegt. Ich denke, dass ich doch mit Ihnen mitfahren sollte.«

Er wischte sich den Schweiß aus dem Gesicht. Als er bemerkte, dass seine drei Begleiter ihn mit unverhohlener Verwunderung anblickten, brach er in ein rasselndes, seltsam unfrohes Gelächter aus.

»Ich ... ich habe nachgedacht«, sagte er. »Über Ferrers, meine ich. Es ist wirklich an der Zeit, dass wir das Kriegsbeil begraben – höchste Zeit! Das ... äh ... Missverständnis zwischen uns ist ja womöglich zum Teil meine Schuld, und deshalb ist auch wohl auch an mir, es wieder gutzumachen. Wir müssen uns die Hände reichen und die Vergangenheit ruhen lassen. Schließlich ist er mein einziger Verwandter, ein Vetter ersten Grades und so. Blut ist schließlich dicker als Wasser, und es ist nicht richtig, dass ... Ja, ja, wir müssen wirklich schauen, ob wir nicht einen Neuanfang wagen können ... uns die Hände reichen ... schließlich ist ja heute Heiligabend, das darf man nicht vergessen, und ›je besser der Tag, desto besser die Arbeit‹ – nicht wahr?«

Mr. Shilto machte eine Pause, als wartete er auf einen Kommentar.

»Ja ... äh ... sicher«, sagte Charles nicht ganz passend. Dann ließ er die Kupplung versehentlich zu schnell kommen, und das Auto machte einen Satz vorwärts auf die mit Sonnenflecken gesprenkelte Straße, die zum Mount Harriet hinaufführte.

4

Mount Harriet, der höchste Punkt der Inseln, diente den Staatsbeamten aus Aberdeen und Ross bei heißem Wetter als Refugium, und das alljährlich stattfindende Picknick an Heiligabend wurde auf dem Gelände der verlassenen Sommerresidenz des Government House abgehalten, das ganz oben auf dem flachen Gipfel gelegen war.

Charles brachte den Wagen auf dem mit Unkraut überwachsenen Weg zum Stehen, und Ronnie Purvis, der Forstbeamte, ein schlanker Mann in makellos weißem Segelanzug, riss den Schlag auf und begrüßte Copper mit routiniertem Charme.

»Endlich, meine Liebste! Ich hatte schon befürchtet, Sie würden gar nicht mehr kommen – mein Tag wäre ruiniert gewesen! Aber auf Sie zu warten lohnt immer, egal, wie lange es dauert. Sie sehen zum Anbeißen aus, ich weiß wirklich nicht, wie Sie das immer anstellen. Kommen Sie, reichen Sie mir Ihre Hand!«

Copper stieg aus dem Wagen und sagte bestimmt: »Ehrlich gesagt, möchte ich bei dieser Hitze lieber niemandem die Hand reichen, danke, Ronnie. Alles, was ich im Moment will, ist ein kalter Drink. Je kälter, desto besser. Hallo, Amabel! Sind Sie gut herübergekommen?«

»Nein«, erwiderte die Angesprochene. »Wir hatten überhaupt keinen Wind, und George musste rudern, und nun hat er Blasen an den Händen. Die werden sich bestimmt entzünden. Da sieht man's mal wieder!«

Miss Amabel Withers, die Tochter des Hafenkapitäns, war eine kräftig gebaute junge Frau mit auffallender Neigung zu Pessimismus; ihre vieldeutige Schlussbemerkung, die sowohl ein Kommentar über das Wetter als auch eine Bemerkung über die Unsicherheit der menschlichen Existenz sein konnte, war einer ihrer Lieblingssätze und bedurfte keiner Antwort.

Copper wandte sich jetzt dem so schwer lädierten George zu – einem sommersprossigen Subalternoffizier, der unerklärlicherweise in Miss Withers verliebt war –, warf ihm ein Lächeln zu und sagte: »Pech, George. Aber es wird schon nicht gleich auf Wundbrand hinauslaufen, und wenn doch, können wir immer noch amputieren. Ich verstehe wirklich nicht, warum ihr an einem Tag wie diesem so verrückt sein konntet, das Boot zu nehmen, wenn es so wenig ...«

Sie brach ab und ließ den Satz unbeendet, denn in diesem Augenblick stand ein hoch gewachsener Mann auf, der am anderen Ende des Rasens im Schatten gelegen hatte, und hob die Hand zum Gruß. Wie immer, wenn sie Nick Tarrent sah, machte Coppers Herz einen kleinen Sprung. Sie ließ ihren Satz, George Beamish und den unverschämten Mr. Purvis, wo sie waren, und ging geradewegs über den Rasen auf Nick Tarrent zu. Erst als sie auf einen Meter an ihn herangekommen war, bemerkte sie, dass er nicht allein war: Ebenfalls im Schatten stand ein grüner Liegestuhl, und darin, zu voller Länge ausgestreckt und in ein lilafarbenes Leinenkleid gehüllt, das genau zu ihrem Lippenstift und zu dem Lack auf ihren langen spitzen Fingernägeln passte, lag, hingegossen und verführerisch wie eine Haremsdame, Ruby Stock ...

Mrs. Leonard Stock war eine unglaublich gut aussehende Frau unbestimmten Alters, die man wohl schön hätte nennen können, wäre der Anblick ihres Gesichts nicht durch einen Ausdruck von Unzufriedenheit gestört worden, den sie schon so lange trug, dass er dazuzugehören schien. Aber kaum einer hätte etwas an ihrer bewundernswerten Figur auszusetzen gehabt, an ihrem glänzenden blauschwarzen Haar, ihren großen rehbraunen Augen und dem samtig goldenen Schimmer ihrer sonnengebräunten Haut. Sie war die schöne Tochter eines kleinen Beamten im *India's Post and Telegraphs Department* und in Indien geboren und aufgewachsen. Nach dem Besuch einer Klosterschule in Südindien war sie zur unumstrittenen Schönheitskönigin in ihrer Clique in Midnapore geworden. Aber von Anfang an verzehrte sie sich in Ehrgeiz und in Neid auf alle Menschen von höherem gesellschaftlichem Rang, und dieser Neid trieb sie an, bis er zum wichtigsten Teil ihrer Persönlichkeit wurde. Eines Tages, so hatte sie sich geschworen, würde sie all den überheblichen Frauen der hohen Beamten ebenbürtig sein, zu deren Dinnerpartys und Mittagessen sie nicht geladen wurde. Und mit diesem Ziel vor Augen hatte sie Leonard Stock geheiratet, den Sohn eines englischen Landpfarrers, der einen subalternen Posten in der indischen Kolonialverwaltung innehatte.

Leonard verdiente nicht annähernd so viel wie einige andere Verehrer der hinreißenden Ruby De Castres, aber alles in allem galt er in ihren Kreisen doch als eine gute Partie. Insbesondere war er das, was man innerhalb der snobistischen Kreise des kolonialen Indiens als »Sahib« bezeichnete; überdies ging das Gerücht um, er werde es, ungeachtet seiner derzeit noch bescheidenen Stellung im öffentlichen Dienst, einmal weit bringen.

Aber leider trafen die Gerüchte, wie so häufig, nicht zu. Leonard Stock war ein ausgesprochen angenehmer Mann, liebenswürdig, freundlich und bescheiden, aber ohne jede Festigkeit oder Entschiedenheit. Das musste Ruby De Castres, nunmehr Ruby Stock, schon in den ersten Monaten ihrer Ehe feststellen. Als sie erkannte, dass ihr Mann niemals irgendetwas erreichen würde, so lange er in Midnapore blieb, drängte sie ihn, einen Posten in der Verwaltung der Andamanen anzunehmen, sobald sich die Gelegenheit bot. Und so waren die Stocks auf die Inseln gekommen, und in der Anfangszeit hatte auch alles zum Besten gestanden.

Bis auf die Inseln war das Gerede über ihr Vorleben noch nicht gedrungen, und Ruby dachte sich mit jenem Erfindungsreichtum und jener Falschheit, die bei Frauen ihres Typs so häufig anzutreffen sind, eine Legende aus: einen Vater, der ein pensionierter Lieutenant-Colonel war, ein uraltes

Familienanwesen in Irland und eine spanische Urgroßmutter. Sie gab große Gesellschaften, und wenn Leonard besorgt auf die ständig steigenden Rechnungen hinwies, antwortete sie nur, dieser Lebensstil sei notwendig, um ihrer beider gesellschaftliche Stellung zu wahren und damit er irgendwann im Leben einmal ein wenig vorankäme. Und als die vier Jahre auf den Inseln um waren, überredete sie ihn, eine Verlängerung zu beantragen.

Dies war ein verhängnisvoller Schritt, und er wusste es. Aber er war zu schwach, um ihr Widerstand zu leisten, denn Ruby antwortete auf seinen halbherzigen Protest mit Tränen und Zornesausbrüchen. Schließlich gab er nach, mit dem Ergebnis, dass sein Posten in Indien, auf den er hätte zurückkehren können, mit einem anderen Kandidaten besetzt wurde. Andere Männer rückten nach, und nun musste er entweder weiterhin um Verlängerung bitten oder sich eine andere Arbeit suchen. Das war vor sechzehn Jahren gewesen; und jetzt waren die Stocks immer noch auf den Inseln.

Die schöne, ehrgeizige Ruby, die frühere Schönheitskönigin von Midnapore, war inzwischen eine säuerliche, verbitterte Frau geworden, die sich verzweifelt an ihrem verblassenden Zauber festklammerte, ihrer einzigen Waffe gegen die zähe Monotonie ihres Daseins. Und da es nur wenige Frauen auf den Inseln gab, hatte sie immer einen Mann, manchmal auch mehrere, die an ihrem Schürzenzipfel hingen. Ihre »Affären« waren zum einzigen Inhalt ihrer schalen, kinderlosen Existenz geworden, und so sah sie in jeder Frau eine mögliche Rivalin.

Bis zur Ankunft von Valerie hatte Mrs. Stock in Port Blair keine ernsthafte Konkurrenz gehabt, und sie hatte auf die Jugend und den gesellschaftlichen Status des hübschen Mädchens mit einer beißenden inneren Bitterkeit und mit einer überwältigenden äußerlichen Freundlichkeit reagiert. Aber Valerie hatte sich dann doch nicht als die befürchtete Rivalin erwiesen, denn nachdem Charles Corbet-Carr so rasch von der jungen Dame Besitz ergriffen hatte, war Valerie gegen die Aufmerksamkeit aller anderen Männer immun geworden. Aber nun war Copper Randal hier, und sie stellte eine echte Bedrohung dar.

Ruby hatte auf den ersten Blick entschieden, Nick in den Kreis ihrer Verehrer einzureihen, in ihre »Sträflingskolonne«, wie man sie in Port Blair gern nannte. Aber als Copper auf Government House eintraf, war sofort klar, dass Nick Tarrents Zuneigung nur noch diesem flachsköpfigen jungen Ding galt. Entsprechend fiel Rubys Begrüßung dieses »jungen Dings« aus.

»Was um Himmels willen hat Sie so lange aufgehalten, Darling?« (Ruby hatte irgendwo gelesen, dass die Mitglieder der feinen Gesellschaft sich ständig mit »Darling« anredeten.) »Nein – verraten Sie es nicht, ich kann es mir denken. Sie hatten eine Reifenpanne! Das ist ja auch eine so romantische Straße, nicht wahr? John Shilto wird vollkommen hingerissen sein! Ein guter Fang, meine Liebe, das kann ich Ihnen versichern. Ach, wie nützlich sind doch Reifenpannen! Ich frage mich, wie die Menschen zueinander gefunden haben, als es noch keine Autos gab.«

Das silberhelle Lachen, das diese Freundlichkeiten begleitete, war nicht ohne Boshaftigkeit, und Coppers rauchblaue Augen weiteten sich zu einem Ausdruck kindlicher Unschuld: »Nun, Sie sollten es doch wissen, Mrs. Stock«, konterte sie zuckersüß.

»Spiel, Satz und Sieg«, murmelte Nick vor sich hin. Laut sagte er: »Hallo, Copper, ihr seid entsetzlich spät dran. Ich hoffe, ihr habt die Getränke bei euch, wurde ja auch Zeit! Ich könnte einen Drink gebrauchen. Und ich bin sicher, Ruby geht es ähnlich. Komm, wir gehen los und holen uns etwas zu trinken.«

Damit nahm er Copper fest am Arm und bugsierte sie mit schnellem Schritt über den Rasen davon, bevor Mrs. Stock etwas erwidern konnte.

»O nein, das war gemein von mir«, sagte Copper reuevoll. »Aber sie hat es provoziert. Trotzdem, wir hätten sie nicht einfach dort sitzen lassen sollen.«

»Na, vielen Dank«, sagte Nick grimmig, »ich wollte wirklich nicht als Schiedsrichter eines Damenringkampfs herhalten. Du bist einfach zu schlagfertig für dein Alter, ich bin schockiert! Und die arme Ruby ist es offenbar auch. Willst du einen Gin Sling oder lieber einen Shandy?«

»Einen Shandy, bitte. Die Kiste mit dem Ingwerbier und den anderen alkoholfreien Getränken ist noch im Auto, glaube ich.«

»Da ist sie«, sagte Leonard Stock, der mit der Kiste neben ihnen auftauchte. »Wohin soll ich sie stellen? Guten Morgen, Miss Randal.«

»Stellen Sie sie irgendwo im Schatten ab«, riet Nick ihm. »Kommen Sie, ich helfe Ihnen.«

»Lassen Sie nur, ich komme schon zurecht.« Mr. Stock stellte seine Last unter einigen Flammenbäumen ab und suchte unter den Flaschen nach dem Ingwerbier. »Shandy, sagten Sie? Wir könnten gleich eine große Kanne davon mischen. Ich könnte selbst einen gebrauchen, der Morgen war wirklich anstrengend. So windstill! Ich hatte gehofft, wenigstens hier oben würde eine Brise gehen; normalerweise kann man sich darauf verlassen. Aber heute geht wirklich nirgendwo ein Lüftchen.« Er suchte in seinen Taschen nach einem Taschentuch, und nachdem er sich die Hände abgewischt hatte, tupfte er erfolglos den Schweiß ab, der ihm von Gesicht und Nacken rann.

»Hallo, Leonard«, sagte Valerie, die zu ihnen trat. »Sie sehen ziemlich erhitzt und angestrengt aus. Und das geschieht Ihnen auch ganz recht. Stimmt es, dass Sie Ferrers Shilto mit in unsere friedliche Runde gebracht haben?«

Mr. Stock warf einen ängstlichen Blick über seine Schulter und sagte dann mit erregter Stimme: »Ja, ich ... leider, so ist es. Aber woher sollten wir denn wissen ... Sehen Sie, der

Kaplan und Mrs. Dobbie haben uns in ihrem Auto mitgenommen, und da sie Ferrers bitten wollten, sein Bettzeug mitzubringen – er verbringt das Weihnachtsfest bei ihnen –, hielten wir an seinem Bungalow an und … nun, irgendwie schien es uns eine nachbarliche Pflicht zu sein, ihn zum Picknick einzuladen, denn wir hatten natürlich keine Ahnung, dass John kommen würde. Wirklich! Das ist alles so unangenehm!«

»Wohl wahr!«, sagte Charles, der ein Glas Shandy von Mr. Stocks entgegennahm. »Jetzt geht der Ärger wieder los. Wartet nur, bis das Feuerwerk beginnt. Die Shilto-Vettern, Copper. Große Wiedervereinigungsszene in drei heftigen Explosionen. Da steht Ferrers in seiner Lumpensammler-Kluft – der dürre kleine Kerl da vorne, der mit dem Rücken zu uns steht und jetzt schon vor Wut schäumt.«

Der Satz beschrieb die Situation gut, denn der hutzelige Mann in dem fleckigen, verknitterten Anzug betrachtete John Shilto, der sich zuversichtlich näherte, mit sichtbarer Anspannung und bebend vor Feindseligkeit. Plötzlich fiel Schweigen über die Gesellschaft, als John, der Ältere der beiden Männer, vor seinem Vetter stehen blieb und ihm seine große fleischige Hand hinstreckte. In diesem Schweigen klang seine Stimme unnatürlich laut und gezwungen: »Na, das ist ja eine Überraschung!«, sagte Mr. Shilto mit falscher Herzlichkeit. »Ich muss zugeben, dass ich nicht damit gerechnet hatte, dich hier zu treffen, alter Junge. Aber da wir uns nun schon mal begegnen, wäre das nicht eine gute Gelegenheit, das Kriegsbeil zu begraben und die Vergangenheit ruhen zu lassen? Was meinst du?«

Sein Lachen klang ebenso laut und gezwungen wie seine Stimme, aber entweder war Ferrers Shilto extrem kurzsichtig oder er hatte nicht die Absicht, die ausgestreckte Hand seines Vetters zu ergreifen; jedenfalls bewegte er sich keinen Millimeter. Das Schweigen verdichtete sich und wuchs, bis es als eigenständige Masse dastand. Wieder tauchten auf John Shiltos Zügen dunkle, hässliche Flecken auf. Er ließ die Hand sinken, schaffte es aber mit sichtlicher Anstrengung, eine Art Lächeln auf seinem Gesicht beizubehalten: »Ach, komm schon, Junge, sei kein Spielverderber. Schließlich ist doch Weihnachten. ›Friede auf Erden und den Menschen ein Wohlgefallen.‹«

Ferrers Shilto lachte – ein schrilles, gackerndes, fast schon hysterisches Lachen – und sagte zum allgemeinen Erstaunen der Gesellschaft: »Du hast es also herausgefunden, ja? Ich frage mich, wie du das geschafft hast. Na, möge es dir im Halse stecken bleiben!«

Diese Worte, so bedeutungslos sie für die Umstehenden auch sein mochten, hatten für John Shilto offenbar einen Sinn. Und später erinnerte sich Copper, wie auf einen Schlag Farbe und Lächeln aus seinem Gesicht wichen, als wären sie mit einem Schwamm weggewischt worden, und nur noch fahles Weiß und blanken Zorn hinterließen. Und sie erinnerte sich auch an das heiße, strahlende Sonnenlicht und an die Schattenflecken, die schweigende Gruppe und den seltsamen, flüchtigen Ausdruck, den sie zufällig auf einem anderen Gesicht aufgefangen hatte …

John Shilto zerrte mit fahriger, unsicherer Hand an seinem Kragen, als wäre er ihm zu eng. Dann drehte er sich abrupt um und ging mit eigenartig stolpernden Schritten über den Rasen davon.

Hastig und ein wenig schuldbewusst nahmen die Zuschauer des Dramas, das sich gerade vor ihren Augen abgespielt hatte, die Konversation wieder auf, sich ihrer gesellschaftlichen Verpflichtungen erinnernd. In dem Augenblick, als Ferrers Shilto auf dem Absatz kehrt gemacht hatte, hörte Valerie, wie Copper kurz und hektisch Luft holte und völlig erstarrt dastand, als hätte sie der Anblick des kleinen Mannes in einen Schockzustand versetzt.

»Was ist los, Coppy?«, fragte Valerie mit scharfer Stimme. »Du siehst aus, als hättest du ein Gespenst gesehen.«

»Habe ich auch«, erwiderte Copper heiser.

Sie zwang sich zu seinem unsicheren Lachen und sagte mit einer Stimme, die sie nicht ganz unter Kontrolle zu haben schien: »Schau nicht so erschrocken, Val. Ich bin nicht verrückt geworden. Ich glaube jedenfalls nicht. Aber ... dieser Albtraum heute Nacht ... ich weiß, es klingt verrückt, aber der Mann, den ich in meinem Albtraum gesehen habe, das war Ferrers Shilto!«

Auf Mount Harriet hatte sich tiefer, warmer, satter Nachmittagsfriede ausgebreitet.

Diejenigen Teilnehmer des Picknicks, die sich keines der bezogenen Betten im Haus hatten sichern können, ruhten auf Teppichen und Kissen in verschiedenen schattigen Ecken des Gartens. Valerie, Copper, Charles und Nick, die das Rennen um den begehrten, aber nicht sehr ausgedehnten Schattenplatz unter den Feigenbäumen am östlichen Ende des Rasens um Haaresbreite verloren hatten, hatten sich mit allen Teppichen, derer sie habhaft werden konnten, zum Lastwagen zurückgezogen.

Dieses große und äußerst nützliche Fahrzeug, Eigentum des Departments für öffentliche Bauprojekte und normalerweise zum Transport von Kies- oder Steinladungen für Straßenarbeiten eingesetzt, diente momentan dem Zweck, einen Großteil der Picknick-Teilnehmer vom Schiffsanleger in Hopetown zum Mount Harriet zu bringen. Es gab zwar noch Arbeitspuren in Form vieler Steinchen zwischen den Brettern auf der Ladefläche und in den Ecken, davon ließen sich die vier aber nicht stören. Sie verteilten, nachdem sie über die Klappe gestiegen waren, Teppiche und Kissen auf der staubigen Ladefläche und legten sich dann zu einer friedlichen Siesta nieder.

»Die reine Wonne«, seufzte Charles schläfrig. »Könnte mich wohl irgendwer zur Teezeit wecken? Hoffen wir, dass nicht wieder irgendwelche lieben Freunde auf die Idee kommen, runter zum Baden zu fahren, mit uns auf der Ladefläche, wie beim letzten Mal.« Damit streckte er sich auf den Teppichläufern bequem auf dem Rücken aus und schloss die Augen – um sie gleich wieder zu öffnen, als auf dem Kies draußen Schritte knirschten und ein unsichtbarer Gast sich dem Lastwagen näherte. Neben dem Wagen blieb er stehen und legte eine Hand auf den Rand der Ladeklappe.

Copper wollte gerade etwas sagen, als Charles sie mit einer Grimasse zum Schweigen brachte.

»Ronnie«, bewegte er lautlos die Lippen und gestikulierte, weil er annahm, dass Mr. Purvis sich zweifellos gerne zu ihnen gesellen würde, wenn er bemerkte, dass sie sich alle hier auf dem Wagen befanden. Also lagen sie alle vier mucksmäuschenstill und bemühten sich nach Kräften, möglichst wenig zu atmen. Nach wenigen Augenblicken wurde die Hand zurückgezogen, und die Schritte bewegten sich wieder in Richtung Haus.

»Gerettet!«, seufzte Charles. »Dieser lästige Romeo hätte wahrscheinlich den ganzen Nachmittag lang geredet.«

»Das war nicht Ronnie«, korrigierte ihn Copper, die durch einen Ritz in der Seitenwand blickte. »Das war der Shilto-Vetter, Ferrers.«

»Seltsam«, sagte Valerie. »Ich habe auch gedacht, es wäre Ronnie – wie kommen wir bloß darauf? Aber was hat Ferrers hier zu suchen? Ich hatte eigentlich gehofft, der Kaplan hätte ihn nach der Szene vorhin ein wenig zur Vernunft gebracht. Charles, glaubst du ...?«

»Nein«, sagte Charles sehr bestimmt. »Ich sehe nichts Böses, ich höre nichts Böses, und ich rede nichts Böses. Jedenfalls nicht jetzt. Mir ist sehr nach einem Verdauungsschläfchen zumute, und das möchte ich jetzt auch gerne halten. Sei also bitte still, o du Licht meines Lebens, und schenk uns nicht nur Frieden, sondern auch Ruhe.«

Der Lastwagen war im Schatten des Hauses geparkt, und eine schwache, erstaunlich frische Brise zog nun durch den Garten. Sie kühlte die Schwüle des Nachmittags etwas ab.

Schläfrige Stille breitete sich aus, Charles schnarchte leise, und eine kleine Schmeißfliege krabbelte unbemerkt auf Nicks Kinn herum.

Später hätte keiner von ihnen sagen können, wann und wovon sie wach geworden waren. Aber wach waren sie, alle vier, und bis sie ganz munter geworden waren, hatten sie genug gehört, um zu wissen, dass dies nicht der Moment war, sich bemerkbar zu machen. Also blieben sie still liegen, verborgen hinter den hohen hölzernen Seitenwänden des Lastwagens, während kaum einen Meter von ihnen entfernt die Shilto-Vettern einen Wortwechsel führten, der nicht gerade von verwandtschaftlicher Herzlichkeit zeugte.

Als sie später, im Licht der weiteren Ereignisse, zusammentrugen, was ihnen von diesem Gespräch in Erinnerung geblieben war, zeigte sich, dass John Shilto seinem Vetter angeboten hatte, die Plantage für eine Summe zurückzukaufen, die mehr als doppelt so hoch war wie der ursprüngliche Kaufpreis. Als Grund für diese erstaunliche Geste hatte er angegeben, dass er sich wünschte, den alten Streit zu begraben. Und während Ferrers dieses Angebot mit allen Anzeichen von Hohn und Spott zurückwies, wurde den Freunden auf dem Lastwagen erst klar, dass sie dabei waren, unfreiwillig ein Privatgespräch zu belauschen.

»... und wenn du«, beendete Ferrers Shilto seine Rede, die großzügig mit Schimpfworten durchsetzt war, »wenn du auch nur eine Minute geglaubt hast, dass ich zum zweiten Mal auf einen Schurken wie dich hereinfalle, dann hast du dich getäuscht. Du könntest mir für diese stinkende, rattenverseuchte, krank machende Plantage auch den vierzigfachen Betrag anbieten, ich würde dein Geld nicht annehmen. Und eins sage ich dir, morgen schreibe ich mein Testament, nur um sicherzugehen, dass du sie nicht in die Finger bekommst. Nein, liebster Vetter, wer zuletzt lacht, lacht am besten. Die Plantage gehört mir, jeder einzelne schleimige

Quadratmeter, überflutet oder nicht. Und wenn du auch nur einen Fuß auf meinen Grund und Boden setzt, lasse ich dich von meinen Männern davonprügeln.«

Seine Stimme wurde immer lauter, bis sie schließlich hysterisch überschnappte und John sich mit einer beißenden Bemerkung auf den Lippen auf dem Absatz umdrehte und das Schlachtfeld verließ.

Kurz darauf ging auch Ferrers seiner Wege, und Charles, der vorsichtig hinausgelugt hatte, verkündete, die Luft sei jetzt rein. »Höchst unterhaltsam, dieses Intermezzo, findet ihr nicht? Mit allem, was dazugehört: Drama, Leidenschaft, menschliche Abgründe, Geheimnisse. Genial konstruiert! Ich habe es außerordentlich genossen. Was denkt ihr, welche schmutzigen Pläne John wohl ausheckt? Oder sind wir Zeugen eines Wunders, und er ist wirklich ein Opfer seiner Reue und des weihnachtlichen Geistes geworden? Wie der alte Geizkragen Scrooge in der Weihnachtsgeschichte von Dickens? Nun, da habe ich so meine Zweifel.«

»Wie war das – ›ich rede nichts Böses‹?«, warf Valerie ein.

»Ach, da war ich schläfrig und wohl gesättigt. Jetzt aber bin ich weder das eine noch das andere und deshalb geneigt, von jedem der beiden Vettern das Schlimmste anzunehmen. Also, lasst uns den Fall Shilto gegen Shilto abschließen und uns stattdessen darauf konzentrieren, an Tee ranzukommen, bevor meine Verfassung noch schlimmer wird. Reich mir doch bitte die Teppiche herunter, mein Schatz!«

Sie gingen ums Haus, durch den Rosenbogen und zum anderen Ende des Rasens, wo der Rest der Gesellschaft rund um ein reich gedecktes Tischtuch saß, das im Schatten der Jasminbäume ausgebreitet war.

»Kommen Sie zur Abwechslung doch mal zu uns rüber zum Plaudern, Copper«, lud Ronnie sie ein. »Eine schmale Person wie Sie hat hier noch Platz. Rutschen Sie mal ein Stück, Hurridge, damit wir die junge Dame aus den Fängen der Marine retten können. Sandwiches gefällig? Die durchgeweichten sind mit Gurke, die verdrückten und verkrümelten mit Marmelade.«

»Gurke, bitte«, sagte Copper und setzte sich zwischen Ronnie Purvis in seinem flotten Segelanzug und den massigen, in einen Khakianzug gekleideten Mr. Albert Hurridge, den stellvertretenden Commissioner. Mit einem Anflug von schlechtem Gewissen wurde ihr bewusst, dass ihr besonderes Interesse an Nick Tarrent ihre Aufmerksamkeit gegenüber allen anderen Bewohnern der Inseln – mit Ausnahme von Valerie und Charles – vollkommen hatte erlahmen lassen. So hörte sie jetzt geduldig dem stellvertretenden Commissioner zu, der unglaublich langweilige Anekdoten erzählte; sie ertrug mit der gleichen Geduld die stereotypen Flirtversuche des selbstverliebten Frauenhelden Mr. Ronald Purvis und versuchte auch noch nach Kräften, wenn auch mit geringem Erfolg, seine schweigsame, blässliche Frau in das Gespräch mit einzubeziehen.

Ronnie Purvis war einer jener zwanghaften Schürzenjäger, die glauben, ihre Lebensaufgabe bestünde darin, Frauen zu beglücken. Er war außerordentlich eitel und besaß jene billige Attraktivität, die eitlen Männern so häufig zu eigen ist, und niemand konnte je verstehen, weshalb er ausgerechnet die arme, langweilige, früh verblühte Rosamund Purvis geheiratet hatte. Denn wenn Mrs. Purvis jemals auch nur andeutungsweise hübsch gewesen war, so hatten die Hitze und das Tropenfieber dem längst ein Ende bereitet, und mit ihren dreißig Jahren sah sie gut zehn Jahre älter aus als ihr sonnengebräunter, athletischer Mann mit seinen sechsunddreißig.

Die meisten Leute bezeichneten Mr. Purvis als den »guten armen Ronnie«, und oft wurde hinzugefügt, was für eine Tragödie es doch sei, dass er an diese schwächliche, uninteressante Frau gebunden war. Und nur wenige hätten der Tatsache Glauben geschenkt, dass dieselbe Rosamund Purvis bereits mit einundzwanzig Jahren ihr Studium als Bachelor of Arts abgeschlossen hatte und eine der besten Studentinnen in Oxford gewesen war. Man hatte ihr eine glänzende Zukunft prophezeit, aber schon ein Jahr später hatte sie Ronald Purvis kennen gelernt, der auf Heimaturlaub aus Indien war, sich hoffnungslos in ihn verliebt und ihn geheiratet. Die Hochzeit lag sieben Jahre zurück, und die Einsamkeit der Dschungelcamps, die feuchte, stickige Hitze der Andamanen, Geburt und früher Tod zweier Kinder und die ständige Untreue ihres Mannes hatten diese ehemals hübsche und intelligente Frau in jenes farblose Nichts verwandelt, dass man in Port Blair als »die trübselige Frau des guten armen Ronnie« kannte.

Inzwischen flirtete der gute arme Ronnie verzweifelt mit jeder Frau und jedem Mädchen, die er traf, und erklärte ihnen mit trauriger, aber tapferer Stimme, dass seine Frau ihn nicht verstünde – ein Satz, den Männer viel zu oft gebrauchen und der meist bedeutet, dass sie im Gegenteil nur zu gut verstanden werden. Er sah mit sechsunddreißig Jahren immer noch so jung aus wie mit fünfundzwanzig, und er brachte jene Flirts, aus denen »Affären« wurden, mit nach Hause, ohne rot zu werden.

»Ich verstehe wirklich nicht, warum sie sich das gefallen lässt«, hatte Charles irgendwann einmal zu Valerie gesagt. »Wenn ich an ihrer Stelle wäre, würde ich ihn rausschmeißen und ihn seinen miesen kleinen Affären überlassen. Sie hat einfach keinen Mumm.«

»Vielleicht liebt sie ihn ja?«, hatte Valerie vorgeschlagen.

»Schön blöd«, hatte Charles höchst uncharmant erwidert.

Aber Valerie hatte Recht. Rosamund Purvis verabscheute ihren Mann und seine Untreue, aber sie liebte ihn noch immer, und so blieb sie bei ihm, obwohl sie wusste, dass man sie bemitleidete und verachtete.

Ronnie jedoch hatte derzeit nicht den gewohnten Erfolg. Bei Valerie war er von Anfang an abgeblitzt, und ihre Verlobung mit Charles Corbet-Carr hatte jedem Plan eines romantischen Abenteuers ein abruptes Ende gesetzt. In seiner

Funktion als Liebhaber Nummer eins hatte sich Mr. Purvis systematisch durch die gegenwärtig eher spärliche weibliche Bevölkerung von Ross und Aberdeen gearbeitet und war gerade in einen Zustand akuter Langeweile geraten, als die *Maharaja* in Chatham angelegt und Miss Caroline Randal von Bord gelassen hatte.

Ein Blick auf den Neuimport hatte genügt, um Ronnie zu überzeugen, dass die Götter es gut mit ihm meinten, und er hatte seine gesamte Palette an jungenhaftem Charme, Dreistigkeit und Flirt-Techniken aktiviert und sich siegessicher an sein Eroberungswerk gemacht.

Aber was war aus seinen schönen Hoffnungen geworden! Die H.M.S. *Sapphire* und Lieutenant Nicholas Tarrent hatten die schöne Weihnachtszeit ruiniert – zumindest was Mr. Purvis anbelangte. Und da der Schürzenjäger Konkurrenz nicht gewohnt war, hatte der Anblick Nick Tarrents, der sich mit Ronnies Objekt der Begierde offenbar prächtig amüsierte, einiges dazu beigetragen, seine ansonsten so gute Laune zu trüben. Sein Selbstbewusstsein jedoch war unbeschädigt, und Copper musste seine glühenden Avancen während des gesamten Essens abwehren, während sie mit einem anderen Teil ihrer Aufmerksamkeit damit beschäftigt war, zornig auf Ruby Stock zu starren und sich zu fragen, was diese Frau Nick so Dringendes mitzuteilen hatte, dass sie sich an eine seiner Schultern schmiegen musste.

5

»... Jarawa«, sagte Mr. Hurridge am Ende eines längeren Satzes. »Wie bitte?«, fragte Copper, die plötzlich bemerkte, dass der stellvertretende Commissioner gerade wieder auf sie einredete.

»Jarawa«, wiederholte Mr. Hurridge bedeutungsvoll. »Ich vermute, Ihnen ist nicht klar, dass wir uns hier und jetzt auf Jarawa-Land befinden.«

Er bemerkte Coppers verständnislosen Blick und sagte in leicht verletztem Ton: »Ich habe den Eindruck, Sie haben mir überhaupt nicht zugehört, Miss Randal.«

»Tut mir Leid«, entschuldigte sich Copper. »Ich habe wohl gerade an etwas anderes gedacht. Was sagten Sie?«

»Ich sprach von den Jarawa«, sagte Mr. Hurridge würdevoll. »Ein Stamm von Eingeborenen, die Teile dieser Inseln bewohnen.«

»Ich dachte, man nennt sie Andamaner«, erwiderte Copper heiter.

»Nein, nein. Die Jarawa unterscheiden sich erheblich von den Andamanern; es handelt sich um ein kaum beherrschbares kleines Volk. Sie leben im Urwald, und niemand hat bisher ihre Sprache gelernt oder sich mit ihnen angefreundet. Sie benutzen Pfeil und Bogen und schießen, sobald man sich nähert, und sie sind heute immer noch so wild wie zu der Zeit, als Marco Polo zum ersten Mal von den Inseln berichtete.«

Mr. Hurridge, den jetzt die Begeisterung für sein Thema davontrug, begann einen umständlichen Bericht von Überfällen gegen entlegene Siedlungen und Posten, die die kleinwüchsigen Wilden begangen hatten, und von der Unmöglichkeit, sie wirksam zu bekämpfen, weil der Dschungel, in dem sie lebten, so dicht war. Der Mount Harriet selbst, verriet Mr. Hurridge ihr, lag mitten im Gebiet der Jarawa, und wenn man nur ein Dutzend Schritte über das hintere Ende des Rasens hinausging, war man schon mitten im Jarawa-Dschungel.

»Wir könnten also jeden Augenblick ermordet werden«, sagte Amabel Withers mit der ihr eigenen Schwarzseherei. »Da sieht man's mal wieder!«

»Lassen Sie sich nicht erschrecken, Copper«, schaltete sich Ronnie Purvis ein. »Die Jarawa sind, soweit wir wissen, nie bis zu diesem Ende der Insel vorgedrungen. Und außerdem töten sie nur, um an Lebensmittel oder Metall zu kommen – oder in trockenen Jahren, um Wasser zu bekommen. Sie töten nie zum Vergnügen.«

»Wenn Sie damit beabsichtigt haben, meine Befürchtungen zu zerstreuen«, sagte Copper mit leichtem Schaudern, »muss ich Sie enttäuschen. Bisher hatte ich diese Gegend für hübsch und friedlich gehalten: keine wilden Tiere, nicht allzu viele Schlangen und freundliche Andamaner. Von heute an werde ich jedes Mal einen Herzanfall bekommen, wenn irgendwo ein Zweig knackt. Mr. Norton, würden Sie mir wohl die Hand reichen? Ich werde jetzt über diese Hecke einen Blick ins Land der Jarawa werfen, und dabei würde mir ein wenig Polizeischutz gut gefallen.«

Die Teegesellschaft löste sich auf, und man wanderte über den Rasen, als Valerie ihre Freundin mit ins Haus nahm und ihr eine Aussicht zeigte, die ihr für den Rest ihres Lebens im Gedächtnis bleiben würde. Sie waren nebeneinander eine Treppe hinaufgegangen bis zu einer ausgedehnten Glasveranda, die drei Seiten des obersten Stockwerks umgab. Valerie hatte ein Fenster aufgestoßen und gesagt: »Da …!« Und Copper hatte sich sogleich in einen atemberaubenden Ausblick versenkt, der sicherlich einer der schönsten auf der ganzen Welt war.

Tief unter ihr lagen die Inseln über ein spiegelndes Meer verstreut, das so ruhig und glatt und leuchtend dalag, dass sich die Strömungen im Wasser abzeichneten wie verbrauchte Luftschlangen auf dem Tanzboden am Ende einer Karnevalsfeier, wenn die Klänge verstummt und die Tänzer nach Hause gegangen sind. Die Luft hatte sich ein wenig abgekühlt, und so verschwanden die Inseln nicht mehr hinter flimmernden Hitzeschleiern, sondern lagen klar und farbenprächtig im tropischen Abendlicht: flieder- und lavendelfarben, blau und grün und golden.

»Von dieser Aussicht muss Keats geträumt haben«, sagte Copper. »Das hat er beschrieben: ›Magie in Zauberfenstern ... umtost vom Sturmmeer, im verlornen Märchenland‹.«

»Mm ... ja«, stimmte Valerie zögernd zu. »Aber manchmal frage ich mich, ob er von schwarzer oder weißer Magie gesprochen hat.«

»Wie kommst du darauf?«, fragte Copper neugierig.

»Ich weiß nicht. Es ist nur ... nun, manchmal liegt eine seltsame Stimmung über diesen Inseln. Nicht, wie du es letzte Nacht erlebt hast, aber ... sie sind so weit weg von der Welt. Als hätten die Zivilisation und das zwanzigste Jahrhundert nur kleine Kratzer auf der Oberfläche hinterlassen und darunter wäre noch alles fremd und, ja, umtost und verloren. Ich habe immer das Gefühl, als könnten sie mit den Menschen seltsame Dinge tun, die zu lange hier bleiben. Mit dem Charakter, meine ich, als könnten sie ihn umwandeln, einen andren draus machen, und ... Ach, ich kann es nicht erklären, vermutlich rede ich Unsinn. Weißt du, ich habe schon den ganzen Tag ein seltsames Gefühl, wie bei einer zu weit aufgezogenen Uhr, wo du dir überlegst, was geschieht, wenn der Punkt erreicht ist, an dem du sie überdrehst. Wahrscheinlich gibt es ein lautes, hässliches Geräusch, und all meine hübschen, ordentlichen, zivilisierten kleinen Ideen fliegen in alle Himmelsrichtungen davon, herrlich frei und ungehemmt. Na, jetzt rede ich aber wirklich Unsinn.«

»Nein«, sagte Copper langsam. »Ich glaube, ich weiß, was du meinst. Irgendwie sind heute alle ein wenig überreizt. Ich bin es auf jeden Fall. Ich hätte mich vorhin am liebsten mit Madame Stock gestritten. Und dann waren da die Shiltos, die sich angegiftet haben, und selbst Mrs. Purvis machte eine ziemlich spitze Bemerkung, als Amabel Withers wieder mit einer ihrer finsteren Anekdoten über Leute anfing, die ertrunken oder von Haien gefressen oder einem Kraken erwürgt worden sind.«

»Wahrscheinlich ist es nur die Hitze«, seufzte Valerie. »Wir haben seit Tagen keinen Regen gehabt. Ein ordentlicher Schauer, dann werden wir alle wieder normal, die Laune eingeschlossen. *Nicht, Copper!* Du machst dir die Arme schmutzig.«

Copper, die sich weit über das Fensterbrett gelehnt hatte, zog sich blitzschnell zurück. »Was soll ich nicht tun, du lieber Himmel?«

»Tut mir Leid«, entschuldigte sich Valerie. »Ich hätte dich warnen sollen. Es ist das rote Zeug, mit dem sie hier das ganze Holz streichen. Wir haben es an unsrem Haus auf Ross drüben auch. Es ist eine Art Terpentin, irgend so etwas. Ausgesprochen lästig, denn es macht überall Flecken.«

»Das tut es allerdings«, bemerkte Copper säuerlich, während sie ihre leuchtend roten Ellbogen mit einem Taschentuch unzulänglich abzureiben versuchte.

»Mich hat damals auch niemand gewarnt«, grinste Valerie. »Und ich erinnere mich an eine blöde Situation, als ... du lieber Himmel! Sieh doch mal, da drüben! He, Hamish!« Sie lehnte sich aus dem Fenster und rief hinunter zu Captain Rattigan, dem ernsthaften, dunkelblonden Kommandeur der militärischen Einheit auf Ross, der unten auf dem Weg stand. »Hamish! Da kommt ein böses Unwetter! Diejenigen, die mit dem Boot hier sind, sollten besser zurückfahren, wenn sie nicht hineingeraten wollen. Beeilt euch!«

Copper drehte sich um und sah weit im Südosten einen schmalen Streifen lohfarbener Schwärze, die über dem Horizont lag. Der Streifen hatte eine scharfe schwarze Kante, so gerade wie mit dem Lineal gezogen, und darüber breitete sich ein hässliches Ocker über dem Abendhimmel aus.

»Aber das ist doch noch Meilen entfernt«, protestierte

Copper. »Kann doch sein, dass es vorbeizieht oder sich austobt, bevor es hier ankommt.«

»Kann sein«, sagte Valerie kurz. »Aber der Anblick gefällt mir überhaupt nicht. Komm, wir sollten hinuntergehen.« Sie drehte sich um und rannte in den Garten, wo bereits eine Diskussion im Gange war, wer nach Hause segeln und wer im Auto mitfahren sollte.

Es wurde beschlossen, dass George Beamish und Amabel Withers, der Polizeibeamte Ted Norton und der Stabsarzt Dan Harcourt von der H.M.S. *Sapphire* mit dem Auto zurückkehren sollten. Hamish suchte bereits Ersatzleute für die Segelboote, und Copper kam gerade rechtzeitig, um zu sehen, wie Mrs. Stock neckisch nach dem Arm von Nick Tarrent griff und beschloss, dass sie an Dan Harcourts Stelle mit ihm segeln würde. »Und versuchen Sie nur ja nicht, mich loszuwerden, Nick!«, verkündete sie fröhlich, lächelte ihn an und drohte ihm spielerisch mit dem Finger. »Ich habe kein bisschen Angst vor Unwettern, und ich *liebe* es zu segeln. Und Sie können mir auch nicht weismachen, dass sie bereits jemand anderen mitnehmen, denn Dan hat sich gerade eben erst entschlossen, mit dem Auto zurückzufahren. Ist es nicht so, Dan?«

»Die gute Ruby!«, murmelte Charles sanft.

Hamish' Stimme übertönte das allgemeine Gemurmel. »Dann ist alles klar, oder? Stock und ich nehmen das eine Boot, Ronnie und Rosamund und Ferrers das zweite, und Tarrent, Ruby und Shilto das dritte. In Ordnung?«

»Sehr vernünftig, Nick«, kommentierte Charles. »Das war's dann wohl mit Rubys trauter Zweisamkeit.«

Copper lachte und spürte, wie ihr Herz um einiges leichter wurde. Sie hätte es nicht einmal vor sich selbst zugegeben, wie empfindlich sie auf Mrs. Stocks hartnäckige Bemühungen Nick gegenüber reagierte. Die acht Segler stiegen auf den Lastwagen und fuhren los, während die restliche Gesellschaft allmählich die Teppiche, Decken und Picknickkörbe zusammenpackte. Auf der Straße würden sie nicht so lange brauchen wie die Segler, und da die meisten von ihnen die Halb-sieben-Uhr-Fähre von Aberdeen nach Ross nehmen wollten, hatten sie noch eine halbe Stunde Zeit, auf dem Mount Harriet zu bleiben.

Die Gespräche konzentrierten sich jetzt zunehmend und wie von selbst auf ein einziges Thema – die alte Heimat England; schließlich war Heiligabend, und die kleine Gruppe unter den Jasminbäumen wurde von dem schmerzhaften Heimweh der Exilanten nach den vertrauten Gegenden ergriffen, und in ihnen stiegen Erinnerungen an längst vergangene Zeiten auf, die nicht wiederkehren würden. Erinnerungen an ganz andere Weihnachtsfeste mit Stechpalmen und Misteln, Mince Pie und Sternsingern. Selbst Copper spürte ein leises Heimweh, und für einen flüchtigen Augenblick wurden Nick, Valerie, Charles, die grünen Inseln und das zauberhafte Meer trübe und unwirklich, und sie war wieder ein Kind, das auf den Hochstuhl kletterte, um lustige bunte Glaskugeln an einen Weihnachtsbaum zu hängen …

Sie schüttelte sich, als wollte sie die Erinnerung vertreiben, und nachdem sie mitgeholfen hatte, die letzten Decken in den Autos zu verstauen, spazierte sie ans Ende der Rasenfläche. Der Wind, der bei Sonnenuntergang aufgefrischt war, bauschte ihr aschblondes Haar zu einem buschigen Kranz über ihrem Kopf auf. Links unter ihr auf dem ruhigen Meer hinter der North Bay bewegte sich ein winziges weißes Segelboot langsam Richtung Ross. Es war viel zu weit draußen, um zu der Gesellschaft vom Mount Harriet zu gehören, und Copper vermutete, dass es sich um Valeries Vater handelte, der von einer friedlichen, einsamen Nachmittags-Segelpartie zurückkehrte. Sie beobachtete es für einige Momente, doch als ihr Blick dann weiter in die Ferne glitt, hielt sie plötzlich erschrocken die Luft an.

Die anderen hörten sie jetzt rufen, aber der Wind riss ihr die Worte vom Mund, sodass nur einige unverständliche

Laute zu ihnen drangen. »Was sie wohl will?«, fragte Valerie. »Charles, mein Schatz, geh doch noch mal herum und sieh nach, ob wir auch nichts vergessen haben.«

Copper kam über den Rasen auf sie zu gerannt und rief atemlos: »Kommt und seht euch das an!« Eilig zerrte sie Valerie hinüber, während die anderen langsamer folgten. »Seht euch das an!«, wiederholte Copper, immer noch in höchster Aufregung. Und sie sahen schweigend dorthin, wo die H.M.S. *Sapphire*, die bereits den Anker gelichtet hatte, langsam aus dem Hafen fuhr, den Bug auf die offene See gerichtet. »Sie sind weg!«, sagte Copper.

»Nein, Nick ist nicht weg«, sagte Valerie, die Coppers Gedanken präzisierte. »Die Boote hatten kaum genug Zeit, um in Hopetown abzulegen. Wenn sie überhaupt schon fertig zum Ablegen sind, schließlich wollte Ruby ja unbedingt helfen, die Segel zu setzen.«

Coppers Aufregung legte sich etwas, und sie lachte ein wenig unsicher, als Charles sagte: »Wir sollten Dan fragen«, und sich umdrehte, um Dan Harcourt zuzuwinken, der über den Rasen auf sie zu spazierte. »Doc, werfen Sie noch einen letzten sehnsuchtsvollen Blick auf ihr Zuhause, es segelt nämlich gerade davon. Wussten Sie etwas davon, dass Ihre Kameraden die Anker lichten und Sie hier aussetzen wollten?«

Dan Harcourt blickte in die Richtung, die Valerie anzeigte, und als er das Schiff sah, fiel ihm die Kinnlade herunter. »Großer Gott! Warum ... was soll das ...«

»Wir haben keine Ahnung«, sagte Copper. »Sie wussten auch nichts davon?«

»Nein. Da muss irgendetwas passiert sein, wahrscheinlich ein Aufstand in irgendeinem unbedeutenden Küstenort, und jetzt haben sie die Marine dorthin beordert, um Flagge zu zeigen und die Leute Mores zu lehren.«

Dann grinste er plötzlich breit. »Na, im Grunde habe ich Glück, dass sie mich hier zurückgelassen haben. Die armen Kameraden können einem doch Leid tun, wenn sie jetzt

Weihnachten praktisch im Kriegszustand feiern müssen. Ich wette, die Jungs sind stinksauer. Nick wird die Abfahrt wohl auch verpasst haben, umso besser für die beiden …«

Der Satz brach in einem leichten Zittern ab, sodass seine Zähne hörbar zusammenschlugen.

Copper drehte sich schnell um, aber er lachte schon wieder und sagte: »Entschuldigung, mich hat es grade gefröstelt. Sollten wir nicht losfahren, wenn wir die Fähre noch erreichen wollen?«

Sie zwängten sich in die drei Autos und verließen den Mount Harriet. Keiner von ihnen dachte daran, während der Rückfahrt auf der steilen Bergstraße auch nur einmal einen Blick zurückzuwerfen, wo der drohende Streifen aus lohfarbener Schwärze mit unheimlicher Geschwindigkeit anschwoll, sich weiter ausdehnte und das Strahlen vom stillen Abendhimmel zum Erlöschen brachte.

Der letzte Wagen hatte gerade die Einfahrt des Government House auf Mount Harriet hinter sich gelassen und die erste Kurve der Dschungelstraße genommen, als die Ruhe des gerade verlassenen Hauses wieder gestört wurde. Diesmal klingelte das Telefon in der kleinen Telefonzelle auf der Veranda, gleich bei der Tür zum Speisezimmer. Das Telefon schrillte, und sein durchdringender metallischer Ruf hallte unheimlich durch das schweigende Haus. Es klingelte etwa fünf Minuten lang, dann schwieg es, und die Stille flutete zurück und zog sich über dem Mount Harriet zusammen wie eine friedliche Wolke.

6

»Es wird sehr dunkel«, sagte Copper. »Verpassen wir die Fähre?«

Valerie beugte sich vor und warf einen Blick auf die Uhr im Armaturenbrett. »Nein, das schaffen wir schon. Wir haben noch fast eine halbe Stunde Zeit, und von hier aus brauchen wir nicht mehr als zwanzig Minuten.«

»Na«, machte Copper zweifelnd, »bisher haben wir noch jedes Mal die Fähre verpasst, wenn ich mit dir und Charles ein Picknick gemacht habe.«

»Pessimistin!«, sagte Charles, gab aber deutlich mehr Gas und nahm die nächste Kurve sehr sportlich.

»Warum hat alles auf einmal so eine seltsam gelbliche Farbe?«, fragte Copper unruhig weiter. »Du solltest die Scheinwerfer einschalten, Charles. Wir kommen bald von der Fahrbahn ab, der Wagen bewegt sich so schwankend!«

»Copper, wer fährt dieses Auto?«, gab Charles zurück. »Du oder ich?«

Copper entschuldigte sich hastig und lehnte sich aus dem Fenster, um den Himmel hinter ihnen zu betrachten, der zwischen den doppelten Baumreihen aufschien. Die anderen hörten, wie sie die Luft zwischen den Zähnen einzog. Jetzt lehnte sich Dan Harcourt, der an Stelle von John Shilto mit ihnen zurückfuhr, ebenfalls aus dem Fenster und ließ einen eindrucksvollen Pfiff hören. »Großer Gott! Los, gib Gas, Charles, sonst werden wir in fünf Minuten von einem Monsterunwetter eingeholt.«

Vor und über ihnen war der Himmel noch klar und heiter, aber hinter ihnen hatte sich eine bleierne Finsternis ausgebreitet, vor der sich die kompakte Masse des Dschungels und die hohen Wipfel der Kokospalmen schwarz und regungslos abzeichneten.

Kein Blatt bewegte sich. Selbst die Farnwedel und die Orchideen, sogar das lange zarte Spitzengewebe der Schlingpflanzen, die von jedem Ast herabhingen, blieben so still, dass sie wie erstarrt wirkten, und das Rattern des betagten Wagens, der mit hohem Tempo fuhr, schien das einzige Geräusch auf den gesamten regungslos daliegenden Inseln zu sein.

Charles verstellte den Rückspiegel, um selbst einen Blick auf den Himmel hinter ihnen zu werfen, und sagte: »Du liebe Güte! Wir können von Glück sagen, wenn wir schneller sind als das da. Halten Sie Ihre Hüte fest, Herrschaften, ich werde sehen, ob ich sechzig Meilen aus diesem galoppierenden Bettgestell heraushole.«

Er schaltete die Lichter ein, als sie aus einer Kurve herauskamen und mit quietschenden Reifen auf ein gerades Straßenstück einbogen, das im Schatten der Kokospalmen lag. Aber das Unwetter holte sie mit erbarmungsloser Geschwindigkeit ein, und inzwischen hatte es mehr als die Hälfte des Himmels verfinstert, sodass die Hügel in der Ferne schon nicht mehr zu sehen waren. »Beeil dich, Charles!«, flehte Valerie.

»Es nützt nichts, mir das immer wieder zu sagen«, gab Charles einigermaßen scharf zurück. »Richte deine Ermahnungen lieber an diese lahme Ente von einem Wagen! Er kracht schon in allen Fugen, und selbst wenn ich noch fünf Meilen mehr herausholen könnte, würde es uns nichts nützen, denn es dauert nicht mehr lange, dann fällt die ganze Karre auseinander.«

»Dass das ausgerechnet an Heiligabend passieren muss!«, klagte Valerie. »Charles, meinst du, die anderen halten die Fähre für uns auf? Wir sind als Letzte abgefahren und haben den ältesten Wagen, eigentlich müssten die Dobbies und George und Amabel und die anderen längst unten sein.«

Charles sagte: »Du vergisst, dass sie erst noch Hurridge und Ted Norton absetzen müssen. Wir werden vermutlich gleichzeitig mit ihnen am Anleger ankommen ... Hört ihr das? Was ist das?«

Schon seit einigen Minuten war, über dem lauten Brummen des Wagens kaum wahrnehmbar, ein leises, seltsames Summen zu hören. Aber jetzt wurde dieses Geräusch plötzlich lauter, bis es sich anhörte wie der Wind, der in den Telegrafendrähten saust und heult, und es wurde ständig lauter, bis die ganze Insel zu vibrieren schien wie das Gewölbe einer Kirche beim Dröhnen der tiefen Orgelpfeifen.

Charles rief: »Haltet euch fest, jetzt geht es los!«, und noch während er sprach, hatte der Sturm sie eingeholt.

Er durchschlug die atemlose Regungslosigkeit des Abends mit der Wucht einer Landmine, zersprengte die brütende Stille in tausend gequälte Stücke und sprang die Insel förmlich an. Er schüttelte sie, riss und zerrte an ihr wie ein Terrier an einer Ratte, beugte die Palmen, als wären sie winzige Schösslinge und ließ sie wild vor und zurück schnellen.

Stränge von Schlingpflanzen, die aus ihrer luftigen Verankerung gerissen worden waren, Blätter, Zweige und Orchideen, Aststücke und aufgeschreckte Insekten wirbelten über die Windschutzscheibe des Wagens und schlugen über dem Kühler zusammen, während das Auto schaukelnd und schwankend weiterfuhr, bis es mit Mühe den höchsten Punkt der Straße erreicht hatte.

Valerie konnte erkennen, dass Charles mit den Lippen wenig gesellschaftsfähige Wörter formte, als er feststellen musste, dass der Scheibenwischer nicht funktionierte. Sie griff nach einem Lappen und lehnte sich heraus, während der Wind ihr die Haare über die Augen blies.

Charles trat auf die Bremse und zerrte sie mit fester Hand zurück auf ihren Sitz. Während er den Wagen zum Stehen brachte, brüllte er irgendetwas, aber seine Worte waren im Heulen des Windes vollkommen unverständlich. Dann nahm er ihr den Lappen aus der Hand und wischte die Scheibe selbst ab.

Als der Wagen wieder anfuhr, bemerkte Valerie, dass Copper versuchte, ihr etwas ins Ohr zu schreien. »Nick!«, schrie sie, ihr Gesicht schreckensbleich. »Die Boote! Sie sind mitten in diesem Unwetter!«

Dan Harcourt, der trotz des grauenhaften Klapperns und Ratterns des alten Autos ein paar ihrer Worte aufgeschnappt hatte, schrie beruhigend zurück, dass es ihnen sicher gut ginge, denn sie seien wohl schon vor einer Viertelstunde in Ross angekommen und …

Valerie drehte sich mit einem Ruck zu ihm um und betrachtete ihn aufmerksam. Im schwachen Widerschein der Scheinwerfer konnte man in seinem Gesicht nichts anderes erkennen als Zuversicht. Aber sie war während der vergangenen Woche mehr als einmal mit ihm gesegelt und wusste, dass es Dan klar sein musste, wie lange es dauerte, um bei gutem Wind von Hopetown nach Ross zu segeln. Und während der halben Stunde vor dem Sturm war kein einziges Lüftchen gegangen …

Sie können auf keinen Fall mehr als die Hälfte des Weges zurückgelegt haben, dachte sie mit panischem Schrecken; und als die ersten dicken Regentropfen schwer gegen die Windschutzscheibe klatschten, ließ sie sich zurück in ihren Sitz sinken.

Copper hatte noch nie einen derartigen Regen erlebt. Er kam herunter wie ein reißender Fluss, ein schwerer, undurchsichtiger Vorhang aus Wasser, der von dem tintenschwarzen Himmel wuchtig auf sie niederfiel, mit der erschreckenden Unausweichlichkeit einer Flutwelle. Er ließ die Straße vor ihnen verschwinden, sodass sie in eine bewegliche, flüssige Wand hineinzufahren schienen. An vielen Stellen des alten Wagens drang Wasser ein, und als seine vier Insassen die Außenbezirke von Aberdeen erreicht hatten, sahen sie aus wie zerzauste und durchnässte Schiffbrüchige, die mit knapper Not überlebt haben.

Der Sturm ließ für kurze Zeit ein wenig nach, als sie den Anleger erreichten. Dort trafen sie die vier an, die mit den beiden anderen Autos gekommen waren – den Reverend

Dobbie mit seiner Frau, außerdem Amabel mit ihrem George – und sich unter dem Metalldach des Schutzhäuschens am Hafen zu einem unglücklichen Häuflein zusammengedrängt hatten. Den beiden anderen Teilnehmer des Picknicks, Ted Norton und der stellvertretende Commissioner Hurridge, die in Aberdeen wohnten, blieb es zu ihrem Glück erspart, das sturmgepeitschte Hafenwasser zurück nach Ross zu überqueren. Amabel wohnte eigentlich auch in Aberdeen, war aber zu verschiedenen Weihnachtspartys auf Ross eingeladen und wollte für einige Nächte bei den Purvis' übernachten.

Als der Ford in den Windschatten des Wartehäuschens fuhr, kam ein bärtiger Sikh in einem tropfenden Regencape auf sie zu und reichte Charles einen nassen Umschlag. Nachdem er das Blatt überflogen hatte, sagte Charles: »Der ist von Amabels Vater. Mr. Withers schreibt, wir sollten mit der Überfahrt nach Ross lieber warten, bis der Sturm nachlässt. Er schreibt auch, dass er noch auf dem Mount Harriet angerufen hat, um die anderen davon abzuhalten, auf die Segelboote zu gehen, aber er hat ewig gebraucht, bis er eine Verbindung bekam, und dann waren wir schon weg. Wir sollten lieber bei ihm und Mr. Hurridge übernachten.«

»Ach nein, Charles!«, protestierte Valerie. »Wir geben heute Abend eine Party! Wir müssen hinüber! Das Schlimmste ist doch schon vorüber, es stürmt schon längst nicht mehr so schlimm wie zu Beginn. Bitte, lass uns rüberfahren!«

»Stimmen wir ab«, entschied Charles, stieg zögernd aus dem Wagen und gesellte sich zu der Gruppe in dem Wartehäuschen. »Wer ist dafür hinüberzufahren, und wer ist dafür, hier zu bleiben?«

Nach ein paar Augenblicken lebhafter Diskussion wurde einstimmig beschlossen, die Überfahrt zu riskieren und auf die Gastfreundschaft von Mr. Hurridge zu verzichten. »Dann aber los«, drängte Charles. »Dann sollten wir sofort losfahren. Viel nasser, als wir jetzt schon sind, können wir nicht mehr werden.« Und sie rannten alle zusammen aus dem Schutz des Wartehäuschens hinüber zum Anleger, wo die Fähre an ihren Leinen zerrte.

Die acht Passagiere mussten all ihre Überredungsgabe einschließlich Flehen und Drohungen aufbieten, um die Mannschaft, die aus Einheimischen bestand, dazu zu bringen, die Reise zu wagen, denn der Wind heulte immer noch durch die schmale Meerenge zwischen Aberdeen und Ross, und der Regen, der in einem spitzen Winkel auf der Wasseroberfläche auftraf, bildete eine undurchdringliche Schicht über dem Wasser. Da aber die Wucht des Regens das Meer zeitweise sogar etwas beruhigt hatte, legten sie schließlich hastig ab. Das plumpe Gefährt bewegte sich zögernd vom Anleger weg und schwankte wie eine alte, betrunkene Ente.

Die nun folgenden zwanzig Minuten würde Copper nie im Leben vergessen. Ein Dutzend Mal schien es, als ob sie untergehen oder auf die scharfkantigen Zähne der Felsen beim Gefängnis geworfen würden, während die schwer arbeitende Fähre sich gegen den Wind stemmte. »Zum Teufel«, fluchte Charles nach fünf Minuten. »Wir hätten das niemals tun dürfen! Ich hätte euch nie auf dieses Schiff gehen lassen dürfen!«

»Wir werden alle aufs offene Meer hinausgetrieben«, kündigte Amabel mit düsterer Miene an. »Da sieht man's mal wieder!«

»Hör doch auf zu spinnen!«, rief Valerie. Aber der Gedanke beunruhigte sie durchaus, und mehr als einer der Passagiere stellte sich innerlich vor, wie es wäre, wenn die Fähre durch die Hafenausfahrt getrieben würde, hinaus auf den wütenden, riesigen Ozean hinter der Insel Ross. Weder George noch Copper ließen sich allerdings auf derartige Gedanken ein: George war mit dem Wohlergehen seiner Amabel beschäftigt, Copper mit Schreckensvisionen von Nick Tarrent, den sie schon in der Bucht ertrinken sah, von der Brandung auf die Felsen bei North Point geschmettert und von Haien aufgefressen.

Amabel, von schwermütigen Gedanken heimgesucht, machte die Sache nicht besser, als sie plötzlich mit lauter Stimme eine gruselige Geschichte über eine Gruppe von Matrosen erzählte, die vor langer Zeit in einer stürmischen Nacht versucht hatten, von Aberdeen nach Ross hinüberzurudern, aufs offene Meer hinausgetrieben wurden und schließlich am Strand von Havelock angeschwemmt wurden, einer winzigen, viele Meilen entfernt gelegenen Insel. Ihr Boot war auf den Felsen zerschmettert worden, und da sie befürchteten, dort zu verhungern, hatte einer von ihnen den verzweifelten Versuch unternommen, nach Ross hinüberzuschwimmen, um Hilfe zu holen. Aber die Entfernung zwischen den beiden Inseln lag irgendwo zwischen fünfzehn und zwanzig Meilen, und das Meer war geradezu verseucht mit Haien. Kein Wunder also, dass der Mann nie wieder gesehen wurde. Als irgendwann eine Rettungsmannschaft nach Havelock kam, fand man die Schiffbrüchigen verhungert und verdurstet. Den letzten Bericht über ihre Tragödie hatten sie auf ein Stück Papier gekratzt, das in der Sonne vergilbt war.

»Und in der Kirche von Ross gibt es eine Plakette für denjenigen, der versucht hat, Hilfe zu holen. Wenn Sie das nächste Mal dorthin gehen, können Sie es sich ansehen«, setzte Amabel noch hinzu. »Ich denke, die Haie haben ihn gefressen. Vielleicht auch die Barracudas, die sind ja noch schlimmer als die Haie. Ich denke mir immer, das muss doch ganz schrecklich sein.«

Ihre Mit-Passagiere blickten sie voller Missfallen an, und auf ihren bleichen Zügen wurde sichtbar, dass sie alle, den Kaplan eingeschlossen – mit Ausnahme höchstens von George –, sich ähnlich schreckliche Dinge denken konnten, die gern hätten passieren dürfen, und zwar auf der Stelle, und speziell mit Miss Withers. Valerie nahm inzwischen eine höchst unvorteilhafte grünliche Gesichtsfarbe an, und Copper schloss die Augen und dachte ein wenig über die guten

Seiten des Ertrinkens nach. Reverend Dobbie begann in Gedanken das »Gebet für Schiffbrüchige« zu rezitieren. Da sagte Charles plötzlich: »Mein Gott, ich glaube wirklich, wir haben es geschafft!«, als die Fähre ganz unerwartet an den Ponton am Anleger von Ross krachte.

Fünf Minuten später waren sie durchnässt und durchgeschüttelt, aber sicher an Land und wurden in die drei großen Rikschas des Government House gepackt, die man auf der Insel »Kutschen« nannte – ein Relikt aus der Zeit, als sie noch von Ponys gezogen worden waren – und die im Schutz der Wartehäuschen am Anleger auf sie gewartet hatten. Valerie und Copper kehrten nach Government House zurück, Mrs. Purvis und Amabel (George trabte nebenher) zum Haus der Purvis' und die Dobbies ins Pfarrhaus. Charles und Dan machten sich zu Fuß zu Charles' Quartier auf.

Aber auch eine halbe Stunde später gab es immer noch keine Nachricht von den Segelbooten. Die Telefonleitungen waren zusammengebrochen und die Fähre, deren Vertäuung gerissen war, hatte sich auf die gefährliche Weiterreise nach Chatham gemacht, um dort glücklich Anker zu werfen.

Sir Lionel Masson, der nass und wenig gesprächig einige Minuten nach seiner Tochter nach Hause zurückgekehrt war, nahm zunächst ein heißes Bad und zog sich um. Als er hörte, dass das Telefonnetz zusammengebrochen war, warf er sich ein Regencape über und ging hinaus in die regennasse Finsternis, um zu hören, ob er irgendetwas in Erfahrung bringen konnte. Seine Tochter und ihre Freundin, beide inzwischen trocken und umgezogen, wenn auch noch mit feuchten Haaren, beschäftigten sich währenddessen halbherzig und düsteren Blickes damit, den abendlichen Esstisch weihnachtlich mit Knallbonbons und künstlichen Stechpalmenzweigen zu schmücken.

Valerie legte einen Schwung bunter Knallbonbons auf den Tisch und sagte: »Anna, Schwester Anna, siehst du nichts kommen?«

»Ja … ich denke, das ist wohl dein Vater, der zurückkommt. Eine Rikscha kommt die Auffahrt hoch. Lass uns zur Tür gehen.«

Sie rannten durch den Ballsaal, der sich im oberen Stockwerk des Hauses befand, und eilten die Treppen hinunter zur Haustür. Ängstlich und atemlos kamen sie dort gleichzeitig mit der Rikscha an, die unter das Vordach fuhr. Sir Lionel stieg aus und schüttelte das Wasser von seinem Umhang. »Sie haben es geschafft«, sagte er kurz auf Valeries drängende Frage. Aber irgendetwas in seinem Gesicht ließ sie sogleich wieder vor Angst erstarren. Etwas Furchtbares muss passiert sein, dachte sie. Laut sagte sie: »Komm nach oben und erzähl uns, was passiert ist, während ich dir einen Drink mixe, Dad. Und zieh um Himmels willen diesen tropfnassen Mantel aus, du holst dir ja den Tod!« Sie ging ihm nach oben voran auf die große verglaste Veranda, die als Wohnzimmer möbliert war, und mixte ihm einen kräftigen Brandy mit Soda, während er sich erschöpft in einen Sessel sinken ließ.

Für ein paar Minuten saß er schweigend da und sah den Kohlensäureperlen zu, die durch die bernsteinfarbene Flüssigkeit nach oben stiegen, um am Glasrand zu zerspringen, bis irgendwann Copper mit scharfer, ängstlicher Stimme das Schweigen brach: »Was ist geschehen? Sind sie alle in Sicherheit?« Sir Lionel schien sich zusammenzureißen. Er trank sein Glas zur Hälfte leer, bevor er mit schwerer Stimme antwortete.

»Sie waren eine gute halbe Stunde im Wasser, und die Rettungsmannschaft hatte es verteufelt schwer, sie zu finden. Offenbar sind alle drei Boote während der ersten fünf Minuten gekentert, aber zum Glück waren sie nur wenige Meter voneinander entfernt, als es passierte. Das war ein großes Glück, denn wären sie weiter voneinander entfernt gewesen, hätte das Rettungsboot womöglich Stunden gebraucht, um sie alle zu finden. So aber wurden sie alle auf unserer Seite der North Bay aufgefischt und hier an Land gebracht. Einige von ihnen werden in ein paar Minuten hier sein. Ich bin vorausgefahren, um euch das mitzuteilen.«

Dann machte er eine kleine Pause, folgte mit seinen Blicken wieder den Perlenschnüren in seinem Glas, und plötzlich sah er sehr alt und müde aus. Endlich sagte er: »Sie haben sie nicht alle gefunden. Ferrers Shilto fehlte.«

Valerie sog hörbar Luft ein. »Du meinst, er ist ertrunken?«

»Nicht unbedingt. Vielleicht ist er auch von den anderen weggetrieben, von der Strömung erfasst worden und in North Bay an Land gekommen, oder sogar irgendwo auf der Seite von Aberdeen.«

Valerie sagte mit einem Schaudern: »Das glaubst du doch selbst nicht. Und ... und überall gibt es Haie.«

»Hör auf!«, flehte Copper sie an. »Wie geht es den anderen, Sir Lionel?«

Erleichtert drehte sich der Commissioner zu ihr um. »Oh, den anderen geht es gut, abgesehen von Mrs. Stock, die aber eher unter dem Schock zu leiden scheint als unter dem Aufenthalt im Wasser. Sie war leider ziemlich hysterisch. Ich habe dafür gesorgt, dass John Shilto und Tarrent und dieser junge Schiffsarzt – wie heißt er doch gleich? Ah ja, Harcourt! – hier übernachten können. Ich hoffe, wir haben genug Schlafgelegenheiten. Die ganze Sache ist natürlich höchst unangenehm, denn es gab vor dem Sturm ein schreckliches Durcheinander an der Telegrafenstation. Wir hätten schon heute früh eine Sturmwarnung bekommen sollen, aber tatsächlich kam sie erst am Nachmittag um halb fünf rein. Zum Glück müssen die Schiffe hier im Hafen ihre Kessel immer unter Dampf halten, sonst wäre der Kreuzer nie mehr herausgekommen. So hat er es ziemlich gut geschafft.«

»Warum musste er den Hafen verlassen?«, fragte Copper. »Ich dachte, bei einem Sturm versuchen die Schiffe eher, in einen Hafen hineinzukommen.«

»Aber nicht in diesen hier. Das Wasser hier ist nicht tief genug, und es gibt viel zu viele Felsen. Im Übrigen war das erst der Anfang des Unwetters, da kommt noch viel mehr nach, und wenn die *Sapphire* im Hafen geblieben wäre, hätte der Sturm sie womöglich auf die Felsen getrieben wie seinerzeit die alte *Enterprise*. Die einzige Möglichkeit war, hinaus aufs offene Meer zu fahren und ...«

Er unterbrach sich, als er Stimmen unten in der Eingangshalle hörte, stellte sein halb leeres Glas ab und ging zur Balustrade.

Mr. Stock kam die Treppe herauf, triefend wie ein Schwamm, wobei das Wasser bei jedem seiner Schritte kleine Pfützen auf den glänzend polierten Holzstufen hinterließ. Als er den Commissioner erblickte, blieb er im Treppenhaus stehen und blickte mit der Hand am Treppengeländer nach oben, wobei sich seine schmächtige Gestalt schwarz vor dem Licht aus der Eingangshalle abzeichnete.

»Nun, Stock?«, fragte der Commissioner.

Mr. Stock scharrte nervös mit den Füßen und räusperte sich. Wie immer war etwas seltsam Unterwürfiges an ihm, wie bei einem ständig schlecht behandelten Straßenköter, aber jetzt war dieser Eindruck besonders stark.

»Nun, was gibt es Neues?« In der Stimme des Commissioners klang unerwartet eine verzweifelte Anspannung mit. »Hat man ihn gefunden?«

»Ja ... äh ... nein. Sie meinen Ferrers Shilto? Nein. Ich bin nur gekommen, um zu fragen, ob Sie wohl so nett sein könnten, meine Frau heute Nacht bei sich aufzunehmen. Denn wissen Sie – äh – unser Dach ist weg.«

»Was?«

Mr. Stock ließ für einen Augenblick das Geländer los, schwankte bedenklich und griff wieder zu, um sich festzuhalten. »Unser Dach. Der Sturm ... er hat einen großen Teil unseres Daches weggeweht. Und ein Teil des Hauses ist ... nun ... quasi unbewohnbar. Und da dachte ich, dass Sie vielleicht freundlicherweise Ruby – meiner Frau – für eine Nacht einen Platz zum Übernachten zur Verfügung stellen könnten.

Ich … sehen Sie, sie leidet so sehr unter Schlaflosigkeit, und sie sagt, die Angst, dass der Rest des Daches auch noch herunterkommt, würde ihren Zustand noch verschlimmern. Ja, und da dachte ich …« Seine Stimme versagte, und seine Zähne schlugen vor Kälte und Erschöpfung aufeinander.

Valerie sagte: »Aber natürlich geht das, nicht wahr, Dad? Und natürlich müssen Sie ebenfalls hier übernachten, Leonard. Sie können das große Zimmer haben, Nick und Dan können in dem anderen schlafen, und für Mr. Shilto machen wir ein Bett im Turmzimmer fertig.«

Mr. Stock murmelte vielfache Dankesworte, lehnte dankend einen Drink ab und stolperte zurück in die Nacht, wobei er eine feuchte Spur hinterließ, die an eine Schnecke erinnerte. »Der Arme«, sagte Copper. »Er ist ja ganz grün im Gesicht. Das muss ja ganz besonders ekelhaft sein: erst im Sturm einen Schiffbruch zu erleiden und stundenlang im Wasser zu liegen, um dann nach Hause zu kommen und festzustellen, dass das Dach weg ist.«

»Und dann noch mit einer Frau im Endstadium der Hysterie«, ergänzte Valerie. »Wenn es etwas gibt, was Ruby wirklich genießt, dann ein ordentliches Drama. Und ich wette, sie wird alles aus dieser Situation herausholen, und wenn sie dabei sterben muss. Armer Leonard! Komm, Coppy, wir müssen die Zimmer vorbereiten.«

7

Government House war ein großes altes Gebäude mit zwei Etagen, dabei aber ziemlich düster und voller Fledermäuse und seltsamer Geräusche. Bei Sonnenuntergang schwirrten die Fledermäuse durch die hohen, dämmrigen Räume, und wenn die Lichter eingeschaltet wurden, kamen kleine, halb durchsichtige Eidechsen aus allen möglichen Löchern und Spalten in den hohen Decken und verfolgten mit schrillen Schreien die Motten und andere nächtliche Insekten, die von den Lampen angezogen wurden.

Das Erdgeschoss wurde komplett von Büros und einem Wachraum eingenommen, und eine breite Treppe mit flachen Stufen führte von der Eingangshalle zu den Privaträumen im ersten Stock. Das obere Stockwerk gruppierte sich um den Ballsaal, einen riesigen, halbdunklen Raum mit einem Fußboden aus glänzenden Dielen, in den die Treppe mündete und von dem fast alle anderen Zimmer des Hauses abgingen.

Eine große, rundum verglaste Veranda verlief an der ganzen Seite des Hauses entlang und um eine Schmalseite herum und nahm dem Wohnraum das Licht, der deshalb selten benutzt wurde, außer bei Nacht. Hinter dem Ballsaal, davon abgetrennt durch einige Säulen und eine niedrige Wand, die eine Art Durchgang schuf, lagen fünf Schlafzimmer, von denen eines, das Turmzimmer, normalerweise als Frühstückszimmer benutzt wurde, jetzt aber seiner ursprünglichen Bestimmung wieder zugeführt wurde, als Schlafzimmer für Mr. Shilto.

Valerie nahm einen Arm voll Betttücher und Kopfkissenbezüge aus dem Wäscheschrank und begann damit, das Haus für den unerwarteten Zustrom von Gästen vorzubereiten. »Die Matratzen werden wohl alle feucht sein, sodass jeder, der hier schläft, sich eine Lungenentzündung holt«, sagte sie leichthin. »Aber wir haben nun mal keine Zeit, sie zu lüften. Komm, Coppy, es hat keinen Sinn, die Fledermäuse zu verjagen. Sie fliegen immer um dich herum, sie treffen dich nicht.«

»Das denkst du! Aber du bist an sie gewöhnt, ich nicht. Weißt du, Valerie, dieses Haus ist schon seltsam. Bei Tag ist es eigentlich ganz fröhlich, aber ist dir jemals aufgefallen, wie ... nun ... wie unfreundlich es wird, sobald die Sonne untergeht? Und bei Nacht ist es regelrecht feindselig. Oder bilde ich mir das nur ein?«

Valerie, die gerade eine Decke festgesteckt hatte, streckte sich und sagte langsam: »Nein, das ist mir auch schon aufgefallen, und ich glaube nicht, dass ich dazu neige, mir Dinge einfach so einzubilden. Vielleicht ist es, weil die meisten Wände hohl sind. Diese seltsamen Öffnungen, die wie Luken aussehen, einige auf halber Höhe, haben wohl etwas mit der Belüftung zu tun, glaube ich. Aber dadurch können Fledermäuse und Ratten und Eidechsen und weiß der Himmel was sonst noch zwischen den Wänden herumwandern und seltsame Geräusche machen. Und der Wind fängt sich in den Öffnungen und macht noch seltsamere Geräusche. Ganz zu schweigen von einigen Familien wilder Katzen, die auf dem Dachboden leben und nachts dort herumlaufen.«

»Ja, vielleicht ist es das«, sagte Copper zweifelnd. »Das und die Tatsache, dass die meisten Zimmer keine Türen haben, sondern lediglich diese ulkigen kleinen Schwingklappen in der Mitte. Sie hindern einen daran, in das Zimmer hineinzusehen, aber man kann sie nicht abschließen. Und selbst wenn man es könnte, alles und jedes kann darunter so leicht hereinkommen wie die Fledermäuse, die obendrüber fliegen.«

»Ach, was soll denn hier reinkommen«, sagte Valerie leichthin. »Obwohl ich sagen muss, es wäre schön, wenn man nachts die Tür hinter sich zuschließen könnte. Aber ich habe mich daran gewöhnt, und dieses System ohne Türen hilft, das Haus einigermaßen kühl zu halten. Jedes bisschen Wind weht einfach durch das ganze Haus. Und unfreundlich oder nicht, Coppy, du musst dir keine Gedanken machen: Das Haus ist auf jeden Fall gut bewacht.«

Letzteres war zweifellos richtig, denn das Haus wurde von britischen Wachsoldaten Tag und Nacht bewacht, ebenso wie von einer Abteilung der indischen Polizei. Aus jedem Badezimmer führte eine kleine Treppe nach draußen, die für die Bediensteten und das Reinigungspersonal gedacht war, und bei Nacht schlief in jedem der Treppenhäuser ein Polizist. Im Garten brannten als zusätzliche Vorsichtsmaßnahme elektrische Laternen, eine an jeder Ecke des Hauses.

Aber Copper hatte, auch wenn sie es nicht erklären konnte, das Gefühl, als sei ihre Unsicherheit nicht durch irgendetwas begründet, das von draußen hereinkommen könnte, sondern durch die unfreundliche Atmosphäre der großen Räume selbst.

Sie waren gerade fertig mit dem Vorbereiten der Betten, als Mrs. Stock ankam, in einen tropfnassen Regenumhang gehüllt und von dem furchtsamen Leonard gestützt. Valerie führte die beiden in das Schlafzimmer, und Mrs. Stock, die Coppers ausgestreckten Arm mit einer Handbewegung ablehnte, stolperte durch den Raum und sank in einem nassen Haufen auf einem der frisch gemachten Betten zusammen. »Lassen Sie mich!«, befahl sie gereizt. »Ich brauche *gar nichts*. Ich will nur noch ins Bett. Und fummel nicht an mir herum, Leonard! Wenn man mich nur in Ruhe lässt, geht es mir bald wieder gut.«

Dann kam ihr etwas verspätet ein Rest gesellschaftlicher Etikette in den Sinn, und sie wandte sich zu Valerie um: »Sie sind so gut zu mir, meine Liebe. Ich weiß nicht, was ich ohne Sie tun würde. Unser Haus liegt in Trümmern, und Leonard tut einfach nichts … und das nach diesem entsetzlichen, ganz entsetzlichen Erlebnis … Ich werde mich davon nie mehr ganz erholen. Nie! Nein, ich würde lieber im Bett zu Abend essen. Bitte, gehen Sie.« Letzteres war eher ein Befehl als eine Bitte, und Copper und Valerie, die murmelten, sie würden ihr heiße Suppe und Brandy schicken, verließen eilig das Zimmer.

»Seltsam«, bemerkte Valerie überrascht. »Ich hätte gedacht, dass wir uns ihre dramatische Leidensgeschichte anhören müssten, und zwar in allen Einzelheiten. Nun gut, das blüht uns dann wohl morgen.«

»Da kommt Nick!«, rief Copper plötzlich, die die vertraute Stimme in der unteren Eingangshalle gehört hatte. Sie rannte durch den Ballsaal und lehnte sich lauschend über das Geländer.

Die hölzernen Köpfe am Geländer der oberen Eingangshalle waren von einem längst verstorbenen burmesischen Sträfling geschnitzt worden, der einstmals als Künstler am grausamen Hof von Thebaw gewirkt hatte. Es waren riesige schielende Gesichter mit großen grinsenden Mündern, wie die Masken der burmesischen Teufelstänzer. Valerie hatte einen von ihnen, der ganz oben an der Treppe zu sehen war, »Hindenburg« getauft. Copper hielt ihn halb im Arm, als sie hinunterblickte, und Nick Tarrent, der in der unteren Halle stand und zu ihrem bleichen, ängstlichen Gesicht hinaufblickte, erschrak für einen kurzen, bösen Augenblick, denn es sah so aus, als stände jemand neben ihr. Jemand, dessen dunkel-niederträchtiges Gesicht aus dem Schatten hervor über ihre Schulter spähte und in bösartiger Erwartungsfreude grinste.

Der Eindruck war so lebhaft, dass er seinen Mund schon zu einem Warnschrei geöffnet hatte, als er erkannte, dass der lauernde Schrecken nur ein geschnitzter Block aus burmesischem Teakholz war. Aber der kurze Augenblick der Angst war auf seinem Gesicht zu sehen, und Coppers Stimme klang schrill vor Sorge: »Nick! Geht es dir gut?«

Vor Erleichterung musste Nick lachen. »Ja, natürlich. Ein bisschen feucht, aber gesund an allen Gliedern. Charles hat uns mit in sein Quartier genommen, damit wir baden und uns umziehen konnten. Zum Glück haben wir so ziemlich die gleiche Kleidergröße. Dan hat es sich in einem Anzug von George bequem gemacht, aber du solltest mal den alten Shilto sehen! Alle Knöpfe und Nähte unter Höchstbelastung!«

»Wo ist Charles?«, fragte Valerie, die nun neben Copper am Geländer auftauchte.

»Er kommt gerade an, bildet die Nachhut. George und ich sind als Erste losgezogen.«

Charles, Dan Harcourt, John Shilto und Hamish Rattigan kamen aus der nassen, wilden Nacht herein, wenig später auch die beiden Purvis und Amabel. Sie stiegen die Treppe hinauf und gesellten sich zu Valerie und Copper auf die Veranda, wo Drinks und gesalzene Nüsse schon auf sie warteten. »Die Dobbies kommen nicht«, verkündete Charles. »Mrs. Dobbie ist immer noch seekrank, sie lassen sich entschuldigen.«

Die Veranda sah jetzt richtig fröhlich aus mit ihren bunten, mit Chintz bezogenen Sesseln und Sofas. Aber draußen vor den Fenstern rauschte der Regen, und heftige Windstöße ließen die Scharniere klappern und heulten um das Haus – klagend, flüsternd, klopfend, als wollten sie hereingelassen werden, kreischend wie böse Hexen und seufzend wie kleine, verlassene, einsame Gespenster.

Valerie unterbrach das Mixen und stellte den Cocktailshaker mit Nachdruck ab: »Hier ist es unsäglich schauderhaft«, sagte sie. »Charles, sei so gut und hilf mir, die Sachen ins Wohnzimmer hinüberzubringen. Je weiter wir von dem Wind und den Fenstern weg sind, desto gemütlicher wird es. Diese vielen schwarzen nassen Fensterscheiben machen mich ganz krank.«

Charles und John Shilto trugen den Bartisch gemeinsam hinüber, und die Gesellschaft bewegte sich dankbar in die angenehmere Atmosphäre des Wohnzimmers, wo Regen und Wind nicht so laut zu hören waren. Copper jedoch legte eine Hand auf Nicks Arm und hielt ihn auf, als er den anderen folgen wollte. »Nick ... was ist geschehen? Wir haben uns schreckliche Sorgen gemacht.«

»Wir?«, fragte Nick zurück, die schwache Andeutung eines Lächelns auf dem Gesicht.

»Ich«, korrigierte Copper ernst. »Wir waren gerade auf halbem Wege, als das Unwetter uns einholte, und ich war sicher, du würdest ertrinken.«

»Da war ich ebenso sicher«, sagte Nick leichthin. »Um ehrlich zu sein, Copper, ich dachte, es wäre aus mit uns, und ich kann immer noch nicht begreifen, wie wir es alle geschafft haben.«

»Nicht alle«, sagte Copper mit einem Schaudern.

»Du meinst Ferrers? Ach, der kommt schon zurecht. Wahrscheinlich haben sie ihn inzwischen aus dem Wasser gezogen, wenn er nicht allein ans Ufer geschwommen ist.«

Sein Tonfall war ziemlich entspannt, aber er vermied es, Copper beim Reden in die Augen zu sehen. Sie wurde rot vor Zorn. »Rede nicht mit mir, als wäre ich noch im Kindergarten, Nick! Du weißt genau, dass er keine Chance hat, nicht wahr?«

Nick zuckte die Schultern. »Nun ... ja. Ich fürchte tatsächlich, dass er es nicht geschafft hat, der arme Teufel. Herrgott, was für ein fröhlicher Weihnachtsabend.«

»Erzähl mir, wie es dir ergangen ist«, befahl Copper, die sich auf die Armlehne eines Sessels gesetzt hatte und sich mit den Händen auf die Knie stützte.

Nick zögerte einen Augenblick und zog die Schultern hoch, als wollte er eine unangenehme Erinnerung abschütteln. Dann sagte er: »Es war das Unheimlichste, was ich je erlebt habe. Wir hörten es kommen, es machte ein Geräusch wie ein Schnellzug in einem Tunnel, der auf uns zufuhr; erst ganz leise und schwach, aber dann immer näher und schneller und lauter. Und dann traf es uns, als wäre es etwas so Kompaktes wie Beton. Wir hatten gar keine Zeit nachzudenken und kaum noch Zeit, die Segel herunterzuholen. Es traf uns breitseits und haute uns einfach um. Einen kurzen Moment dümpelten wir noch in der Flaute herum, und eine Sekunde später lagen wir alle im Wasser, und rund um uns brach die Hölle los …

Wir versuchten durchzuzählen, und soweit ich mich erinnere, waren zu diesem Zeitpunkt noch alle da und in Ordnung. Dann begann es zu regnen, und von da an konnte man die Hand nicht mehr vor Augen sehen. Die Boote krachten immer wieder aneinander, alle kieloben, und der Himmel war pechschwarz, und der Regen prallte vom Wasser ab in rasendem Toben. Wir konnten nichts anderes tun als uns festzuklammern. Ich weiß nicht, wo die anderen waren, aber es gelang mir zumindest, Ruby zum Kiel meines Bootes zu ziehen, und ich glaube, auf der anderen Seite hielt sich ebenfalls jemand fest, allerdings habe ich keine Ahnung wer. Und so klammerten wir uns fest, eine Stunde lang, so schien es uns, bis das Rettungsboot förmlich mit uns zusammenstieß und uns beinahe allesamt umgebracht hätte.«

»Ihr seid nicht voneinander weggetrieben worden?«, fragte Copper.

»Seltsamerweise nein. Ich dachte eigentlich, dass man uns von entgegengesetzten Enden der Bucht auffischen müsste, aber ich glaube, tatsächlich waren wir nicht mehr als ein paar Meter voneinander entfernt, als das Boot uns fand. Trotzdem mussten wir eine Weile nach Hamish' Boot suchen; wir sind wohl ein Dutzend Mal daran vorbeigefahren, ohne es zu sehen. Erst als alle anderen auf dem Rettungsboot saßen, bemerkten wir, dass Ferrers fehlte.«

»Hat denn niemand gesehen, was mit ihm geschehen ist?«

Nick ließ ein kleines, freudloses Lachen hören. »Nein. Und das ist auch kein Wunder, denn die Boote schlingerten alle in der Gischt, und jeder von uns hatte vollauf damit zu tun, sich wie eine Napfschnecke am nächsten Stück Holz festzusaugen. Ronnie Purvis sagt, er dachte, Ferrers hätte das Ende von meinem Boot erwischt, aber der Mann auf dem Rettungsboot meint, bei meinem Boot habe er nur Ruby und mich gesehen und rausgezogen, keine dritte Person. Du siehst also, wie leicht es passieren konnte, Ferrers aus den Augen zu verlieren.«

Copper schauderte und sagte: »Wahrscheinlich ist er unter das Boot geraten, als es kenterte, und ist überhaupt nicht an die Wasseroberfläche gekommen.«

Nick schüttelte den Kopf. »Nein, er war am Anfang noch da, denn als ich selbst an die Oberfläche kam, war er einer der Ersten, die ich sah. Er klammerte sich an dem Boot neben uns fest, und ich erinnere mich – wie man sich eben in solchen Situationen an unwichtige Kleinigkeiten erinnert –, dass er einen hässlichen Granatring trug, etwa so groß wie ein Sixpencestück. Sein Boot stieß mit unserem zusammen, kurz bevor es zu regnen begann, und er hielt sich mit einer Hand am Schiffsschwert fest. Erst dachte ich, dass er sich geschnitten hätte, aber dann sah ich, dass es kein Blut war, sondern ein roter Stein.«

»Was war kein Blut?«, fragte eine neugierige Stimme hinter ihnen.

Nick drehte sich schnell um und lächelte in Valeries fragendes Gesicht. »Nichts, Val, nur müßiges Geschwätz.«

Valerie sagte: »Dann seid so gut und kommt jetzt rüber ins Wohnzimmer und schwatzt dort weiter. Die Party ist grade an einem heiklen Punkt angelangt, und ich weiß gar nicht, warum die Leute überhaupt gekommen sind. Wenn ich eine Stunde in der Bucht herumgepaddelt wäre, hätte ich darauf bestanden, sofort ins Bett zu gehen, das ist sicher. Selbst Rosamund sieht ein bisschen gereizt aus, und alle anderen sind regelrecht schlecht gelaunt. Also bitte, kommt rüber und macht ein bisschen Stimmung. Ach, da ist Dad!«

»Tut mir Leid, dass ich so spät komme«, sagte Sir Lionel, der bei Valeries Worten das Zimmer betrat. »Ich fürchte, Val, von deinen übrigen Gästen wird heute keiner mehr hier eintreffen. Die Fähre hat ihren Betrieb eingestellt, und Norton ist mit dem Rettungsboot zurückgefahren, er wird also auch nicht kommen.«

»Schon gut«, sagte Valerie. »Ich habe mir bereits gedacht, dass die anderen es nicht schaffen. Wir haben nur noch auf dich gewartet und auf Dr. Vicarjee, Truda und Frank.«

Vicarjee war der bengalische Arzt in dem kleinen Krankenhaus auf Ross und Miss Truda Gidney die Pflegechefin und einzige europäische Krankenschwester dort. Frank Benton war der persönliche Assistent des Commissioners.

»In diesem Fall«, sagte Sir Lionel, »können wir mit dem Dinner beginnen, denn Vicarjee und Benton sind heute auf die Jagd gegangen und sitzen in Aberdeen fest, und Miss Gidney hat eine Nachricht geschickt, dass die beiden Pflegerinnen heute freihatten und ebenfalls irgendwo hängen geblieben sind, sodass sie nicht wegkann.«

»Arme Truda«, bedauerte Valerie. »Um diese Dienstauffassung beneide ich sie wirklich nicht. Stellt euch nur vor, in einer Nacht wie dieser in einem leeren Krankenhaus zu sitzen, ohne einen einzigen Patienten als Gesellschaft. Es ist derzeit niemand krank, sie hätte ebenso gut kommen können. Aber ich verstehe sie. Nun gut, wenn sonst niemand mehr kommt, können wir tatsächlich mit dem Dinner beginnen. Los, Rosamund, Sie müssen ja halb verhungert sein.«

Sie nahm Mrs. Purvis beim Arm und führte die Gesellschaft ins Speisezimmer.

8

Das Dinner an diesem Abend verlief nicht besonders fröhlich. Es war keine Zeit mehr gewesen, die überflüssigen Stühle zu entfernen oder die Sitzordnung zu ändern, und so verliehen die leeren Plätze der langen, bunt dekorierten Tafel eine traurige Note.

Valerie hatte entschuldigend ihre Gäste gebeten, die Tischkarten zu ignorieren und sich einfach zu setzen, wie es ihnen gefiel. So drängte sich die dezimierte Weihnachtsgesellschaft am einen Ende der Tafel zusammen, eng beieinander sitzend, als ob sie auf diese Weise etwas Trost und Unterstützung fänden. Aber trotz der künstlichen Stechpalmenzweige, des glitzernden Lamettas und der Haufen bunter Knallbonbons, die auf dem weißen Tischtuch lagen, wollte die rechte Weihnachtsstimmung nicht aufkommen, und die Gespräche schleppten sich mühsam dahin, um gelegentlich ganz zu ersterben.

Wenn nur Leonard nicht schon wieder meinte, das Schweigen mit derselben blöden Wendung brechen zu müssen, dachte Valerie entnervt bereits zum vierten Mal. »Ein Engel geht durchs Zimmer.« – Ich frage mich, wer sich diese blöde Redensart wohl ausgedacht hat! Wenn Leonard das noch einmal sagt, fange ich an zu schreien! Sie seufzte schwer und schob ein Stück Plumpudding missmutig mit der Gabel auf ihrem Teller herum, während irgendwo hinter ihr in den schattigen Tiefen des Ballsaales ein monotones leises Tropfen anzeigte, dass der Regen eine Schwachstelle zwischen den Dachpfannen gefunden hatte und dass sich nun wohl überall auf den glänzenden Holzböden kleine Pfützen bildeten.

Das Haus war schrecklich undicht, und Valerie dachte unwillig an die Reihen von Schüsseln und Eimern, die nun bald die Böden bedecken und auf der Lauer liegen würden, um Unachtsame zum Stolpern zu bringen. Zögernd drehte sie sich zu einem der Bediensteten um, der sogleich auf leisen

Sohlen an sie herantrat, und gab ihm leise ihre Anordnungen. Danach verschwand er in Richtung Küche. Wenig später wurde das leise Tropfen von Wasser auf dem Holzboden durch das metallische Klimpern von Wassertropfen in einer emaillierten Schüssel abgelöst. Jetzt unterbrach Copper am anderen Ende des Tisches die mechanische Produktion kleiner Brotkügelchen, mit der sie sich die Zeit vertrieb, und hob kurz den Kopf: »Hört ihr, jetzt fängt das Dach an zu lecken. Wir werden durch einen Sumpf zu unseren Betten waten müssen. Ich hoffe nur, Kadera hat daran gedacht, mein Bett zur Seite zu schieben. Beim letzten Regen war die undichte Stelle genau über meinem Kopfkissen, und ich habe geträumt, schwimmen zu gehen. Und als ich aufwachte, musste ich feststellen, dass es gar kein Traum gewesen war.«

Valerie lachte und wandte sich Mr. Shilto zu, der zu ihrer Rechten saß: »Ist Ihr Haus auch so schrecklich wie dieses hier, Mr. Shilto? Beim letzten Regen war das Dach so undicht, dass wir ebenso gut unter einem Sieb hätten wohnen können.«

Aber ihre Bemühungen um ein wenig Smalltalk blieben fruchtlos, denn Mr. Shilto, der in die Dunkelheit hinter dem mit Kerzen beleuchteten Tisch starrte, wandte ihr weder den Kopf zu, noch veränderte er seinen Blick, und Valerie fiel plötzlich auf, dass er während des gesamten Essens noch keinen Ton gesagt und ihre Worte wohl gar nicht gehört hatte. Nun, er hat wohl jedes Recht, ein wenig zerstreut zu sein, dachte sie und versuchte, ein unerwartet starkes Gefühl von Gereiztheit abzuschütteln. Schließlich ist heute sein Vetter ertrunken, und auch wenn sie sich nicht gut verstanden, so ist ein plötzlicher Todesfall immer sehr schockierend.

Aber wenn sie ehrlich war, musste sie zugeben, dass keine Spur von Schrecken in John Shiltos blassem, aufgedunsenem Gesicht zu sehen war. Eher war es ein Eindruck von lauernder Erregung, und plötzlich kam ihr in den Sinn, dass er ein wenig so aussah wie Kioh, die Siamkatze ihres Stiefvaters, wenn sie einem Vogel oder einer Eidechse nachschlich. Als sie bemerkte, dass sie ihn weiter unverwandt anstarrte, redete sie einfach drauflos. »Beim letzten großen Regen hatten wir so viele undichte Stellen, dass uns die Eimer und Schüsseln und Becken ausgingen und wir uns mit Tassen und tiefen Tellern behelfen mussten. Die Verwaltung verspricht immer, das Dach reparieren zu lassen, aber Sie wissen ja, wie es ist: Sie versprechen viel, und nichts passiert.«

Mr. Shilto antwortete nicht, aber die kurze Pause peinlichen Schweigens, die dadurch entstand, wurde unerwartet heftig durch die Wiederholung des letzten Satzes aufgehoben. Rosamund Purvis, die unterdrückte, gefühlsarme Rosamund, die sich während des gesamten Essens in ein Schweigen gehüllt hatte, das nicht aufgefallen war, weil sie eigentlich immer schwieg, Rosamund Purvis sprach mit einer seltsam schrillen Stimme, die irgendwie gar nicht zu ihr zu gehören schien:

»Und nichts passiert!« Dann warf sie plötzlich zum allgemeinen Schrecken ihren Kopf in den Nacken und brach in Lachen aus, ein schrilles, unheimliches Lachen, das nicht nach Freude klang, sondern nach reiner Hysterie.

»Rosamund!« Ronnie Purvis' Ton durchschnitt das schrille Gelächter, brachte es aber nicht zum Schweigen.

»Nichts passiert!«, keuchte Mrs. Purvis. »Ha, ha, ha! Das ist komisch. Das ist sehr komisch. Und nichts passiert!«

Sie schaukelte vor und zurück, ihre Hände griffen nach dem Tischtuch vor ihr, während die Lachtränen über ihre verblassten Wangen liefen. Dan Harcourt stand schnell auf, ging hinüber zur Anrichte und goss ein Glas Wasser ein, während die anderen wie gelähmt dasaßen.

»Hör auf, Rosamund!«, befahl Ronnie wütend. »Hör sofort auf! Du machst dich lächerlich!« Er sprang auf und ging auf seine Frau zu, aber Valerie und Copper waren vor ihm bei ihr. Sie nahmen die immer noch lachende Mrs. Purvis zwischen sich, stützten sie und hoben sie beinahe vom Stuhl.

»Kommen Sie, Rosamund, wir überlassen die Männer ihren Drinks«, sagte Valerie ruhig. »Wir trinken im Nebenzimmer eine Tasse Kaffee.«

Der Lachanfall endete so schnell, wie er begonnen hatte. Mrs. Purvis blickte sich benommen um, sah den Kreis erstaunter Gesichter und errötete. »Tut mir Leid«, sagte sie unsicher. »Ich ... ich dachte ... es kam mir so komisch vor, zu sagen, dass nichts passiert.«

»Es ist ja auch komisch«, sagte Valerie leichthin. »Dad, pass ein bisschen auf, dass die Geschichten nicht zu lang werden. Kommen Sie auch mit, Amabel?«

Doch als wäre der Zwischenfall nicht unangenehm genug gewesen, musste die junge Miss Withers nun noch einen weiteren unheimlichen Akzent auf die Festlichkeiten des Abends setzen. Sie stand langsam auf, und ihre runden Bäckchen glühten vor leiser Bosheit, als sie den Blick aus ihren vorstehenden blauen Augen über die Tafel gleiten ließ. »Wir sind dreizehn«, verkündete sie mit düsterer Freude. »Seltsam, dass wir das vorhin nicht bemerkt haben, als wir uns hinsetzten.«

Ein befriedigtes Lächeln erhellte ihr rundes, rosiges Gesicht, und sie fügte selbstgefällig hinzu: »Nun, mir soll das gleich sein. Ich bin nicht als Erste aufgestanden, also werde ich auch nicht als Nächste sterben.«

Und mit dieser freundlichen Bemerkung nahm sie sich eine zweite Portion Kokoseis und verließ gemeinsam mit Valerie, Copper und Mrs. Purvis den Raum.

Als Dan Harcourt etwa zwanzig Minuten später ins Wohnzimmer kam, bemerkte er mit Interesse, dass sich Mrs. Purvis inzwischen etwas Rouge ausgeborgt und mit ungelenker Hand aufgetragen hatte. Die zwei ungleichen rosa Flecken auf ihren Wangen betonten eher die erschreckend bleiche Farbe ihres Gesichts, als dass sie sie verdeckt hätten, und lenkten die Aufmerksamkeit des Betrachters auf das nervöse

Zucken ihrer blassen Mundwinkel. Was ist denn nur mit dieser Frau los?, dachte Dan unsicher. Sie sieht aus, als ob sie sich geradewegs in einen schlimmen Nervenzusammenbruch hineinsteigerte, und ich hoffe nur, sie bekommt ihn nicht jetzt und hier.

Seine Sorge schien durchaus begründet, denn Mrs. Purvis, die mit den anderen Damen über ein bevorstehendes Tennisturnier gesprochen hatte, brach ihren Satz beim Anblick der eintretenden Herren mittendrin ab. Und in der nächsten halben Stunde, während Valerie den Kaffee servierte und das Gespräch sich fortsetzte, saß sie stocksteif und schweigend da, ausschließlich damit beschäftigt, die anderen Gäste ängstlich und eindringlich zu mustern.

Dieses sonderbare Verhalten blieb nicht lange unbemerkt: Coppers Interesse war geweckt, und sie folgte Mrs. Purvis' Blicken.

Nick sprach über Kalkutta, wo die *Sapphire* vor ihrer Ankunft in Port Blair gewesen war. »Wir dachten, wir würden die Weihnachtswoche über dort sein«, sagte er. »Und allgemein war man einigermaßen sauer, als wir stattdessen hierher beordert wurden. Ich war selbst nicht gerade erfreut, hatte ich doch vor nicht allzu langer Zeit einen kurzen Urlaub in Kalkutta verbracht und im Grand Hotel übernachtet: eine willkommene Abwechslung, wenn man wochenlang am Äquator in einer Viererkajüte mit Stockbetten geschmort hat, und ich hatte mir vorgenommen, zu Weihnachten wieder dort abzusteigen. Inzwischen bin ich allerdings der Ansicht, dass das Programm sich entscheidend verbessert hat, mit oder ohne Hurrikan. Copper! Könntest du vielleicht ein wenig Interesse an meinem mühsamen Smalltalk heucheln? Sonst verdonnern uns Stock und Hamish zu einer Partie Bridge. Sie haben schon diesen Raubtierblick in den Augen, und ich möchte auf keinen Fall ihr Opfer werden. Also sei so gut, und mach ein interessiertes Gesicht. Braves Mädchen, so ist es schön.«

Aber Copper sagte leise: »Nick, sieh doch mal zu Mrs. Purvis hinüber.«

»Warum sollte ich? Im Moment bin ich vollauf damit beschäftigt, dich anzusehen.«

»Nein, ernsthaft, Nick. Irgendetwas ist seltsam an ihr heute Abend.«

»Die falschen Strümpfe und ein Anflug von Grippe, würde ich vermuten«, meinte Nick. Copper überhörte den Scherz und fuhr fort, als hätte er gar nichts gesagt. »Sie denkt über irgendetwas nach, und wenn es nicht so verrückt klänge, würde ich sagen, sie fürchtet sich vor jemandem hier im Zimmer, ist sich aber noch nicht sicher, vor wem. Sie blickt einen nach dem anderen an, als ob sie verzweifelt versuchte, dahinter zu kommen. Als würde sie immerzu fragen: ›Bist du es? Oder du? Oder vielleicht du?‹«

Nick warf einen flüchtigen Blick auf Mrs. Purvis und sagte dann: »Hör auf, Copper! Sie steht nur ein bisschen unter Schock, was auch kein Wunder ist, wenn man im Sturm in den Hafen fällt, und dann noch nach der Sache mit Ferrers. Du wärst vermutlich selbst ein bisschen nervös, wenn du an ihrer Stelle wärst.«

»Sieh sie dir an«, drängte Copper mit leiser Stimme. »Und dann sag mir noch mal, sie wäre ›ein bisschen nervös‹.«

Nick drehte sich pflichtschuldigst in seinem Sessel um, und nach einigen Augenblicken verwandelte sich sein zunächst schicksalsergebener Gesichtsausdruck in zögerndes Interesse.

Rosamund Purvis saß auf der äußersten Kante ihres Sessels, die dünnen, klugen Hände im Schoß verknotet und von Kopf bis Fuß ein Bild angespannter Starre. Sie saß so still, dass dadurch ihr flackernder Blick besonders auffiel, denn obwohl sie den Kopf keinen Millimeter bewegte, huschten ihre haselnussbraunen Augen, wie bei einer erschreckten Katze, ständig wachsam durch den Raum. In einer seltsam fragenden, verstörend forschenden Art blickte sie von einem

Gesicht zum anderen. Und erst nachdem er sie einige Minuten beobachtet hatte, bemerkte Nick etwas, was Coppers Aufmerksamkeit bisher entgangen war: Mrs. Purvis' forschender Blick galt nicht der gesamten Gesellschaft, sondern nur bestimmten Mitgliedern, nämlich denjenigen, die vom Mount Harriet zurückgesegelt waren.

Während er noch versuchte, sich einen Reim auf diese seltsame Beobachtung zu machen, stellte sich Dan Harcourt hinter sie. Copper drehte den Kopf zu ihm um und sagte leise: »Dan, was ist denn bloß in Rosamund Purvis gefahren? Sieh sie dir an ...«

»Das tue ich schon eine ganze Weile«, murmelte Dan, der sich auf die Rückenlehne von Coppers Sessel lehnte und Mrs. Purvis weiterhin mit professionellem Interesse beobachtete. Dann fügte er nachdenklich hinzu: »Sie sieht aus, als dächte sie darüber nach, wer die Leiche verscharrt hat.«

»Ihr seid wirklich ein zauberhaftes Paar«, bemerkte Nick gereizt. »Copper hat gerade eben eine ähnlich erfrischende Theorie aufgestellt. Nun, du bist hier der Arzt: Pills – warum unternimmst du nichts? Sag der Frau, sie soll ein paar Aspirin nehmen und sich auf den Heimweg machen, bevor sie hier noch so einen gespenstische Lachanfall auf die Bühne bringt. Ich glaube nicht, dass ich das zweimal an einem Abend ertragen kann.«

Copper sagte in ernstem Ton zu Dan: »Nick denkt, sie ist nur wegen der Aufregungen während des Sturms so nervös. Aber ich finde nicht, dass sie einfach nur gereizt aussieht. Sie sieht aus, als hätte sie Angst.«

»So viel Angst«, stimmte Dan Harcourt nachdenklich zu, »dass sie, wenn jetzt jemand hinter ihr auftauchen und sie an der Schulter berühren würde, vermutlich hochgehen würde wie eine Bombe und das ganze Haus zusammenschreien würde.«

Er hatte den Satz kaum ausgesprochen, als sich auf unerwartete Weise zeigte, wie Recht er hatte. Kioh, die Siamkatze, tauchte plötzlich im Durchgang hinter Mrs. Purvis auf, leise den Schwanz bewegend wie ein Panther, und nachdem sie ihren Blick durch den Raum hatte schweifen lassen, sprang sie auf die Armlehne des Sessels und streifte dabei Mrs. Purvis' nackte Schulter. Eine halbe Sekunde darauf war die Langeweile der apathischen Weihnachtsgesellschaft ebenso wirkungsvoll vertrieben, als hätte man tatsächlich eine Bombe in ihre Mitte fallen lassen, und so kam Valeries unglückselige Dinnerparty zu einem ebenso abrupten wie aufwühlenden Ende.

Denn Mrs. Purvis sprang wie von der Tarantel gestochen auf und schrie.

Sie versuchte gar nicht erst herauszufinden, was sie berührt hatte, sondern stand vielleicht zehn Sekunden lang da, mit Augen, die vor Entsetzen weit aufgerissen waren, und mit offenem Mund. Dann, bevor irgendeiner ihrer schockierten Zuhörer sich so weit gesammelt hatte, um sich ihr zu nähern, knickte sie wie eine Marionette in den Knien ein und fiel ohnmächtig auf den glänzenden Fußboden.

9

»Warum blieb ich nicht in Blooms-bu-ry zu Haus, da lebte ich von einem Pfund in Saus und Braus!«, sang Copper zwei Stunden später leise vor sich hin, während sie Cold Cream auf ihrer Nase verteilte.

Valerie lachte.

»Ich fürchte, dieses Weihnachtsfest haben wir dir gründlich verdorben«, entschuldigte sie sich. »Der Tag hätte kaum schlimmer enden können, und für morgen sieht es nicht viel besser aus, eher böser.«

»Na, jedenfalls war es nicht langweilig«, sagte Copper und griff nach ihrer Haarbürste.

»Tatsächlich war es doch ein recht ereignisreicher Tag. Aber ich bin froh, dass er vorüber ist. Noch mehr Ausbrüche von Rosamund, und ich hätte sicher irgendwann selbst angefangen zu schreien.«

»Grauenhaft, nicht wahr?«, seufzte Valerie. »Armer Dad! Ich vermute, er ist heute um Jahre gealtert. Er unterhielt sich gerade mit Hamish über Briefmarken, als Rosamund hochging, und er sprang aus seinem Sessel hoch wie ein flatternder Fasan. Dabei ist ihm die Brille heruntergefallen, und Leonard ist darauf getreten.«

Sie begann zu kichern, und Copper, die sich anstecken ließ, sagte mit wackelnder Stimme: »Den Höhepunkt des Abends hast du aber verpasst. George hatte nämlich ein Glas Fruchtpunsch in der Hand, das er gerade für Amabel geholt hatte, und als Rosamund losschrie, schrak er so heftig zusammen, dass sich der ganze Punsch über Amabel ergoss. Sie war von oben bis unten nass, und das neue Georgettekleid, das sie anhatte, begann in null Komma nichts zusammenzuschrumpfen wie eine erschreckte Schnecke. Es war ja ohnehin ziemlich eng, und du weißt, wie dieser Stoff einläuft, wenn er nass wird. Zu allem Übel hatte sie noch ein paar Scheibchen Banane im Haar, und an ihrem einen Ohr hing ein Streifen

Zitronenschale. Sie sah einfach unbeschreiblich aus, richtig kokett und frech, und als George versuchte, sie wenigstens von den Obststücken zu befreien, hat sie ihm eine runtergehauen. Armer George! Ich fürchte, sein Glaube an die Damenwelt hat heute einen schweren Schlag erhalten. Im wahrsten Sinne des Wortes.«

Valerie lehnte den Kopf gegen den Ständer des Moskitonetzes und begann hemmungslos zu lachen, rieb sich aber gleich darauf die Augen wieder trocken und versuchte sich zusammenzureißen.

Nein, das war, so warf sie sich vor, überhaupt nicht nett von ihnen, hier so herumzukichern; immerhin handelte es sich um eine ganz furchtbare Geschichte, auch wenn sie ihnen jetzt nur komisch vorkam. »Ich habe gedacht, Rosamund erholt sich nie wieder. Aber als sie das Haus verließ, schien sie schon wieder ganz in Ordnung zu sein. Dan und Charles haben sie ins Krankenhaus gebracht und Ronnie ist hinuntergegangen, um ihre Sachen für die Nacht zu holen.«

»Im Krankenhaus ist sie sicher gut aufgehoben«, sagte Copper mit fester Stimme. »Außerdem ist Truda froh, wenn sie etwas zu tun hat. Seltsam war nur, mit welcher Entschiedenheit Rosamund sich weigerte, nach Hause zu gehen. Man hätte doch denken können, sie würde lieber nach Hause gehen als unter Trudas wachsamen Blicken die Nacht zu verbringen.«

»Na, Gott sei Dank, dass es so gelaufen ist«, seufzte Valerie. »Ich habe schon befürchtet, sie wollte hier bleiben. Ich musste sie ja fragen, aber ich war wahnsinnig froh, als sie sich für das Krankenhaus entschied. Offenbar hatte sie sich entschlossen, dorthin zu gehen, wenn sie nicht völlig durchdrehen wollte; wenn sie hier geblieben wäre, hätte vermutlich ich als Nächste einen Anfall bekommen. Eine hysterische Frau im Haus ist mehr als genug, und Rosamunds Schreie haben Ruby offenbar an den Rand eines Nervenzusammenbruchs gebracht. Ich fürchte, der arme Leonard wird eine grausige Nacht haben.«

»Fröhliche Weihnacht überall«, sang Copper leise. »Was haben sie eigentlich mit Amabel gemacht, Val? Ich habe sie im allgemeinen Trubel ganz aus den Augen verloren, nachdem sie auf George losgegangen war. Man hat sie doch wohl nicht ohne männliche Begleitung zum Haus der Purvis' zurückgehen lassen?«

»Du lieber Himmel, nein! Sie ist mit Rosamund ins Krankenhaus gegangen, was bedeutet, dass Ronnie nun seinen ganzen Harem eingebüßt hat. Rosamund hing an ihr wie eine Puppe und weigerte sich, ohne sie auch nur einen Schritt zu gehen, wobei mir nicht so ganz klar ist, ob es mit irgendeinem wohlbegründeten Misstrauen gegenüber Ronnie zusammenhängt oder ob sie etwas besonders Beruhigendes und Tröstliches an Amabel findet. Wie auch immer, sie haben sich jedenfalls beide in Trudas bewährte Hände begeben.«

»Hätte ich gewusst, dass Dan mit ihnen zum Krankenhaus gegangen ist«, sagte Copper, »dann hätte ich ihn gebeten, etwas zur Beruhigung für Ruby mitzubringen. Chloroform vorzugsweise.«

»O Gott«, schnaufte Valerie und gab sich einem neuen Lachanfall hin. »Das war wirklich der beste Teil dieses ohnehin so unterhaltsamen Abends: Nie werde ich eure Gesichter vergessen, als sie aus dem Schlafzimmer gerauscht kam, mitten in Rosamunds große Szene hinein, und zu uns ins Zimmer marschierte wie eine Art Sarah Bernhardt im rosa Pyjama.«

»Der Pyjama ist mir gar nicht aufgefallen«, bekannte Copper. »Ich war so begeistert von ihrem Morgenrock. Ich hätte mir denken können, dass sie einen besitzt, der einem Film-Vamp alle Ehre machen würde, mit dieser langen Schleppe, meterweise rosa Satin mit Marabufedern als Einfassung. Ich wusste sofort, dass es nur Sekunden dauern würde, bis der Erste darüber stolperte, so wie sie alle durcheinander liefen, um sich nützlich zu machen. Und es war auch klar, dass dieser Erste der arme George sein würde.«

»Ich frage mich, was ihm mehr wehgetan hat«, dachte Valerie laut. »Der Schlag aufs Auge von Valerie oder der Schwinger ans Kinn von Ruby? Der Klang war in beiden Fällen nicht schlecht.«

»Ach, der *arme* George«, schnappte Copper nach Luft. »Es ist nicht nett von uns, so darüber zu lachen. Aber es war köstlich. Jedenfalls dachte ich das, bis sie selbst über ihre Schleppe stolperte und geradewegs auf Nick stürzte. Danach war mein Sinn für Humor ein wenig getrübt, muss ich zugeben.«

»Ich persönlich war extrem dankbar, denn bei jedem anderen außer Nick wäre die Verwirrung noch zehnmal größer gewesen. Und ich finde, er hat die Situation großartig gemeistert. Charles beispielsweise hätte es vermutlich für seine Pflicht gehalten, sie aufs Sofa zu platzieren und ihr Brandy zu holen oder Salzgebäck – Nick dagegen hat sie sich einfach über die Schulter geworfen wie einen Sack Kohlen und hat sie in ihrem Schlafzimmer abgesetzt; so viel ich verstehen konnte, mit klaren Instruktionen, dass sie dort bleiben und den Mund halten solle. Sie war so verblüfft, dass sie sofort aufhörte zu kreischen und sich nicht mehr aus dem Zimmer gerührt hat. Und du musst zugeben, das zu erreichen ist keine schlechte Leistung.«

»Sicher«, stimmte Copper zweifelnd zu. Sie saß ein paar Augenblicke still da, während sie die Cold Cream mit einem rosa Wattebausch entfernte und ernste Blicke auf ihr Spiegelbild warf.

Endlich sagte sie nachdenklich: »Dan sagt, Nick kann richtig jähzornig werden. Ruby hat wohl bei dem Corbyn-Picknick spitze Bemerkungen gemacht, und Dan hat ihr gesagt, wenn sie jemals Nick auf dem falschen Fuß erwischt, wird sie feststellen, dass es bei weitem vorzuziehen ist, lebendig gehäutet zu werden. Lustig, ich hätte gedacht, dafür wäre er viel zu träge.« Sie stand auf und gähnte. »Nun, wir sollten wohl zu Bett gehen. Wie spät ist es eigentlich, Val?«

»Gleich Mitternacht. In ein paar Minuten ist Weihnachten. Irgendwie scheint das ganz unmöglich, nicht wahr?«

»Stimmt«, bestätigte Copper, die den Rand ihres Moskitonetzes unter der Matratze hervorzog, um ins Bett zu steigen. »Aber andererseits, warum nicht? Seltsam, dass man mit Weihnachten immer Schnee und Eiszapfen und Stechpalmen verbindet, selbst wenn man sich in einer kleinen Stadt in den Tropen befindet, umgeben von Palmen und Kamelen und Bungalows.«

»Ich muss zugeben, mir gefällt der Gedanke an Frost und Weihnachtslieder auch besser«, bekannte Valerie. »Und Weihnachten ohne Strümpfe am Kamin ist sowieso eine hohle Imitation für mich. Aber nachdem uns die elende *Maharaja* so schmählich im Stich gelassen hat, gibt es halt keine Strümpfe und auch nicht viele Geschenke.«

Sie schwieg und hob lauschend den Kopf. Die Uhr in der Eingangshalle unten schlug Mitternacht, und sie standen still da, bis der letzte Ton in der Dunkelheit verklang.

»Fröhliche Weihnachten, Val.«

»Fröhliche Weihnachten, liebe Coppy, und gute Nacht.« Valerie verließ das Bett und stopfte Coppers Moskitonetz fest. Dann löschte sie das Licht und ging durch den Vorhang hinüber in ihr eigenes Zimmer. Ein paar Minuten später erlosch auch ihr Licht, und über das Haus senkte sich die stürmische Finsternis herab.

Der Wind blies immer noch kräftig, und hinter dem stetigen Trommeln des Regens konnte Copper das gedämpfte Rauschen des Meeres hören, das wütend um die winzige Insel schäumte.

Das Geräusch besaß einen sonderbar düsteren Rhythmus, der zu einem anderen Zeitpunkt vielleicht beruhigend gewirkt hätte; in dieser Nacht aber vermischte er sich mit dem verzweifelten Wolfsgeheul des Windes und dem erbarmungslosen Trommeln des Regens und nahm dadurch etwas Bedrohliches an. Der Gedanke, den Copper im Verlauf des Abends noch erfolgreich hatte zurückdrängen können, erstand jetzt vor ihrem geistigen Auge als scharf gezeichnetes Bild, das vom Brüllen der an die Insel schlagenden Brecher unablässig wach gehalten wurde.

Irgendwo da draußen in diesem kalten, bösartigen Meer trieb der Leichnam von Ferrers Shilto herum, gezerrt und geschlagen von Wind und Wogen, hin und her geworfen zwischen schwarzen Wellenbergen, zerstampft im brüllenden Mahlstrom der Gischt über den kantigen Korallenriffen vergessener Strandbuchten oder von der Strömung hinausgeschwemmt in das wilde, endlose Meer, dass sich von hier bis zum Südpol erstreckte.

Copper fiel in einen unruhigen Schlummer.

Sie stand zwischen den Kokospalmen am Ufer von North Bay, umtost von einem Sturm, der die Palmen zauste und das stahlgraue Meer zwischen den Felsen zu ihren Füßen aufschäumen ließ. Etwas leuchtete weißlich in der Brandung: Mal konnte sie es halb sehen, mal war es wieder von der Gischt verdeckt. Es kam näher – wurde größer – besser sichtbar … und während der Wind noch lauter heulte, wurde es vom grauen Meer abgeschüttelt, und Ferrers Shilto kam an Land gelaufen.

Das Wasser lief aus seinen durchnässten Kleidern und strömte aus seinen grauen Haaren, und ein Strang Seetang, der sich um seinen mageren Hals gelegt hatte, flatterte im Wind wie ein seltsamer Schal. Sein kleines, faltiges Gesicht zeigte fast kindliches Erstaunen, und als er näher kam, sah Copper, dass er die Hand an seine Brust hielt und dass zwischen den gespreizten Fingern der Griff eines Messers hervorragte.

Es schien ganz normal, dass er da aus dem Meer kam, obwohl sie doch wusste, dass er ertrunken war, und sie verspürte auch keine Angst – bis ihr Blick auf das Messer fiel.

Beim Anblick des funkelnden Messergriffs aber stieg der Horror ihres Albtraums wieder in ihr auf und ließ sie vollständig erstarren, sodass sie sich weder bewegen noch schreien konnte.

Ferrers' weit aufgerissene, ungläubige Augen kamen immer näher, und an seiner Hand konnte sie das Blut sehen: ein einziger blutroter Fleck. Er kam so nah, dass ihr der nasse, flatternde Streifen Seetang um seinen Hals ans Gesicht schlug … und jetzt wurde Copper wach, zitternd vor Angst, und stellte fest, dass ihr ein kalter Wassertropfen aus einem neuen Leck in der Zimmerdecke die Wange hinunterlief.

Der Sturm schien sich ausgetobt zu haben, nicht jedoch der Regen, und sie zog ihr Moskitonetz hoch und schaltete das Licht ein. Langsame, glitzernde Tropfen bildeten sich an der Decke und fielen auf ihr Bett.

Zitternd vor Verzweiflung sah sie sich im Zimmer um, und nachdem sie sich mit einer Seifenschale und einem Zahnputzglas aus dem Bad bewaffnet hatte, schob sie ihr Bett ein Stück weiter, warf ihr nasses Kopfkissen in eine Ecke, stellte Seifenschale und Zahnputzglas dorthin, wo sie am meisten nützen würden, stieg wieder ins Bett und schaltete die Lampe aus.

Aber jetzt konnte sie nicht mehr einschlafen – die Schrecken des Traums und die Notwendigkeit, ihr Bett zu verschieben, hatten sie zu gründlich geweckt, und der Schlaf war unwiederbringlich dahin.

Da die Fensterläden geschlossen waren, war die Luft in ihrem Zimmer warm, feucht und schwer, und der Ventilator schien sie nur ein wenig zu bewegen. Nun, nachdem der Wind nachgelassen hatte, war es sehr still im Haus. Es regnete immer noch, aber nur noch ganz leicht, sodass nach all dem Sturmgebrause die Stille jetzt geradezu mit Händen zu greifen war. Das Rauschen des Meeres, sein gedämpftes Donnern betonte das Schweigen eher noch. Aber es lag keine Ruhe in diesem Schweigen, sondern eher ein angespanntes

Warten, als hätte der Sturm sich noch lange nicht beruhigt, sondern nur eine kleine Pause gemacht, um Kräfte für einen erneuten Angriff zu sammeln.

Auch innerhalb des dunklen Hauses war die Stille angefüllt von kleinen Geräuschen. Kaum hörbares Klimpern in einem Dutzend verschiedener Tonarten, verursacht durch das Wasser, das in alle möglichen Schüsseln und Töpfe tropfte. Plötzliches Krachen von Holz, wenn ein Möbelstück arbeitete, das dünne Sirren der Mücken, das Flattern von Fledermausflügeln in der Dunkelheit und das leise Trommeln von Regentropfen auf dem Dach. Und nach einer Weile bemerkte Copper, dass noch jemand außer ihr nicht schlafen konnte – jemand, der leise die Treppe heraufkam und den Ballsaal durchquerte.

Sie hörte die oberste Treppenstufe knarren und spürte das leise Zittern der Dielen, als jemand an ihrer Tür vorbei Richtung Turmzimmer ging. Das wird einer der Hausdiener sein, der seine Runde macht, um zu sehen, ob alles in Ordnung ist, dachte sie.

Einen Augenblick später kamen die lautlosen Schritte zurück, und obwohl sie sie immer noch nicht hören konnte, spürte sie an dem vertrauten Zittern der Bodendielen, dass der nächtliche Wanderer wieder an ihrer Tür vorbeigegangen war. Einen Moment lang dachte sie, es könnte Kioh sein, die auf der Pirsch war, aber sie verwarf den Gedanken sofort wieder, denn Kioh war zwar eine leidenschaftliche nächtliche Jägerin, aber ihre Samtpfoten waren nicht schwer genug, um sie auf diese Weise zu verraten.

Der unbekannte Spaziergänger durchquerte den Ballsaal wieder, diesmal aus der Richtung des Wohnzimmers, denn Copper hörte die lose Diele direkt vor der Wohnzimmertür knarren. Und auf eine unerklärliche Weise füllte sich das Haus durch dieses Geräusch mit Furcht.

Die Furcht kroch in alle Ecken wie das lautlose Nahen des Monsun-Nebels in den feuchten Wäldern, bis sie jeden Winkel der dunklen Räume gefüllt hatte. Furcht blinkte durch die nassen, schimmernden Fensterscheiben, flüsterte im leisen Regengetrommel und machte Coppers Mund trocken, während sie sich in ihre Kissen drückte und mit panisch geweiteten Augen in die Dunkelheit starrte. Sie konnte ihr Herz schlagen hören wie eine drängende, rasende Trommel in ihrer Brust. Eine Trommel, die sie am Atmen hinderte, während sie ihre Ohren anstrengte, um auf einen Ton zu lauschen, den sie erwartete. Es gab eine weitere lose Diele in dem Korridor rechts von ihrem Zimmer, und sie wartete darauf, diese Diele knarren zu hören …

Als das Geräusch endlich kam, nahm sie sich mühsam zusammen und streckte die Hand nach ihrer Nachttischlampe aus. Aber als sie den Finger schon auf dem Schalter hatte, zögerte sie, aufgehalten durch den unangenehmen Gedanken, dass sie, sobald das Licht in ihrem Zimmer eingeschaltet war, für jeden draußen in der dunklen Eingangshalle deutlich sichtbar sein musste.

So ließ sie die Hand wieder sinken und saß lauschend da, stocksteif aufgerichtet unter der Hülle ihres Moskitonetzes und im verzweifelten Kampf gegen die steigende Welle der Panik. Ein fernes Donnern mischte sich in das Rauschen der Brandung, aber der leise Spaziergänger kam nicht wieder, und plötzlich hielt sie es nicht mehr aus.

Sie ließ sich aus dem Bett gleiten und tastete sich durch das Zimmer zu dem Durchgang, der ihr Zimmer mit Valeries verband. Sie ging sehr vorsichtig, aus Angst, ein Geräusch zu verursachen, und wachsam, um keinen der Gegenstände zu treffen, die überall aufgestellt waren, um das Wasser aufzufangen.

Als sie trotz aller Vorsicht mit ihren Zehen an den kalten Rand der Seifenschale stieß, konnte sie einen Aufschrei kaum unterdrücken.

»Du lieber Himmel, reiß dich zusammen«, sagte sie verzweifelt zu sich selbst. »Du benimmst dich wie ein hysterisches Schulmädchen; schämen solltest du dich.« Aber alle Vernunft kam nicht gegen die Furcht an, die das dunkle Haus anfüllte, ihren Körper taub machte und ihrer Einbildung zuflüsterte, dass ihre ausgestreckten Hände, wenn sie noch einen Schritt weiterginge, nicht in die freundlichen Vorhänge oder an die feste Wand greifen würden, sondern in ein Gesicht – ein nasses Gesicht mit einem Streifen Seetang, der wie ein Schal um einen mageren Hals geschlungen war.

Coppers eigener Hals war ganz starr vor Angst, und sie musste sich vorwärts zwingen, als wäre ihr Körper eine Maschine, die ihr nicht mehr gehorchte.

Dann hatte sie endlich den Vorhang an dem Durchgang erreicht und war auch schon hindurch und zerrte an Valeries Moskitonetz.

Valerie hatte geschlafen. Aber kaum jemand schläft auf den Andamanen sehr fest, und sie war gleich wach, beinahe bevor Copper sie an der Schulter berührt hatte.

Sie setzte sich auf und streckte die Hand nach dem elektrischen Licht aus, sodass der tröstliche gelbe Schein Coppers bleiches Gesicht und die Falten des Moskitonetzes erhellte.

»Was ist los, Coppy? Wieder ein Albtraum?«

»Irgendjemand läuft im Haus herum.« Coppers Flüstern war unruhig, obwohl sie sich alle Mühe gab, ihre Stimme unter Kontrolle zu halten. Valerie drehte sich schnell zur Tür und lauschte einen Augenblick. Aber abgesehen vom Trommeln des Regens, dem Zischen der Ventilatoren und dem kleinen Chor der Tropfen lag das Haus in tiefem Schweigen.

»Unsinn! Niemand läuft hier um diese Zeit herum. Du weißt, dass Dad keinen der Hausdiener nachts in den ersten Stock lässt; und Iman Din schläft unten in der Eingangshalle am Fuß der Treppe. Im Übrigen, wer würde denn in einer Nacht wie dieser hier spazieren gehen? Ich denke, das waren Fledermäuse. Oder Kioh.«

»Nein«, insistierte Copper, die heftig zitterte. »Es war jemand im Ballsaal, die Schritte waren zu spüren, ich habe gespürt, wie sich der Fußboden bewegte. Du weißt, wie es sich anfühlt, wenn jemand durch den Ballsaal geht. Und die zwei losen Dielen – die eine vor dem Wohnzimmer und die eine im Korridor –, ich habe deutlich gehört, wie sie knarrten.«

»Vielleicht hat Ruby nach etwas zu trinken oder ein paar Keksen gesucht.«

»Was soll sie denn dann im Korridor oder im Wohnzimmer? Und warum sollte sie hier auf und ab gehen? Wer auch immer da draußen war, hat den Ballsaal mindestens dreimal durchquert.«

»Du hast schlecht geträumt«, sagte Valerie anklagend. »Gib's zu, Coppy!«

Copper errötete vor schlechtem Gewissen, denn sie erinnerte sich unangenehm deutlich an den Traum, in dem Ferrers Shilto aus dem Meer zurückgekehrt war. Aber da sie jetzt überhaupt nicht die Absicht hatte, davon zu reden, überhörte sie die Anklage und sagte halsstarrig: »Es waren keine Fledermäuse, und es war auch nicht Kioh, und ich habe auch nicht geschlafen. Da draußen ist jemand herumgelaufen ... und außerdem«, fügte sie hinzu, jetzt wieder flüsternd, »er läuft immer noch dort herum. Sieh dir Kioh an!«

Die Siamkatze hatte offenbar zusammengerollt auf dem Polster von Valeries großem Sessel geschlafen: Man konnte den Abdruck ihres schlanken, kleinen Körpers auf dem Kissen genau sehen.

Aber irgendetwas – vielleicht Coppers Eindringen – hatte sie aufgeschreckt, und nun stand sie vor dem Stuhl und starrte zu der Tür, die zum Ballsaal führte.

Die Türen zwischen den Schlafzimmern und dem Ballsaal waren von der Art, wie Copper sie früher am Abend so kritisch betrachtet hatte: zwei Flügel einer Schwingtür, wie man sie aus der Schankstube eines Pubs oder aus Barwagen in der Eisenbahn kennt. Sie verdeckten die Mitte der Türöffnung und konnten mit einem Haken verschlossen werden. Oberhalb und unterhalb der Schwingtür waren einige Fuß Platz. Diese Halbtüren waren groß genug, die Sicht auf den Raum zu versperren, abgesehen vom obersten Ende der Wand und einem Teil des Fußbodens. Andererseits konnte man aus den Schlafzimmern auch nicht in den Ballsaal blicken, nicht einmal bei Tageslicht. Aber Katzen können im Dunkeln sehen, und Kioh, die auf dem Boden stand, hatte ungehinderte Sicht in den Saal – und auf denjenigen (oder dasjenige), der sich dort bewegte.

Ihr kurzes, glattes, helles Fell lag nicht mehr an, sondern sträubte sich. Die Rückenhaare standen ihr zu Berge, und sie hatte sich ein wenig zusammengekauert. Ihr schwarzer Schwanz schlug heftig hin und her, und ihre porzellanblauen Augen starrten fest auf etwas, was Copper und Valerie nicht sehen konnten. Ihr Kopf bewegte sich langsam, als sie mit ihren Blicken jemandem folgte, der sich in der Dunkelheit an der Tür vorbeibewegte. Valerie, der plötzlich die Stimme zu versagen schien, räusperte sich und rief laut: »Kaun-hai? … Wer ist da?« Sie bekam keine Antwort, aber wieder konnten sie das vertraute Zittern der Dielen spüren, als jemand den Ballsaal durchquerte.

Kioh legte ihre schwarzen spitzen Ohren an und begann leise zu knurren – ein kaum hörbarer, seltsam nervenzerfetzender Ton. Dann ging sie, immer noch knurrend, langsam Schritt für Schritt rückwärts, weg von der Tür, bis sie den Schutz von Valeries Bett erreicht hatte.

»Komisch«, sagte Valerie, die gar nicht bemerkte, dass sie ebenfalls flüsterte. »Normalerweise ist sie mutig wie ein Tiger.« Sie streckte die Hand aus, um die zusammengekauerte kleine Gestalt zu streicheln, aber die Katze, deren Augen immer noch starr auf die Tür gerichtet waren, schien bei der Berührung förmlich zu explodieren wie eine kleine Ladung Dynamit. Dann verschwand sie springend, fauchend und kreischend wie ein Pfeil hinter dem Schrank.

»Du lieber Himmel«, japste Copper. »Ich glaube, jetzt habe ich mein Herz mitten durchgebissen. Es ist mir den Hals hoch in den Mund gehüpft, und jetzt ist es futsch. Lass uns bitte rausgehen und die Lichter im Ballsaal anmachen und nachsehen, wer da ist. Ich halte das sonst nicht mehr aus.«

»Gut«, antwortete Valerie mit zittriger Stimme. »Aber ich habe nichts gehört. Ich glaube immer noch, es sind die Fledermäuse.«

»Fledermäuse zu Fuß!«, gab Copper heftig zurück. »Man muss das nicht hören, man kann es fühlen! Wenn du mir nicht glaubst ...« Und bevor Valerie sie daran hindern konnte, hatte sie nach der Lampe gegriffen und sie ausgeschaltet.

»Copper!«

»Still! Horch!«

Sie brauchten nicht lange zu warten. Kein Laut war zu hören, aber nach wenigen Augenblicken spürten sie wieder das leichte Zittern der Dielen, und dann war unmissverständlich das leise Knarren der losen Diele bei der Wohnzimmertür zu hören.

»Glaubst du mir jetzt?«

»Ja, da läuft tatsächlich jemand herum. Mach das Licht an, Coppy, ich werde nachsehen, wer es ist.« Wieder verbreitete die Nachttischlampe ihr freundliches Licht im Zimmer, und Valerie sagte: »Wir sollten uns was überziehen. Wenn es einer der Hausdiener ist, können wir unmöglich im Nachthemd herumlaufen.«

Sie bemerkte, dass sie immer noch flüsterte, und sie ärgerte sich darüber, aber sie brachte es nicht fertig, laut zu sprechen. Sie warf Copper einen bunt gestreiften Umhang zu und zog sich einen seidenen Morgenrock an, wobei sie den Gürtel in ihrer schmalen Taille mit einem Ruck zusammenzog, wie um sich Mut zu machen. Dann fügte sie immer noch flüsternd hinzu: »Wahrscheinlich finden wir doch nur Ruby, die mit ihrer Schlaflosigkeit ihr Unwesen treibt.«

»Ruby oder nicht Ruby«, sagte Copper, »ich nehme einen Golfschläger mit. Ich gebe zu, mit einem Schürhaken wäre ich noch glücklicher, aber so ein kräftiger Mashie mit seinem Eisenkopf tut es auch.«

Valerie griff wortlos nach dem schweren Niblick, und Copper wurde plötzlich von dem vollkommen unpassenden Drang erfasst, laut zu lachen.

»O Gott, wir müssen einfach absolut lächerlich aussehen. Und ich weiß wirklich nicht, warum ich jetzt lachen muss, denn das hier ist kein bisschen komisch, und ich fürchte mich beinahe zu Tode.«

»Ich auch«, gab Valerie zu. »Aber ich kriege gleich einen hysterischen Anfall, wenn ich weiter hier sitze. Alles war in Ordnung, bis Kioh dieses grauenhafte Geräusch machte, aber das macht mich fertig. Komm, los, Coppy, und gib mir bitte, bitte deine Hand.«

So hielten sie sich fest an den Händen, in der anderen Hand jeweils einen Golfschläger haltend, und traten auf Zehenspitzen über die Schwelle. Der Schalter für das Deckenlicht im Schlafzimmer befand sich gleich neben der Tür, und Valerie betätigte ihn, sodass der Raum in hartes Licht getaucht wurde. Dann schoben sie die Schwingtür auf, drückten sich die Hand und gingen in die Dunkelheit hinaus.

Um die Lichtschalter für den Ballsaal zu betätigen, mussten sie ein paar Meter den Flur links von der Tür hinuntergehen. Aber das Licht, das aus Valeries Schlafzimmer drang, reichte aus, um ihnen den Weg zu weisen, und ein paar Sekunden später vertrieb eine Flut von Licht die lauernden Schatten aus dem Ballsaal.

Es war niemand zu sehen, und mit neu erwachendem Selbstvertrauen gingen sie bis zum Ende des Saals und schalteten das Licht im Speisezimmer ein, wo der lange polierte Tisch nun, da seine glitzernden Weihnachtsdekorationen abgeräumt waren, glänzte wie ein Streifen dunkles Wasser. »Nichts«, meinte Valerie, die zum ersten Mal seit zehn Minuten wieder laut sprach. Aber noch während sie sprach, bewegte sich etwas sehr schnell im Schatten hinter ihnen, und sie wirbelten herum, bleich wie der Tod.

Nicholas Tarrent stand missmutig hinter ihnen, in Pyjama und Morgenrock.

»O Gott, Nick«, keuchte Valerie. »Du hast mich zu Tode erschreckt.«

»Kein Vergleich mit dem Schrecken, den ihr mir eingejagt habt! Was zum Teufel macht ihr hier mitten in der Nacht? Wollt ihr was für euer Handicap tun?«

Valerie und Copper, die versucht hatten, die Golfschläger zu verstecken, erröteten pflichtschuldigst.

»Stell dir vor«, bekannte Copper, die sich bereits ein wenig für ihre nächtliche Furcht schämte, »wir hatten jemanden im Haus herumlaufen gehört, und wir sind losgegangen, um herauszufinden, wer es ist. Wir konnten ja nicht wissen, dass du es warst.«

»Ich? Also, ihr verrückten Golfspielerinnen, ich bin eben erst aus dem Bett gesprungen. Ich hörte jemanden herumlaufen, und als überall im Haus die Lichter angingen, dachte ich mir, ich sollte wohl aufstehen, um nachzusehen, ob am Ende jemand krank geworden ist.«

»Und machst du deine Krankenbesuche immer mit einem Tennisschläger in der Hand?«, fragte Copper anklagend.

Nick lachte.

»Erwischt. Ich hatte ganz vergessen, dass ich das blöde Ding immer noch in der Hand halte. Tatsächlich war es die einzige greifbare Waffe, aber im Nahkampf mit euch war mir einfach wohler so. Ihr zwei zerzausten kleinen Nachtvögel habt mich zu Tode erschreckt. Wie könnt ihr nur so auf Zehenspitzen hier durch die Dunkelheit laufen?«

Valerie und Copper blickten sich kurz an. »Dunkelheit?«, fragte Copper.

Valerie drehte sich zu Nick um. »Hast du uns schon länger gehört, bevor das Licht anging?«

»Na, ›gehört‹ ist vielleicht nicht das richtige Wort. Aber ich habe gespürt, wie der Boden zitterte, wenn ihr vorbeigegangen seid. Und es gibt hier ein paar lose Bodendielen, die knarrten, sodass ich schon daran dachte, dass man sich das morgen früh mal genauer ansehen muss. Nun, irgendwann bin ich dann aufgestanden, um nachzusehen.«

»Dann war tatsächlich jemand hier unterwegs«, flüsterte Valerie. »Das waren nicht wir, Nick, wir haben die knarrenden Dielen auch gehört. Und Kioh hat etwas im Ballsaal gesehen. Sie stand da und hat es beobachtet, und es hat uns so in Angst versetzt, dass wir aufgestanden sind, um nachzusehen.«

Sie hatten alle sehr leise gesprochen, um den Rest des Hauses nicht zu wecken, aber jetzt wurde Coppers Stimme schärfer. »Also, was tun wir jetzt? Wir haben alle gehört, dass sich jemand hier bewegt hat, und wenn wir nicht sicherstellen, dass sich hier oben niemand versteckt, werde ich für meinen Teil den Rest der Nacht kein Auge zutun.«

»Gut, gut. Mach, was du willst«, sagte Nick. »Immer den Blick fest auf den Ball richten und nicht zu hastig.«

Sie suchten sich einen Weg zwischen all den Schüsseln und Töpfen, die aufgestellt worden waren, um das Regenwasser aufzufangen, und durchquerten den Ballsaal, betraten das Wohnzimmer, gingen durch die breite, verglaste Veranda und durch das Speisezimmer wieder zurück.

Sie durchsuchten die Küche und die Speisekammer und gingen durch den Korridor bis zum Turmzimmer, öffneten die Türen des nahe gelegenen Badezimmers und der kleinen Abstellkammer gleich daneben. Sie sahen hinter und unter die Sofas und Sessel, Bücherregale und Geschirrschränke, und sie stellten sicher, dass alle Türen und Fenster, die nach draußen oder auf einen der beiden Balkone vor der Veranda führten, verschlossen waren.

Als sie in den Ballsaal zurückkehrten, hatten sie das obere Stockwerk des Hauses so gründlich durchsucht, wie es ihnen möglich war, ohne die Schlafzimmer zu betreten, in denen sich Valeries Vater, das Ehepaar Stock und John Shilto aufhielten.

Sir Lionels Schlafzimmer und das Turmzimmer, in dem John Shilto schlief, waren die einzigen beiden Schlafzimmer mit herkömmlichen Türen, und nachdem beide Türen abgeschlossen waren, war es höchst unwahrscheinlich, dass irgendjemand außer den rechtmäßigen Besitzern in diese Zimmer gelangt war.

Das Schlafzimmer der Stocks lag hinter Valeries Zimmer und war mit der üblichen wirkungslosen Schwingtür geschlossen, aber ein leises, rhythmisches Schnarchen erlaubte die Annahme, dass zumindest einer der Bewohner dieses Zimmers fest schlief.

Um ihre Runde vollständig zu machen und mehr der Form halber warfen sie auch noch einen Blick in Nicks Zimmer, allerdings mit größter Vorsicht, um den friedlichen Schlummer von Dan Harcourt nicht zu stören.

Dann gingen sie durch die Schlafzimmer der beiden jungen Frauen, um endlich wieder im Ballsaal zu landen. Aber mit Ausnahme von Kioh, die sie unter Valeries Sitzbank am Fenster entdeckten – immer noch feindselig und geneigt, zu fauchen –, fanden sie nichts und niemanden. »Nun, ich hoffe, jetzt sind alle zufrieden«, sagte Nick kurz, einen Finger auf dem Lichtschalter des Ballsaales. »Wenn es nicht dein Vater war, Val, oder Shilto oder einer der Stocks, dann waren es entweder die Fledermäuse oder der Wind. Oder ein Übermaß an Plumpudding. Sucht es euch aus.«

»Letzteres, vermute ich«, gab Valerie mit einem herzhaften Gähnen zu. »Mit einem Schuss Hysterieanfall von Rosamund Purvis. Danke für deine Unterstützung, Nick. Tut mir Leid, dass wir deinen Schönheitsschlaf gestört haben. Los, Coppy, ab ins Bett.«

Sie löschte die Lichter, und sie wandten sich zum Gehen, um in ihre Zimmer zurückzukehren. Aber sie waren kaum ein paar Schritte durch die Finsternis gegangen, als Copper schon wieder erschrocken die Luft einsog.

In diesem leisen Geräusch lag so viel pure Angst, dass Nick blitzschnell einen Arm ausstreckte und sie an sich zog. »Was ist, Copper?« Seine Stimme war messerscharf. »Etwas hat mich gestreift«, flüsterte Copper kaum hörbar. »Es hat mich berührt ... Nick, hör doch bloß!«

Alle drei standen still und hörten in dieser Stille klar und unverkennbar das Knarren der losen Diele vor dem Wohnzimmer, und sie spürten das Zittern der Dielen unter ihren Füßen.

»Das ist doch einfach lächerlich!«, sagte Nick wütend. Er schob Copper von sich und machte ein paar schnelle Schritte zurück zu den Lichtschaltern, und noch einmal wurde der Ballsaal in helles Licht getaucht. Aber es war niemand zu sehen, und auf der anderen Seite gähnten die Türen zum Wohnzimmer schwarz und leer.

»Iman Din muss in der Eingangshalle sein«, sagte Valerie mit zitternder Stimme. »Er hat Anweisung, Wache zu halten, aber er schläft immer ein, und es kann durchaus jemand an ihm vorbeigekommen sein. Lasst uns hingehen und ihn wecken.«

Rasch gingen sie hinüber zur Balustrade, schalteten die Lichter im Treppenhaus ein und blickten hinunter in die Eingangshalle.

Aber Iman Din, der alte Bürobote mit dem weißen Schnurrbart, schlief nicht.

Er stand am unteren Ende der Treppe und blickte hinauf zu ihnen, als sie sich über das geschnitzte Geländer beugten, und er sah nicht so aus, als wäre er gerade geweckt worden, sondern eher so, als stände er schon geraume Zeit da und lauschte.

»Verdammt!«, explodierte Nick. »Der Alte muss uns gehört haben, wie wir hier oben herumtappen und Verbrecher jagen, und er hat nicht einmal einen Finger gerührt, um uns zu helfen oder wenigstens herauszufinden, was das Ganze soll. Ich muss schon sagen, ein höchst wirkungsvoller Wächter über unseren Schlaf. Frag ihn doch mal, ob jemand an ihm vorbeigegangen ist, Val.«

Valerie beugte sich noch weiter über das Geländer und sprach in Urdu mit dem alten Mann. Er antwortete in derselben Sprache, und Copper sah, wie die Freundin zusammenzuckte und mit gerunzelter Stirn zurückfuhr.

»Was hat er gesagt, Val?«

»Nichts als Unsinn.« Valerie war sichtbar irritiert und einigermaßen zornig.

Nick sagte: »Die Frage ist doch, konnte irgendjemand in dieser Nacht diese Treppe hinaufgehen, ohne dass unser Methusalem mit dem schönen Schnurrbart ihn bemerkt hätte?«

Der alte Mann wandte sich an Nick und sagte langsam und mit hartem Akzent: »Wer soll hereinkommen? Der Sahib sieht doch, dass die Tür verriegelt ist.« Er deutete mit seiner klauengleichen Hand auf die massive Eingangstür mit ihren schweren Eisenriegeln. Durch die Glasfenster der Seitentür konnten sie einen Lichtschimmer aus dem Wachraum sehen, und sie hörten, wie der Dienst habende Wächter den Griff seines Gewehrs auf den Steinen draußen hin und her drehte.

»Frag nicht so dumm!«, herrschte Nick ihn an. »Kann irgendjemand diese Treppe heraufgekommen sein, nachdem Sahib Harcourt heimkam?«

»Sicher«, sagte der alte Mann ernst. Er wandte sich wieder an Valerie und sprach schnell in der Sprache der Einheimischen.

Nick wurde allmählich wütend. Die Zeiger der Standuhr in der Eingangshalle standen auf Viertel vor drei, er hatte noch nicht viel Schlaf bekommen, und sein Erlebnis mit dem Sturm war nicht gerade angenehm gewesen.

Vor allem aber hatte Coppers Panik etwas in ihm geweckt, dem er noch nicht genauer hatte nachspüren können. »Pass auf«, sagte er in gefährlichem Ton. »Wenn ich herauskriege, dass du mit deinen Kumpels hier heute Nacht irgendwelche Späße aufgeführt hast, dann komme ich runter und drehe dir den Hals um. Erst sagst du, die Tür ist verriegelt und keiner kann herein, und dann sagst du, es hätte sehr wohl jemand die Treppe heraufkommen können. Es war vor fünf Minuten jemand hier oben, und du kommst jetzt und hilfst uns herauszufinden, wer das war!«

»Der Sahib ist zornig«, sagte Iman Din ernst. »Er versteht nicht. Aber ich werde zeigen, dass kein *Mensch* hier gegangen ist.«

Er begann die Treppe heraufzugehen, und Valerie griff nach Nicks Arm.

»Nein«, sagte sie atemlos. »Nein, komm, lass uns wieder ins Bett gehen, Nick. Wir haben die Zimmer schon einmal durchsucht. Geh wieder hinunter, Iman Din.«

»Blödsinn«, sagte Nick kurz. »Komm rauf. Und ihr zwei geht jetzt ins Bett. Iman Din und ich werden den Schlafwandler schon aufspüren.«

Iman Din war inzwischen bei ihnen angekommen und setzte seinen Fuß auf die oberste Stufe der Treppe. Die Stufe knarrte laut, wie gewöhnlich.

»Da!«, sagte Copper. »Das war das erste Geräusch, das ich gehört habe. Jemand *muss* diese Treppe heraufgekommen sein.«

»Natürlich war jemand hier oben! Und ich bin sicher, der alte Teufel weiß, wer es war. Also los, was hat er zu dir gesagt, Val?«

»Nichts als Eingeborenen-Unsinn.«

Nick hielt Valerie an der Schulter fest und drehte sie zu sich herum.

»Ich will es hören. Du machst mich verdammt nervös, Val, und ich bin nahe daran, mich zu vergessen und dir eine runterzuhauen. Du wirst es nicht für möglich halten, aber ich würde wirklich gern noch ein wenig schlafen. Nur, solange hier irgendwelche Leute spazieren gehen, sobald das Licht aus ist, werde ich wohl kaum Schlaf finden. Also los, raus damit!«

»Na gut«, sagte Valerie wütend. »Wenn es dir irgendwie weiterhilft, er sagt, es sei ein Geist.«

Ein kurzes, spannungsgeladenes Schweigen füllte für einen Augenblick den Raum. Dann sagte Nick wütend: »Ein Geist, du liebe Güte! Kein Geist bringt den Boden so zum Zittern oder wiegt genug, um die Dielen knarren zu lassen. Red keinen Unsinn, Val!«

Iman Dins kluge alte Augen wanderten von einem Gesicht zum anderen, dann ging er ihnen voraus in das dunkle Wohnzimmer. Er seufzte leise. »Der Sahib sagt, jemand hat auf die Diele gedrückt, die spricht. Kommen Sie, ich zeige Ihnen ...«

Er ging ihnen voran in den Ballsaal und blieb vor der offenen Tür stehen. »Wird der Sahib bitte durchgehen?« Nick gehorchte, wenn auch zögernd. Es war kein Geräusch zu hören, und Copper sagte: »Natürlich hat es diesmal nicht geknarrt. Er ist ja nicht auf die Diele getreten, sondern darüber gestiegen.«

»Und warum, Miss-Sahib?«

»Wegen des Wassers, natürlich ...«, begann Copper und unterbrach sich plötzlich. Sie atmete schnell ein, denn jetzt hatte sie gesehen, was der alte Mann schon vor ihr bemerkt hatte: Genau über der Wohnzimmertür war eine undichte Stelle im Dach, und der Boden schwamm geradezu. Als sie zu dritt das Haus durchsucht hatten, waren die Lichter ebenso an gewesen wie jetzt, und weil sie sehen konnten, waren sie um die verschiedenen Schüsseln herumgegangen, die auf dem Boden standen, und sie hatten auch die Pfützen umrundet. Aber jemand, der in der Dunkelheit ging, konnte den nassen Fleck nicht gesehen haben und wäre hineingetreten, statt darüber zu steigen. Nur dann konnte die Diele unter seinen Füßen knarren. Aber das war es gar nicht, was Copper erbleichen ließ. Sie hatte im gleichen Augenblick noch etwas erkannt. Etwas, was sie nun alle sehen konnten.

»Ah!«, sagte Iman Din. »Nun versteht Sahib. Wenn man auf die Diele tritt, spricht sie im Dunkeln. Aber man sieht keine nassen Flecken davon weggehen, obwohl der Boden poliert ist.«

Copper und Valerie traten erschrocken von der Pfütze zurück und starrten auf den glatten, polierten Fußboden. Nick sprach kein Wort, stellte aber seinen Fuß mitten in die Pfütze, sodass die Diele heftig knarrte, und kam dann zu ihnen.

Kein Wort war mehr nötig. Vier klar erkennbare feuchte Fußstapfen zeigten sich auf dem Boden, wo er gegangen war.

»Sahib sieht«, murmelte Iman Din leise. Er zog scharf die Luft zwischen seinen gelben Zähnen ein und deutete mit seiner mageren Hand auf eines der Fenster. »Sehen Sie, Sahib! Dort, wo der Sturm wiederkommt!«

Die drei wirbelten herum und starrten seinem knotigen Zeigefinger nach durch das dunkle Wohnzimmer hinüber zur Veranda. In diesem Augenblick erhellte ein greller Blitz den tintenschwarzen Himmel hinter den Fensterscheiben und zeigte ihnen für den Bruchteil einer Sekunde den Schattenriss eines Mannes, der in einer Ecke der Veranda stand. Eine kleine, verschrumpelte Gestalt, die um den Hals einen zerschlissenen Schal zu tragen schien, dessen Enden im Windzug flatterten.

Mit einem Aufschluchzen, aus dem purer Schrecken sprach, warf sich Copper Nick an die Brust und begrub ihr Gesicht an seiner Schulter.

»Was ... wer ist das?«, fragte Valerie mit zitternder Stimme, indem sie nach seinem Arm griff. Nick machte sich jedoch ruckartig von ihr frei und rannte durch das Wohnzimmer auf die Veranda.

Er brauchte eine ganze Minute, um den Lichtschalter dort zu finden, und es dauerte weitere drei Minuten, bis er zurückkehrte. Mit langsamen Schritten kam er durch das Wohnzimmer, die Hände tief in den Taschen seines Morgenrocks vergraben, ein verwirrtes Stirnrunzeln auf dem Gesicht.

Valerie und Copper waren verschwunden, aber der alte Dienstbote stand immer noch da, wo er ihn zurückgelassen hatte, schweigend und regungslos.

»Du hast es gesehen, Iman Din. Was … wer war das?«

»Sahib«, sagte Iman Din, »es ist der, der zurückkehrt, um Rache zu üben.«

10

»Joy to the world, for Christ is born«, trällerte Charles, als er das Frühstückszimmer betrat. »Entschuldigen Sie die Verspätung, Sir. Fröhliche Weihnachten, Liebes – und hier ist dein Geschenk. Ich weiß, dass du es dir selbst ausgesucht hast, aber an einem heftigen Ausbruch der Freude und Überraschung würden wir uns doch alle sehr erfreuen. Morgen zusammen, fröhliche Weihnachten!«

Valerie hatte Charles zum Frühstück am Weihnachtsmorgen eingeladen; für die ungewöhnlich große Versammlung um den Tisch war freilich der Sturm verantwortlich, und nur Charles schien gute Laune mitzubringen.

John Shilto, der heute womöglich noch fahler und grantiger aussah als gewöhnlich, bediente sich von den gegrillten Nierchen und dem Speck und überhörte dabei geflissentlich die schüchternen Gesprächsversuche von Leonard Stock. Mrs. Stock, die sich so weit erholt hatte, dass sie zum Frühstück erscheinen konnte, saß frisch geschminkt und onduliert zwischen Nick und Dan Harcourt, während Sir Lionel, der sein Frühstück in tiefem Schweigen einzunehmen und dabei drei Wochen alte Tageszeitungen zu lesen pflegte, missmutig an seinem Kaffee nippte. In regelmäßigen Abständen warf er einen Blick auf die Wanduhr, als könnte von dem gefühllosen Zifferblatt Hilfe kommen. Ohne jede Regung hatte er Valeries Kuss und ihr »Fröhliche Weihnachten, Dad« entgegengenommen und keinerlei Versuch gemacht, den konventionellen Gruß zu erwidern.

Eigentlich hat er Recht, dachte Copper, die es vermied, Nick anzusehen, und sich an die Rosinen hielt. Man kann dieses Weihnachtsfest wirklich nicht fröhlich nennen.

Copper litt noch unter den Nachwirkungen der nächtlichen Schrecken, allerdings verspürte sie seltsamerweise keine Aufregung bei der Erinnerung an den nächtlichen Spaziergänger. Die dunklen Stunden schienen im kalten Licht des

Morgens weniger beunruhigend und sogar ein wenig lächerlich, verglichen mit ihrem albernen Sturz in Nicks Arme, und Copper errötete wütend, wenn sie daran dachte, dass sie sich vor lauter Angst dermaßen vergessen hatte. Noch ärgerlicher, wenn sie an Nicks Reaktion darauf dachte. Er hat mich weggeschoben, als wäre ich ein lästiges Unkraut, dachte sie grimmig, und vermutlich denkt er jetzt, ich hätte es mit Absicht getan – wie Ruby, die ihm am Abend wie eine Tonne Kaugummi am Hals gehangen hatte. Muss ich denn ein paar Stunden später dasselbe tun? Ich vermute, entschied sie verzweifelt, er ist an so etwas mittlerweile gewöhnt.

Das Frühstück war noch weniger erfreulich als das Abendessen zuvor, und mit Ausnahme von Charles unternahm niemand auch nur den leisesten Versuch, an dieser misslichen Lage etwas zu ändern. Sie saßen die meiste Zeit schweigend da, und am Ende der Mahlzeit zogen sie ohne den leisesten Anflug von Heiterkeit ihrer Wege. Eine Stunde später versammelten sie sich in der Eingangshalle mit Mänteln, Hüten und Handschuhen, das Gesangbuch in der Hand und (so ist zu hoffen) das Geld für die Kollekte in der Manteltasche.

Sie vertrauten sich dem wasserdichten Schutz der wartenden Buggys an und legten mit ihrer Hilfe die wenigen hundert Meter zurück, die Government House von der kleinen englischen Kirche auf Ross trennten, wo, verursacht durch die Gewalt des Sturms und die Tatsache, dass die Fähre immer noch nicht ging, die Weihnachtsgemeinde des Reverend Dobbie auf ein Minimum reduziert war. Mrs. Dobbie hatte ihr Bestes getan, Altar und Kanzel auf eine Weise zu schmücken, die in ihren Augen dem Anlass angemessen war, aber die Oleanderzweige und die welkenden Casuarina-Zweige stellten einen erbärmlichen Ersatz für Stechpalme und Immergrün dar, und die Kirche war überdies sehr dunkel, weil Türen und Fenster wegen des Sturms fest verschlossen waren. Aber kein Fensterladen konnte den Zug fern halten, sodass die Kerzenflammen schwankten und flackerten, bis sie im rechten Winkel zu den Dochten standen wie kleine, leuchtende Flaggen, während die alten Weihnachtslieder dünn und fremd durch den Raum klangen, als sie sich auf den ungleichen Kampf mit dem Trommeln des Regens und dem Heulen des Windes einließen.

»Herbei, o ihr Gläubigen, fröhlich triumphierend ...« Coppers Stimme unterstützte die von Valerie gegen den unmusikalischen, aber entschlossen dröhnenden Bariton von Hamish Rattigan, der in der Kirchenbank unmittelbar neben ihnen saß, und ohne großes Bedauern dachte sie daran, dass sie dieses Lied vor einem Jahr in einer der schönsten Kirchen von London gesungen hatte. Hunderte von Kerzen hatten geleuchtet wie goldene Sterne, es gab Stechpalmen und Christrosen, einen glitzernden Weihnachtsbaum und einen weltberühmten Chor: hohe, reine Jungenstimmen, die sich mit den tieferen Tönen der Männerstimmen mischten wie Glockenklang. Aber in ihrem Herzen hatte sie nur das Echo aus einer Einöde von Einsamkeit und vagen, unausgesprochenen Sehnsüchten gefühlt.

Und nun war wieder Weihnachten, und die vier Wände der kleinen, dämmrigen Kirche mit ihrem rachitischen Harmonium und der kleinen, ausgedünnten Gemeinde boten genug Platz für alle Wünsche in Coppers Herz, und draußen, trotz Regen und Wind, Hurrikan und Tod, war Romantik pur: Hunderte von Inseln mit Korallenriffen, verstreut in einem saphir- und jadefarbenen Meer. Leben, Schönheit und Abenteuer – und Nicholas Tarrent, den sie immer noch nicht richtig kannte und der vermutlich in jedem Hafen ein Dutzend Bräute hatte. Wenn man es nur wüsste, dachte Copper und riss sich erst aus ihren Gedanken, als sie bemerkte, dass das Lied zu Ende war und die Gemeinde, mit Ausnahme ihrer Person, wieder saß und dass der Gegenstand ihrer Träumereien von seinem Platz auf der anderen Seite des Mittelgangs her versuchte, sie auf diese Tatsache aufmerksam zu machen.

Rasch setzte sie sich und unternahm die nächsten fünfzehn Minuten den verzweifelten Versuch, ihre Aufmerksamkeit fest auf Reverend Dobbies fast unhörbare Predigt zu richten.

Der Nachmittag ging so nass und wild weiter, wie der Tag begonnen hatte, aber gegen vier Uhr schien der Sturm sich endlich ausgetobt zu haben. Der Wind ließ nach, und der Regen wurde zu einem leichten Tröpfeln, und als die Weihnachtsgesellschaft in Government House, vermehrt durch eine Reihe zusätzlicher Gäste, auf der Veranda bei Tee und Weihnachtskuchen zusammentraf, hatten die Wolken sich gehoben, und der Mount Harriet hob sich schwarz vor einem finsteren grauen Himmel ab.

»Wollen wir nicht einen Spaziergang um die Insel machen?«, schlug Valerie vor. »Es sieht tatsächlich so aus, als wäre das Schlimmste vorüber, und ich würde gern sehen, wie viel Schaden der Sturm angerichtet hat.«

»Großen Schaden, fürchte ich«, bemerkte der Chief Commissioner, der soeben die Veranda betrat und sich ein Eisandwich nahm. »Tatsächlich fürchte ich, Sie werden sich alle darauf einstellen müssen, für ein paar Tage auf Ross festzusitzen. Der Hurrikan hat die Anleger und den Pier zu Kleinholz gemacht, und solange dieser Schaden nicht behoben ist, kann kein Schiff hier anlegen. Noch ärgerlicher ist freilich die Tatsache, dass die Telefonleitungen vollkommen zerstört sind, und ich habe mir sagen lassen, dass sie erst dann repariert werden können, wenn sich der hohe Wellengang legt. Was so viel bedeutet wie: Einstweilen sind wir von der Außenwelt abgeschnitten.«

»Was ist mit Milch und Butter und anderen frischen Lebensmitteln?«, fragte Valerie beunruhigt.

»Wir müssen mit dem auskommen, was wir haben, mein Kind. Es muss noch jede Menge Dosenmilch im Haus sein, und wir kommen wohl ein paar Tage ohne Butter und Frischfleisch aus. Immerhin sind wir in unseren eigenen Häusern und sitzen nicht auf der falschen Seite der Bucht fest wie beispielsweise Dr. Vicarjee und Frank Burton, die sich wohl leider damit abfinden müssen, noch ein paar Tage in Aberdeen zu bleiben.«

»Aber was ist mit dem Tanz im Clubhaus und ... o verdammt, verdammt, *verdammt*!«

»Kopf hoch, Val«, tröstete Charles sie. »So ist das Leben. Wir wollen uns doch nicht den Rest des Tages mit Schmollen verderben. Stattdessen sollten wir etwas unternehmen. Immerhin ist Weihnachten, und das Motto des Tages ist, wie ja auch der Kaplan betont hat, ›Friede auf Erden und den Menschen ein Wohlgefallen‹ – das schließt auch mich ein. Also, Mädchen, zieht euch die Regenmäntel an, wir gehen los. Das wird auch eurer Stimmung gut tun.«

Der Wind hatte nachgelassen, aber er war noch lange nicht völlig abgeflaut. Immer noch blies er stetig von Südwesten und trieb riesige graue Wellen auf die Felsen und die Hafenmauer von Ross, als wollten sie die kleine Insel jeden Augenblick verschlingen. Nick, Copper, Valerie und Charles gingen Arm in Arm die steile Straße vom Sitz des Commissioners zum Fähranleger und zum Clubhaus.

Hinter ihnen kam mit ihrer Eskorte Mrs. Stock, die offenkundig sowohl ihr gutes Aussehen als auch ihre gute Laune wiedergefunden hatte. Von dem Zusammenbruch nach ihren gestrigen Leiden war fast nichts mehr zu sehen, und sie hatte ihre Aufmerksamkeit vorübergehend von Nick Tarrent auf Dan Harcourt verlagert, an dessen Arm sie nun hing und kleine, mädchenhafte Schreie ausstieß, wenn der Wind an ihren Röcken zerrte und die Enden ihres lustigen Seidenschals zum Flattern brachte, den sie höchst vorteilhaft um ihr kunstvoll gewelltes Haar geschlungen hatte.

Leonard Stock war nicht mitgekommen, aber Hamish, Rubys treuer Verehrer, stützte ihren linken Arm, während George und Ronnie, Letzterer ungewöhnlich schweigsam, Rubys Entourage vervollständigten. Am Ende der Prozession folgten Amabel und John Shilto, wobei es nicht so aussah, als würde einer von ihnen die Gegenwart des anderen genießen.

Amabels Nase war verdächtig gerötet und ihre Augen auffällig geschwollen, und ihre Gedanken bewegten sich in ständigen düsteren Kreisen: Musste ich George so schlagen? Er hatte es ja durchaus verdient. Wirklich. Aber es war alles Mrs. Purvis' Schuld, die sich wie eine dumme … eine dumme … Amabels Wortschatz reichte nicht aus, um ein hinreichend vernichtendes Wort zu finden, das auf die außerordentliche Dummheit von Rosamund Purvis passte; immerhin hatte Rosamunds bedauerliche Demonstration von Lungenkraft Amabels junges Leben in Aufruhr gebracht. Ich wünschte, ich wäre tot, dachte Amabel düster, dann täte es George vielleicht Leid!

Der Sturm hatte eine Spur der Verwüstung auf der kleinen Insel hinterlassen. Umgestürzte Palmen, die entwurzelt oder wie Besenstiele abgeknickt waren, lagen quer über den Wegen oder rollten wie betrunken die Abhänge hinunter. Blätter, Zweige und Blüten, von Bäumen und Büschen abgerissen, bedeckten den Boden und schmückten die abgerissenen Telefon- und Stromleitungen. Kokosnüsse lagen zerschmettert auf der Straße, und selbst jetzt noch konnte man hie und da Nüsse mit dumpfem Klang fallen hören. Sie verspritzten ihre milchige Flüssigkeit oder hüpften unversehrt über die Felsen, wo sie von den haushohen Wellen mitgenommen wurden, die immer noch auf die traurigen Reste des Fähranlegers krachten. Die Straße zum Anleger war eingehüllt in Wolken aus Gischt, und auf dem Rasen des Clubhauses verteilten sich die unordentlichen Hinterlassenschaften der Zerstörung.

Das kleine Sommerhaus, das am einen Ende über das Schildkrötenbecken hinausragte, hatte kein Dach mehr, und der Wasserstand in dem Becken war höher, als Valerie ihn je gesehen hatte. Sie lehnte sich über die Brüstung und blickte in die schlammige Tiefe. Ein riesiger dunkler Schatten tauchte für einen Augenblick aus dem dunklen Wasser unter ihr auf, und für eine kurze Sekunde war ein schuppiger Kopf zu sehen, der sie mit strengem Blick betrachtete und sich dann blitzschnell zurückzog.

Valerie lachte und sagte: »Wenn die Brandung noch lange so anhält, schlägt sie vermutlich die Wand entzwei, dann könnt ihr alle entkommen. Viel Glück, Freunde! Charles, was hältst du davon, hinaus nach Barrack Point zu gehen, um die Wellen zu beobachten? Sie sind großartig nach Stürmen.«

Der Wind blies ihnen hart entgegen, als sie um die Landspitze kamen, und sie blieben fasziniert stehen, um die grausigen Massen stahlgrauer See zu beobachten, die auf die Insel zurollten und in einem Mahlstrom von Gischt und Schaum auf die gezackten Felsen unterhalb der Hafenmauer krachten. »Bitte, wir wollen hinunter zum Strand gehen«, bettelte Copper. »Von da aus sieht es sicher noch viel aufregender aus.«

»Es gibt hier keinen Strand«, erwiderte Nick. »Und wenn du denkst, ich lasse dich über diese Felsen dort hinunterklettern, hast du dich getäuscht. Es dauert keine fünf Minuten, bis dich eine Welle mitnimmt und hinaus ins offene Wasser schwemmt. Sei doch vernünftig!«

»Ich meine doch nicht hier«, sagte Copper. »Ich meine weiter unten, wo die Hafenmauer aufhört. Selbst bei Hochwasser ist dort noch ein Sandstreifen zu sehen, der nicht überschwemmt wird. Pass auf, ich zeige dir, was ich meine.«

Der kleine geschwungene Strand unterhalb des Hauses lag im Schutz zweier natürlicher Wellenbrecher aus Felsen, und sie hatte kaum Schwierigkeiten, den steilen Abhang zwischen den Palmen hinunterzuklettern und den schmalen Sandstreifen zu erreichen. Und wie Copper vorhergesagt hatte, erschienen die haushohen Wellen, die auf die Insel zurollten, doppelt so ehrfurchtgebietend, wenn man ihnen am Strand auf Augenhöhe gegenüberstand. Wie dunkle Hügel aus Wasser, die sich immer höher auftürmten, während sie sich der Küste näherten, an der Spitze und an den Seiten von Schaum gekrönt, bis sie endlich brachen und in einer riesigen Fläche kochender Gischt zusammenschlugen.

»Stellt euch bloß vor, wenn man in solchem Wellengang Schiffbruch erleidet«, schauderte Copper. »Keine Chance. Kein Rettungsboot der Welt käme da durch. Ich wundere mich nicht mehr, dass die *Sapphire* so schnell wie möglich abgedampft ist.«

»Wie es dem alten Mädchen wohl geht?«, murmelte Dan Harcourt respektlos, während er seine Blicke gegen den scharfen, salzigen Wind richtete und übers Meer spähte. »Weit kann sie ja nicht sein. Es sei denn, es gibt keinen geeigneten Hafen hier in der Nähe, dann könnte sie sich vielleicht aufgemacht haben Richtung Küste. Wie auch immer, die Jungs sind vermutlich erbsengrün im Gesicht und fühlen sich ziemlich elend.«

»Was wäre geschehen, wenn das Schiff Port Blair nicht verlassen hätte?«, fragte Copper interessiert.

»Dasselbe wie seinerzeit der alten *Enterprise*«, antwortete Ronnie Purvis. »Finito.«

»Warum? Was ist damals passiert?«

»Oh, kennen Sie die Geschichte nicht?« Amabel, die zuverlässig sämtliche Details jeder Katastrophe kannte, wurde ein bisschen munterer und mischte ihre Stimme in das Gespräch. »Sie waren zu einem Besuch hier, wie die *Sapphire*, wenn auch vor vielen Jahren, 1891, glaube ich. Und der Sturm kam, bevor sie den Hafen verlassen konnten, sodass sie auf die Felsen bei South Point getrieben wurden. Jede Menge Männer ertrank damals. In der Kirche gibt es eine Erinnerungsplakette, ist sie Ihnen noch nicht aufgefallen?«

»Nein«, erwiderte Copper kurz. »Glücklicherweise nicht.«

Aber Amabel ließ sich so leicht nicht von der Geschichte abbringen. »Nun, jedenfalls ist sie dort zu sehen, und die neue *Enterprise* hat die Glocke im Glockenstuhl gespendet, in Erinnerung an die Toten. Bei Niedrigwasser kann man die Kessel der alten *Enterprise* immer noch auf den Felsen bei South Point sehen, wenn sie inzwischen auch ganz mit Muscheln überzogen sind. Wenn wir zum Fischen gehen, fahren wir manchmal dorthin. Ich vermute, die Flut hat den Rest des Schiffes ins offene Meer hinausgeschwemmt, aber die Kessel waren wohl zu schwer. Stellt euch nur vor, so viele Männer ertrinken so nahe am Ufer. Da sieht man's mal wieder!«

»Was sieht man?«, fragte Copper gereizt. Amabels Geschichte hatte ihr den Spaß an den donnernden Wellen verdorben, und was vor wenigen Minuten noch ein großartiges Schauspiel gewesen war, schien ihr nun bösartig und grausam und seltsam bedrohlich. All diese Männer, die so nahe am Ufer zu Tode gekommen waren, genau hier, in diesem kalten, wilden Meer …

»Die Eingeborenen glauben«, fuhr Amabel fort, entschlossen, ihre Geschichte bis zum letzten grausamen Gramm auszukosten, »wenn bei Sturm die Wellen über die Kessel rauschen, dass man in Wirklichkeit die Stimmen der ertrunkenen Männer zwischen den Felsen hört, die um Hilfe rufen, und dass man in Sturmnächten ihre Gesichter sehen kann, die im Wasser aufleuchten wie …«

Sie wurde von einem plötzlichen atemlosen Schrei unterbrochen, der von Mrs. Stock kam.

»Was ist?«, rief sie und sah Ruby an.

Mrs. Stock, die sich immer noch an Dan und Hamish festhielt, starrte angestrengt in die Wellen, den Kopf ein wenig vorgestreckt. »Seltsam«, sagte sie, »aber für eine Minute dachte ich, ich sähe ein Gesicht, das aus einer der Wellen zu mir herüberblickte, gerade bevor die Welle brach. Wahrscheinlich liegt es an der Geschichte über die Ertrunkenen der *Enterprise*, dass ich solche Sachen sehe. Aber es sah so echt aus, dass ich einen bösen Schrecken bekommen habe. Gerade dort draußen …« Sie ließ Hamish' Arm los, um mit der rot lackierten Spitze ihres Fingers hinauszudeuten. »In der zweiten Wellenlinie. Wahrscheinlich ein Seehund. Oder eine Sirene.«

»Eine Sirene?«, rief Copper aufgeregt. »Sie meinen eines dieser Geschöpfe, die früher für Meerjungfrauen gehalten wurden? Also Seekühe? Wo?«

Jetzt drehten sich alle um und starrten in das graue, aufgewühlte Wasser, die Blicke abgelenkt durch fliegende Gischt und Treibholz. »Da!«, sagte Valerie plötzlich. »Ich glaube, ich habe dort rechts etwas gesehen. Nein, doch nicht, es ist nur eine halbe Kokosnuss.«

»Nein, stimmt nicht!«, entgegnete Copper. »Es ist ... es ist ... du lieber Himmel, was ist das, Nick?«

Der kalte Saum des Wassers, das sich auftürmte, raste ans Ufer, und aus dem dunklen Wasser war bleich und leuchtend etwas zu sehen, das weißer war als der kochende Schaum: ein Gesicht.

Mrs. Stock kreischte aus vollem Halse, als die Welle krachend auf den Strand aufschlug und ihre Last zu ihren Füßen ablud. Ferrers Shilto war wieder da!

»Nicht hinsehen, Liebes!«, sagte Nick mit scharfer Stimme. Er hielt Copper bei der Schulter und drehte sie gewaltsam um. Aber Copper hatte schon alles gesehen, wie alle anderen auch.

Er lag auf dem Rücken, wie die Welle ihn hingeworfen hatte, seine Füße noch in Schaum und Gischt begraben, die Augen weit offen, und auf dem Gesicht, das keine Verletzungsspuren durch die gezackten Korallenfelsen aufwies, ein Ausdruck fast spielerischen Staunens.

Seine linke Hand lag auf seiner Brust, und dort glitzerte es rot: ein blutroter Fleck.

»Das ist Blut!«, schluchzte Copper. Sie entwand sich Nicks Griff und blickte das Etwas an, das da auf dem Strand lag. Aber die nächste Welle zog an den Füßen des Toten und bewegte ihn, sodass die Hand von der Brust fiel und mit der

Handfläche nach unten auf dem Sand lag. Und nun sah man, dass es kein Blut war, sondern der rote Fleck des großen Granatsteins, der von dem klobigen Ring am Finger von Ferrers Shilto glänzte.

Nick sagte: »Bring die Frauen hier weg, George. Purvis, Sie gehen ins Krankenhaus und holen eine Trage. Geh jetzt, Copper, Liebes. Du und Valerie, ihr passt auf die beiden anderen Frauen auf. George geht mit euch.« Gehorsam wandte sich Copper ab, nahm die zitternde Amabel beim Arm und zerrte sie förmlich den steilen Grashang oberhalb des Strandes hinauf, gefolgt von George und Valerie, die die nunmehr vollkommen hysterische Ruby zwischen sich fast tragen mussten.

Der Lärm ihres Abgangs verklang zwischen den Palmen, und am Strand hoben nun Nick, Charles und Hamish den schlaffen, verschrumpelten Körper hoch. Wo der Kopf gelegen hatte, war ein rötlicher Fleck zu sehen, aber als Dan Harcourt sich darüberbeugte, kam die nächste Welle und verwischte ihn. Dan streckte sich wieder, mit einem Stirnrunzeln, und folgte den anderen, die den Toten dorthin legten, wo die Wellen ihn nicht erreichen konnten.

John Shilto hatte keinen Finger gerührt, um ihnen behilflich zu sein, und nun stand er regungslos neben den sterblichen Überresten seines Vetters und starrte diese mit einem seltsam unangenehmen Gesichtsausdruck an.

Ich glaube allmählich wirklich, der Idiot grinst hämisch!, dachte Nick angewidert, wandte sich ab, nahm eine Zigarette aus seiner Tasche und zündete sie sich an, wobei er die Flamme des Streichholzes mit seinen gewölbten Händen vor dem Wind schützte. Dann lehnte er sich an eine Palme, um auf Ronnie Purvis zu warten, bis dieser mit der Trage kam.

Charles und Hamish folgten seinem Beispiel, während Dan Harcourt in der Nähe der Leiche blieb und mit einem angestrengten Blick draufstarrte, der stark an einen Terrier vor einem Rattenloch erinnerte. Nun ließ er sich auf die Knie nieder und betrachtete die geweiteten Pupillen der starren, blicklosen Augen, danach untersuchte er sorgfältig und genau die Finger der beiden schlaffen Hände. Der große Granat blinkte rot, als er sich drehte, und Dan ließ die kalte Hand wieder fallen und kam auf die Füße. Er wischte sich den Sand von den Knien.

Charles sagte: »Komisch, dass er so gar nicht zerschlagen aussieht. Man hätte annehmen können, dass er zwischen all diesen Felsen und Riffen in Stücke gerissen wird.«

»Die Flut«, sagte John Shilto kurz, der jetzt zum ersten Mal den Mund aufmachte. »Vermutlich hat ihn die Strömung aus der Hafenmündung gezogen, weg von allen Felsen. Und wie Sie sehen, als die Flut zurückkam, hat sie ihn an der einzigen Stelle an Land geschwemmt, an der ein freier Streifen Sand zu finden ist. Die Strömung zieht kräftig auf diesen Strand zu; die meisten größeren Stücke Treibgut landen ausgerechnet hier.«

»Ach, wirklich?«, erwiderte Hamish ohne großes Interesse und warf einen besorgten Blick auf die Uhr. Sie hatten das Haus kurz vor fünf verlassen, aber jetzt war es nach sechs, und angesichts der dicken Wolkendecke und der schnell hereinbrechenden tropischen Nacht würde es bald stockfinster sein.

»Hoffentlich beeilt sich Ronnie ein bisschen«, sagte er unruhig. »Sonst wird es dunkel, bevor er wieder hier ist.«

»Ist schon gut«, beruhigte ihn Charles. »Da ist er schon – und er hat den jungen Dutt und ein paar von den Soldaten mitgebracht, und auch die Trage. Sie müssen wirklich gerannt sein.«

»Truda ist vollkommen aus dem Häuschen«, keuchte Ronnie Purvis, der den Abhang hinunter zum Strand geschlittert kam. »Sie sagt, die Leiche kommt ihr nicht in ihr Krankenhaus, weil sie dort ganz allein ist – abgesehen von meiner Frau, die aus irgendeinem verdammten Grund nicht von dort wegwill und sie auch noch unterstützt. Wenn wir darauf bestehen, die Leiche dort abzuladen, werden sie vermutlich beide hysterisch. Was sollen wir nur tun? In einer Viertelstunde ist es dunkel, und wir können ihn wohl erst morgen beerdigen. Irgendwo müssen wir ihn doch die Nacht über unterbringen!«

»Was ist mit der Kirche?«, schlug Hamish vor, dem irgendeine nebulöse Vorstellung von Aufbahrung durch den Kopf ging. Ronnie Purvis gab ein kurzes Lachen von sich. »Glauben Sie, dass unser Kaplan das toleriert? Nein. Wir müssen ihn wohl irgendwo verstecken, aber ich will verdammt sein, wenn ich weiß wo.«

»Darf ich Vorschlag machen«, sagte Dr. Vicarjees junger Assistent in seinem weichen, gebrochenen Englisch. »Da ist doch Gästehaus. Ist leer und kaum benutzt. War jetzt paar Monate niemand darin.«

»Fantastische Idee!«, sagte Mr. Purvis erleichtert. »Gut gemacht, Dutt. Nur Besucher von außerhalb werden gelegentlich in dieser mottenzerfressenen Bude untergebracht, und die werden wohl kaum jemals erfahren, dass wir das Haus als Leichenhaus zweckentfremdet haben. Wenn wir ihn irgendwo anders unterbringen, werden sich die Leute hinterher weigern, noch dort zu wohnen. Also gut! Dann bringen Sie ihn doch bitte ins Gästehaus.«

Hamish sagte: »Ich werde mitgehen, nur um mich zu vergewissern, dass alles in Ordnung ist. Ich vermute, Sie werden irgendeine Art von Untersuchung durchführen müssen, Dutt, nachdem Vicarjee auf der anderen Seite der Bucht festsitzt.«

Dan Harcourt trat einen schnellen Schritt vor, als wollte er etwas sagen, entschied sich dann aber anders, denn er blieb stehen und drehte sich weg, ohne etwas zu sagen, und Charles sagte: »Dann bis später, Hamish; ich vermute, wir werden alle bei der Weihnachtsgesellschaft oben im Haus erwartet. Was für ein vergnüglicher Weihnachtstag! Komm, Nick.«

Sie wandten sich gemeinsam zum Gehen und verschwanden in der wachsenden Dunkelheit Richtung Government House, dessen helle Fenster zwischen den Bäumen hindurch zu ihnen herüberleuchteten. John Shilto warf noch einen letzten, langen Blick auf die verhüllte Gestalt auf der Trage, drehte sich dann auf dem Absatz um und folgte ihnen.

11

War die Gesellschaft am Heiligabend schon ein Misserfolg gewesen, so musste das Dinner am Weihnachtsabend endgültig – um es mit den Worten der Gastgeberin zu sagen – als Schuss in den Ofen bezeichnet werden.

Mrs. Stock war zu Bett gegangen, aber es gab keine Möglichkeit, das Essen abzusagen, denn das Haus war voller Gäste, und es würden sich sicher viele Besucher an der Festtafel einfinden. Nach Valeries Meinung konnte einer mehr oder weniger wohl kaum von der allgemeinen Düsternis ablenken; wenn sie also unbedingt ein Abendessen geben musste, sollte es ihr wohl erlaubt sein, Charles neben sich zu haben, der unter dem Tisch ihre Hand halten und ihr auch sonst helfen könnte, den Abend zu überstehen.

Ob Charles Ersteres tat, wussten nur er und Valerie; da er Linkshänder war, waren Zweifel erlaubt. Aber trotz all seiner Versuche, ein wenig Fröhlichkeit in die Gesellschaft zu bringen, und trotz der tapferen Unterstützung durch seine Verlobte blieben die Tischgespräche spärlich und verkrampft. Copper saß bleich und nervös da, und auch Nick war ungewöhnlich schweigsam.

Nick hatte seine eigenen Probleme, mit denen er zurechtkommen musste. Der Anblick von Coppers Kummer hatte ihn nicht nur betroffen gemacht, sondern regelrecht wütend: eine Kombination von Gefühlen, die ihn in erheblichem Maße irritierte, zumal er sich seiner eigenen Gefühle ihr gegenüber noch nicht recht sicher war. Sie zog ihn an, wie noch keine Frau jemals zuvor es getan hatte – und es hatte eine ganze Reihe von Frauen gegeben, von denen Nick Tarrent sich zeitweise angezogen fühlte. Aber Copper war anders. Manchmal hätte er sie am liebsten in seine Arme gezogen und geküsst, bis sie keine Luft mehr bekam, und zu anderen Zeiten hätte er sie am liebsten in hohem Bogen ins Meer geworfen – ihm war nur nicht recht klar, ob dieses Gefühl dadurch hervorgerufen wurde, dass er sich über sie ärgerte oder über sich selbst. Vielleicht steckte auch der Wunsch dahinter, den seltsamen Klammergriff abzuschütteln, mit dem sie sein Herz gefangen hielt. Er war nicht einmal sicher, ob er herausfinden wollte, was dahinter steckte …

Zu Nicks linker Seite saß John Shilto, der seine Austern in einer Weise aß, die die Mehrheit der anderen Gäste wünschen ließ, er würde seine gewohnheitsmäßige Stille auch auf den Verzehr von Nahrung ausdehnen. Neben ihm auf der anderen Seite saß Dan Harcourt, der mit abwesender Miene in die Luft starrte und Brotkügelchen formte. Valerie, die vollkommen erschöpft und müde aussah, hielt eine halbherzige Konversation mit Leonard Stock und Ronnie Purvis aufrecht, während neben ihnen Amabel und George beieinander saßen, voll von versteinertem Groll und unverhohlenem Kummer.

Alberne Idioten!, dachte Copper. Sie müssten nur drei Worte sagen, dann würden sie sich innerhalb einer halben Minute schluchzend in den Armen liegen. Was ist bloß so schwierig daran zu sagen: »Es tut mir Leid«? Ich frage mich wirklich, warum man ausgerechnet mit den Menschen, die einem am meisten bedeuten, nicht vernünftig umgehen kann. Und im Übrigen frage ich mich, warum ich geträumt habe, dass Ferrers erstochen worden wäre. Sonst sah alles genauso aus wie in meinem Traum, nur das Messer fehlte.

Sie riss ihre Gedanken, die wieder an den Strand des Schreckens zurückgekehrt waren, mit Gewalt zurück in die Gegenwart und wandte sich mit fiebrigem Blick an den schweigenden Hamish. »Ich wusste gar nicht, dass es in diesen Gewässern Austern gibt, Hamish. Findet man gelegentlich Perlen darin, oder stammen die Perlen von einer anderen Austernart?«

»Wie bitte?«, fragte Captain Rattigan, der allzu plötzlich aus seinen stillen Gedanken geweckt worden war. Der Dämon der Eifersucht nagte schmerzhaft an seinen Eingeweiden, denn obwohl seine Göttin aus seiner von Verliebtheit getrübten Sicht eigentlich nichts Unrechtes tun konnte, war Rubys nachmittägliche Aufmerksamkeit für den Marinearzt Harcourt mehr als auffällig gewesen. Und beinahe mehr, als selbst er zu ertragen in der Lage war. Er hatte Coppers Frage nicht gehört, und sie wiederholte sie.

»Oh, äh, ja«, antwortete er. »Ich glaube nicht.«

Charles verfolgte den Gedanken tapfer und sagte: »Soweit ich weiß, gibt es sehr viele Austern in diesen Gewässern, aber die Fischer hier sind zu träge, hinauszufahren und nach ihnen zu tauchen. Sie lungern lieber mit einem Stück Leine und einem Haken auf dem Fähranleger herum und hoffen, irgendwas zu fangen.«

»Letztes Jahr ist einer von ihnen eingeschlafen und ins Wasser gefallen«, fügte Amabel hinzu und trug damit auf ihre Weise zur Fröhlichkeit des Tischgesprächs bei. »Er ist ertrunken. Wie Ferrers.«

Es gab einen kurzen Augenblick des Schweigens, während die Gäste am Tisch die junge Miss Withers mit unterschiedlichen Gefühlen anblickten; dann sagte Sir Lionel leicht abwesend und indem er nach dem Salz griff: »Das erinnert mich daran, dass ich erst gestern oder vorgestern einen Brief von Ferrers bekommen habe, in dem er mich fragt, ob … den Chili bitte, danke … aber ich hatte keine Zeit, ihn zu beantworten, und nun ist der arme Kerl tot. Sehr bedauerlich.«

»Ja, in der Tat«, stimmte Leonard Stock unglücklich zu. »Ich fühle mich nicht wirklich verantwortlich für seinen Tod, aber Ruby sagt …«

»Verantwortlich?« Der Chief Commissioner blickte ihn bass erstaunt an. »Verantwortlich wofür?«

»Nun … äh … sehen Sie, Ruby glaubt … ich meine … Nun, was ich meine, ist, ich habe das Gefühl, es war teilweise unsere Schuld, auf eine Weise. Wenn wir gestern nur nicht an Ferrers' Bungalow angehalten hätten, wäre das alles nie passiert. Sehr unglücklich, das Ganze. Aber es war wirklich nicht meine Schuld. Mrs. Dobbie wollte ihn bitten, sein Bettzeug mitzubringen, und ich weiß nicht, wie ich … Aber Ruby sagt …«

Mit leichter Ungeduld in der Stimme unterbrach ihn Sir Lionel: »Ich verstehe überhaupt nicht, was Sie so beunruhigt, Stock. Warum sollten Sie oder Ihre Frau in irgendeiner Weise für etwas verantwortlich sein, das nicht mehr und nicht weniger war als ein schrecklicher Unfall? Es hätte jedem passieren können.«

»Das sage ich ja auch! Ich sagte zu ihr: ›Aber meine Liebe, es hätte sogar dir passieren können! Oder jedem von uns.‹ Aber Ruby scheint zu glauben …«

»Dass alles Ihre Schuld ist«, beendete Valerie den Satz. Mr. Stock errötete und sprach ebenso unzusammenhängend weiter, wie er begonnen hatte. »Ja … nein. Nein! Ich bin sicher, sie … ich meine nicht … Sie sollten jetzt nicht denken …« Dabei fuchtelte er aufgeregt mit seiner Austerngabel herum.

Copper murmelte etwas, das verdächtig nach »elender Taschenkrebs« klang, aber Valerie warf ihr einen strafenden Blick zu und fragte schnell: »Was hat Ferrers dir geschrieben, Dad?«

»Wie bitte?«

»Der Brief. Du hast gesagt, Ferrers hat dir einen Brief geschrieben.«

»Habe ich das gesagt? O ja! Nun, ich glaube nicht, dass wir jetzt weiter über den armen Ferrers sprechen sollten. Das muss für Mr. Shilto doch höchst unangenehm sein.«

John Shilto warf ihm quer über den Tisch ein sarkastisches Lächeln zu. »Lassen Sie sich von meinen Gefühlen nicht zu sehr beeinflussen, Sir Lionel. Natürlich war der Tod meines Vetters ein großer Schock für mich, aber wir standen nicht auf so freundschaftlichem Fuß, dass mich das Ereignis tödlich treffen könnte. Und was den Brief angeht, so ist er vermutlich das Letzte, was Ferrers geschrieben hat, also bin ich natürlich …«

Aber Copper erlaubte ihm nicht, den Satz zu vollenden, denn sie wollte ebenso wenig weiter über Ferrers Shilto sprechen wie Sir Lionel. Vor allem wollte sie nicht mehr an das starre Gesicht mit den staunenden Augen erinnert werden. Von einer plötzlichen, unkontrollierbaren Abscheu vor dem Thema ergriffen, sagte sie heftig: »Sir Lionel hat Recht. Wir wollen nicht mehr darüber sprechen. Es muss doch noch ein anderes Gesprächsthema geben! Irgendeines!«

»Tapferes Mädchen, Coppy!«, stand ihr Charles bei. »Worüber wollen wir sprechen? Vielleicht sollten wir überlegen, wen wir am wenigsten leiden können, und über ihn sprechen. Nichts schweißt eine Gesellschaft so schön zusammen wie gemeinsame Abneigung. ›Friede auf Erden und den Menschen ein Wohlgefallen.‹ Wie sieht es mit George aus? Jedem hier am Tisch sollte doch etwas Hässliches über George einfallen, oder nicht? Wachen Sie auf, George! Sie werden soeben den Löwen zum Fraß vorgeworfen.«

Copper lachte und machte ein Gesicht, als schämte sie sich über sich selbst; die Abendgesellschaft begann jedoch, ganz auf Charles' Linie, mit einem Gespräch über den am meisten verabscheuten Charakter Europas, und Ferrers Shilto war für eine Weile vergessen. Freilich nur für eine Weile …

Die Damen hatten den Tisch kaum verlassen, um ihren Kaffee auf der Veranda einzunehmen, als ein Diener auf leisen Sohlen herantrat und ankündigte, dass Dr. Dutt in der Eingangshalle warte, um mit dem Commissioner zu sprechen.

»Schicken Sie ihn rauf«, sagte Sir Lionel, der mit dem Einschenken des Portweins beschäftigt war, und zwei Minuten später betrat die schlanke Gestalt von Dr. Vicarjees jungem Assistenten das Speisezimmer. Auf seinem Mantel waren Regentropfen zu sehen, und seine Schuhe hinterließen feuchte Flecken auf den Dielen. »Was gibt's, Dutt?«, wollte Sir Lionel wissen. »Sie sehen ziemlich durchnässt aus. Eine Tasse heißen Kaffee?«

»Nein danke, Sir. Bin nur gekommen, um zu bitten Erlaubnis, den Leichnam beerdigen. Ich ihn selbst untersucht haben und Sterbeurkunde unterzeichnet, nachdem Dr. Vicarjee ja leider nicht da. Das Klima hier sehr feucht, Leichnam sollte morgen bestattet werden, spätestens, aber Sie müssen anordnen.«

Dan Harcourt bewegte sich plötzlich und beugte sich über den Tisch. »Ist es nicht normalerweise erforderlich, dass zwei Ärzte die Sterbeurkunde unterzeichnen, Sir?«, fragte er den Chief Commissioner.

Dr. Dutt unterbrach ihn leicht irritiert. »Ist bereits geschehen. O ja, ich kenne Vorschriften. Miss Gidney ist auch Arzt und hat unterschrieben, alles in Ordnung.«

»Ja, ja. Natürlich, das sollte wohl ausreichen.« Sir Lionel neigte nicht dazu, irgendwelche unnötigen bürokratischen Hürden aufzurichten, die er selbst als Störung seines Seelenfriedens betrachtete. »Er sollte morgen so früh wie möglich beerdigt werden. Ich werde dafür sorgen, dass der Kaplan informiert wird. Shilto, Ihr Vetter war doch nicht etwa römisch-katholisch? Nein, das dachte ich mir. Ich werde also Mr. Dobbie benachrichtigen lassen. Ich schreibe Ihnen die Anordnung gleich jetzt.«

Er stand auf, um den Tisch zu verlassen. Dan Harcourt schob seinen Stuhl zurück und stand ebenfalls auf.

»Ich bitte um Verzeihung, wenn ich mich da einmische, Sir, aber … äh … könnte ich aus rein beruflichem Interesse noch einen Blick auf den Toten werfen? Ich bin ja selbst Arzt und könnte Dr. Dutt bei seinen Untersuchungen behilflich sein.«

»Untersuchung ist schon fertig«, sagte Dr. Dutt steif, und jeder Zentimeter seines Körpers zeigte, wie indigniert er war.

»Aber …«

Sir Lionel wandte sich gereizt dem aufdringlichen jungen Mann zu. Er war Marinearzt, oder nicht? Auf dem Schiff mochte das eine Bedeutung haben, aber nicht hier an Land.

»Ich denke, das ist vollkommen unnötig, Mr. Harcourt«, sagte er kühl. »Kommen Sie, Dutt.«

Dan errötete und trat einen Schritt zurück. Sir Lionel hatte Recht: Die Sache ging ihn nichts an, und er hatte den Rüffel verdient. Und doch … Er beobachtete, wie Sir Lionel und der junge Dutt den Raum verließen, trank aus und ging ins Wohnzimmer, um sich an einem Kartenspiel zu beteiligen. Aber die Partystimmung war beklagenswert lau an diesem Weihnachtsabend, und schon um halb elf schob Valerie die Karten zusammen und schlug vor, zu Bett zu gehen. »Es war ein schrecklicher Tag, je eher er zu Ende geht, desto besser«, sagte sie. »Charles, mein Schatz, könntest du gemeinsam mit Hamish dafür sorgen, dass Amabel sicher zurück ins Krankenhaus kommt? Ich denke, sie ist immer noch dort untergebracht, gemeinsam mit Rosamund.«

»Warum kann George sie nicht dorthin bringen?«, schlug Charles vor. »Dann könnten sie auf dem Weg an ihrer Versöhnung arbeiten, was die Stimmung hier im Haus beträchtlich verbessern würde. Schließlich werden sie wohl nicht den ganzen Weg in verstocktem Schweigen zurücklegen, oder?«

»Was weiß ich«, seufzte Valerie. »Sie haben es fertig gebracht, ein ganzes Abendessen nebeneinander in tiefstem Schweigen zu verbringen. Und du weißt doch, wie dickköpfig Amabel ist. Sie würde niemals von sich aus ein freundliches Wort sprechen, schon gar nicht, wenn sie mehrere Buggy-Fahrer vor ihr und einen Polizisten hinter sich sitzen hat.«

Charles sagte: »Nein, wahrscheinlich hast du Recht. Ich hatte vergessen, dass es regnet. Meine Vorstellung war mehr die von einem romantischen Spaziergang Hand in Hand, dann könnten die beiden einander auf halbem Wege edelmütig vergeben. Aber andererseits habe ich auch keine Lust, bis auf die Haut durchnässt zu werden, nur weil George Krach mit seiner Liebsten hat. Er kann sie verdammt gut selbst ins Krankenhaus bringen, versöhnt oder nicht. Ich gehe ins Bett.

Komm mit hinter diesen ungewöhnlich nützlichen Wandschirm, wo Leonard uns nicht sehen kann, und gib mir einen Gute-Nacht-Kuss. Ich habe einen anstrengenden Tag hinter mir und brauche ein bisschen Freundlichkeit.«

Zehn Minuten später war der letzte Gast fort, und diejenigen, die auf Government House übernachteten, hatten die Lichter gelöscht und waren zu Bett gegangen. Weihnachten war vorüber, auch wenn es noch eine Stunde bis Mitternacht war …

Die Uhr in der Eingangshalle schlug elf, und die Stille schlug über den dunklen Räumen zusammen. Draußen zog ein kalter Seenebel von Süden heran, kroch durch den Garten und hüllte das schweigende Haus ein. Die Lichter der Wachen waren kaum noch sichtbar, die hohen Bäume verschwanden, und am Rand des Verandadaches genau über dem Wachhäuschen hatte sich der Regen in einer kleinen Pfütze gesammelt, die nun überlief und in einem dünnen, stetigen Tröpfeln die Flaggen traf.

»Gott, was für eine Gegend«, seufzte der Wächter. »Fröhliche Weihnachten? Na, danke!«

Dan Harcourt hatte sich in das Schlafzimmer zurückgezogen, das er mit Nick teilte, zog sich aber noch nicht aus.

Er stand am Fenster, die Hände tief in den Taschen vergraben, und blickte hinaus in den Nebel, der sich hinter dem Stück Rasen sammelte, das genau unter seinem Fenster zu sehen war. Er pfiff leise durch die Zähne und starrte mit zusammengezogenen Brauen in die Nacht.

Nick, der außerordentlich schlechter Laune zu sein schien, schlüpfte in eine himmelblaue Pyjamahose, die bisher zum Besitz von Mr. Charles Corbet-Carr gehört hatte, bat ihn mürrisch, dieses depressive Geräusch zu unterlassen und endlich ins Bett zu gehen, kletterte dann unter sein eigenes Moskitonetz und legte sich hin, den Rücken zum Licht. Aber Dan ging auf keinen seiner Vorschläge ein. Seine Gedanken waren weit entfernt, und es darf bezweifelt werden, ob er überhaupt bemerkt hatte, dass Nick etwas sagte, denn er pfiff weiter, ohne sich auf eine konkrete Melodie einzulassen, und erst nach etwa einer Viertelstunde hörte er damit auf und sagte plötzlich: »Nick, ich bin in einer blöden Situation, und ich brauche deinen Rat.«

Da er keine Antwort erhielt, wandte er sich vom Fenster ab und ging zu Nicks Bett hinüber. Aber Nick war bereits eingeschlafen.

Für einen Augenblick dachte Dan darüber nach, ob es klug sei, ihn zu wecken, aber das schien ihm dann doch ein allzu unfreundlicher Akt, und er verwarf die Idee, schaltete das Licht aus und kehrte zu seinem eigenen Bett zurück. Freilich nicht, um zu schlafen. Er zündete sich eine Zigarette an, legte sich in voller Kleidung unter das Moskitonetz und starrte in die Dunkelheit, wo der elektrische Ventilator leise zischend die warme, feuchte Luft durchschnitt. Schade, dass Nick schon schlief. Er hätte die Sache gern mit ihm durchgesprochen, aber sein Zimmergenosse war offensichtlich todmüde und wäre vermutlich eher ein Ärgernis als eine Hilfe, wenn man ihn jetzt weckte.

Unruhig bewegte sich Dan auf den Laken. Was sollte er tun? War es seine Sache, sich hier einzumischen? Schließlich war er nur zufällig hier auf Ross gestrandet. Und ohne den Zufall der Strömung wäre die Leiche von Ferrers Shilto auf den gezackten Korallenriffen in Stücke gerissen oder meilenweit hinaus aufs Meer geschwemmt worden, weit die Küste hinunter, bevor er irgendwo an Land geworfen worden wäre. In jedem Fall wäre das, was man noch gefunden hätte, in aller Eile und ohne langes Fragen beerdigt worden, und wenn man das in Betracht zog, konnte es unmöglich die Angelegenheit von Dan Harcourt sein, sich hier einzumischen. Es gab ein altes, weises Sprichwort, das besagte, man solle schlafende Hunde in Ruhe lassen und nicht wecken.

Aber wenn es doch Mord gewesen war?

Wenn es doch Mord gewesen war, gab es ein anderes Sprichwort, eines, das in der Praxis wohl ebenso nützlich war: Es besagte, dass ein Mann, der tötet und nicht überführt wird, wieder töten wird – und wieder …

Und wenn es kein Mord gewesen ist, dachte Dan, ist es so seltsam, dass ich mich mit eigenen Augen überzeugen muss, um es zu glauben. Nein, Ferrers ist nie und nimmer ertrunken. Ich habe mehr als einen Mann gesehen, der ertrunken ist, und ich könnte schwören, dass es bei ihm nicht der Fall ist. Aber niemand wird mir glauben, wenn ich es nicht beweisen kann. Und was diesen jungen Assistenten angeht, Dutt, so kennt er kaum den Unterschied zwischen einer Leiche und einer Gehirnerschütterung. Ich wette, er hat Ferrers nicht untersucht, nicht einmal oberflächlich, das würde er als verlorene Zeit empfinden. Er hat gehört, dass der Mann am Dienstag ins Wasser gefallen ist, und nun hat er mit seiner Leiche zu tun, die am Mittwoch an Land gespült wird. Er würde fröhlich ein Dutzend Sterbeurkunden unterzeichnen, und in jeder würde als Todesursache »Ertrinken« stehen, ohne dass er die Leichen genauer untersucht hätte. Und was die Frau im Krankenhaus angeht, die die Leiche nicht einmal in die Nähe des Hauses lassen wollte, so bin ich sicher, sie hat unterzeichnet, ohne auch nur einen Blick auf Ferrers zu werfen.

Ruhelos wälzte sich Dan in der heißen Dunkelheit, während die Zigarette zwischen seinen Fingern ausging. Morgen früh würden sie Ferrers Shilto beerdigen, sehr früh am Morgen, hatte Sir Lionel gesagt. Wenn er noch irgendetwas unternehmen wollte, dann musste er es jetzt tun, denn es wäre vollkommen sinnlos, Verdächtigungen zu äußern, wenn Ferrers' Leiche erst einmal sechs Fuß unter der Erde lag. Er ließ den Stummel seiner Zigarette zu Boden fallen und zündete sich eine neue an. Das gelbliche Flackern des Streichholzes tauchte sein braungebranntes, jungenhaftes Gesicht für einen kurzen Moment in Licht, sodass man die steile Falte zwischen seinen Augen hätte sehen können. Dann ging das Streichholz aus, und er lag wieder im Dunkeln und ging die Lage noch einmal durch …

Nick hatte gesagt, die Boote wären auf halbem Wege durch die Bucht gewesen, als der Sturm sie traf, was bedeutete, dass sie an der breitesten und tiefsten Stelle der Bucht gewesen waren. Es gab dort keine Felsen, und Nick hatte gesehen, wie sich Ferrers einige Minuten nach dem Kentern an einem der Boote festgehalten hatte. Damit war die Theorie vom Tisch, er hätte vielleicht beim Kentern vom Mast oder dem Boot selbst einen Schlag auf den Kopf bekommen. Oder dass er gegen einen Felsen geschlagen war. Niemand, so hatte Nick gesagt, hätte bei diesem Seegang an Land schwimmen können, schon gar nicht ein so schwächlicher Mann mittleren Alters, wie es der Verstorbene gewesen war.

Auf welche Weise also …?

Es hilft nichts, dachte Dan resigniert, ich muss hinuntergehen und selbst nachsehen. Wenn ich es nicht tue, werde ich den Rest meines Lebens unruhig darüber nachdenken. Und wenn ich irgendwann von einem anderen Menschen auf diesen Inseln höre, der ertrunken oder auf andere Weise bei einem Unfall ums Leben gekommen ist, werde ich mir Gedanken darüber machen, ob es wirklich ein Unfall war – und ich werde mir selbst vorkommen wie ein Mörder.

Er ließ sich aus dem Bett gleiten und warf seine Zigarette aus dem Fenster, wo sie einen dünnen, glühenden Bogen beschrieb und dann im Nebel verschwand. Er suchte nach einem Regenmantel, erinnerte sich dann aber verärgert daran, dass sich sein eigener Mantel an Bord der *Sapphire* befand und derzeit vermutlich bei den Nicobaren herumschipperte und dass er sich bisher noch keinen ausgeborgt hatte. Das bedeutete, er würde nass werden, aber er fügte sich ins Unvermeidliche, schlug den Kragen seines Dinnerjackets hoch – das George gehörte –, griff nach der Taschenlampe auf dem Tisch und blieb für einen Moment stehen, um die

Schuhe auszuziehen. Man musste ja nicht das ganze Haus wecken.

Die Uhr in der Eingangshalle schlug Viertel vor zwölf, als er auf Zehenspitzen durch den stillen Ballsaal schlich und die Treppe hinunterging, wo der alte Iman Din auf seiner dünnen Matratze lag, den Turban auf dem Boden neben sich und ein Tuch über dem Gesicht. Er schlief tief und fest. Es gab Anlass zu der Vermutung, dass Iman Din, obwohl er Muslim war und daher theoretisch keinen Alkohol trank, ein wenig Weihnachten gefeiert hatte, was ihn so weit von seinem Glauben hatte abfallen lassen, dass er im Bazar von Ross Palmwein getrunken hatte. So war sein Schlaf heute besonders fest, und sein rhythmisches Schnarchen setzte keinen Augenblick aus, als Dan Harcourt über ihn stieg, seine Schuhe wieder anzog und die Riegel von der Eingangstür zurückschob.

Als er die Hand schon auf der Türklinke hatte, blieb Dan stehen und ging noch einmal zurück, denn auf dem Garderobenständer in der Eingangshalle hatte er einen Regenumhang mit Kapuze entdeckt, wie ihn die Wachen bei schlechtem Wetter tragen. »Der kommt mir wie gerufen!«, dachte Dan, nahm ihn vom Haken und legte ihn sich um die Schultern. Er zog die Kapuze über den Kopf, und solchermaßen vor dem Regen geschützt, öffnete er die Eingangstür und trat hinaus in die regnerische Nacht.

Der Wachmann, der in seinem Häuschen gähnte, rief ihn an, als er vorbeiging. Dan blieb kurz stehen und ging hinüber zu dem Mann. »Ich will nur ein bisschen Luft schnappen. Es ist so elend stickig da drin, und ich kann nicht schlafen. Das ist doch in Ordnung, oder?«

»Sicher, Sir.« Das versteinerte Gesicht des Wachmanns entspannte sich zu einem Grinsen und wurde menschlich. »Ich wünschte, ich könnte mitgehen, Sir. Ganz schön langweilig, die ganze Zeit hier rumzustehen. Ist ja schließlich Weihnachten und so.«

Dan lachte und zog das halb leere Päckchen Goldflake heraus. »Blöder Dienst, den Sie da haben. Nehmen Sie sich eine Zigarette.«

»Im Dienst nicht, Sir«, sagte der Wachmann bedauernd und wandte seinen Blick von dem verräterischen Stummel ab, der zwei Fuß vor ihm zwischen den nassen Blumentöpfen glühte, wohin er ihn geworfen hatte, als er die nahenden Schritte hörte.

»Behalten Sie sie für den Dienstschluss«, schlug Dan vor. Er drückte dem dankbaren Mann das Päckchen in die Hand.

»Danke, Sir. Bin Ihnen sehr verbunden. Gute Nacht, Sir.«

»Gute Nacht.« Dan wandte sich ab und ging den steilen Pfad hinunter, ohne von irgendeiner warnenden Vorahnung beschlichen zu werden, die seine Schritte in die Sicherheit seines Zimmer zurückgelenkt hätte; schließlich verschwand er im kalten Nebel.

Das Gästehaus auf Ross war ein großes, zweistöckiges, ziemlich hässliches Gebäude, das gleich unterhalb des Grundstücks von Government House stand, oben an der steilen Straße, die vom Anleger heraufführte. Zu diesem Zeitpunkt stand es bereits lange leer und wurde nur benutzt, wenn irgendwelche Regierungsvögel (wie man sie hier ironisch nannte) auf der Insel landeten. Der Nachtwächter lag, wie es bei seinem Berufsstand üblich ist, in tiefem Schlaf da, die Decke über den Kopf gezogen, es gab keine Spur von einer Polizeiwache, und so schien niemand da, der Dan den Eintritt ins Haus streitig machen konnte.

Die äußeren Türen waren abgeschlossen, aber Dan fand bald ein Fenster, das er aufdrücken konnte, und als er erst einmal im Haus war, entdeckte er ohne Schwierigkeiten den Raum, der vorübergehend als Leichenhalle benutzt wurde.

In einem Zimmer, das wohl normalerweise als Wohnraum diente, hatte man die Leiche von Ferrers Shilto auf einen Tapeziertisch gelegt. Er war in eine Persenning gehüllt, aus der langsame Tropfen Salzwasser auf die nackte Eingangshalle fielen und in dünnen Rinnsalen davonliefen, sodass der dunkle Fleck von Ferrers' provisorischer Aufbahrung in dem halbdunklen Raum aussah wie eine Spinne in ihrem Netz. Auf dem Fußboden lag eine dicke Staubschicht, die nur dort verschwunden war, wo die Schritte von Dutt und den Trägern zu sehen waren. In dem großen Raum bildete der Strahl von Dans Taschenlampe einen einsamen Lichtfleck, vor dessen traurigem Glühen die Dunkelheit nur ein paar zögerliche Schritte zurückwich.

Draußen tropfte der Regen von den Dachpfannen und Dachrinnen, und Nebelfetzen drückten gegen die schwarzen Fensterscheiben wie weiße Gesichter, die aus der Nacht hereinblickten. Im Haus war die Luft muffig und schwer, und kein Laut durchbrach das Schweigen, außer dem monotonen Tropf-Tropf-Tropf des Seewassers von der stillen Gestalt unter der Leinwand.

Eine Fledermaus, die unter dem Rahmen des elektrischen Ventilators geschlafen hatte, schwang sich nun mit einem Rascheln ihrer ledrigen Flügel herunter und flatterte um Dans Kopf, sodass er unwillkürlich mit der Taschenlampe nach ihr schlug. Dabei entglitt die Taschenlampe seiner Hand, fiel auf den Boden, ging aus und ließ ihn in einer Dunkelheit stehen, die fast mit Händen zu greifen war.

Nach ein paar Minuten verzweifelten, aber fruchtlosen Herumtastens fiel ihm ein, dass er eine Schachtel Streichhölzer in seiner Tasche hatte, und riss eines an. Das Zischen des Streichholzes war in dem stillen Raum erstaunlich laut zu hören, und im Licht der kleinen Flamme sah er, dass seine Lampe bei der Tür lag.

Aber als er dort anlangte, ging das Streichholz aus, und in dem kurzen Augenblick von Finsternis, bevor sich seine Finger um das kalte Metall schlossen, hatte er den Eindruck, als hörte er, wie sich etwas oder jemand in der Finsternis hinter der Eingangstür bewegte.

Er schaltete die Taschenlampe wieder ein und stellte zu seiner Beruhigung fest, dass die Birne noch intakt war, denn nun drängte der gelbe Lichtstrahl die Schatten wieder zurück. Er ließ ihn durch den Raum und durch die Türöffnungen gleiten. Aber es war niemand zu sehen, und außer ihm und dem toten Mann schien das Haus leer zu sein. Trotzdem stellte er zu seiner Verärgerung fest, dass seine Hände zitterten und dass sein Atem schneller ging, so als wäre er gerannt.

So ein verdammter Unsinn!, dachte Dan wütend. Ich werde schon genauso albern wie diese kreischende Rosamund Wieauchimmer. Es ist doch erstaunlich, wie sehr einem ein leeres Haus einen Schrecken einjagen kann. Ein Fall für den Psychologen! Er beruhigte sich mühsam wieder und ging zu dem Tisch, auf dem der Tote lag. Erst jetzt sah er, dass die Persenning grob um den Toten zusammengenäht war. Offenbar wollte man ihn darin begraben, wenn man nicht rechtzeitig einen Sarg herschaffen konnte. Dan suchte in seiner Tasche, holte ein kleines Taschenmesser heraus, mit dem er die groben Stiche aufschnitt, und zog das provisorische Leichentuch zurück.

Die steifen Falten des Leintuchs rutschten mit einem seltsam krachenden Geräusch weg, und Ferrers Shiltos weißes Gesicht, immer noch mit diesem Ausdruck ungläubigen Staunens, starrte ihn aus weit offenen Augen an. Bei diesem Anblick fiel alle Nervosität von Dan Harcourt ab; nun war er wieder ganz der Arzt, kühl und unpersönlich, und dieses Ding vor ihm auf dem Tisch war nicht mehr und nicht weniger als ein Teil seines beruflichen Alltags. Er legte den Regenumhang ab, krempelte die Ärmel seines Dinnerjackets auf, beugte sich über den Tisch und begann seine Untersuchungen. Sie dauerten nicht lange.

Vielleicht fünf Minuten später richtete er sich mit einem langen Seufzer auf und schob die Jackenärmel wieder herunter. Er hatte gesehen, was er sehen wollte, und er wusste nun alles, was er wissen wollte.

Er hörte keinen Laut und sah den Schatten nicht, der sich in der Dunkelheit hinter ihm bewegte. Aber plötzlich und unerklärlich spürte er die Gefahr. Ein sechster Sinn, stärker als alle Vernunft, schlug in ihm Alarm und veranlasste ihn, sich umzudrehen.

Eine Diele knarrte hinter ihm, und er wirbelte herum.

Eine Stunde später sah der Wachmann vor dem Government House eine Gestalt in Regenumhang und Kapuze mit schnellen Schritten den Weg zum Haus hinaufgehen. Die Gestalt nickte ihm im Vorbeigehen einen kurzen Gruß zu, sagte aber nichts, und der Wächter, im freundlichen Angedenken an die geschenkten Zigaretten, folgte der dunklen Gestalt mit einem dankbaren Blick.

»Hoffentlich hatte er ein bisschen Spaß bei seinem kleinen Spaziergang«, dachte Soldat Alfred Reginald Weekes und gähnte herzhaft. »Gott, ich könnte eine Mütze Schlaf gebrauchen.«

Er hörte, wie sich die Haustür leise schloss und die Riegel vorsichtig wieder zugeschoben wurden.

Im Haus schlug die Uhr halb eins.

12

»Val, komm doch mal kurz her. Was hältst du davon?«

Valerie, die auf dem Weg zum Frühstück war, blieb neben Copper stehen, die nachdenklich die kunstvolle Schnitzerei am Treppengeländer musterte.

»Was ist das? Oh, eine Motte. Nein, doch nicht, es ist ein Stückchen Federboa von Rubys Morgenrock.«

»Ich weiß«, sagte Copper. »Aber wie kommt das hierher? Sie ist gestern Abend doch nicht hier vorbeigekommen. Außer, wenn sie sich hier herumgetrieben hat, nachdem wir alle ins Bett gegangen waren.«

»Warum sollte sie sich hier herumtreiben?«, fragte Valerie vernünftig. »Sie hat doch in ihrem Zimmer alles, was sie braucht.«

Sie streckte die Hand aus und entfernte das kleine Stückchen Schwanenfeder. Für einen Augenblick drehte sie es zwischen ihren Fingern und zog ein nachdenkliches Gesicht. »Vielleicht hat sie ja noch einen kleinen Spaziergang gemacht, weil sie nicht schlafen konnte. Außer natürlich, wenn sie ...«

Valerie brach mitten im Satz ab, wandte sich ab und sagte: »Komm, Coppy, die Eier werden kalt. Guten Morgen, Nick.«

»Morgen, Val. Hallo, Coppy. Hat eine von euch Dan gesehen?«

»Noch nicht«, antwortete Valerie, die ihm voraus ins Speisezimmer ging. »Warum?«

»Er war nicht in seinem Bett, als ich aufwachte, und er scheint auch seine Morgentoilette versäumt zu haben.«

»Wahrscheinlich hast du geschnarcht, und er war froh, aus dem Zimmer zu kommen«, schlug Copper leichthin vor. »Guten Morgen zusammen.«

Sie setzte sich an den Tisch und schenkte sich eine Tasse Kaffee ein. »Ich vermute, er hat einen Spaziergang gemacht, um sich ein bisschen Appetit zum Frühstück zu verschaffen.«

»Bei diesem Wetter? Nicht sehr wahrscheinlich, der Nebel ist zum Schneiden dick. Und als ein guter Christ, der seinen Nächsten liebt, habe ich deine vorherige Bemerkung überhört.«

Valerie sagte: »Ich werde einen der Hausdiener losschicken, damit er ihn sucht und ihm sagt, dass das Frühstück fertig ist.«

Sie rief einen der Bediensteten und gab ihm eine kurze Anweisung in der Landessprache.

»Wie geht es Ihrer Frau heute, Mr. Stock?«, fragte Copper. »Ich hoffe, sie hatte eine gute Nacht?«

»Wie, was?« Leonard Stock, der dabei war, unbemerkt die Rückseite des Reuters-Nachrichtenblattes zu entziffern, das der Chief Commissioner in Händen hielt, zuckte mit offensichtlich schlechtem Gewissen zusammen und ließ seinen Zwicker in seine Kaffeetasse fallen.

»Ich sagte, ich hoffe, Ihre Frau hat gut geschlafen«, sagte Copper betont.

»O ja. O ja, recht gut, danke der Nachfrage«, erwiderte Mr. Stock, der nun mit einem Teelöffel in seiner Kaffeetasse herumangelte. »Wir haben den Umständen entsprechend eine ausgezeichnete Nacht verbracht.«

»Ich frage nur«, sagte Copper listig, »weil Valerie meinte, sie hätte heute Nacht Geräusche aus Ihrem Zimmer gehört und sich gefragt, ob Ihre Frau vielleicht irgendetwas gebraucht hätte.«

Mr. Stock sah sie verwundert an. »Aus unserem Zimmer? Ich bin sicher, sie muss sich irren. Ruby hätte doch nach mir gerufen, wenn sie in der Nacht irgendetwas gebraucht hätte.«

»Nach Ihnen gerufen?«, fragte Copper erstaunt.

Leonard Stock wurde ein wenig rot, gab seine fruchtlosen Angelversuche auf und holte den tropfenden Zwicker mit den Fingern aus dem Kaffee, wobei er ein kleines nervöses Lachen hören ließ.

»Ja, sehen Sie, Ruby zieht es vor, ein Schlafzimmer für sich zu haben. Sie sagt, ich … nun … ich schnarche gelegentlich. Und da sie einen sehr leichten Schlaf hat und schrecklich unter Schlaflosigkeit leidet, musste ich mein Bett in das Ankleidezimmer schieben, das eine richtige Tür hat, die sie schließen kann … die Verbindungstür zwischen den Zimmern, verstehen Sie? So kann sie ungestört schlafen. Leider habe ich selbst einen sehr festen Schlaf, aber ich bin sicher, ich hätte gehört, wenn sie in der Nacht aufgestanden wäre, denn auf dem Weg zum Bad hätte sie durch mein …« Er brach ab und wurde so rot, als hätte er sich eine unaussprechliche Indiskretion erlaubt, aber Coppers Aufmerksamkeit war bereits abgelenkt. Sie verteilte Marmelade auf ihrem Toast und dachte intensiv nach.

Die Gästezimmer der Stocks lagen gleich neben Valeries Zimmer, mit dem sie sich eine winzige Veranda teilten. Neben dem Schlafzimmer befand sich ein geräumiges Ankleidezimmer, die Entsprechung des größeren Turmzimmers am anderen Ende des Hauses, in dem derzeit John Shilto untergebracht war. Das Bad war mit diesem Ankleidezimmer verbunden, und da eine schwere Teakholztür das Ankleidezimmer vom Schlafzimmer trennte, war es höchst unwahrscheinlich, dass Leonard Stock irgendetwas aus dem Zimmer seiner Frau gehört haben konnte, solange sie nicht wirklich laut wurde.

Das bedeutete, dass es für Ruby ein Leichtes gewesen wäre, aus ihrem Zimmer in den Ballsaal zu kommen, ohne dass ihr Mann etwas davon bemerkte. Und wenn er tatsächlich schnarchte, dann musste sie nur auf dieses Geräusch lauschen, um sicherzugehen, dass er schlief.

Ein dunkler und ziemlich unbegründeter Verdacht gegen John Shilto ging Copper durch den Kopf, aber sie verwarf ihn sogleich wieder. Über Mrs. Stocks Moralvorstellungen gab sie sich zwar keinerlei Illusionen hin, zumal sie als Neuankömmling vom allgemeinen Inselklatsch nur zu bereitwillig mit allen Einzelheiten vertraut gemacht worden war. Aber John Shilto war nun wirklich kein Frauentyp; selbst für eine Frau, die Männer wie Briefmarken sammelte, konnte er unmöglich attraktiv erscheinen.

Copper blickte hinüber zur anderen Seite des Tisches auf Shilto, der schweigend und übel gelaunt dasaß und Rührei verspeiste. Er hatte schwere dunkle Tränensäcke unter den Augen, die sie vorher nicht bemerkt hatte, und er sah unrasiert und ein wenig krank aus, als hätte er eine schlaflose Nacht hinter sich. Irgendwie sieht er aus wie eine Pflanze, die im dunklen Keller gewachsen ist, dachte Copper und entschied, dass Ruby letzte Nacht alles Mögliche im Sinne gehabt haben konnte, aber sicher nicht John Shilto.

Dann ging ihr ein anderer, weit unangenehmerer Gedanke durch den Kopf, und sie drehte sich blitzschnell um und warf einen Blick auf Nick. Im gleichen Augenblick schämte sie sich auch schon: Was bin ich doch für ein Miststück! Allmählich schrecke ich wirklich vor den schäbigsten Gedanken nicht mehr zurück. Aber was in aller Welt hatte Ruby in der Nacht durchs Haus zu schleichen?

Leonard hat Recht: Wenn sie irgendetwas Vernünftiges gewollt hätte, hätte sie eher das gesamte Haus aufgeweckt, als dass sie einen Finger gerührt und es sich geholt hätte. Und sie war barfuß, sie muss barfuß gewesen sein. Ihre albernen Federschläppchen hätten einen entsetzlichen Lärm gemacht, wenn sie durch den Ballsaal gegangen wäre, und wenn …

Copper drehte sich auf ihrem Stuhl ein wenig zur Seite und studierte heimlich Nicks attraktives Profil. Natürlich ist das Unsinn, dachte sie reuevoll. Ich bin nur eifersüchtig, deshalb denke ich mir solche Sachen aus. Und ich bin tatsächlich eifersüchtig, ich wäre auf jede Frau eifersüchtig, die ihn so ansieht. Selbst auf Val, selbst auf Amabel. Du lieber Himmel.

Sie ließ ein kleines, unglückliches Seufzen hören. Schließlich – was wusste sie schon über Nick Tarrent, abgesehen von der Tatsache, dass sie verliebt in ihn war? Weniger als nichts! Und im Übrigen waren er und John Shilto nicht die einzigen Männer im Haus, es gab auch noch Sir Lionel und Dan Harcourt.

Sir Lionel schied natürlich aus, aber was war mit Dan? Ruby war gestern sehr charmant zu Dan gewesen, und er hatte sich nicht vollkommen abgeneigt gezeigt. Was hatte Nick gerade gesagt? Dass er offenbar sehr früh aufgestanden und spazieren gegangen war? Seltsames Verhalten an einem solchen Morgen, denn nun hatte zwar der Regen aufgehört, aber der Nebel war noch dichter geworden und hatte sich um das Haus und die Insel gelegt wie ein erstickendes Bündel grauer Baumwolle.

Copper nahm sich noch eine Scheibe Toast, als ein Bote in roter Uniform lautlos zu Valerie trat und leise mit ihr sprach.

»Was?«, gab Valerie mit scharfer Stimme zurück.

Der Mann zuckte die Schultern und machte eine ratlose Geste mit seinen braunen Händen.

»Das ist doch absurd!« Valerie wandte sich an ihren Stiefvater. »Er sagt, sie haben überall gesucht, aber sie können Dan Harcourt nicht finden. Die Wachen sagen, heute Morgen hat noch niemand das Haus verlassen, und die Diener sagen, im Haus ist er nicht. Dad, sollten wir nicht lieber jemanden losschicken, um ihn zu suchen? Er muss über eine der Dienertreppen das Haus verlassen haben, ohne dass ihn jemand gesehen hat, und am Ende hat er sich vielleicht im Nebel verlaufen.«

Nick schob seinen Stuhl zurück und stand auf. »In diesem Fall sollten wir wohl selbst losgehen und ihn suchen. Bei diesem Nebel könnte er leicht irgendwo über den Rand einer Klippe stürzen. Kommt jemand mit?«

»Ich«, sagte Valerie.

»Unsinn«, ließ sich Sir Lionel gereizt vernehmen. »Der junge Mann wird wohl auf sich selbst aufpassen können, und ich will auf keinen Fall, dass jemand von euch bei diesem Nebel draußen herumläuft. Ich denke viel eher, er ist unten in der Offiziersmesse und frühstückt dort.«

Valerie blickte ihren Stiefvater mit einiger Überraschung an. Es sah ihm gar nicht ähnlich, so mit ihr zu reden, und sie stellte plötzlich fest, dass er alt und regelrecht krank aussah. Ein Hauch schlechten Gewissens durchfuhr sie, denn sie hatte sich in letzter Zeit viel zu viel um Charles gekümmert und auf das Wohlbefinden ihres Stiefvaters zu wenig geachtet.

»Was ist los, Dad?«, fragte sie. »Du siehst heute Morgen ein bisschen blass aus.«

»Mit mir ist gar nichts los«, antwortete Sir Lionel kalt. »Ich habe lediglich bemerkt – und ich wiederhole es gern, falls nötig –, dass ich nicht möchte, dass bei diesem Wetter draußen herumgelaufen wird.« Dann raffte er die gedruckten Nachrichtenblätter zusammen und verließ das Speisezimmer, ohne auf Valeries verletzten und erstaunten Gesichtsausdruck zu achten.

»Er hat doch Recht«, tröstete Copper sie schnell. »Es hat keinen Sinn, wenn wir uns alle den Hals brechen, nur weil wir Dan finden wollen. Ich wette, er ist bei Charles. Wir sollten in der Offiziersmesse anrufen.«

Sie entschuldigten sich und verließen den Tisch, aber Copper, die vom Ballsaal aus noch einmal zurückblickte, bemerkte zu ihrem Erstaunen einen seltsamen Ausdruck auf Mr. Shiltos unattraktiven Zügen. Er hatte sich auf seinem Stuhl umgedreht und blickte zum Fenster, und für einen Augenblick dachte sie, er lachte. Es war sofort vorüber, aber der Eindruck, dass die groben Schultern in dem schlecht sitzenden Leinenanzug vor unterdrückter Freude gezuckt hatten, blieb.

Nick, der in sein Zimmer gegangen war, um seinen Mantel zu holen, kam durch den Ballsaal hinter ihnen her. Sein Gesicht war mehr als finster.

»Seht euch das an«, sagte er. »Ich habe gerade etwas ausgesprochen Seltsames gefunden. Ich weiß nicht, warum ich das nicht vorher schon bemerkt habe, aber Dans eigene Kleider liegen noch im Schlafzimmer, das heißt, er muss immer noch dieses geliehene Dinnerjacket tragen. Und er hat *auf* seinem Bett gelegen, aber nicht darin. Ich gehe jetzt hinunter und werde ein paar eindringliche Fragen stellen.«

Er drehte sich auf dem Absatz um und lief die Treppe hinunter, drei Stufen auf einmal, riss die Haustür auf und verschwand im Nebel.

Fünf Minuten später war er wieder da, aber der finstere Ausdruck auf seinem Gesicht war unverändert.

»Ich verstehe nicht, was Dan macht. Ich habe mit dem Wachmann und den Polizisten gesprochen, und sie sagen weiterhin, dass niemand heute früh das Haus verlassen hat. Nicht, dass ich darauf viel geben würde. In diesem Nebel hätte er über eine der hinteren Treppen gut verschwinden können, ohne gesehen zu werden. Aber was wirklich seltsam ist: Einer der Wachleute sagt, Dan habe das Haus gegen Mitternacht verlassen – er hat ihm wohl gesagt, er könne nicht schlafen und würde ein bisschen spazieren gehen – und sei erst anderthalb Stunden später wiedergekommen ... Der alte Narr in der Eingangshalle hat natürlich tief und fest geschlafen und ihn weder gehen noch kommen gehört, aber der Wachmann erinnert sich, dass Dan die Haustür sehr leise verriegelt hat, als wollte er seine Rückkehr nicht unbedingt allgemein bekannt machen. Wie auch immer, alle schwören, dass er kein zweites Mal das Haus verlassen hat, und der unnütze Hausdiener sagt, er hat nicht gesehen, ob Sahib im Bett lag oder nicht, als er den Morgentee brachte, weil das Moskitonetz unten war. Auf den hinteren Treppen schlafen die ganze Nacht Polizisten, also kann Dan kaum dort hinausgegangen sein, ohne über einen von ihnen zu fallen. Was zum Teufel macht er?«

»Val ruft gerade Charles an, um zu fragen, ob er unten in der Offiziersmesse ist«, sagte Copper. »Gott sei Dank funktioniert wenigstens die Telefonleitung hier auf Ross schon wieder.«

Sie hatte noch nicht zu Ende gesprochen, als Valerie vom Telefonieren von der Veranda kam, besorgt und ärgerlich. »Nein«, antwortete sie kurz angebunden auf Nicks Nachfrage. »Nein, da ist er nicht. Auch nicht im Krankenhaus und auch nicht im Club. Er kann natürlich noch in der Kaserne oder bei Ronnie Purvis sein, Ronnie habe ich noch nicht erreicht. Sein Diener sagt, er ist ausgegangen, und der Mann schien keine Ahnung zu haben, ob irgendjemand außer ihm im Haus gewesen ist oder nicht. Du lieber Himmel! Wir haben doch hier wirklich schon Verwirrung genug, auch ohne dass Dan sich zum Narren macht!«

»Dan ist kein Narr«, gab Nick kurz zurück.

»Und wenn er nicht hier ist, hat er einen guten Grund, an einem anderen Ort zu sein. Entweder das, oder der Blödmann ist irgendwo in diesem elenden Nebel gestürzt. Also können wir nichts anderes tun, als einen Suchtrupp zusammenstellen. Ich hole Charles und Hamish und alle, die ich auftreiben kann.«

Als er sich umdrehte, rannte er geradewegs in den Chief Commissioner hinein, der mit Leonard Stock und Mr. Shilto auf dem Weg zur Treppe war. »Verd… – bitte um Verzeihung, Sir. Ich …«

Er brach seinen Satz ab, als er ihre förmliche Kleidung sah.

»Valerie, meine Liebe«, sagte Sir Lionel, »wir sind auf dem Weg zur Beerdigung des armen Ferrers. Ich dachte, wir sollten dich entschuldigen, das Wetter ist wirklich zu schrecklich.«

»Oh«, sagte Valerie verwirrt. »Das hatte ich ganz vergessen. Ja, ich glaube, Copper und ich werden hier bleiben; wenn es Ihnen nichts ausmacht, Mr. Shilto?«

»Mir? Aber keineswegs, Miss Valerie. Ich weiß, ihr Mitgefühl ist bei uns, und das ist ein ebenso wichtiger Beitrag wie ihre Gegenwart.« John Shilto lächelte bösartig und ging hinter Sir Lionel die Treppe hinunter.

Aber sie kamen nicht bis in die Eingangshalle. Plötzlich war Unruhe an der Haustür zu hören, und eine aufgelöste, kaum wieder erkennbare Gestalt drängte sich an den Wachen vorbei, rannte die Treppe hinauf und blieb keuchend und aufs Treppengeländer gestützt vor Sir Lionel stehen.

Es war der junge Dr. Dutt, der vermutlich den ganzen steilen Weg zum Haus hinauf gerannt war, denn seine Worte waren fast unverständlich, und er schien unter dem Druck heftigster Gefühle zu stehen.

Der Chief Commissioner, unangenehm berührt von all den neugierigen Gesichtern der Ordonnanzen und Diener unten in der Eingangshalle, nahm den jungen Mann fest am Arm und führte ihn fast gewaltsam die Treppe hinauf und ins Wohnzimmer. Dort ließ er ihn in den nächsten Sessel fallen. »Nun«, sagte er, »nehmen Sie sich Zeit, und holen Sie erst einmal Luft. Stock, könnten Sie bitte für ein Glas Wasser sorgen?«

Leonard verschwand gehorsam, und der junge Arzt tat wie ihm geheißen, gab seine Sprechversuche auf und konzentrierte sich zunächst darauf, wieder zu Atem zu kommen.

Sein Erscheinungsbild war ebenso überraschend wie sein plötzliches Auftauchen. Die schlanke, propere, selbstzufriedene Gestalt des letzten Abends war verschwunden, an ihrer Stelle saß nun ein junger Mann mit wildem Blick, unordentlicher Kleidung und wirrem Haar da.

Seine Schuhe und Hosen waren mit Straßenschmutz bespritzt, und als sie ihn betrachtete, überkam Copper eine so schreckliche Vorahnung, dass ihr für einen Augenblick schwindelig und übel wurde.

Man sah es ihr wohl an, denn Nick streckte sofort die Hand aus und griff nach ihrem Handgelenk. Er hielt es für vielleicht vier Sekunden und ließ es dann mit einem kleinen, ermutigenden Schütteln sinken. Das hielt sie mehr als alles andere aufrecht in den kommenden Augenblicken. Denn nun hatte Dr. Dutt wieder genug Luft, um verständlich sprechen zu können.

Er nahm ein paar Schlucke Wasser und stand auf, die Rückenlehne des Sessels fest im Griff. Seine Stimme zitterte, und sein Englisch war noch schlechter als sonst, aber die Geschichte, die er streng chronologisch erzählte, war leider allzu klar.

Er hatte, berichtete er ihnen, doch noch einen provisorischen Sarg für Ferrers Shilto auftreiben können und war vor zwanzig Minuten mit vier Trägern ins Gästehaus gegangen, um die Leiche in den Sarg zu legen.

Als sie ihn aber von dem Tapeziertisch gehoben hatten, auf dem er lag, hatten sie zu ihrem großen Ärger festgestellt, dass die Persenning, in die die Leiche eingenäht war, zu sperrig war und dass man den Sargdeckel auf diese Weise nicht schließen konnte.

Es blieb ihnen also nichts anderes übrig, als die Persenning zu entfernen, und nachdem sie nach einem Messer geschickt hatten, um den Zwirn zu entfernen, mit dem sie zugenäht war, hatten sie die Leiche aufgedeckt, um sodann festzustellen …

Dr. Dutt machte eine Pause, um schwer zu schlucken und seinen Griff um die Sessellehne zu festigen. Sein wilder Blick zeigte deutlich die Schrecken dieses Augenblicks.

»Reden Sie weiter, Mann!«, herrschte Sir Lionel ihn an. »Was war los? Sie wollen mir doch nicht erzählen, dass er gar nicht tot war?«

Dr. Dutt leckte sich über die trockenen Lippen, und sein Blick ruhte erst auf Sir Lionel, dann auf jedem Einzelnen in der Runde.

»Ich gewarnt vorher«, sagte er, und seine Stimme war nur noch ein leises Flüstern. »Meine Hand nass. Und ich sehe hin, und nass von Blut. Aber lassen warnen? Nein! Denken, ich mich geschnitten mit Messer. Dann Leiche aufgedeckt und …

und ist nicht Mr. Shilto, sondern Mann, der gestern gesagt, er auch Doktor. Und … und ist tot.«

»Großer Gott!«, flüsterte Nick. »Dan …!«

Er drehte sich um und rannte aus dem Raum; sie hörten seine Schritte auf der Treppe und dann das Schlagen der Haustür, die hinter ihm ins Schloss fiel.

13

»Dan!«, sagte Valerie leise und halb erstickt. »Das kann doch nicht wahr sein! Ich glaube das nicht! Das kann unmöglich wahr sein.«

Dr. Dutt wandte sich ihr fast dankbar zu. »Sage ich mir auch. Sage: ›Ist nicht wahr. Ist Hexerei!‹ Aber andere Männer sehen auch. Sind alles sehr arme, unwissende Männer, aber sagen: ›Hier ist nicht Shilto Sahib, sondern junger Sahib von großem Schiff. Böse Hexerei!‹, und bekommen Angst und rennen weg. Dann ich renne selbst hierher mit großer Eile, um schreckliches Unglück zu erzählen.«

Sir Lionel, der sich weder bewegt noch ein Wort gesprochen hatte, seufzte langsam und sagte seltsam stockend: »Sind Sie sicher, dass es Schiffsarzt Harcourt ist?«

»Wie ich nicht sicher sein soll? Ich habe ihn gesehen zweimal!«

»Und Sie sind sicher, dass er … tot ist?«

»Ganz sicher. Tot wie Türnagel. Kein Zweifel.«

»Aber *wie*?«, fragte Leonard Stock mit schriller Stimme. Sein verwirrtes Gesicht hatte eine seltsam grün-weißliche Farbe angenommen. Er machte einen taumelnden Schritt vorwärts und griff den jungen Assistenten am Arm, den er heftig schüttelte. »Das ist doch absurd, Mann! Sie müssen sich irren! Ein Mann kann doch nicht sterben und sich dann selbst in einen Sack einnähen! Das macht doch alles keinen Sinn!«

»Reden Sie keinen Unsinn, Stock!«, herrschte Sir Lionel ihn an. »Natürlich hat er sich nicht selbst eingenäht. Reißen Sie sich doch zusammen!«

»Aber dann glauben Sie … an Mord?«, keuchte Mr. Stock mit einem halben Flüstern, während sich seine Augen vor blankem Entsetzen weiteten.

»Mord? Wovon reden Sie denn? Warum sollte es Mord sein? Ich vermute, der junge Narr ist letzte Nacht hinuntergegangen, um noch einen Blick auf die Leiche zu werfen. Vermutlich ist er gestolpert oder hatte einen Unfall im Dunkeln und hat sich den Hals gebrochen. Und Sie wissen doch, wie die Leute hier sind. Sie haben immer Angst, einen Unfall zu melden, weil sie denken, sie werden dafür verantwortlich gemacht. Es ist mehr als wahrscheinlich, dass einer der einheimischen Wächter oder dieser Idiot von einem Nachtwächter ihn gefunden hat und, als er bemerkte, dass er tot war, in Panik geraten ist und auf die Schnapsidee kam, ihn in Ferrers' Leichensack einzunähen, in der Hoffnung, dass beide zusammen beerdigt werden, ohne dass es jemand merkt.«

John Shilto ließ ein plötzliches bellendes Lachen hören, einen erschreckenden, unerwarteten Laut. »Eine gute Theorie«, sagte er. »Aber ich fürchte, sie ist nicht ganz wasserdicht. Warum sollte man die eine Leiche verstecken und sich mit der anderen belasten?«

»Ich kann Ihnen leider nicht ganz folgen«, sagte Sir Lionel steif.

Dr. Dutt fiel ihm ins Wort.

»Aber Mr. Shilto hat Recht, ja. Sind nicht zwei Tote. Nur einer, Mr. Harcourt, ja.«

»Was sagen Sie?« Sir Lionel wandte sich zu John Shilto um. »Sie sagen, Ferrers' Leiche ist verschwunden?«

»O nein, ich habe das nicht gesagt«, widersprach Mr. Shilto. »Ich habe nur wiedergegeben, was offensichtlich ist, und daraus den korrekten Schluss gezogen, dass die Leiche verschwunden ist. Harcourt war ein schlanker Mann, sicherlich, aber er war doch erheblich größer als mein kürzlich verblichener Vetter, und die Persenning hätte zwar als Vorwand für die Größe der Leiche dienen können, aber niemand kann erwarten, dass sie zwei Leichen für eine durchgehen ließe. Und wenn, wie ich glaube, der Austausch der Leichen dazu dienen sollte, Harcourts Tod zu vertuschen, dann ist nur ein Schluss zulässig: dass nämlich zuvor die erste Leiche aus der Persenning entfernt worden ist.«

»Wollen Sie damit sagen«, fragte Leonard Stock, dessen Stimme immer noch schrill und zittrig war, »dass wir, wenn das Problem mit dem Sargdeckel nicht aufgetreten wäre, den jungen Harcourt als ihren Vetter beerdigt hätten, ohne es zu merken?«

»Sie folgen mir wie ein Schatten«, grinste John Shilto spöttisch. »Genau das meine ich.«

Der Chief Commissioner wandte sich ärgerlich zu ihm um. »Das ist kein Anlass zum Scherzen, Shilto! Wir verlieren kostbare Zeit. Ich schlage vor, wir gehen sofort zum Gästehaus hinunter. Und je eher wir die Polizei mit der Sache beauftragen, desto besser.«

Mr. Shilto ließ sein bellendes, freudloses Lachen noch einmal hören. »Die Polizei? Die wird uns sicher viel nützen, nachdem alle verfügbaren Beamten in Aberdeen festsitzen. Wir haben nicht einen einzigen Polizisten hier auf Ross, und solange der Wellengang sich nicht legt und der Anleger nicht repariert ist, besteht nicht mehr Hoffnung auf die Ankunft eines Polizisten, als wenn wir auf einer einsamen Insel säßen, umgeben von hundert Meilen offenem Meer. Schlimmer noch, nachdem die Telefonleitung nach Aberdeen abgerissen ist, haben wir bei diesem Nebel keine Möglichkeit, auch nur Kontakt mit der Polizei aufzunehmen.«

Sir Lionel betrachtete Shilto mit seltsam verengten Augen. »Ja, natürlich«, sagte er langsam. »Das war mir entfallen. Für einen Mörder sind das ausgezeichnete Begleitumstände, würde ich sagen.« Er wandte sich an Dr. Dutt. »Sie haben uns noch nicht gesagt, auf welche Weise Schiffsarzt Harcourt zu Tode kam.«

Dr. Dutts Unterkiefer sank ein erhebliches Stück, und er scharrte unruhig mit den Füßen. »Ich ... ich bedaure, Sir, ich weiß nicht. Mann ist tot, keine Zeit für lange Untersuchungen, sondern komme sofort hierher, Sie informieren.«

»In diesem Fall sollten wir umso schneller zum Gästehaus hinuntergehen, um es herauszufinden.«

Der Chief Commissioner wandte sich zum Gehen und ging, gefolgt von Mr. Shilto, Leonard Stock und Dr. Dutt, die Treppe hinunter, durch die Halle und hinaus in den Nebel.

Als ihre Schritte im Nebel verklangen, sagte Copper leise: »Ich glaube ... ich glaube, mir wird übel.« Der Anblick ihres Gesichts und ihre Stimme bestätigten diese Annahme voll und ganz, und Valerie riss sich aus ihrer eigenen angsterfüllten Lähmung, nahm sie beim Arm und brachte sie eilig aus dem Zimmer.

»Besser?«, fragte sie etwa zehn Minuten später.

»Ja«, keuchte Copper, die sich zittrig von dem Bett erhob, auf das sie sich geworfen hatte, nachdem ihre Befürchtung wahr geworden war. »Ich verstehe überhaupt nicht, wie mir das passieren konnte. Idiotisch von mir, es tut mir Leid.« Auf unsicheren Beinen ging sie hinüber zum Fenster, setzte sich auf das breite Fensterbrett und öffnete die Fensterflügel weit, sodass ein kühler Zug nebliger Luft hereinströmte.

Valerie ging hinaus und kam wenige Minuten später mit zwei kleinen Gläsern wieder. »Brandy«, verkündete sie. »Ich finde, wir sollten einen trinken, vielleicht baut uns das wieder auf.«

Copper nahm das Glas und schüttete den Inhalt angewidert herunter. »Uh, was für ein ekelhaftes Zeug, es erinnert mich immer an eine besonders schlimme Seekrankheit auf der Fähre von Dover nach Calais. Aber ich fühle mich tatsächlich etwas besser. Wie geht es dir?«

»Oh, mir geht es gut, aber ... ach, Coppy, ist das nicht einfach furchtbar? Der arme Dan ... gestern Abend war er noch lebendig und ...«

»Hör auf!«, sagte Copper heftig. »Wenn wir anfangen, uns da hineinzusteigern, drehen wir vollkommen durch und enden wie Ruby und Rosamund. Ich will das alles nicht noch einmal hören, ich kann es einfach nicht ertragen. Lass uns über etwas anderes reden. Nein, das geht natürlich auch nicht. Aber könnten wir nicht versuchen, etwas Nützliches zu tun? Wir könnten zumindest versuchen, mit kühlem Kopf darüber nachzudenken wie über ein Rätsel: ein Kreuzworträtsel oder etwas in der Art.«

Valerie stimmte zu. »Wir könnten es auf jeden Fall versuchen. Ich bin sehr dafür, etwas Vernünftiges zu tun. Ich finde, wir sollten es nach echter Frauenart angehen und erst einmal eine Tasse Tee bestellen.« Sie läutete nach dem Diener und gab ihm eine kurze Anordnung, und als er die Tür wieder hinter sich schloss, sagte Copper plötzlich: »Val, ich habe eine Idee. Niemand hat Ruby bisher davon erzählt, oder? Die Sache mit Dan, meine ich.«

»Nein, das glaube ich nicht. Nein, natürlich hat niemand mit ihr gesprochen, sie sind ja alle direkt aus dem Wohnzimmer zum Gästehaus aufgebrochen. Warum fragst du?«

»Ich dachte nur, es könnte eine gute Idee sein, zu ihr zu gehen und ihr die Nachricht zu überbringen, einfach ... einfach um zu sehen, wie sie es aufnimmt.«

Valerie blickte die Freundin verständnislos an. »Worauf willst du hinaus? Sie wird nur wieder einen hysterischen Anfall bekommen. Du weißt doch, wie sie ist. Und ehrlich gesagt, ich glaube nicht, dass ich noch so eine Szene von ihr ertragen kann. Sie hat gestern ihre gesamten Verführungskünste an Dan ausprobiert, und wenn sie hört, dass er tot ist, wird sie überzeugt sein, dass er sie geradezu angebetet hat, und die ganze Sache entsprechend dramatisch angehen.«

»Ich weiß nicht«, sagte Copper nachdenklich. »Val, ich habe darüber nachgedacht. Sie muss heute Nacht durchs Haus geschlichen sein. Hast du irgendeine Vorstellung, was sie vorgehabt haben kann?«

»Ja«, antwortete Valerie sofort. »Ich vermute, sie war auf dem Weg zu ...« Sie unterbrach sich und errötete.

»Nick«, vollendete Copper den Satz.

»Sozusagen«, bestätigte Valerie, der die Sache mehr als unangenehm war. »Ich weiß, es ist gemein von mir, so etwas zu vermuten, und ich habe natürlich auch keine Beweise. Aber, Herrgott, sie ist nun mal immer auf Männerjagd, und wenn man solche üppigen Diven gut findet, dann ist sie ja irgendwie auch ziemlich attraktiv. Und, ehrlich gesagt, mir fällt kein anderer Grund ein, warum sie mitten in der Nacht durchs Haus schleichen sollte, und dann auch noch barfuß … du machst dir keinen Begriff davon, wie sehr sie sich sonst vor Skorpionen fürchtet. Ja, also, mir fällt wirklich kein Grund ein, außer eine Verabredung. Tut mir Leid.«

»Du musst dich nicht entschuldigen«, antwortete Copper traurig. »Ich werde selbst zur Natter, wenn es um Nick geht, zur teuflischen Natter, fürchte ich. Ich habe dasselbe gedacht, bis mir eingefallen ist, dass er ja nicht der einzige Mann im Haus ist.«

»Du denkst, sie könnte es auch auf Dan abgesehen haben?«

Copper nickte. »Aber das meine ich nicht. Hör zu, Val, was ist, wenn wir beide Unrecht haben und so etwas gar nicht im Spiel war? Wenn sie etwas weiß? Gott weiß, was, und ich habe auch keine Ahnung, wie sie an ihre Informationen gekommen sein soll. Aber du musst zugeben, es ist schon ein wenig seltsam, dass sie ausgerechnet letzte Nacht hier herumschlich. Vielleicht hat sie irgendetwas gehört.«

»Vielleicht«, gab Valerie nach einigem Nachdenken zu. »Wie auch immer, wir sollten versuchen, es herauszufinden, selbst wenn wir dann einen erneuten hysterischen Anfall ertragen müssen. Falls es wirklich irgendeine Verbindung zwischen ihren nächtlichen Spaziergängen und Dan gibt, dann müsste sie sich eigentlich verraten, wenn sie von seinem Tod erfährt.«

»Deshalb wäre ich gern dabei, um zu sehen, wie sie die Nachricht aufnimmt«, sagte Copper. »Und wenn wir warten, bis Leonard zurückkommt, wird er der Erste sein, der es ihr erzählt. Also, sollen wir gehen?«

»Ja, komm, wir gehen zu ihr.«

Sie trafen Mrs. Stock in ihrem Zimmer an, im Bett sitzend und mit dem gleichen rosafarbenen Satingewand angetan, dessen üppige Marabu-Verzierung ihre Wanderungen in der vergangenen Nacht verraten hatte. Sie war damit beschäftigt, leuchtend roten Nagellack auf ihren Fingernägeln zu verteilen, und obwohl sie ausgesprochen ruhig wirkte, fragte sich Copper, ob ihre ungewöhnlich kräftige Gesichtsfarbe nicht doch eher von Rouge herrührte als von der natürlichen Blüte, auf die sie so außerordentlich stolz war. Wenn es dunkle Schatten unter ihren Augen gegeben hatte, so waren sie sorgfältig unter Creme und Puder verborgen, sodass sie wirklich nicht so aussah, als hätte sie eine schlaflose Nacht verbracht.

Sie grüßte die beiden jungen Frauen träge und fragte dann, jetzt schon etwas energischer und in klagendem Ton, weshalb man sie nicht eher darüber informiert hatte, dass die Beerdigung von Ferrers Shilto heute früh stattfinden sollte. »Ich hätte mir natürlich denken können, dass Leonard es mir nicht mitteilt. Er sagt mir nie etwas. Aber ich finde doch, liebe Valerie, Sie hätten es mir ruhig sagen können. Auch wenn ich wegen des schrecklichen Ereignisses gestern sehr erschüttert war, so wäre es doch meine Pflicht, an der Beerdigung teilzunehmen, schon aus Respekt vor dem armen Ferrers.«

»Sie müssen sich keine Gedanken machen«, sagte Valerie. »Die Beerdigung ist verschoben.«

»Warum das?« Mrs. Stock setzte sich schnell auf, als ob sie ein neues Geheimnis witterte.

»Was Sie nicht sagen! Oh ...«

Sie sank wieder zurück in die Kissen. »Vermutlich ist es wegen des Wetters. Aber bis Mittag wird der Nebel sich verzogen haben, und dann wird die Beerdigung wohl am Nachmittag stattfinden. Valerie, Liebes, ob Sie wohl jemanden hinunter zu meinem Haus schicken könnten, um meine Hutschachtel zu holen? Ich brauche doch einen schwarzen Hut. Den Strohhut, vielleicht ...«

Valerie unterbrach sie. »Ich glaube nicht, dass die Beerdigung heute Nachmittag stattfinden wird, Ruby. Sehen Sie, als Ferrers in den Sarg gelegt werden sollte, musste man leider feststellen, dass er verschwunden ist.«

»Verschwunden? Aber was …«

»Es gab durchaus eine Leiche, aber es war nicht Ferrers. Es war – Dan Harcourt, und er ist tot. Jemand hat ihn letzte Nacht umgebracht und an Ferrers Stelle gelegt.«

Sie hatten sich eine Reaktion von Mrs. Stock gewünscht, und sie bekamen sie. Aber die Reaktion war vollkommen anders, als sie erwartet hatten, denn Ruby kreischte nicht oder stürzte sich in einen hysterischen Anfall ähnlich dem, mit dem sie am Tag zuvor das Auftauchen von Ferrers' Leiche begleitet hatte.

Sie starrte Valerie nur an, schweigend und wie gelähmt, während jeder Rest von Farbe aus ihrem Gesicht verschwand, bis es kein Gesicht mehr war, sondern nur noch eine graue Maske, grob gefleckt mit starren Flächen aus grellrosa Rouge und leuchtend rotem Lippenstift.

Sie versuchte zu sprechen, bewegte aber nur für ein paar Augenblicke die Lippen, ohne dass ein Laut zu hören war; kein Wort kam heraus, und dann ganz plötzlich sank sie ohnmächtig zur Seite.

»Na, das ist uns ja bestens gelungen«, japste Valerie. »Du lieber Himmel, komm und hilf mir, Coppy. Hol ein Glas Wasser oder Brandy oder irgendwas.«

»Schieb ihren Kopf so, dass er vom Bett herunterhängt«, schlug Copper besorgt vor. »Dann bekommt sie wieder etwas Blut ins Gehirn.«

Diese einigermaßen grobe Behandlung erwies sich als bemerkenswert wirkungsvoll, und ein paar Augenblicke später lag Mrs. Stock wieder zwischen ihren Kissen, bleich und erschüttert, aber immerhin im Vollbesitz ihrer geistigen Kräfte. Wirklich im Vollbesitz, wie es schien, denn sie weinte weder, noch spielte sie Theater. Sie griff nach dem angebotenen Glas

Brandy, und nachdem sie einige Schlucke genommen hatte, lag sie eine Weile still und starrte an die Decke, so als wollte sie sich an etwas erinnern und ihre Schlüsse ziehen.

Sie schien vergessen zu haben, dass Valerie und Copper im Zimmer waren, aber irgendwann blickte sie die beiden aus riesigen Augen ab, und ihre Lippen verzogen sich zu einer Art Lächeln. »Sie sollten wirklich etwas vorsichtiger sein, Valerie, Liebes«, sagte sie mit rauchiger Stimme. »Meine Nerven sind nicht die besten, und schlechte Neuigkeiten treffen mich schlimmer als andere Leute. Und dann noch derart schockierende Neuigkeiten! Wenn es Ihnen nichts ausmacht, hätte ich jetzt gern ein wenig Ruhe, um mich zu erholen. Es macht Ihnen doch nichts aus, oder?«

»Nein«, sagte Valerie unbeholfen. »Nein, natürlich nicht. Es tut mir so Leid. Sind Sie sicher, es sollte nicht doch eine von uns bei Ihnen bleiben? Ich lasse Sie ungern hier allein.«

»Ich versichere Ihnen, es geht mir gut«, herrschte Mrs. Stock sie mit plötzlich wiedererlangter Energie an. »Ich brauche nur ein bisschen Ruhe und Frieden.«

Valerie und Copper murmelten Entschuldigungen, verließen erleichtert das Zimmer und flohen durch den Ballsaal in die Sicherheit ihres Sofas auf der Veranda.

»Und was schließen wir jetzt daraus?«, fragte Valerie, indem sie sich in die Polster fallen ließ. »Sind wir jetzt klüger als vorher? Für einen Augenblick war ich wirklich erstarrt vor Schreck: Ich dachte, jetzt kriegt sie einen Herzanfall. Glaubst du, sie weiß irgendetwas von der Sache mit Dan?«

»Nein; jedenfalls wusste sie nicht, dass er tot ist. Sie mag eine gute Schauspielerin sein, aber ich bin ziemlich sicher, so gut ist sie nicht. Die Sache hat sie furchtbar erschreckt.«

»Scheint so«, gab Valerie zögernd zu. »Aber in einer Hinsicht irrst du dich. Ich habe sie auf der Bühne gesehen, und glaub mir, sie ist unheimlich gut.«

Copper blickte nachdenklich vor sich hin. »Du meinst, sie hat die ganze Ohnmacht nur gespielt?«

»Nein, eigentlich nicht. Ich glaube, selbst Sarah Bernhardt hätte diese entsetzliche Gesichtsfarbe nicht hingekriegt. Sie war wirklich sehr erschrocken. Aber das kann die verschiedensten Gründe haben. Wenn du mich fragst, glaube ich, dass heute Nacht irgendetwas geschehen ist, das sie bisher nicht so recht einordnen konnte. Aber als sie unsere Geschichte hörte – seitdem macht auf einmal so einiges Sinn.«

»Verstehe«, sagte Copper langsam. »Und die Ohnmacht war gar nicht echt, sondern nur ein Mittel, um Zeit zu gewinnen, damit sie kurz nachdenken und sich zusammennehmen konnte?«

»Du hast ja gesehen, wie schnell sie sich wieder erholt hat. Und wie sie uns aus dem Zimmer komplimentiert hat, sobald es ihr möglich war. Glaub mir, das allein ist schon mehr als seltsam, denn wenn es eines gibt, was Ruby mehr als alles andere genießt, dann ist es ein Publikum, und diese Geschichte hätte sie sich normalerweise nicht entgehen lassen. Wenn sie tatsächlich nichts mehr darüber hören oder sagen wollte, dann ist das für jeden, der sie einigermaßen kennt, der Beweis, dass sie entweder einen Verdacht hegt oder glaubt, etwas zu wissen.«

Copper starrte nachdenklich hinaus in den Nebel vor den nassen Fensterscheiben und biss auf einer Fingerspitze herum. Endlich sagte sie: »Weißt du, wir haben eine Sache vielleicht für allzu selbstverständlich gehalten. Wir nahmen beide an, dass Dan ermordet worden ist. Aber vielleicht ist etwas an der Theorie deines Vaters, dass jemand seine Leiche gefunden hat und furchtbare Angst davor hatte, angeklagt zu werden. Denn wer um alles in der Welt würde Dan töten wollen? Und aus welchem Grund?«

»Vielleicht erfahren wir es gleich«, antwortete Valerie, die den Kopf gedreht hatte und lauschte. »Ich glaube nämlich, dass da jemand die Auffahrt heraufkommt.«

In diesem Augenblick hörten sie auch schon die Haustür schlagen und Schritte die Treppe heraufkommen. Dann erschienen Charles und Nick bei ihnen auf der Veranda, gerade als der Hausdiener hereinkam und ein volles Teetablett hereintrug.

»Ich hatte ganz vergessen, dass wir Tee bestellt hatten«, sagte Valerie. »Wollt ihr zwei auch welchen, oder bevorzugt ihr etwas Stärkeres?«

»Mir wäre ein ordentlicher Brandy mit etwas Soda lieber«, sagte Charles. »Dir auch, Nick?«

Nick, der bleich und wütend aussah, antwortete mit einem kurzen Nicken. Er zündete sich eine Zigarette aus der Kiste auf dem Schreibtisch an, und Copper, die ihn beobachtete, sah, dass seine Hände zitterten. Vielleicht bemerkte er es auch selbst, denn er ließ das Streichholz in den Aschenbecher fallen und schob die Hand in die Tasche.

Valerie schenkte Tee ein, und eine Minute später erschien ein Hausdiener mit Brandy und Soda.

»Das war jetzt wirklich nötig«, sagte Nick, als er das halb leere Glas abstellte. Er ließ sich in einen Sessel fallen und starrte vor sich hin in den halbdunklen Ballsaal, vorbei an dem dunklen, geschnitzten Kopf von »Hindenburg«.

»Was ist geschehen?«, fragte Valerie angespannt.

Nick trank sein Glas aus, bevor er ihr antwortete, und dann sagte er kurz angebunden: »Er ist tatsächlich ermordet worden.«

Er bemerkte, wie Copper die Luft hörbar einsog und wandte sich zu ihr um, wobei seine Stimme einen sanfteren Klang annahm. »Ist schon gut, Coppy. Er hat nichts davon gespürt. Er hat einen Schlag auf die Seite des Kopfes bekommen, und soweit wir das beurteilen können, muss dieser Schlag ihn auf der Stelle getötet haben.«

Nick fand, es war nicht nötig, genauer zu beschreiben, was der Mörder noch unternommen hatte, um sicherzustellen, dass sein Opfer keinesfalls noch einmal zu den Lebenden zurückkehren könnte. Er wollte selbst nicht allzu viel daran denken, was der Mörder mit Dan angestellt hatte.

Charles sagte wütend: »Dieser elende Sturm soll verdammt sein! Wenn nur wenigstens die Wellen nachlassen würden, dann könnten wir irgendetwas tun. Aber nachdem hier kein anständiger Arzt zur Verfügung steht und kein einziger Polizist zur Stelle ist, sieht es verdammt danach aus, als würde dieser Bastard von einem Mörder ungeschoren davonkommen.«

»Wie kommst du darauf?«, fragte Copper scharf.

»Liebes Kind, es ist doch offensichtlich! Dr. Vicarjee hätte uns eine Menge höchst wertvoller Informationen geben können, zum Beispiel darüber, wie lange Dan schon tot ist. Aber der arme Dutt ist so aus dem Häuschen, dass er keine vernünftige Aussage zustande bringt, und das bedeutet, wir haben im Grunde keine Ahnung, wann es passiert ist. Dann gibt es natürlich Finger- und Fußabdrücke und, ach, wahrscheinlich eine ganze Wagenladung Indizien, die dort herumliegen und für die Polizei etwas bedeuten würden. Aber bis irgendwer vom Festland auf diese gottverlassene Insel kommt, wird nicht mehr viel davon übrig sein. Wind, Wetter, Feuchtigkeit und Verwesung werden die Beweisstücke dutzendweise vernichten oder verschleiern, und der Mörder hat jede Menge Zeit, alles noch einmal zu durchdenken. Sollte er tatsächlich irgendeinen Fehler begangen haben, so hat er genug Zeit, um ihn zu vertuschen. Nein, ich glaube, einen Mordfall muss man in den ersten paar Stunden nach der Tat angehen, und es ist zum Die-Wände-Hochlaufen, dass wir niemanden hier haben, der irgendetwas in dieser Hinsicht unternehmen kann.«

»Wir sind vier«, sagte Copper kurz.

»Und ungeheuer nützlich …«

Charles brach seinen Satz ab und starrte ein paar Minuten lang nachdenklich in die Luft. Schließlich begann er langsam vor sich hin zu sprechen: »Zumindest hätten wir dann etwas Besseres zu tun, als hier zu sitzen, Däumchen zu drehen und zu fluchen.«

Nick ging zum Fenster und blickte hinaus in die Nebelwand, die die Welt um sie herum unsichtbar machte, aber den Donner der Brandung nicht dämpfen konnte, die sie hier gefangen hielt.

Dann sagte er bitter: »Hört euch das an! Das kann noch tagelang so weitergehen. Wenn wir also hier bleiben und warten müssen, bis es so weit ist und bis der Anleger repariert ist, können wir die Zeit ebenso gut dazu nutzen, Detektiv zu spielen. Wäre die Polizei hier, dann würden wir nur stören. Aber nachdem sie nicht hier ist, denke ich, wir können nicht viel Schaden anrichten. Wahrscheinlich werden wir auch nicht zu sehr viel nütze sein, aber immer noch besser so, als herumzusitzen, geistreiche Konversation zu betreiben oder gegen die Möbel zu treten. Und ich hoffe nur«, fügte er drohend hinzu, »dass wir den elenden Bastard in die Finger bekommen, der Dan ermordet hat. Und dann hoffe ich, dass die Polizei noch lange genug wegbleibt, sodass er am Ende der Ansicht ist, der Tod durch den Strang sei eine Gnade und Erlösung.«

»Darauf trinke ich«, sagte Charles und schüttete den Inhalt seines Glases herunter. »›Omne tulit punctum qui miscuit utile dulci – Erfolg hat, wer das Nützliche mit dem Angenehmen verbindet.‹ Und da dies so ziemlich das einzige lateinische Sprichwort ist, das ich kenne, muss es wohl stimmen. Wir stehen Ihnen zur Verfügung, Inspektor Tarrent. Womit beginnen wir?«

»Mit dem Wachmann, denke ich. Er scheint die letzte Person gewesen zu sein – mit Ausnahme des Mörders natürlich –, die Dan lebend gesehen hat.«

»Gut. Und danach schlage ich vor, dass wir noch einmal einen gründlichen Blick auf das Gästehaus und das Grundstück werfen, auf dem es steht. Ich glaube nicht, dass das schon geschehen ist. Val, du könntest versuchen, etwas mehr aus den Hausdienern herauszubringen, und Copper könnte sich nützlich machen, indem sie mit einer Lupe durchs Haus geht. Man weiß ja nie, vielleicht liegt ein verstreutes Beweisstück hier irgendwo herum.«

»Ich würde es nicht erkennen, selbst wenn ich es sähe«, sagte Copper düster. »Aber immerhin hilft es, die Zeit zu vertreiben. Los geht's, Val. Bis später, ihr zwei.«

Sie stellte ihre noch unberührte Tasse ab, erschauderte und ging die lange, halbdunkle Veranda entlang.

14

Die Durchsuchung des Hauses erbrachte nichts, was auch nur entfernt nach einem Beweisstück aussah, und nach einer fruchtlosen halben Stunde schlug Valerie vor, dass sie ihre bisherigen Gedanken zu Papier bringen sollten. So bewaffnete sie sich mit einem Schreibblock, Stiften und einem Notizbuch und zog sich gemeinsam mit Copper in eine ruhige Ecke der Veranda zurück.

»Wenn wir beide jede Einzelheit aufschreiben, die während der letzten zwei oder drei Tage passiert ist, werden wir vielleicht auf etwas stoßen, was uns hilft. In Romanen funktioniert das jedenfalls immer.«

»Nur bei einem Privatdetektiv mit einem Hirn wie eine logische Maschine, der die Indizien sofort zusammensetzen kann«, bemerkte Copper skeptisch. »Wo willst du anfangen? Beim Picknick auf dem Mount Harriet oder an dem Tag, als die *Sapphire* hier ankam?«

»Keins von beiden«, erwiderte Valerie. »Ich habe eine bessere Idee. Wir schreiben alle Namen auf, die möglicherweise irgendetwas mit der Sache zu tun haben können, und schreiben unter jeden Namen alles, woran wir uns erinnern können: was die Leute gesagt haben, und was sie in den letzten paar Tagen getan haben – und in den Nächten. Was hältst du davon?«

»Klingt vollkommen hoffnungslos«, sagte Copper zweifelnd. »Aber irgendwo müssen wir ja anfangen. Wir verwerfen von vornherein den Gedanken, dass es einer der Einheimischen gewesen sein könnte, oder? Denn wenn wir sie mit einbeziehen, können wir gleich eine Liste sämtlicher Bewohner und Besucher der Insel machen. Und das ist unmöglich.«

Valerie kaute auf dem Ende ihres Stiftes, und nach kurzem, intensivem Nachdenken sagte sie: »Ja, ich glaube, die Einheimischen können wir ausschließen. Weißt du, ich lebe inzwischen lange genug hier, um diese Leute einigermaßen zu kennen, und ich bin vollkommen sicher, dass keiner der Leute von der Insel – von einem unbekannten Verrückten abgesehen – jemanden töten würde, mit dem er nicht in heftigem Streit lag. Und wenn Dan nicht auf seinem Schiff war, dann war er mit uns zusammen, wir wissen also, dass er keinen Streit mit den Eingeborenen gehabt haben kann. Und kein Verrückter hätte die Leichen ausgetauscht – auf so eine Idee wäre er niemals gekommen.«

»Das schließt aber nicht die britischen Soldaten aus«, sagte Copper. »Und das sind ziemlich viele.«

»Ja, darüber habe ich auch schon nachgedacht. Wir werden Charles, George und Hamish bitte müssen, die Männer zu befragen. Aber derzeit sind nur etwa ein halbes Dutzend von ihnen hier auf Ross, alle anderen haben am Heiligabend bei Corbyn's Cove gepicknickt und sitzen in Aberdeen fest. Im Übrigen hätte sich außer dem Wachmann keiner von ihnen mitten in der Nacht außerhalb der Kaserne herumgetrieben. Also können wir wohl auch sie ausschließen.«

»Dann bleiben aber nur noch wir«, sagte Copper abweisend. »Unsere Gesellschaft, meine ich. Val, es kann doch unmöglich jemand von uns gewesen sein! Das ist wirklich zu weit hergeholt.«

»Weit hergeholt oder nicht, wir könnten die Sache erheblich vereinfachen, wenn wir beweisen könnten, dass es keiner von uns war. Das sollte die Gruppe der Verdächtigen ein wenig einschränken.«

»Nun gut, fangen wir an. Ruby. Unter ihren Namen können wir wirklich eine ganze Menge schreiben.«

»RUBY STOCK«, sagte Valerie und schrieb den Namen in Blockbuchstaben hin. »Die braucht sicher mehrere Seiten. John Shilto ist der Nächste. Gegen ihn fällt mir im Augenblick eigentlich nichts ein, außer, dass er mir regelmäßig eine Gänsehaut verursacht. Wer noch?«

»So geht das nicht«, sagte Copper ungeduldig. »Wir müssen alle aufschreiben, egal ob uns etwas gegen sie einfällt oder nicht. Nach allem, was wir wissen, ist fast jeder Mensch zu einem Mord fähig, wenn man ihn nur ausreichend provoziert. Und ich glaube nicht, dass der Sturm diese Fähigkeit unbedingt verringert hat.«

»Was meinst du damit?«

»Nur, dass wir alle ziemlich gereizt waren, bevor der Sturm losbrach. Erinnerst du dich nicht mehr, du hast selbst gesagt, du fühlst dich wie eine zu weit aufgezogene Armbanduhr. Vielleicht gab es noch mehr Leute, die sich so gefühlt haben, und vielleicht hat einer von ihnen den Punkt erreicht, an dem die Uhr überdreht wurde, wie du so schön ausgedrückt hast. So eine Art moralischer Blackout ...«

»Du meinst, jemand könnte verrückt geworden sein?«, fragte Valerie herausfordernd.

»Nein, nicht wirklich, obwohl derjenige, der Dan ermordet hat, wohl verrückt gewesen sein muss. Nein, ich weiß selbst nicht genau, was ich meine.«

»Na gut, lass nur. Schreiben wir also alle Namen auf, am besten in alphabetischer Reihenfolge, beginnend mit Amabel.«

Trotz aller Schrecken dieses Morgens rief die Vorstellung von Amabel als Mörderin bei den beiden Amateurdetektivinnen einen hysterischen Lachanfall hervor. »Wir sollten nicht lachen, es ist schrecklich«, sagte Copper, die ihre Augen mit der Ecke eines Vorhangs trockentupfte. »Aber ehrlich gesagt, das hat mir jetzt besser getan als sechs Brandys mit Soda. Wie belebend doch ein ordentliches kindisches Lachen sein kann. Wo waren wir? Wir haben Ruby, John Shilto und Amabel aufgeschrieben. Dann haben wir Ronnie Purvis und Rosamund – gegen beide ließe sich übrigens einiges vorbringen – und Leonard Stock, George Beamish, Hamish Rattigan und Dr. Dutt.«

Copper griff nach der Liste und schrieb nach einem kurzen Nachdenken vier weitere Namen hin: Sir Lionel, Valerie, Charles, Nick Tarrent und sich selbst.

»Noch zwei«, forderte Valerie, die ihr über die Schulter sah. »Trotz meiner Bedenken, was die Einheimischen und die Soldaten angeht, würde ich den Wachmann und Iman Din noch aufschreiben.«

Copper warf den Stift hin. »Hör mal, wenn wir jetzt so anfangen, dann können wir ebenso gut gleich aufgeben. Es ist hoffnungslos! Unter diesen Umständen könnten wir auch den Kaplan verdächtigen.«

»Gute Idee«, sagte Valerie seelenruhig. Sie nahm den Stift und schrieb MRS. DOBBIE, MR. DOBBIE, TRUDA GIDNEY, bevor Copper ihr den Stift aus der Hand nahm und unter den letzten Namen ein dickes Kreuz setzte.«

»Was soll das bedeuten?«

»X. Der große Unbekannte. Das wäre zum Beispiel einer der Einheimischen, der aus irgendeinem sinnlosen Grund, den wir nicht kennen, zugeschlagen hat.«

Valerie hielt sich den Kopf. »Das ist ja zum Verrücktwerden! Wir sollten die ganze Idee verwerfen und stattdessen versuchen, Einsteins Relativitätstheorie nachzurechnen.«

»Nur Mut«, tröstete Copper. »Ich gebe zu, es sieht einigermaßen hoffnungslos aus, aber das liegt nur daran, dass wir so gar keinen Anhaltspunkt haben.«

»Ein wahres Wort! Ich mache noch ein paar Fenster auf. Die kalte Luft ist vielleicht gut für unsere grauen Zellen.«

Sie riss das Fenster gleich neben ihr auf und lehnte sich über das nasse Fensterbrett, um die dicke, neblige Luft einzuatmen. Der Regen hatte aufgehört und der Wind nachgelassen, aber die Brandung war immer noch zu hören wie der Lärm einer wütenden Menschenmenge.

»Ich frage mich, warum dieser Wellengang noch nicht nachgelassen hat. Weiter südlich muss es noch viel mehr stürmen als hier. Manchmal erleben wir es, dass ein Sturm, der mehrere hundert Meilen an uns vorbeigezogen ist, uns kolossale Brecher schickt, die hier ohne jede Vorwarnung … Copper! Schnell, komm her!«

Copper ließ das Notizbuch fallen und lehnte sich neben Valerie aus dem Fenster. »Siehst du das?« Valerie deutete zur linken Seite, wo sie, wenn sie sich weit hinauslehnte, die Ecke des Hauses sehen konnte, wo Leonard Stocks Ankleidezimmer im ersten Stock hinaus in den Nebel ragte.

An einer der Säulen der Veranda im Erdgeschoss stand eine schlecht sichtbare Gestalt zwischen den Kübeln mit Palmen und Farnen, die am Rand der Veranda aufgebaut waren. Das war kein allzu ungewöhnlicher Anblick, denn Wächter, Ordonnanzen, Boten und Diener gingen mehr oder weniger ständig hier herum, wenn auch eher an normalen Tagen und nicht so sehr bei schlechtem Wetter.

Aber Valeries Aufmerksamkeit wurde eher von der Haltung der Gestalt erregt, denn sie stand an die Säule gedrückt, als würde sie sich vor irgendetwas oder irgendjemandem hinter der Hausecke verstecken. Und während sie noch zusahen, tauchte einer der Wachleute auf, und die Gestalt kauerte sich hinter der Säule zusammen, um nach kurzem, vorsichtigem Abwarten wieder zu erscheinen, sobald der Mann vorbeigegangen war.

Ein Windstoß ließ den Nebel für einen kurzen Augenblick dünner werden, und Valerie hielt den Atem an. »Das ist Ruby! Komm, Coppy!«

Copper brauchte keine zweite Einladung, und eine Minute später schlichen sie zu zweit die schmale Holztreppe neben Coppers Bad hinunter und waren auch schon im Garten, wo sie für einen Augenblick verwirrt stehen blieben, denn Mrs. Stock – wenn sie es denn gewesen war, die dort zwischen den Palmenkübeln gestanden hatte – war verschwunden. »Verdammt!«, flüsterte Valerie. »Was machen wir … Nein, da ist sie! Bei den Orchideenbäumen …« Die Gestalt zeigte sich für einen Augenblick zwischen den Canna-Beeten und zog sich dann in den Schatten einer Gruppe von Bäumen zurück, auf deren rauer Rinde Valerie versucht hatte, Orchideen zu züchten. »Wir müssen da rüberrennen. Gott sei gedankt für diesen Nebel ... wir könnten es schaffen, vom Haus wegzukommen, ohne dass uns einer der Wachleute sieht.«

Während sie noch sprach, knirschten Schritte auf dem Kies, und die beiden Mädchen zogen sich in die unzulängliche Deckung des Treppenhauses zurück. Aber der Wachmann ging vorbei, ohne sie zu sehen, und einen Augenblick später waren sie über den Rasen gelaufen, und der Nebel hatte sie gnädig verschluckt. Sie hatten ihre Beute zwar aus den Augen verloren, aber die Fußspuren waren auf dem nassen Gras deutlich zu sehen. »Gut, dass sie diese hohen Absätze trägt«, flüsterte Copper erleichtert.

Die verräterischen kleinen Löcher in dem nassen Boden führten sie an der Rückseite der Tennisplätze vorbei, wo das Grundstück steil zur Straße hin abfiel und auf die Straße traf, die rund um die Insel führte, um dann zwischen Felsen und Meer zu enden. Auf den Hängen unterhalb des Gartens wuchs nichts außer ein paar verstreuten Kokospalmen, und der Seenebel war nicht mehr dicht genug, um die eilige Gestalt zu verbergen, die ein Stück vor ihnen lief. »Es ist auf jeden Fall Ruby«, stellte Valerie noch einmal fest. »Was um alles in der Welt hat sie vor? Glaubst du, dass sie auf der Strandstraße Richtung Krankenhaus läuft?«

»Sollten wir nicht versuchen, sie einzuholen und sie zu stellen?«, schlug Copper vor, die lieber sofort gehandelt hätte. Aber Valerie schüttelte bedauernd den Kopf. »Wozu sollte das nütze sein? Sie würde uns irgendeine Geschichte erzählen, wahrscheinlich, dass sie einen Spaziergang macht, um ihre Nerven zu beruhigen. Nein, wir müssen ihr einfach auf den Fersen bleiben und versuchen herauszufinden, was sie vorhat.«

Trotz des Nebels war das nicht so einfach, wie sie dachten, denn Mrs. Stock blieb ständig stehen und blickte hinter sich, und mit dem spärlichen Schutz weniger Palmbäume auf dem steilen Abhang hatten die beiden Verfolgerinnen große Schwierigkeiten, in Deckung zu bleiben. Offenbar war Ruby auf dem Weg zu der schmalen Straße rund um die Insel, aber als sie sie erreicht hatte, ging sie nicht etwa darauf weiter, wie sie erwartet hatten, sondern überquerte die Straße und ging hinunter zum Strand. »Val, du glaubst doch nicht, dass … dass sie es selbst getan hat?«, keuchte Copper, die ganz blass geworden war. »Sie wird doch jetzt keine Dummheiten machen?«

»Du meinst Selbstmord? Ruby doch nicht!«, sagte Valerie entrüstet. »Aber irgendetwas Komisches hat sie vor. Komm, jetzt haben wir eine Chance.« Sie fing an loszulaufen, und so rannten sie beide nebeneinander den Hang hinunter und über die Straße, wo ein paar Palmen sich über die Kante beugten und den Hang beschatteten, der steil zu den Felsen und der wütenden Brandung abfiel.

Sobald sie die Straße verlassen hatte, war Ruby durch den steilen Hang zunächst unsichtbar gewesen, aber hinter dem Schutz der Palmen konnten sie sie wieder sehen, fast genau unter ihnen. Sie wandte sich jetzt den riesigen, aufgetürmten Felsen zu, die am einen Ende des kleinen Strandes einen natürlichen Wellenbrecher bildeten, wo das Meer am Abend zuvor Ferrers Shilto an Land gespült hatte. Da es unterhalb der Straße keine Deckung gab und Ruby ihnen nicht mehr entkommen konnte – es sei denn auf die Weise, die Copper vermutet hatte –, drückten sie sich gegen die glatten nassen Stämme am Straßenrand und beobachteten, wie sie über die letzten Meter Gras hinunterschlitterte und anfing die Felsen zu erklettern.

Es war Niedrigwasser, und ein schwacher Wind wehte von Süden. Die geisterhaften Nebelschleier bewegten sich, aber der leichte Wind konnte sie nicht vertreiben. Doch die aufgetürmten Felsen waren nass und glitzerten von der Gischt der Brecher, die unaufhörlich von der nebligen See heranstürmten, und Copper schauderte bei ihrem Anblick. Das endlose Kommen und Gehen der gewaltigen Dünung schien ihr bedrohlicher als die kreischend wilde Gischt am Abend zuvor, aber die schattige Gestalt auf den Felsen unter ihr schien davon gänzlich unbeeindruckt.

Mrs. Stock stolperte und schlitterte über die nasse, unsichere Oberfläche und ging bis zu dem Punkt, wo die Felsen von beiden Seiten von Wasser umgeben waren. Plötzlich sagte Valerie: »Ich – ich finde, wir sollten lieber rufen«, und sie öffnete auch schon den Mund, um das zu tun, aber Coppers Finger schlossen sich fest um ihren Arm und hielten sie davon ab, denn unter ihnen war Ruby jetzt stehen geblieben.

Sie stand auf einem flachen Felsen, kaum sichtbar gegen das graue Wasser und die fliegende Gischt, und schien an ihrer Brust herumzusuchen. Dann sahen sie sie den Arm nach oben und nach hinten strecken, um ihn gleich darauf nach vorn schnellen zu lassen: Ruby warf etwas weit hinaus in das schäumende Wasser bei den Felsen.

Einen Augenblick später drehte sie sich um und kam zurück.

»Jetzt sollten wir machen, dass wir hier wegkommen«, murmelte Valerie, und sie zogen sich gemeinsam zurück und flohen den steilen Pfad hinauf in den Schutz der Bäume hinter den Tennisplätzen, wo sie keuchend vor Anstrengung warteten, bis nach einigen Minuten Mrs. Stock an ihnen vorbeieilte, um bei den Orchideenbäumen stehen zu bleiben und eine günstige Gelegenheit abzuwarten, um durch die Lücke zwischen den Bäumen und dem Haus zu schlüpfen und über die Hintertreppe zu verschwinden, die zu einer kleinen Plattform führte, gleich vor ihrem und Valeries Bad.

Die beiden Amateurdetektivinnen folgten ihrem Beispiel, erreichten fünf Minuten später ihre eigenen Zimmer, nass und atemlos, aber unbeobachtet. Dabei hatten sie mehr Glück, als sie ahnten, denn während sie Listen von Verdächtigen angefertigt und Mrs. Stock beschattet hatten, war die gesamte Bevölkerung von Ross alarmiert worden, um nach der Leiche von Ferrers Shilto zu suchen, und Suchtrupps durchkämmten die gesamte Insel. Nick hatte diese Suche vorgeschlagen, obwohl die Mehrheit der Suchenden eigentlich der Ansicht war, dass man damit nur seine Zeit verschwendete.

»Vollkommener Blödsinn!«, hatte John Shilto gesagt. »Es ist doch ganz klar, dass derjenige, der die Leiche loswerden wollte, sie einfach wieder ins Meer geworfen hat. Wahrscheinlich ist sie inzwischen meilenweit die Küste hinuntergetrieben.«

»Das glaube ich nicht«, hatte Nick erwidert. »Das Meer hat ihn schon einmal zurückgegeben. Und abgesehen davon, haben Sie noch etwas anderes nicht bedacht: An welchem Punkt dieser Insel könnte man bei dem herrschenden Wellengang eine Leiche in tiefes Wasser werfen? Die Antwort ist einfach: Es gibt keinen solchen Punkt.«

Hier war er unerwartet von Leonard Stock unterstützt worden. »Verstehen Sie, Sir«, hatte Mr. Stock halb entschuldigend dem Chief Commissioner erklärt, »schließlich ist der Anleger vollständig zerstört und die Hafenanlage ebenfalls.«

»Nein, ich fürchte, ich verstehe nicht«, hatte der Chief Commissioner kurz geantwortet. »Vielleicht hätten Sie die Güte, es zu erklären.«

»Herrgott«, war Nick brüsk dazwischengegangen, »Sie haben doch gesehen, was für eine Brandung wir letzte Nacht hatten und immer noch haben. Nehmen Sie die Tatsache dazu, dass wir jetzt Niedrigwasser haben, gegen sieben Uhr heute früh war also Hochwasser. Zu der Zeit, als der Mörder versucht hat, die Leiche loszuwerden, hatten wir also auflaufendes Wasser, denn er wird wohl kaum bis zum Tagesanbruch gewartet haben. Nun, was passiert mit jedem beliebigen Gegenstand, den Sie bei auflaufendem Wasser von dieser verdammten Insel wegwerfen, und zwar an jedem beliebigen Punkt? Innerhalb von fünf Sekunden haben Sie ihn wieder vor den Füßen. Sie müssen nur eine Runde um die Insel drehen, dann wissen Sie, was ich meine. Wäre die Hafenanlage oder der Fähranleger noch heil, dann hätte man vielleicht eine Chance gehabt, indem man die Leiche beschwert und vom hintersten Punkt hinausschiebt, in der Hoffnung – und selbst die wäre nicht sehr groß –, die Strömung könnte ihn von der Insel wegziehen. Aber wie Stock gerade richtigerweise bemerkt hat, gibt es keinen Fähranleger. Also muss die Leiche noch irgendwo hier auf der Insel sein, und ich hege die starke Vermutung, dass wir, wenn wir sie finden, auch die Antwort auf einige drängende Fragen vor uns haben.«

»Wobei die drängendste dieser Fragen nach wie vor lautet: Wer sollte sich die Mühe machen, die beiden Leichen auszutauschen?«, sagte Charles nachdenklich. »Wenn man schon eine Leiche ins Wasser werfen muss, um sie loszuwerden, warum nicht den Kerl, den man gerade ermordet hat, statt sich auf diese schwierige Aktion einzulassen, die Leichen auszutauschen?«

»Ich vermute, das Gewicht hat hier eine große Rolle gespielt«, sagte Nick. »Dan war vielleicht nur vier oder fünf Zoll größer als Ferrers, aber er war erheblich kräftiger gebaut. Sein Mörder konnte sich auf sein Glück verlassen und hoffen, dass Dutt und seine Helfer nichts merkten, wenn sie das Bündel in der Persenning vom Tisch hoben. Aber für jemanden, der eine Leiche allein hinunter zum Ufer schleppen muss, machen zwölf oder fünfzehn Kilo totes Gewicht eine verdammt große Menge aus. Und noch etwas: Wenn Dan erst einmal unter der Erde gelegen hätte und Ferrers' Leiche tatsächlich irgendwann wieder aufgetaucht wäre, hätte man sie mit ziemlicher Sicherheit nicht mehr erkannt, und man wäre aller Wahrscheinlichkeit nach davon ausgegangen, dass es sich um die Leiche eines unbekannten Mannes von einem vorbeifahrenden Schiff handelte. Wäre aber Dans Leiche irgendwann wieder aufgetaucht, hätte man möglicherweise trotz aller Arbeit der Fische noch sehen können, dass er auf keinen Fall zufällig ertrunken, sondern absichtsvoll und brutal ums Leben gebracht worden war. Mir ist eigentlich vollkommen klar, warum die Leichen ausgetauscht wurden. Und ich möchte wetten, dass Ferrers' Leiche noch irgendwo auf dieser Insel ist.«

Der Chief Commissioner hatte widerwillig zugeben müssen, dass Nicks Feststellungen richtig waren, und eine Viertelstunde später war die Suche organisiert und in vollem Gange.

Copper und Valerie hatten bei ihrer Rückkehr einen der Suchtrupps nur um Haaresbreite verfehlt.

15

Die beiden Mädchen hatten allein zu Mittag gegessen, denn der Commissioner hatte Nachricht geschickt, dass er mit Nick, Stock und John Shilto in der Offiziersmesse eine Kleinigkeit zu sich nehmen werde.

Mrs. Stock ließ sich ein Tablett aufs Zimmer schicken, und kurz nach halb zwei war Sir Lionel ins Haus zurückgekehrt, wo er eine kurze Besprechung über die Ereignisse des Vormittags anberaumt hatte.

Copper und Valerie waren nicht dazugebeten worden, und so saßen sie in ungemütlichem Schweigen auf der oberen Veranda und lauschten ängstlich auf das Gemurmel, während die Minuten dahinschlichen und der Nebel gegen die Fensterscheiben drückte und langsam in das stille Haus eindrang.

Endlich öffnete sich die Tür zum Büro, und sie hörten Leonard Stocks Stimme in der Eingangshalle, besorgt und voller Protest: »Ich bin sicher, dass hier ein Fehler vorliegen muss. Vielleicht lautet Dr. Vicarjees Urteil anders, wenn er zurückkommt …«

»Gibt keinen Zweifel, ich sage Ihnen!« Das war Dutts Stimme, schrill und beleidigt im Ton. »Keinen Zweifel. Ist klar wie Kloßbrühe. Ist Mord, Miss Gidney sagt auch so. Fragen Sie, bitte. Wenn Mann ertrunken, hat Wasser in Lunge. Aber ist kein Wasser. Gar keins. Ist Mord.«

Valerie stand schnell auf und lief zum Treppengeländer, um hinunterzurufen: »Leonard, was hat das zu bedeuten? Über wen sprechen Sie? Was ist geschehen?«

»Oh, äh, ah …« Die Frage schien Mr. Stock zu überraschen. »Ich hatte Sie gar nicht bemerkt. Vielleicht hätte ich das nicht sagen sollen, äh, ich …« Dr. Dutts aufgeregte Stimme unterbrach Leonards unzusammenhängendes Stottern. »Verzeihen, bitte. Ich gehe jetzt. Viel Arbeit.« Die Haustür fiel hinter ihm ins Schloss, und nach einem Moment hörte man das Geräusch zögernder Schritte auf der Treppe, und Leonard Stock kam herauf.

Er lächelte Copper nervös an, warf einen hastigen Blick auf Valerie und bemerkte dann zuversichtlich, dass draußen immer noch Nebel herrsche und dass er ein so seltsames Wetter noch nie erlebt habe. »Fast frostig, nicht wahr? In all meinen Jahren auf den Inseln, und ich denke, ich kann sagen, dass ich der älteste Bewohner bin … nun vielleicht nicht der älteste Einwohner, es müsste hier wohl Leute geben, die … was ich meine, ist, ich kann mich wirklich nicht an ein so ekelhaftes Wetter erinnern … anders kann ich es wirklich nicht sagen. Ich …«

An dieser Stelle schnitt Valerie, die keine Lust hatte, sich auf die Abwege eines Gesprächs über das Wetter führen zu lassen, Mr. Stocks nervöses Gestammel ebenso unvermittelt ab, wie es zuvor Dr. Dutt getan hatte: »Von wem sprachen Sie eben, Leonard? Wer ist nicht ertrunken?«

»Nun, äh, Ferrers«, sagte Leonard unglücklich und räusperte sich peinlich berührt.

»*Ferrers*!« Valeries blasses Gesicht schien noch eine Spur blasser zu werden. »Aber das ist doch Unsinn! Natürlich ist er ertrunken. Wir haben ihn doch alle gesehen, und … Leonard! Hat man ihn gefunden?«

»Äh … ja. Leider. Ich meine … nun, Dutt und Miss Gidney haben eine Art … nun … eine Autopsie durchgeführt, und Dutt vertritt nun die Theorie, Ferrers sei ebenfalls … nun … tatsächlich … äh …« Leonards magere Hände vollführten eine sinnlose, flatternde Geste. Copper atmete tief durch und vollendete heiser seinen Satz: »Ferrers sei ermordet worden.«

Leonard wandte sich ihr mit dem Ausdruck von Erleichterung zu. »Ja. Ja, darauf läuft es hinaus. Aber Dutt muss sich irren. Er ist … nun … kein besonders erfahrener Mann, jedenfalls noch nicht. Vielleicht in ein paar Jahren … Aber ich bin sicher, wenn der Wellengang nachlässt und der Anleger repariert ist und ... und Dr. Vicarjee wieder hier ist, dann werden wir feststellen, dass das alles ... nun ... Unsinn ist. Es muss Unsinn sein. Alles andere ist einfach undenkbar. Denn sagen Sie mir, wer sollte auf die Idee kommen, Ferrers zu ermorden?«

»John!«, rief Copper aus, bevor sie es verhindern konnte. Und war gleichzeitig erschrocken über ihre Vermutung.

Leonard Stock war ebenso entsetzt. Er riss seine nervös funkelnden Augen weit auf und warf einen schnellen, furchtsamen Blick über seine Schulter in Richtung Treppenhaus und Eingangshalle. »Schsch! Er könnte Sie hören! Nein, wirklich, Miss Randal, Sie sollten nicht ... was ich meine, ist ...« Leonard verstrickte sich wieder in einem Gewirr von Halbsätzen, und Copper demonstrierte Reue: »Es tut mir Leid. Es war eine Gemeinheit, so etwas zu sagen, und ich habe es nicht so gemeint. Aber ich habe an die Szene auf dem Mount Harriet beim Picknick gedacht.«

»Oh, ich weiß, ich verstehe. Und Sie werden natürlich auch davon gehört haben, dass die zwei gar nicht gut miteinander auskamen ... die Shiltos, meine ich. Aber Brudermord! Oder ... oder etwas Ähnliches. Nein ... undenkbar. Sie können sicher sein, so wie ich, dass der arme Dutt sich irrt. Wenn Dr. Vicarjee zurückkommt, werden wir alle feststellen, dass Ferrers doch ertrunken ist, und dann wird alles wieder gut.«

»Gut?«, wiederholte Valerie, die ihn mit einer Mischung aus Staunen und Verachtung ansah. »Wie kann alles wieder gut werden, wenn Dan ... oh, es ist so widerwärtig und schrecklich und unglaublich! Es kommt mir ganz unwirklich vor, dass all das wirklich passiert sein soll.«

»Ja, ja«, bestätigte Mr. Stock ernst. »Schrecklich. Ganz schrecklich! Ich fühle mit Ihnen. Ein höchst bedauerlicher Schock. Es wird kein Vergnügen sein, die Nachricht der armen Ruby zu überbringen. Ich habe noch nicht gewagt ... äh ... ich meine, ich wollte nicht ... nun, die Wahrheit ist, die arme Ruby ist besonders empfindlich gegen … äh … Schock. Ihre Nerven, wissen Sie? Aber ich fürchte, irgendwann wird sie es erfahren müssen. Es nützt nichts, es aufzuschieben. Und doch muss ich zugeben …«

Valerie sagte schnell: »Machen Sie sich keine Gedanken, Leonard, sie weiß es schon. Ich habe es ihr selbst gesagt.«

Ein Teil der nervösen Anspannung schien von Leonards magerem Körper abzufallen, und er entspannte sich sichtlich. »Oh, dann muss ich nicht … äh … ich hoffe, sie hat sich nicht zu sehr aufgeregt?«

»Doch, ich fürchte schon.«

»Oh. Höchst bedauerlich. Dann sollte ich wohl lieber nachsehen, wie es ihr geht. Sie wird mich erwartet haben, aber ich konnte wirklich nicht früher weg. Es gab so viel … und schließlich hat Ihr Vater …«

Seine Stimme verlor sich und wurde schließlich unhörbar, und Valerie sagte ermutigend: »Nein, natürlich konnten Sie nicht weg. Ruby wird das verstehen. Es war für uns alle ein entsetzlicher Tag.«

Leonard lächelte schwach, zog die Schultern zurück, drehte sich um und ging durch den halbdunklen, weiten Ballsaal davon, wobei seine Schuhe auf den polierten Dielenbrettern grauenhaft quietschten. Schließlich hörten sie, wie er nervös an die Tür zum Zimmer seiner Frau klopfte. Die Tür wurde geöffnet und schloss sich wieder, und Valerie sagte: »Armer Leonard! Er hat jetzt wohl eine schlimme halbe Stunde vor sich. Und ich wette, Ruby wird ihn davon überzeugen, dass alles seine Schuld und er persönlich verantwortlich für das ganze Geschehen ist, und Leonard, der Pantoffelheld, wird sich bei ihr entschuldigen. Ich begreife nicht, wie er das aushält.«

Aber Copper interessierte sich kaum für Leonard Stocks Eheprobleme, sie hatte nicht einmal mehr an ihn gedacht, nur an das, was er gesagt hatte. Sie flüsterte vor sich hin, als redete sie mehr mit sich selbst als mit Valerie: »Mord! Er hat gesagt, Ferrers wurde auch ermordet. Dann ist das der Grund! Dan muss gewusst haben …«

Sie schauderte plötzlich und heftig, und wieder hörte man die Haustür schlagen und Schritte auf der Treppe. Aber diesmal waren es Charles und Nick: Charles ausnahmsweise einmal ernst und ohne ein Lächeln im Gesicht, und Nick mitgenommen, grimmig und erschöpft.

Charles sagte kurz, indem er Valeries besorgte Fragen unterbrach: »Hier können wir nicht reden. Wir sollten alle hinunter in die Offiziersmesse gehen.« Damit drehte er sich auf dem Absatz um und ging ihnen voraus durch die Eingangshalle und hinaus in die klamme Umarmung des Nebels, der jede Minute dicker zu werden schien.

Der Nebel füllte die lange, von Bäumen gesäumte Auffahrt mit einem dichten, leicht bewegten Grau, das ebenso modrig roch wie eine Höhle am Meer, die von einer Springflut überschwemmt wird. Und als endlich die Offiziersmesse aus dem Nebel auftauchte, eine dunkle, nur undeutlich sichtbare Form, und Charles die Tür aufstieß, drang der Nebel mit ihnen ein und waberte durch die stille Eingangshalle.

Charles' Unterkunft am anderen Ende des Vorraums bestand aus einem kleinen Bad und einem großen, etwas unordentlichen Wohn-Schlafzimmer. An den weiß gestrichenen Wänden hingen als einziger Schmuck einige Fotos von Valerie, einige wenig erbauliche Klassen- und Armeefotos sowie eine Golfschlägersammlung und eine Angelausrüstung. »Nicht gerade das Ritz«, sagte Charles, als er seine Gäste hereinbat, »aber es ist jedenfalls einigermaßen privat. Und wir haben einige Dinge in sehr privatem Rahmen zu diskutieren.«

Er schloss die Tür hinter sich, und Nick setzte sich hin und sagte müde und ohne jede Vorwarnung: »Wir haben Ferrers' Leiche gefunden, und Dutt sagt jetzt, er ist ermordet worden.«

»Das wissen wir schon«, sagte Valerie mit einem Schaudern. »Leonard hat es uns erzählt. Aber er scheint zu glauben, dass Dutt sich irrt.«

Nick schüttelte den Kopf. »Kaum möglich, fürchte ich. Wir haben die Situation in der Bucht in allen Einzelheiten Revue passieren lassen, und eines ist ziemlich klar: Ferrers Shilto hat das Kentern der Boote überlebt. Ich kann das selbst beschwören, denn ich habe gesehen, wie er sich an den Kiel des Bootes klammerte, das unseres rammte, und da ging es ihm eigentlich noch ganz gut. Aber irgendwann danach – jedenfalls irgendwann während der halben Stunde, als wir alle im Wasser lagen – muss ihm jemand einen Schlag auf den Hinterkopf verpasst haben.«

Copper schrie leise auf, und Nick drehte sich schnell zu ihr um. »Was ist, Coppy?«

»Nichts«, sagte Copper hastig. »Ich frage mich nur … ich meine, wie kann man feststellen, dass es Mord war, wenn es um einen Schlag auf den Hinterkopf geht? Das klingt doch so, als könnte es ebenso gut auch ein Unfall gewesen sein.«

»Dieser spezielle Schlag«, sagte Nick düster, »wurde mit dem Ende einer Ruderpinne ausgeführt. Die Ruderpinnen auf diesen Booten haben eine metallene Kupplung am Ende, die sich mit dem Ruder verbinden lässt, und die Wunde an Ferrers' Hinterkopf wurde von jemandem verursacht, der den Griff einer Ruderpinne in der Hand hielt und ihm mit aller Wucht mit dem metallenen Ende auf den Kopf schlug. Daran gibt es überhaupt keinen Zweifel, der Abdruck ist eindeutig. Das wurde zunächst nicht entdeckt, weil sein Haar die Stelle verdeckte und das Blut im Wasser abgewaschen worden war.«

»Aber ich verstehe immer noch nicht, warum das nicht …«, begann Copper.

»Hör zu, Schätzchen«, unterbrach Charles sie. »Das Ende der Ruderpinne, mit der Ferrers ermordet wurde, ist normalerweise am Ruder befestigt. Sie konnte also erst in Kontakt mit seinem Schädel kommen, nachdem sie vom Boot losgerissen war. Wenn dieses Teil aber nur lose herumtrieb und eine Welle es ihm an den Kopf geschlagen hätte, hätte es nicht mehr Schaden angerichtet als vielleicht eine Platzwunde. Stattdessen traf es ihn mit genügend Kraft, um ihm den Schädel zu zerschmettern und verursachte außerdem eine schreckliche Wunde und eine erhebliche Schwellung, was unabhängig von allem anderen beweist, dass der Schlag ihn vor und nicht nach seinem Tod getroffen hat. Können wir jetzt vielleicht weitermachen? ... Gut! Nick, ich glaube, wir könnten einen kleinen Rückblick von dir gebrauchen, nur um alle auf dem gleichen Stand zu sein.«

»Also ...« Nick lehnte sich in seinem Sessel zurück und blickte zur Decke, um seine Gedanken zu ordnen, bevor er langsam sagte: »Am Weihnachtstag – also gestern – haben wir gegen fünf Uhr nachmittags einen Spaziergang um die Insel gemacht. Dabei entdeckten wir, sehr zum Missfallen des Mörders, Ferrers' Leiche. Noch mehr zum Missfallen des Mörders war die Leiche weder durch die Fische noch durch die Felsen verunstaltet, und Dan, der Arzt war, begleitete uns. Wir können an diesem Punkt nur raten, aber es war ziemlich offensichtlich, dass Dan durch irgendeinen Umstand auf den Verdacht kam, dass Ferrers nicht ertrunken war. Und wenn ich nicht so ein gottverdammter Idiot gewesen wäre«, fügte er mit plötzlicher Bitterkeit hinzu, »dann hätte ich es aus seinem nachfolgenden Verhalten geschlossen.«

»Das gilt für uns alle«, sagte Copper schnell.

Nick warf ihr ein kaum sichtbares Lächeln zu und drückte seine halb gerauchte Zigarette aus; aus der Art, wie er sie in den Aschenbecher hineinklopfte, ließ sich auf seine Nervosität schließen. Er zündete sich eine neue Zigarette an und sagte: »Dan hat schon am Strand offenbar genug gesehen, um den Verdacht zu hegen, dass es sich hier nicht um einen schlichten Fall von Ertrinken handelte, und ich vermute, er hat nur deshalb nichts gesagt, weil er dem örtlichen Mediziner nicht vorgreifen wollte. Aber inzwischen dürfte wohl jedem klar sein, dass der blöde Jungspund von einem Assistenten etwa so viel taugt wie ein Migräneanfall und kaum den Unterschied zwischen Scharlach und einer Hitzewallung erkennen würde. Ich vermute, er hat nur einen kurzen Blick auf Ferrers' Leiche geworfen und dann dafür gesorgt, dass sie im Gästehaus untergebracht und in die Persenning eingenäht wurde. Und man kann ihm da auch kaum einen Vorwurf machen. Schließlich – das muss man zu seiner Verteidigung sagen – war der Fall ja für uns alle ziemlich klar. Für uns alle, außer für Dan, der, so weit wir wissen, spät in der Nacht hinunter zum Gästehaus gegangen sein muss, um noch einmal einen Blick auf die Leiche zu werfen. Und hier können wir nun mit dem Raten aufhören und uns auf die Aussage des Wachmannes stützen. Darüber erzählt euch jetzt besser Charles, denn der Wachmann ist einer von seinen Jungs, und Charles hat ausführlich mit ihm gesprochen.«

Charles lehnte sich mit dem Ellbogen auf das Wandbrett über dem Kamin und nahm den Faden auf. »Weekes, der Dienst habende Wachmann, sagt, dass Dan kurz vor Mitternacht aus dem Haus kam. Es regnete ein wenig, und er trug einen der Regenumhänge der Ordonnanzen. Sie haben Blut an diesem Umhang gefunden ...« Charles' Stimme wurde plötzlich unsicher, und er zog kurz die Schultern hoch, bevor er eilig fortfuhr: »Der Wachmann rief ihn an, und Dan sagte, er könne nicht schlafen und wolle einen Spaziergang machen. Er schenkte dem Mann ein Päckchen Zigaretten und zog weiter. Bis dahin klingt alles ganz vernünftig, aber jetzt kommt das Problem: Weekes schwört Stein und Bein, dass Dan etwa anderthalb Stunden später zurückkam, ihm zunickte, ins Haus ging und die Tür hinter sich verriegelte. Er sagt weiterhin aus, er habe unmittelbar danach die Uhr halb zwei schlagen hören. Wenn er aber Recht hat, wie ist Dan dann wieder hinausgekommen? Und warum?«

»Ist doch klar«, sagte Copper kurz. »Das war nicht Dan.«

»Red keinen Unsinn, Coppy. Der Wachmann schwört ...«

»Es ist mir vollkommen gleichgültig, was der Wachmann schwört. Es ist so klar, dass es geradezu ins Auge springt! Du sagst, Dan trug einen der Regenumhänge. Zu diesen Regenumhängen gehört eine große Kapuze, die den Kopf bedeckt und …«

Nick unterbrach sie: »Charles, ich glaube, wir beide sollten mal zum Arzt gehen, am besten zu einem Gehirnspezialisten. Natürlich, das ist die Lösung! Dan geht hinunter zum Gästehaus, um die Leiche zu untersuchen, und während er dort ist, wird er überrascht und ermordet. Wir wissen, dass der Mord dort geschehen sein muss, denn wir haben Flecken gefunden, auch wenn jemand versucht hat, sie aufzuwischen. Der Mörder tauscht Dans Leiche gegen Ferrers' aus, schleppt Ferrers' Leiche hinaus und versteckt sie, und nachdem er sämtliche Spuren seiner schmutzigen Tat verwischt hat, zieht er den Regenumhang an, zieht sich die Kapuze über den Kopf und marschiert in aller Ruhe zum Haus zurück.«

Charles sagte: »Ich brauche offenbar wirklich einen Arzt. Natürlich, es ist, wie die Köchin meiner Großmutter zu sagen pflegte, ›so klar wie Kloßbrühe‹.«

»Und«, fuhr Copper fort, »ich stelle fest, dass der Wachmann nichts davon gesagt hat, dass Dan bei seiner Rückkehr mit ihm gesprochen hätte.«

»Richtig«, bestätigte Charles. »Er hat kein Wort gesagt. Und ich weiß nicht, ob das irgendjemandem sonst aufgefallen ist, aber es scheint mir auf zwei Dinge hinzuweisen. Erstens: Wer auch immer unter dem Regenumhang ins Haus zurückgekehrt ist, war nicht nur der Mörder, sondern muss Dan auch schon beobachtet haben, als dieser das Haus verließ und mit dem Wachmann sprach. Wie hätte er sonst wissen sollen, dass er ohne Schwierigkeiten ins Haus zurückkonnte?«

»Aber …« Valeries Stimme zitterte jetzt. »Aber das würde bedeuten, dass der Mörder jemand aus dem Haus war.« Trotz aller Verdächtigungen gegen Mrs. Stock schien ihr der

Gedanke, im Haus könne sich ein Doppelmörder befinden, unglaublich und erschreckend.

»Nicht unbedingt«, sagte Nick. »Jeder konnte wissen, dass Dan, wenn er zum Gästehaus wollte, an dem Wachmann vorbeimusste. Die Vermutung lag nahe, dass der Wachmann ihn ohne Kommentar wieder ins Haus lassen würde.«

»Aber Nick, wenn es nicht jemand aus dem Haus war, warum sollte er dann wieder ins Haus zurückkehren?«

»Alibi«, gab Nick kurz zurück. »Alle Spuren verwischen. Und eine wirklich gute Idee noch dazu, denn wenn Dan nicht wieder zurückgekommen wäre, hätte der Wachmann Verdacht geschöpft und irgendwann Alarm geschlagen. Vermutlich wäre eine oder zwei Stunden nach dem Mord bereits ein Suchtrupp losgeschickt worden, und wer weiß, was dabei ans Licht gekommen wäre. Also *muss* Dan ins Haus zurückkehren, sodass die Beerdigung Ferrers' mit etwas Glück schon vorbei ist, bevor irgendein ernsthafter Verdacht entsteht, dass Dan verschwunden ist.«

Valerie sagte unglücklich: »Ich hoffe wirklich inständig, dass du Recht hast. Es wäre einfach zu schrecklich, wenn es jemand aus dem Haus gewesen wäre. Aber …«

»Natürlich habe ich Recht. Das ist ja gerade das Elend. Es weitet den Kreis der Verdächtigen einfach zu sehr aus. Wenn wir sicher sein könnten, dass der Mann, der Dan umgebracht hat, das Haus nicht wieder verlassen hat, dann könnten wir unsere Liste der Verdächtigen erheblich eingrenzen. So, wie die Dinge liegen, ist die einzige eindeutige Erkenntnis die, dass Dan irgendwann zwischen Mitternacht und ein Uhr gestorben ist. Und ich bin nicht sicher, ob diese Erkenntnis uns viel weiterhilft.«

»Doch, das tut sie«, bemerkte Charles. »Denn sie unterstützt deine Theorie, dass der Kerl, der um halb zwei ins Haus gegangen ist, das Haus wieder verlassen hat.«

»Wie kommst du darauf?«

»Nun, es ist alles eine Frage des Timings, oder nicht? Dan verlässt das Haus gegen Mitternacht, plaudert mit dem Wachmann und verschwindet Richtung Gästehaus, sagen wir um fünf nach zwölf. Gib ihm ein paar Minuten, um unten anzukommen, und noch ein paar, um ins Haus zu kommen – wir haben ein zerbrochenes Fenster im Erdgeschoss gefunden, vermutlich ist er da eingestiegen. Wir wissen nicht, ob er Zeit hatte, einen Blick auf Ferrers zu werfen oder ob er vorher ermordet wurde. Aber ich vermute, dass er kaum vor halb eins getötet wurde. Das bedeutet, der Mörder hatte nicht mehr als eine Stunde, um Dan umzubringen, seine Leiche an Ferrers' Stelle zu platzieren, die Persenning wieder zuzunähen, Ferrers' Leiche zu verstecken, das Blut vom Boden aufzuwischen und ins Haus zurückzukehren. Das ist nicht zu schaffen!«

»Warum nicht?«, fragte Copper. »Wenn er schnell gearbeitet hat, sollte das doch wohl möglich sein.«

»Möglich, ja. Aber verdammt unwahrscheinlich. Nick hat euch noch nicht erzählt, wo wir Ferrers' Leiche gefunden haben. Ich fürchte, es wird euch den Appetit auf die Suppe beim nächsten offiziellen Bankett verderben, aber es ist leider wahr: Er wurde, sehr raffiniert verstaut, im Schildkrötenbecken gefunden.«

»Uh!«, schauderte Valerie. »Was für ein Gedanke! Natürlich würde er darin herumtreiben, und jeder, der vorbeikommt, würde ihn sehen.«

»Falsch«, sagte Charles. »Er wurde wirklich sehr ordentlich verstaut. Und hätten sich die Schildkröten nicht so … äh … seltsam benommen, wäre er tagelang nicht entdeckt worden. Ihr kennt doch das Sommerhaus, das teilweise über das Becken gebaut ist?«

»Selbstverständlich.«

»Nun, die Leiche war um die Außenwand des Beckens herum zur Seeseite des Sommerhauses gebracht und dort in der dunkelsten Ecke des Beckens versteckt worden, hinter der

Säule, die den Boden des Hauses trägt. Sie hing dort an einem Seil, das unter ihren Achseln befestigt und an dem Querbalken festgebunden war. Eine geniale Arbeit, die im Dunkeln eine ganze Weile in Anspruch genommen haben muss.«

»Du lieber Himmel, warum denn da?«, fragte Copper atemlos. »Das ist doch ein ziemlich alberner Platz!«

»So albern auch wieder nicht«, antwortete Nick trocken. »Es wäre ein verdammt gutes Versteck, wenn die Schildkröten nicht gewesen wären, denn es liegt gleich an der Bucht, und irgendwann bei ablaufendem Wasser hätte der Mörder nur noch schnell dorthin gehen müssen, die Leiche hochziehen, ein Gewicht an die Füße binden und sie am Ende des Wellenbrechers beim Clubhaus ins tiefe Wasser werfen müssen. Was Dan angeht, der erst irgendwann nach der Beerdigung ernsthaft vermisst worden wäre, so hätte man wohl vermutet, dass er im Nebel gestürzt und ins Wasser gefallen wäre.«

»Das heißt«, sagte Copper langsam, »was wir wirklich herausfinden müssen, ist nicht die Identität von Dans, sondern von Ferrers' Mörder. Dann haben wir die Antwort auf alle Fragen.«

»So sieht es aus. Das Motiv für den Mord an Dan ist offensichtlich: Er wurde getötet, weil er herausgefunden hatte oder den Verdacht hegte, dass Ferrers ermordet worden war. Was wir jetzt brauchen, ist ein Motiv für den Mord an Ferrers.«

»Mount Harriet!«, sagten drei Stimmen wie aus einem Munde.

»Ihr meint die Unterredung, die wir bei dem Picknick belauscht haben? Ja, ich denke, das ist ziemlich klar. Unser erster Verdacht richtet sich wohl auf John Shilto.«

Valerie sagte: »Hör mal, Nick – ich weiß nicht, wie es dir geht, aber ich werde jetzt bald sehr verwirrt sein. Heute früh haben Coppy und ich beschlossen, dass wir ein bisschen System in unsere Spinnereien bringen müssen, und wir haben eine Liste möglicher Verdächtiger angefertigt, damit wir alle Argumente für und gegen die jeweilige Person aufschreiben können. Ich finde, wir sollten uns an diese Liste halten.«

»Guter Plan«, lobte Charles. »Und wer sind eure Verdächtigen?« Copper reichte ihm die Liste, die sie am Vormittag zusammengestellt hatten, und Nick und Charles lasen sie mit einigem Vergnügen.

»Kann man sich nicht leicht vorstellen, wie Amabel mit einer Ruderpinne in der Hand Tod und Verderben über die Menschheit bringt?«, grinste Charles.

»Derselbe Gedanke hat uns an diesem elenden Morgen auch schon zum Lachen gebracht«, gab Valerie zu, »unserem einzigen Lachen für heute. Aber Copper sagte, eine solche Liste macht nur Sinn, wenn wir zunächst alle Möglichkeiten aufschreiben und dann diejenigen streichen, bei denen wir einen Beweis ihrer Unschuld haben.«

»Da hat sie Recht«, sagte Nick. »Wenn es um Mord geht, hilft es nichts zu sagen: ›Ich bin sicher, Soundso kann es nicht gewesen sein, er hat ein so dummes Gesicht‹, oder ›Natürlich war sie es nicht! Sie hat ein so engelsgleiches Wesen.‹ Man muss jeden verdächtigen.«

»Das haben wir getan«, gab Copper bereitwillig zu. »Du wirst also auch deinen Namen auf der Liste finden.«

Nick lachte kurz und bitter auf. »Ja, warum nicht? Ihr wisst nicht allzu viel über mich, oder?«

»Nein«, antwortete Copper mit einer seltsam unsicheren Stimme. »Deshalb habe ich deinen Namen ja aufgeschrieben.«

Nick drehte sich zu ihr um; seine Augen waren plötzlich schmal geworden und blickten zornig, aber sie sah ihn nicht an, und nach einem kurzen Moment wandte er seine Aufmerksamkeit wieder dem Notizbuch in seiner Hand zu. »Glücklicherweise«, bemerkte er kurz, »können wir trotz Coppers Theorie diese Liste um die Hälfte kürzen. Einen Stift bitte, Charles.«

»Warum?«, fragte Copper beleidigt, während Charles auf seinem Schreibtisch nach einem Stift suchte und ihn dann herüberwarf.

»Nun, mein gutes Kind«, sagte Nick bissig, »weil wir bereits gesagt haben, dass es zwar zwei Morde gibt, aber nur einen Mörder. Da nun aber Ferrers zu der Zeit umgebracht wurde, als die Segelgesellschaft an Heiligabend in der Bucht herumpaddelte, dürfte wohl feststehen, dass der Täter nur einer der Segler gewesen sein kann. Das verringert die Zahl der Verdächtigen um die Hälfte. Wir können von vornherein dich, Valerie, Charles und den Commissioner streichen. Amabel und George sind ebenfalls aus dem Spiel, und außerdem der Kaplan und Mrs. Dobbie sowie der Wachmann. Und natürlich X. Der große Unbekannte, nehme ich an, nicht wahr, Copper?«

»Ja«, sagte Copper in Verteidigungsstellung. »Ich hatte angenommen, es könnte auch einer der Eingeborenen gewesen sein. Aber von ihnen war natürlich niemand auf den Booten.«

»Ich finde, die Liste ist immer noch lang genug«, sagte Valerie entmutigt. Aber Charles widersprach. »Fünf Personen«, sagte er. »Das ist doch schon besser als fünfzehn.«

»Fünf?« Valerie erhob sich vom Bett und beugte sich über Nicks Schulter. »Ich sehe sieben.«

»Liebes, sieh doch mal«, begann Charles geduldig. »Wir haben bereits gesagt, dass der Mann, der sich heute Nacht als Charles verkleidet hat, wohl der Mörder gewesen sein muss, also …«

»Was macht dich so sicher, dass es ein Mann gewesen ist?«, fragte Valerie schnell.

»Aber meine liebe Val!«

»Sie hat doch Recht«, fiel Copper ein. »Das ist alles andere als sicher. Es könnte ebenso gut eine Frau gewesen sein. Diese Umhänge reichen deutlich übers Knie, und sie sind so weit, dass man über die Größe von jemandem, der darin steckt, wenig sagen kann, denn die Kapuze macht größer, als man ist. Im Übrigen wette ich, dass der Wachmann die Person, die da an ihm vorbeiging, kaum angesehen hat. Er war so sicher, Dan zu sehen, dass er auf Einzelheiten sicher nicht geachtet hat.«

Nick seufzte. »Sie haben natürlich Recht, Charles. Wir können nicht ausschließen, dass es eine Frau gewesen ist.«

»Macht doch, was ihr wollt«, antwortete Charles. »Lasst sie auf der Liste. Aber es ist halb fünf, und ich brauche dringend eine Erfrischung. Ich beantrage eine kurze Pause, oder sollte ich sagen, ›die Kammer zieht sich zur Beratung zurück‹? Val, Liebes, könntest du deinen Vater anrufen und ihm mitteilen, dass Copper und du heute den Tee nicht zu Hause einnehmt? Wenn wir unsere Lebensgeister gestärkt haben, können wir diese gruslige Unterhaltung unverzüglich fortsetzen.«

Er nahm ihren Arm, und sie gingen hinaus, um Tee zu bestellen und hinauf nach Government House zu telefonieren.

16

Nachdem sie das Zimmer verlassen hatten, herrschte für kurze Zeit eine seltsam angespannte Stille. Dann sagte Nick in liebenswürdigstem Ton: »Du findest also, mein Name gehört auf die Liste der Verdächtigen, Copper? Darf ich fragen, warum?«

»Selbstverständlich darfst du«, erwiderte Copper freundlich. »Solange du keine Antwort erwartest.«

In Nicks grauen Augen leuchtete für einen kurzen, undurchschaubaren Moment ein Funkeln auf, dann lachte er und lehnte sich in seinem Sessel zurück. »Nimm einfach zur Kenntnis, dass ich gern eine Antwort hätte. Bekomme ich eine?«

Copper sah ihn lange an. Sein dunkles Haar war ungewöhnlich glatt, und seine Augen, mit denen er sie jetzt fixierte, waren wieder schmal und blickten eher träge. Aber sie sah auch mit einem leichten Zittern der Unruhe, dass trotz seiner lässigen Pose und der Andeutung eines Lächelns auf seinen Lippen etwas Seltsames an ihm war – eine gewisse Anspannung, die Wachsamkeit ahnen ließ.

»Ich habe dir schon gesagt, warum«, antwortete sie vorsichtig. »Solange wir keinen Beweis der Unschuld haben, ist jeder verdächtig.«

Nick sagte sehr sanft: »Aber das ist nicht der wirkliche Grund, warum ich auf der Liste stehe, nicht wahr, Copper?«

»Nein«, erwiderte Copper nach kurzem Zögern mit einer seltsam brüchigen Stimme.

»Nein, der Grund ist, wie du vorhin schon richtig gesagt hast, dass wir nur sehr wenig über dich wissen. Eigentlich gar nichts.«

»Und deshalb bin ich möglicherweise fähig, einen Mord zu begehen?«, gab Nick ironisch zurück? »Bemerkenswert.«

Copper erstarrte, und ihr Blick wurde plötzlich unbesonnen und wütend. »Soll ich weitermachen?«, fragte sie kühl.

»Natürlich. Ich will deine ehrliche Meinung über mich hören.«

»Es geht nicht um meine Meinung von dir«, antwortete Copper kalt. »Sei sie schlecht oder nicht. Ich dachte, wir hätten bereits entschieden – und ich denke, du hast sogar selbst darauf hingewiesen –, dass der Mörder von Ferrers Shilto eine dieser sieben Personen sein muss. Und da du einer der sieben bist, hatte ich aus deiner Frage geschlossen, du wärest an einer neutralen Meinung über die Möglichkeit eines Verdachts gegen dich interessiert. Aber offenbar ist das nicht der Fall.«

»Ich nehme die Ermahnung an«, antwortete Nick ernsthaft. »Ich bin mehr als dankbar für eine – neutrale Meinung.«

Copper stand abrupt auf, ging zum Fenster, wo sie mit dem Rücken zu ihm stehen blieb und von dort hinaus in den Nebel blickte, während ihre Finger ruhelos mit dem Fenstergriff spielten. Die Sekunden vergingen langsam wie das Tropfen des Nebels vom Dachtrauf draußen, und endlich, ohne sich umzudrehen, sagte sie in einem absichtlich kühlen Ton: »Du warst der Einzige, der Dan Harcourt kannte, bevor er auf die Inseln kam, und es kann durchaus einen Streit zwischen euch gegeben haben, von dem wir alle nichts wissen. Man – die Polizei – wird solche Umstände berücksichtigen. Es ist möglich, dass du ein Dutzend Gründe hattest, Dan zu hassen.«

»Danke«, sagte Nick, jetzt ohne jeden Sarkasmus. »Du hast Recht. Es ist nützlich, eine ›neutrale Meinung‹ (wieder betonte er das Wort ein wenig) zu hören, wenn es darum geht, wie man möglicherweise betrachtet wird, wenn ein Mörder gesucht wird. Mach weiter.«

Zögernd sagte Copper: »Ich weiß, es klingt unhöflich und, nun, ekelhaft, aber ich fand, du solltest das wissen …«

»Oh, du musst dich nicht entschuldigen«, unterbrach Nick. »Es ist wirklich sehr interessant. Was ist mit Ferrers? Wie passt er in meine mörderischen Pläne?« Copper drehte sich schnell um und sah ihn an. Ihre Fingerknöchel waren weiß, und ihre Stimme hatte einen leicht herausfordernden Unterton. »Ich weiß nicht …«

»Du überraschst mich!«, murmelte Nick.

»Ich weiß nicht, warum du einen Mann ermorden solltest, den du an diesem Tag zum ersten Mal getroffen hattest. Aber es ist natürlich möglich, dass du ihn in Wirklichkeit früher schon einmal getroffen hast, vielleicht vor einem Monat.«

»Was soll das bedeuten?«, fragte Nick mit sanfter Stimme.

»Nicht mehr als ich sage.« Copper drehte sich wieder um und starrte hinaus in den Nebel. Ihr Zorn war so plötzlich verraucht, wie er gekommen war, aber an seine Stelle war etwas anderes getreten: eine undefinierbare und beunruhigende Anspannung. Und als sie endlich wieder sprach, drehte sie sich nicht um, und ihre Stimme war kaum noch hörbar. »Ferrers Shilto«, sagte sie, »pflegte einmal im Jahr wegen geschäftlicher Angelegenheiten nach Kalkutta zu fahren, und zwar mit der *Maharaja*. Ich weiß, wann er zuletzt dort war, denn wir fuhren mit dem gleichen Schiff hierher. Und ich weiß, dass er im Grand Hotel abgestiegen war, denn die Aufkleber auf seinem Gepäck waren unübersehbar. Nun, ich weiß auch, dass während der Zeit, als er sich in Kalkutta aufhielt, die *Sapphire* besuchsweise dort war, und du hast mir selbst erzählt, dass du im Grand …« Ihre Stimme versagte, und sie drehte sich steif um und sah ihn an.

Nick saß still da. Ein schwacher Rauchfaden schwebte über seiner Zigarette, aber es gab keine andere Bewegung im Raum, und Copper sah mit einem Ziehen im Herzen, dass eine seltsame Veränderung von seinem Gesicht Besitz ergriffen hatte. Sie war so leicht, dass man sie kaum wahrnahm, und doch war sie da. Er hatte keine Bewegung gemacht, die auf Überraschung oder heftiges Leugnen hingedeutet hätte, aber die Falten um seinen Mund waren härter geworden, und seine grauen Augen zeigten kalten Zorn.

Endlich sagte er: »Danke, dass du meine Situation so klar analysierst. Vielleicht solltest du wissen, dass deine Vermutung zutrifft: Ich habe Ferrers Shilto in Kalkutta gesehen.«

Er machte keinen Versuch, diese kurze Feststellung näher zu erklären, und Copper atmete heftig ein. Sie spürte, wie ihr die Knie weich wurden, und setzte sich schnell auf das Fußende von Charles' Bett.

Nick stand mit einer schnellen, unerwarteten Bewegung auf, kam mit zwei großen Schritten auf sie zu, griff nach ihren Schultern und zerrte sie hoch. Sie machte eine instinktive Bewegung, um sich loszureißen, aber er hielt sie mit starken Fingern an ihren Schultern fest, und sie gab den Versuch auf, sich zu befreien. Er war ebenso nutzlos wie unwürdig.

Dann ließ er eine Schulter los und nahm ihr Kinn in seine freie Hand. Er hob ihren Kopf an, sodass sie ihm in die Augen sehen musste, lachte in ihr kleines, erschrockenes Gesicht und blickte ihr tief in die großen, ängstlichen Augen. »Ich hätte niemals gedacht, dass du so eine lebhafte und dazu noch unangenehme Fantasie besitzt, Liebes. Ernsthaft, glaubst du, ich hätte es getan?«

Seine Stimme wurde plötzlich wieder scharf. »Antworte mir, Copper!«

»Es geht nicht darum, was ich glaube«, antwortete Copper steif. »Ich habe nur darauf hingewiesen, dass du es getan haben *könntest.*«

Die Finger, die ihr Kinn umfassten, zuckten, doch seine Stimme klang kühl, als er sagte: »Du hast meine Frage nicht beantwortet.«

Coppers Mund schloss sich zu einer eigensinnigen Linie und sie starrte ihn schweigend an, plötzlich ebenso wütend wie er. Eine Minute verging. Sechzig Sekunden, jede so lang wie eine Stunde – oder ein Tag. Dann sagte Nick trocken: »Das wollte ich hören. Du glaubst also, ich könnte ein Mörder sein, nicht wahr, Copper? Nun, ist dir schon der Gedanke gekommen, dass ich nach zwei Morden wohl kaum vor einem dritten zurückschrecken würde? Schließlich bist du allem Anschein nach die Einzige, die eine Verbindung zwischen mir und Ferrers hergestellt hat.«

Die warmen, kräftigen Finger an ihrem Kinn lockerten ihren Griff und glitten ein Stück herunter, um sich sanft um ihre Kehle zu schließen, aber Copper rührte sich nicht. Sie stand wie festgefroren da, eingekeilt zwischen Zorn und Angst. Einer Angst, die nicht ihre eigene Sicherheit betraf, die aber trotzdem sehr real vorhanden war.

Natürlich war es absurd, Nick in Verbindung mit einem Mord zu bringen, und es wäre sogar falsch gewesen zu sagen, dass sie den Gedanken, er könnte ein Mörder sein, verworfen hatte. Man kann keinen Gedanken verwerfen, den man nie gehabt hat. Aber sie hatte darüber nachgedacht, dass die Polizei Nick sehr wohl als potenziellen Verdächtigen sehen könnte, und ihre Fantasie, angeregt durch ihre Sorge um ihn, hatte ihr auf der Stelle eine ganze Reihe beunruhigender Gedankenlinien aufgezeigt, darunter auch die unglückliche Erinnerung an seinen Aufenthalt in Kalkutta. Sie war mit den Ergebnissen ihres besorgten Nachdenkens herausgeplatzt, weil sie das vage Gefühl hatte, ihn davor warnen zu müssen, dass er möglicherweise in Verdacht geraten könnte. Und sie hatte erwartet, dass er sie auslachen würde. Aber er hatte nicht gelacht. Er war nur wütend geworden. Sah er denn nicht …?

Seine Finger schlossen sich immer enger um ihre Kehle, und plötzlich spürte Copper, wie ihr das Blut in den Ohren rauschte. Sie öffnete den Mund, um zu schreien, stellte aber fest, dass sie keinen Ton herausbrachte. Und im nächsten Augenblick beugte Nick seinen Kopf und küsste sie auf die geöffneten Lippen, lange und heftig.

Einen Augenblick später wurde die Tür hinter ihnen aufgerissen, und Charles' Stimme sagte: »Worauf wartet ihr, um Himmels willen? Auf einen Gong? Kommt raus und trinkt euren Tee, Val hat genug Toast gemacht, dass sechzig Leute satt werden können.«

Nick ließ seine Hand sinken, und Copper machte einen Schritt zurück, beide Hände an ihrem Hals und mit heftigem Herzklopfen.

Nick drehte sich mit einem Lachen zur Tür. »Charles, du kommst wie immer im falschen Augenblick. Aber mach dir keine Gedanken, ich war nur gerade dabei, meinen dritten Mord zu begehen.«

»Lass dich nur nicht aufhalten«, antwortete Charles.

»Unsere Freundin Copper«, erklärte Nick leichthin, »hat mir nämlich gerade in allen verdammenswürdigen Einzelheiten nachgewiesen, dass ich ohne weiteres der Mörder von Ross sein könnte. Was wirst du jetzt unternehmen, Charles?«

»Nichts!«, antwortete Charles bestimmt. »Es tut mir Leid, Coppy, du hast vermutlich in jeder Hinsicht Recht, aber er ist ein Gutteil größer als ich, und deshalb werde ich die Angelegenheit leider auf sich beruhen lassen müssen und ...« Er trat schnell einen Schritt zurück, als Copper an ihm vorbei in den Vorraum marschierte, mit hoch erhobenem Kopf und blutroten Wangen.

»Hallo!«, staunte Charles, den sie beinahe umgerannt hätte. »Die Dame scheint verärgert! Bin ich mit meinen großen Füßen irgendwo reingetreten?«

»Wohl wahr«, sagte Nick unerwartet bitter. »Und zwar so ziemlich überallhin. Copper meint die Sache mit dem Mordverdacht tödlich ernst. Sie hat selbst mich beinahe überzeugt.«

Er lachte kurz, und Charles stimmte in das Lachen ein, erinnerte sich dann aber an Coppers Gesicht, als sie an ihm vorbeigegangen war, und verstummte. »Du meinst«, begann er ungläubig, »du glaubst, Copper glaubt ...? Ja, Schockschwerenot! Hör mal, das Mädchen glaubt, du ... ähem.«

Charles beendete den Satz sofort, weil er beinahe Dinge verraten hätte, die ihm Valerie unter dem Siegel der Verschwiegenheit gestanden hatte, und Nick fragte neugierig: »Sie glaubt was?«

»Oh, äh, vergiss es. Aber wenn du mich fragst, wollte sie dich nur ein bisschen aus der Fassung bringen. Du solltest ihr kein Wort glauben. Und jetzt komm zum Tee, Valerie hat so viel vorbereitet, dass es für ein ganzes Schulfest reichen würde.«

Sie aßen Toast und Weihnachtskuchen im Vorraum der Offiziersmesse, und danach, als sie die Tassen und Teller abgeräumt hatten, schrieb Valerie eine ganze Weile in ihrem Notizbuch und konnte dann verkünden, sie habe nun eine grobe Skizze der Ereignisse der letzten zwei Tage angefertigt, und man könne nun wieder an die Arbeit gehen. »Wo waren wir stehen geblieben?«, fragte Charles.

»Wir waren dabei, den Kreis der Verdächtigen einzuschränken. Und nun schlage ich vor, dass wir für jeden der sieben Segler eine Seite reservieren und alles aufschreiben, was uns zu jedem Einzelnen einfällt – alles, was für und was gegen sie spricht. Hier sind also: John Shilto, Ronnie Purvis, Leonard Stock, Hamish Rattigan, Rosamund Purvis, Ruby Stock und Nicholas Tarrent. Und ich denke, mindestens drei können wir gleich streichen, oder?«

Nick sagte kurz: »Nein, keinen streichen. Wer war der Erste auf der Liste? John Shilto, oder? Also, was spricht gegen ihn?«

»Das ist einfach«, antworteten die anderen drei.

»Gut. Einer nach dem anderen. Copper, du gibst die beste Staatsanwältin ab.«

»Ich habe heute bereits einen Fall zur Anklage gebracht«, antwortete Copper kalt. »Diesen kann Charles übernehmen.«

»Nun gut«, sagte Charles, der sich nichts anmerken ließ. Er hob seine Teetasse. »Hier geht es um Logik, die man nicht unterschätzen sollte. Erstens, John kommt überhaupt nicht – ich meine, kam nicht – mit Ferrers zurecht. Jeder auf den Inseln weiß das. Zweitens, um zu den konkreteren Hinweisen zu kommen: Wir alle haben an Heiligabend auf Mount Harriet einige ziemlich heftige Situationen zwischen den beiden mitbekommen, und ich denke, die gehören auch auf die belastende Seite.«

»Alles gut und schön«, sagte Valerie, die schnell mitschrieb, »aber waren diese Szenen schlimm genug, um John auf den Gedanken zu bringen, Ferrers zu ermorden?«

»Nach allem zu urteilen, was ich über John Shilto weiß, sicher. Aber ob sie schlimm genug waren, um ihn dazu zu bringen, es tatsächlich zu tun, das steht auf einem anderen Blatt.«

»Ja, es wäre schon sehr hilfreich zu wissen, was hinter dem Streit auf dem Mount Harriet steckte.«

Copper griff ein: »Ich glaube, ich habe eine Idee.«

»Noch eine?«, murmelte Nick und zog eine Augenbraue hoch.

»Ja!«, fuhr Copper ihn gefährlich an. »Noch eine. Irgendwas dagegen?«

»Nein, überhaupt nicht. Ich wollte nur meiner Bewunderung Ausdruck verleihen.«

Valerie warf einen scharfen Blick auf die beiden. Sie zog erstaunt die Augenbrauen zusammen und sagte schnell: »Was für eine Idee, Coppy?«

Copper wandte ihren Blick wütend von Nicks spöttischen Augen ab, und sie sagte, ihre Gedanken mühsam sammelnd: »Erinnert ihr euch, wie sehr Mr. Shilto darauf bestand, dass wir nicht am Haus seines Vetters halten sollten, um Wasser zu holen? Und wie wütend er war, als er erfuhr, dass die Dobbies Ferrers zum Picknick mitgenommen hatten?«

»Wie sollten wir das je vergessen!«, antwortete Charles. »Er sagte, er würde nicht weiter mitfahren, wenn Ferrers dort wäre, und nachdem er erst so einen Aufstand veranstaltet hatte, änderte er seine Meinung und kam doch mit.«

»Genau«, bestätigte Copper. »Das kam ein bisschen zu plötzlich. Und ich glaube nie und nimmer, dass irgendein wirklicher Wechsel seiner Gemütsverfassung oder ein plötzlicher Gedanke an Weihnachten der Grund dafür war. Ich glaube, er muss etwas gesehen oder gehört haben, das ihn dazu veranlasst hat, seine Meinung zu ändern.«

»Zum Beispiel?«, fragte Valerie nach.

»Ich weiß es nicht. Aber er könnte beispielsweise gesehen haben, dass die Plantage wesentlich besser florierte, als er gedacht hatte. Vielleicht ist ihm klar geworden, dass es seinem Vetter gelungen ist, sie rentabel zu machen.«

»Und nun wollte er eine große Versöhnungsszene machen und ihm anbieten, die Plantage zurückzukaufen, bevor Ferrers selbst merkte, dass er sich um Aufwind befindet? Ja, das klingt nicht schlecht. Ist er ins Haus gegangen, Charles?«

Charles dachte einen Augenblick nach und schüttelte dann den Kopf. »Ich glaube nicht. Er ist ein bisschen auf der Rückseite des Hauses herumgegangen, aber nachdem ich dachte, er würde nicht weiter mit uns fahren, habe ich ihn sich selbst überlassen. Und das ganze Haus roch wie eine Sickergrube, da wollte ich auch nicht länger bleiben als nötig.«

»Ja, das ist eine vernünftige Idee, Copper. Hat noch jemand andere Theorien über den Verdächtigen Nummer eins?«

»Ich«, sagte Valerie. »Ihr könnt es weibliche Intuition nennen, wenn ihr wollt, denn ich habe keinen Beweis. Aber ich bin bereit, mein gesamtes Einkommen der nächsten zwei Jahre gegen die Bridgegewinne von Amabel zu verwetten, dass John heilfroh über Ferrers' Tod war. Er läuft seitdem in einem unangenehm-hämischen Ausnahmezustand herum.«

»Ich gebe meine Einkünfte mit dazu«, sagte Copper.

Charles seufzte. »Klar«, sagte er. »Zwei Pfund weibliche Intuition auf der belastenden Seite. Noch was? … Nein? Gut, dann schließen wir diese Beweisaufnahme für den Moment. Nick, würdest du bitte zusammenfassen?«

Nick lehnte sich in seinem Sessel zurück und starrte wieder nachdenklich an die Zimmerdecke, bevor er endlich sprach. »Reicht das aus? Unsere Punkte gegen John Shilto sind erstens, dass er einen alten Streit mit seinem Vetter hatte, der zwei Stunden vor dem Mord in einem heftigen Wortwechsel seinen vorläufigen Höhepunkt fand. Und zweitens, dass er Ferrers während des Sturms leicht ermorden konnte. Das gilt allerdings für jeden der Verdächtigen. Und wenn er der Mörder wäre, so hätte er auf der Stelle Dans störendes Interesse an der Leiche bemerkt, und sein schlechtes Gewissen hätte ihm verraten, woher dieses Interesse kam. Sein Zimmer liegt am Ende des Korridors, gleich neben dem, in dem Dan und ich schliefen, und es könnte sein, dass er gehört hat, wie Dan das Haus verließ. Er könnte auch im Ballsaal gewartet haben, weil er fürchtete, Dan würde noch einmal losziehen. Dann hätte er natürlich Dan beobachtet, und es wäre ihm vollkommen klar gewesen, wohin Dan ging. Er sucht sich eine Waffe, folgt ihm zum Gästehaus und bringt ihn um ... Jetzt hat er das Problem, die Leiche loszuwerden, und die Antwort liegt direkt vor seiner Nase, zusammen mit einem Knäuel Zwirn und einer großen Ahle. Er näht Dan in die Persenning ein, schleppt Ferrers zum Wellenbrecher beim Clubhaus, stellt fest, dass es keinen Sinn hat, ihn wieder ins Meer zu werfen, und kommt hier auf die Idee, ihn in dem Schildkrötenbecken zu verstecken. Er tut das, wirft seine Waffe ins Meer, zieht Dans Regenumhang an und kehrt ins Haus zurück. Das ist alles, denke ich.«

Copper sagte: »Kann ich bitte noch etwas ergänzen? Es ... es ist vielleicht nur ein Eindruck von mir gewesen, aber als wir feststellten, das Dan nicht da war, und uns alle ein wenig Sorgen machten, da hatte ich das Gefühl, dass Mr. Shilto sich darüber amüsierte.«

»In diesem Fall«, sagte Nick, »sollten wir der Negativliste wohl noch ein Malteserkreuz hinzufügen, als Zeichen für widrige weibliche Intuition. Sonst noch eine Ergänzung? Nein? Ich habe noch eine, schreib sie auf, Val. Als der Vorschlag gemacht wurde, Ferrers' Leiche zu suchen, war Shilto vehement dagegen. Er sagte, es sei vollkommene Zeitverschwendung und dergleichen, und als ich darauf bestand, stürmte er stinkwütend aus dem Zimmer, er hatte geradezu Schaum vor dem Mund. Ein ziemlich eigenartiger Auftritt, und nachdem wir die Leiche nun gefunden haben und festgestellt wurde, dass Ferrers ermordet worden ist, erscheint er in noch eigenartigerem Licht. Gut, das ist in etwa alles. Wer steht als Nächster auf unserer Liste?«

Valerie blätterte die Seite in ihrem Notizbuch um. »Romeo Purvis. Hat irgendjemand etwas zum Thema Ronnie vorzubringen? Nein?«

»Was? Nicht einmal ein Malteserkreuz?«, fragte Nick ironisch. »Der Kerl hat ein Glück!«

»Ich habe etwas zu sagen«, erwiderte Valerie, »und Copper kann bestätigen, dass ich nicht erst jetzt darauf komme, sondern schon vor zwei Tagen. Als Rosamund an Heiligabend diese alberne Szene machte, war Ronnie außer sich vor Angst. Das muss nicht viel bedeuten, aber ich könnte es beschwören. Ich habe gleich danach Copper darauf aufmerksam gemacht.«

»Ja«, unterstützte Copper sie. »Und du hattest hundertprozentig Recht. Als sie das Haus später am Abend zusammenkreischte, war Ronnie wieder genauso voller Angst. Und nicht etwa um ihretwillen.«

»O Gott!«, seufzte Charles. »Schon wieder die weibliche Intuition.«

Valerie warf ein Sofakissen nach ihm und sagte: »Noch so eine Bemerkung, mein Herz, und ich werfe meinen Verlobungsring gleich hinterher.«

»Versprochen?«, fragte Charles eifrig.

»Nein. Es ist nur eine böse Warnung. Halt also den Mund, mein lieber Charles, wenn du nicht einen Diamanten von zwei Karat ins Auge bekommen willst. Um zu unserem Verdächtigen Nummer zwei zurückzukehren: Gibt es noch etwas zu sagen? Nein? Sehr schön, zu Ronald Purvis gibt es also keine belastenden Umstände. Los, Charles, dein Plädoyer.«

Charles setzte sich ungehalten auf. »Große Güte, warum denn ich? Könnt ihr mir nicht einen einfacheren Fall geben? Na schön.« Er gab sich geschlagen und räusperte sich: »Für den Angeklagten spricht: Er hatte keinen Grund, Ferrers Shilto zu ermorden.«

»Keinen Grund, den wir kennen«, berichtigte Valerie. »Es kann sein, dass er ein Dutzend guter Gründe hatte.«

»Das gilt auch für Amabel!«, gab Charles ein wenig schroff zurück. »Vertrittst du diesen Fall oder ich? Dann überlass mir das Feld, meine Liebe. Wo war ich? O ja. Gegen den Angeklagten spricht, dass er als Mitglied der Seglergruppe die Möglichkeit hatte, Ferrers Shilto umzubringen. Für den Angeklagten spricht allerdings wiederum, dass sechs andere Personen die gleiche Möglichkeit hatten.«

Er brütete einen Augenblick, dann fügte er hinzu: »Abgesehen davon trifft alles, was Nick über John Shilto gesagt hat, auch auf Ronnie zu. Er stellt fest, das Dan sich für die Leiche interessiert, und wartet vor dem Haus, um sicherzugehen, dass Dan keine weiteren Untersuchungen anstellt. Er sieht ihn herauskommen, hört, wie er mit dem Wachmann spricht, folgt ihm zum Gästehaus, bringt ihn um, entledigt sich der beiden Leichen und geht als Dan verkleidet zum Haus zurück, um die Suche nach ihm zu verzögern, bis die Leiche, die man für Ferrers' Leiche hält, sicher unter der Erde ist. Er schleicht sich durch eine Hintertür hinaus und marschiert nach Hause. Und das scheint alles zu sein. Mylord, das war mein Plädoyer.«

Er warf sich in seinem Sessel zurück und schloss ostentativ die Augen. Valerie sagte: »Alles gut und schön, mein Schatz, aber du hast nicht ein einziges Motiv für den Mord an Ferrers vorgebracht.«

»Sei nicht albern, Kindchen. Er kann überhaupt keinen Grund haben, so etwas zu tun. Also hat er Ferrers auch nicht getötet. Ich habe nur versucht zu zeigen, dass er, wenn er etwas so Unwahrscheinliches getan hätte, ebenso Grund gehabt hätte, Dan zu töten. Wer ist der Nächste auf unserer Liste?«

»Leonard Stock«, sagte Valerie und blätterte um. »Will jemand etwas gegen Leonard vorbringen? Nein? Dann übernimmst du, Coppy.«

Copper sagte: »Nachdem es keinen einzigen konkreten Hinweis gibt, plädiere ich dafür, dass Leonard Stock der Mörder ist. Er ist die letzte Person auf dieser Liste, von der man etwas Derartiges erwarten würde, und jeder, der schon einmal eine Kriminalgeschichte gelesen hat, weiß, dass es immer die unwahrscheinlichste Person ist, die sich am Ende als Mörder herausstellt. Fünfzigtausend Buchautoren können nicht irren.«

»Ich vermute«, grummelte Nick, »dass du unter diesen Voraussetzungen ohne zu zögern auf Amabel getippt hättest, wenn sie es geschafft hätte, auf die Liste zu kommen?«

»Da vermutest du falsch«, fuhr Copper ihn an. »Ich wüsste, dass Amabel es auf keinen Fall getan haben kann, selbst wenn ich sie neben der Leiche antreffen würde, mit einem Messer in der Hand und Blut an ihren Händen. Ich würde lediglich vermuten, dass sie wie immer im falschen Moment aufgetaucht ist und die Waffe aus purer dämlicher Neugier in die Hand genommen hat. Aber bei Leonard kann ich nicht ausschließen, dass er einen Mord begeht. Mir scheint es so, als hätte er einen ebenso guten Grund dafür wie jeder andere. Denn ...« Sie zögerte einen Augenblick, als wäre sie nicht sicher, wie ihre nächste Bemerkung aufgenommen werden würde, und dann fuhr sie leise fort: »Habt ihr jemals bemerkt, dass Ronnie einen Siegelring aus Karneol trägt?«

Es war offensichtlich, dass diese Frage ihre Zuhörer nicht nur überraschte, sondern im Zusammenhang mit dem derzeit diskutierten Thema vollkommen verwirrte.

Valerie legte die Stirn in Falten und sagte: »Ja, aber ich verstehe nicht ...«

»Ich schon, glaube ich«, antwortete Nick schnell. »Sie vermutet, dass jemand eine Hand gesehen hat, und dachte ...«

Er ließ den Satz in der Luft hängen, und Copper wandte sich um und sah ihn für einen Augenblick an. Es gab ihr einen seltsam unangenehmen Stich, dass Nick sofort begriffen hatte, was sie meinte, obwohl sie es noch gar nicht ausgesprochen hatte. Schnell wandte sie den Blick wieder von ihm ab und sah Valerie an. »Ich ... ich dachte an Ferrers«, sagte sie unsicher. »Er trug einen Granatring an der linken Hand, und im Regen hätte man diesen Ring leicht mit Ronnies verwechseln können. Sie sind beide rot, verstehst du?«

»Ja, aber ich ...«

»Still, Val!«, ging Nick dazwischen.

»Einmal angenommen ...« Copper suchte mühsam nach den richtigen Worten. »Einmal angenommen, während des Sturms hielt sich jemand am gleichen Boot fest wie Leonard, jemand mit einem roten Ring? Nick hat gesagt, dass die Sicht durch den Regen und die Gischt auf wenige Zoll reduziert war. Aber Leonard konnte vielleicht die Hand erkennen, wenn auch nicht das Gesicht. Er hätte vielleicht annehmen können, dass diese Hand zu Ronnie gehörte. Und vielleicht hätte er dem Besitzer dieser Hand einen Schlag versetzen können.«

Charles setzte sich mit einem Ruck auf. »Aber, verdammt, Coppy, warum zum Teufel sollte Stock jemanden ermorden wollen?«

Er hielt inne: »Du meinst ... Ruby? Jetzt verstehe ich. Hmm!«

Er nestelte unruhig an seinem Zigarettenetui herum und sagte schließlich: »Ja, ich nehme an, da könnte was dran sein. Aber was, wenn du damit Recht hast? Ich will nicht sagen, dass Stock nicht verdammt gute Gründe hatte, Ronnie Purvis eins überzuziehen, aber warum ausgerechnet Ronnie? Gott weiß, dass ich keine Steine auf die gute Ruby werfen will, aber Ronnie ist doch nur einer unter unendlich vielen!«

»Vielleicht war er der Tropfen, der das Fass zum Überlaufen brachte? Du musst zugeben, es tropfte ziemlich heftig.«

»Keine Frage«, gab Charles ungeduldig zu. »Ein ganzes Fass voll, wenn du mich fragst. Aber wenn der örtliche Tratsch nicht lügt wie gedruckt, dann gab es eine ganze Ansammlung derartiger Regentonnen in Leonards ehelichem Garten. Und, verzeih mir, wenn ich darauf herumreite, aber hatte nicht ausgerechnet ein Mitglied unserer Ermittlungskommission dem guten Ronnie in letzter Zeit gewaltig die Schau gestohlen?«

»Du meinst Nick«, ging Copper dazwischen, bevor irgendjemand sonst etwas sagen konnte. »Natürlich. Aber das spricht sogar eher für meine Hypothese, denn es versorgt Leonard mit einem Alibi. Denn wisst ihr«, fügte sie mit leicht boshaftem Ton hinzu, »Leonard wusste genau, dass Ronnie in dem Moment, wenn die *Sapphire* die Insel verlassen würde, wieder an die erste Stelle in Rubys Gunst rücken würde.«

Charles rutschte unruhig in seinem Sessel hin und her. »Nun, ehrlich gesagt, Coppy, mein Engel, eigentlich meinte ich eher dich. Seitdem du hier aufgetaucht bist, hat Ronnie seine alte Flamme ziemlich links liegen lassen.«

Copper bemerkte Nicks amüsierten Blick und wurde feuerrot. Nick bemerkte: »Gut zu wissen, dass ich als alter Herzensbrecher in so guter Gesellschaft bin.«

»Charles hat vollkommen Recht«, unterbrach Valerie hastig und warf Nick einen grimmigen Blick zu. »Ich verstehe nicht, warum Leonard, wenn er denn irgendwelche Mordgedanken gegen Ronnie hegte, es ausgerechnet zu dem Zeitpunkt nicht mehr ausgehalten haben soll, als Ronnies Affäre mit Ruby von beiden Seiten eher ein wenig in den Hintergrund gerückt war.«

Copper sagte: »Weil er vielleicht nie zuvor eine so günstige Gelegenheit hatte. Ich meine, eine solch günstige Gelegenheit, Ronnie aus dem Weg zu räumen, ohne am nächsten

Baum dafür aufgehängt zu werden. Vielleicht hat ihm der Sturm genau die Gelegenheit geboten, auf die er seit ewigen Zeiten gewartet hat.«

»Nun, ich denke, wir sollten dieses Motiv eher als eine Möglichkeit am Rande notieren«, seufzte Valerie. »LEONARD STOCK. Gelegenheit: wie alle anderen. Motiv: Ruby. Erschlägt Ferrers, weil er ihn mit Ronnie verwechselt. Im Übrigen verhält sich der Fall mit ihm wie mit den beiden anderen. Gegen ihn spricht: Copper denkt, er hat es getan, weil er am wenigsten verdächtig ist und weil er eigentlich Ronnie erwischen wollte – wegen Ruby. Hat jemand etwas zu Leonards Gunsten zu sagen?«

Nick antwortete: »Ja. Trag mich als seinen Verteidiger ein. Coppers Theorie mag wasserdicht sein oder nicht, aber ich habe etwas vorzubringen, das auf jeden Fall mehrere Eimer aushält. Ist euch noch nicht aufgefallen, dass Leonard Stock ein winziger Kerl ist, der kleinste, mickrigste Kerl mit Ausnahme des verstorbenen Ferrers Shilto, der auf den gesamten Inseln zu finden ist? Ich will gern zugeben, dass selbst der elendste Zwerg einem Mann mit einem Bootshaken oder einem Hammer oder was auch immer für einem Gerät eins über den Schädel ziehen kann. Aber man braucht schon ordentlich Kraft, um eine Leiche allein vom Gästehaus zum Schildkrötenbecken zu zerren. Und man braucht eiserne Fäuste, um jemanden um die Wand des Beckens zu tragen und an den Querbalken zu hängen, der unter dem Fußboden des Sommerhauses verläuft. Viertens, fünftens und sechstens schreit die ganze Aktion nach schnellem Denken, einem kühlen Kopf und Nerven wie Drahtseilen. Und obwohl ich wirklich nicht dazu neige, Coppers erfrischende jugendliche Begeisterung auszubremsen, denke ich doch, dass Stock, selbst wenn er über die nötigen geistigen Qualitäten verfügt, die körperlichen Kräfte zweifellos nicht hat. Deshalb denke ich, wir können ihn ausscheiden, denn er ist einfach nicht aus dem Holz geschnitzt, aus dem Mörder gemacht sind.«

»Und dieses Holz würdest du sofort erkennen«, sagte Copper in liebenswürdigstem Ton.

»Hört mal, ihr beiden«, fuhr Valerie dazwischen, die allmählich die Geduld verlor, »wenn ihr einander gern die Augen auskratzen wollt, könnt ihr das vielleicht auf später verschieben? Denkt bitte daran, dass das hier keine Spielerei ist.«

Nick lachte. »Siehst du, wohin deine bissige Bemerkung führt, Copper Darling? Zu einer öffentlichen Rüge. Recht so, Val. ›Ruhe im Gerichtssaal!‹ Also, wie lautet der Urteilsspruch über Leonard? Schuldig oder nicht schuldig?«

Valerie sagte: »Ich werde ohne gültigen Beweis über niemanden ein Urteil sprechen, weder schuldig noch nicht schuldig.«

»In Ordnung«, seufzte Nick. »Charles, tu doch mal dein tägliches gutes Werk, und gieß einen ordentlichen Whisky in das nächste Glas, ohne ihn allzusehr mit Soda zu verwässern ... Danke, Gottes Segen über dich. Und weiter geht's mit unseren Verbrechern.«

Er nahm einen kräftigen Schluck.

»Der nächste Verdächtige, bitte.«

»Hamish«, sagte Valerie. »Los geht's, Charles.«

»Nein, nicht schon wieder!«, stöhnte Charles. »Ich habe meine Schuldigkeit bei Ronnie getan. Über Hamish kannst du dir gern selbst den Kopf zerbrechen.«

Valerie schüttelte entschlossen den Kopf. »Tut mir Leid, ich steige erst bei Ruby ein. Wir haben nämlich ein paar Zeilen hier, von denen ihr noch nichts gehört habt.«

»Herrgott!«, stöhnte Charles weiter. »Frauen! Katzen! Kratzbürstige kleine Teufelskatzen!«

»Sehr freundlich«, sagte Valerie beleidigt. »Ihr zwei, Nick und du, ihr gebt hier ein Dutzend belastender Details im Zusammenhang mit John Shilto, Ronnie und Leonard zum Besten, und habe ich euch vielleicht scheußlicher Gemeinheiten bezichtigt?«

»Wenn ihr zwei«, neckte Nick sie freundlich, »ein Hühnchen miteinander zu rupfen habt, dann seid doch so nett und geht raus, in der Küche gibt es eine Kühlkammer.«

Charles lachte. »Erwischt, Val. In Ordnung, ich ziehe mich zurück, ich bitte vielmals um Entschuldigung, ich werfe mich in den Staub. Alles, nur um noch ein Weilchen in Frieden leben zu können. Ich werde im Interesse von Frieden und Gerechtigkeit sogar die Anklage gegen dieses alte Angorakaninchen Rattigan führen.«

Dann goss er sich selbst einen Whisky mit Soda ein, hielt das Glas fest in der einen Hand, die Stirn mit der anderen, und ließ sich in den Sessel fallen.

Er versank in tiefes Nachdenken, gab sich aber nach wenigen Minuten geschlagen. »Es hat keinen Sinn. Ich zermartere mir ernsthaft das Hirn, aber mir fällt wirklich nichts ein, was gegen das Weichei sprechen würde. Natürlich gehört er zu Rubys Hofstaat, aber abgesehen davon, finde ich wirklich keinen Fleck auf seiner weißen Weste. Und nachdem er auch keinen Rubinring an seiner linken Hand trägt, kommt er nicht einmal als versehentliches Opfer in Frage. Oh, das führt uns jetzt in die Irre, oder?«

Er trank einen tiefen Schluck aus einem Glas und ließ seine Blicke wild durch den Raum schweifen, als suchte er Inspiration an den Wänden oder an der Decke.

»Mach weiter«, befahl Valerie gnadenlos. »Streng dich an. Was könnte Hamish so wütend machen, dass er Mordgelüste entwickelt?«

»Schlecht polierte Knöpfe«, antwortete Charles wie aus der Pistole geschossen. »Er springt fast aus dem Anzug, wenn einer unserer Jungs mit Knöpfen oder Gürtelschnallen herumläuft, in denen man sich nicht spiegeln kann. Er sieht zwar wie ein flauschiges Kaninchen aus, aber wenn er ausrastet – was zum Glück nur einmal im Vierteljahr geschieht –, dann gnade dir Gott. Dann ist die Hölle los, und selbst die stärksten Männer gehen in Deckung.«

Valerie runzelte die Stirn, zog die Nase kraus und fasste zusammen: »Auf der belastenden Seite: Jähzorn. Das ist nicht besonders viel«, sagte sie zweifelnd. »Geht es nicht noch ein wenig genauer? Charles, gib dir Mühe und denk nach! Ist bei dem Picknick auf dem Mount Harriet irgendetwas passiert, was seinen Zorn erregt haben könnte?«

»Das hat doch keinen Sinn«, kommentierte Nick ungeduldig. »Es hätte Dutzende von Gründen geben können. Ameisen in der Pastete, zum Beispiel. Es müsste schon etwas sein, das ihn wütend auf Ferrers gemacht hätte.«

»Ich glaube, ich weiß was!«, sagte Charles plötzlich. »Nehmt Coppers großartige Theorie in Bezug auf Leonard, und wendet sie ohne große Umstände auf Hamish an. Der liebe Gott wird mir hoffentlich vergeben, wenn ich den armen Kerl hier übel reinreite, aber wie ich schon bemerkte, tue ich alles, um ein friedliches Leben zu führen. Finde ich jetzt Gnade vor deinen Augen?«

Valerie sagte zweifelnd: »Ich verstehe, was du meinst, und wenn dir sonst nichts einfällt ...«

»Wenn mir sonst nichts einfällt!«, explodierte Charles. »Das ist doch wieder typisch Frau! Copper kann hier die wildesten Theorien verzapfen, die darauf hinauslaufen, dass diese halbe Portion Leonard Ferrers umgebracht hat, obwohl er eigentlich Ronnie treffen wollte, und das Ganze nur, weil die beiden Kerle komische Ringe von Woolworth tragen. Und diese Theorien werden hier mit dem tiefsten Ernst zur Kenntnis genommen. Dann komme ich und schlage nichts anderes vor, als dass diese wilden Theorien auch auf Hamish angewendet werden können, und was passiert? Gibt es vielleicht ein bisschen Applaus für mich? Nicht die Bohne! Ich fange mir auf der Stelle einen Rüffel ein. Ich trete zurück, werfe mein halbes Dutzend Handtücher, zwei fürs Bad, zwei fürs Gesicht und zwei Badematten. Könnte mir jemand meinen Alkohol reichen, ich werde mich jetzt betrinken.«

»Ist ja gut, Schätzchen«, beruhigte ihn Valerie. »Du hast

natürlich vollkommen Recht. Es war sehr klug von dir, in diese Richtung zu denken. Du meinst, Ruby könnte Hamish den Bären aufgebunden haben, dass Ronnie sie mit unsittlichen Angeboten belästigt, und er hätte sich daraufhin entschlossen, ihn aus dem Weg zu räumen?«

»So etwa«, gab Charles immer noch beleidigt zu. »Der arme Kerl ist ja vollkommen verrückt nach ihr. Vermutlich ist sie seine erste große Liebe, und was sie angeht, ist er jenseits von Gut und Böse. Sie könnte ihn zu jeder beliebigen Schandtat verführen, da bin ich sicher.«

»Blödsinn«, sagte Nick kurz. »Siehst du, Val – und das gilt auch für dich, Charles –, wir sollten unsere Zeit nicht mit albernen Märchen vertun. Ich gebe zu, ich weiß nicht viel über Rattigan. Aber ihr kennt ihn, und ihr wollt mir doch nicht ernsthaft erzählen, dass Ruby Stock ihn mit einer Lügengeschichte über Belästigung dazu gebracht haben könnte, loszuziehen mit dem Plan, Purvis umzubringen? Im Leben nicht! Er hätte ihn höchstens am Schlafittchen gepackt und in aller Gemütsruhe am anderen Ende des Tennisplatzes verprügelt.«

Valerie nickte zögernd. »Natürlich hast du Recht, Nick. Hamish ist wirklich aus dem Rennen. Hat irgendjemand noch etwas hinzuzufügen, bevor wir die Akte schließen? Nein? Nun, dann kommen wir jetzt zu Ruby.«

17

Valerie atmete tief ein. »Und nun hört zu, ihr zwei, denn jetzt wird es wirklich ernst. Copper und ich haben ein paar wichtige Hinweise, über die ihr nachdenken solltet.«

Sie beschrieb jetzt in allen Einzelheiten, wie Copper den Rest Schwanenfedern am Treppengeländer gefunden hatte und wie Mrs. Stock auf die Nachricht von Dans Tod reagierte, ebenso von Rubys unmittelbar darauf folgendem Gang zu den Felsen.

»Das alles war ziemlich beunruhigend«, schloss sie ihre Schilderung, »und ich überlasse euch die Entscheidung, ob ihr daraus irgendwelche Schlüsse ziehen wollt, und wenn ja, welche. Denn seht ihr …«

Ihre Stimme versagte plötzlich, und sie zitterte.

»Denn seht ihr, sie muss letzte Nacht an der Treppe gewesen sein. Und … und der Mörder muss diese Treppe benutzt haben.«

Der Satz verklang in einem schreckerfüllten Flüstern, und einen Augenblick später war Charles aus seinem Sessel aufgesprungen und hatte nach ihren Händen gegriffen. »Eins weiß ich«, sagte er heftig. »Und zwar, dass ich bei euch im Haus schlafen werde, bis diese Sache aufgeklärt ist, und wenn ich mir eine Matratze besorgen und im Ballsaal kampieren muss. Ist schon gut, Val! Sieh mich nicht so an, Liebste! Du brauchst dich im Moment nicht zu fürchten, schließlich stehen Armee und Marine an deiner Seite. Sollen wir uns jetzt hier leidenschaftlichen küssen, oder müssen wir dafür in die Küche gehen?«

Valeries Nerven entspannten sich ein wenig, und sie lachte zittrig. »Tut mir Leid, entschuldigt bitte. Irgendwie überfiel mich gerade eine gewisse Panik bei dem Gedanken, dass Copper und ich letzte Nacht möglicherweise im selben Haus geschlafen haben wie ein leibhaftiger Mörder – oder eine Mörderin.«

Charles tupfte einen zarten Kuss auf den Handrücken seiner Verlobten und setzte sich auf die Armlehne ihres Sessels. Dann meinte er: »Nach diesem kurzen, aber berührenden Zwischenspiel lasst uns zu Madame Stock zurückkehren. Du sagst, ihr habt ein Stück von ihrem rosafarbenen Umhang am Treppengeländer gefunden? Das bedeutet vermutlich, dass sie irgendwann während der Nacht außerhalb ihres Zimmers herumgelaufen ist, aber es bedeutet nicht notwendigerweise, dass sie gegen halb eins unterwegs war. Im Übrigen müsst ihr zugeben, dass sie unmöglich die Mörderin sein kann, wenn sie in vierzig Metern rosa Satin herumlief, der überdies auch noch mit Federbüscheln dekoriert war. Das macht doch keinen Sinn.«

»Warum nicht?«, fragte Valerie nach. »Könnte doch sein, dass sie gehört hat, wie Dan durch die Halle ging, und ihm gefolgt ist, um zu sehen, was er vorhatte. Und wenn sie gesehen hat, wie er den Regenumhang anzog und hinausging, könnte sie doch zurückgerannt sein, sich etwas Passenderes angezogen haben, durch die Hintertür aus dem Haus geschlichen und hinunter zum Gästehaus geeilt sein. Ich möchte außerdem daran erinnern, dass Ruby immerhin fast siebzig Kilo wiegt, ohne Schuhe fast einsfünfundsiebzig groß ist und einen sehr ordentlichen Schlag beim Golf und beim Tennis besitzt. Was die reine Muskelkraft angeht, denke ich, könnte sie es mit Ferrers gut aufnehmen, ob der nun tot wäre oder lebendig.«

Charles pfiff leise durch die Zähne und drehte abwesend eine von Valeries Locken zwischen seinen Fingern. »Möglich. Aber ich glaube trotzdem nicht daran. Und der Grund ist nicht einfach, dass ich einer Frau den Job nicht zutraue, denn ehrlich gesagt, wenn es zum Letzten kommt, sind Frauen eher zu einem Mord fähig als die meisten Männer. Aber Ruby – das kann ich mir einfach nicht vorstellen. Schreib das auf, dick und fett, und markiere es als männliche Intuition.«

Valerie schüttelte ungeduldig den Kopf und sagte: »Ich will von deiner Intuition nichts wissen, sie ändert nichts an der Tatsache, dass Ruby heute Nacht zwischen elf und halb zwei durchs Haus geschlichen ist. Dieses Stückchen Schwanenfeder an der Nase von Hindenburg ist der Beweis.«

Nick setzte sich blitzartig auf. »Himmel Herrgott! Vielleicht war sie diejenige, die der Wachmann im Büro gesehen hat!«

»Wovon redest du?« Beide Mädchen drehten sich gleichzeitig zu ihm um.

»Habe vergessen, euch davon zu erzählen«, sagte Nick. »Der Wachmann hat heute Nachmittag noch eine Information rausgelassen. Er sagte nämlich, er hätte den Commissioner im Büro herumgehen sehen, als er während der Nacht an dem Fenster vorbeiging. Ich weiß gar nicht mehr, warum er das überhaupt erwähnt hat, aber es war einigermaßen seltsam, denn der Commissioner gibt an, nach neun Uhr abends nicht mehr im Büro gewesen zu sein. Er hat den Wachmann intensiv befragt, und der Mann sagte, er hätte auf seinem Weg die Veranda hinunter Licht hinter dem Bürofenster gesehen, und durch eine Lücke im Vorhang hätte er hineingespäht, und es hätte jemand neben dem Schreibtisch gestanden. Er vermutete, der Commissioner wäre noch spät bei der Arbeit gewesen, was tatsächlich relativ häufig vorkommt. Aber nach weiterem Befragen stellte sich heraus, dass das Licht nur von der kleinen Schreibtischlampe mit dem grünen Schirm kam und dass er lediglich eine Gestalt gesehen hat, die sich über den Schreibtisch beugte. Als er nach dem Aussehen der Gestalt befragt wurde, konnte er nichts beschwören, sondern sagte, er habe nur einen flüchtigen Blick hineingeworfen und sei so sicher gewesen, dass es sich um den Commissioner handelte, dass er nicht weiter darüber nachgedacht hätte.«

Valerie sagte: »Und du meinst, das hätte Ruby sein können?«

»Möglich. Wenn du eine Minute nachdenkst, müsste dir eine Sache auffallen: Wie konnte der Wachmann so sicher sein, dass es sich bei der Gestalt um deinen Stiefvater handelte? Er konnte es selbst nicht erklären, aber es ist ziemlich offensichtlich, dass es sich bei der Person um einen Europäer gehandelt haben muss. Das hat sich bei dem kurzen Blick durch die Vorhänge immerhin eingeprägt, ohne dass der Mann darüber lange nachgedacht hat. Und wenn es ein Europäer war, so der automatische Gedankengang, dann sicherlich Sir Lionel. So betrügt unser Gehirn oft unbewusst unser Auge und umgekehrt. Aber es könnte ebenso gut eine Frau gewesen sein, die einen Mantel trug.«

»Verstehe«, sagte Valerie nachdenklich. »Ruby ging oben an die Treppe, um festzustellen, ob sie ungesehen hinunterkommen könnte. Sie stellte fest, dass der alte Iman außer Gefecht und die Luft rein war. Wenn sie irgendetwas aus dem Büro haben wollte, konnte sie jetzt zurück in ihr Zimmer gehen, den wilden Morgenrock aus- und ihren Mantel anziehen. Sie hat einen schweren Mantel aus braunem Tweed, der aussieht wie ein Männermantel.

»Das könnte die Lösung sein«, sagte Nick. »Vielleicht nicht viel mehr als ein weiteres ›möglich‹ unter vielen, ohne ein einziges ›wahrscheinlich‹ dazwischen.«

Valerie grübelte: »Aber was um alles in der Welt hätte Ruby im Büro suchen sollen? Wenn es überhaupt Ruby war.«

»Weiß der Himmel. Dein Stiefvater hat den ganzen Raum minutiös durchgekämmt, aber er sagt, es fehlt nichts, und es ist auch nichts verrückt worden. Das heißt, die ganze Angelegenheit nützt uns nicht viel, abgesehen von einer möglichen Erklärung für die Nachtwanderungen der Mrs. Stock.«

»Aber was ist mit ihren Tageswanderungen, Kamerad?«, warf Charles ein. »Dieser Spaziergang zu den Felsen stinkt doch zum Himmel. Und wir haben die Waffe noch nicht gefunden, mit der Dan getötet wurde. Vielleicht steckt das hinter ihrem seltsamen Verhalten?«

»Du meinst, sie wollte ein Beweisstück loswerden?«, fragte Valerie. »Danach sah es eigentlich aus, aber die Waffe, mit der Dan umgebracht wurde, muss doch ziemlich massiv gewesen sein, oder?«

Nick seufzte. »Ein Knüppel, eine Kohlenschaufel oder so etwas. Ja, ich weiß schon, was du meinst. Selbst bei all dem Nebel und auf diese Entfernung hättet ihr eigentlich etwas sehen müssen, wenn es derart massiv gewesen wäre.«

»Wir haben überhaupt nichts gesehen«, antwortete Valerie. »Und was mich noch mehr irritiert: Ich glaube, sie trug das, was sie dann ins Meer warf, unter ihrer Jacke, also kann es kaum ein Hammer oder eine Kohlenschaufel gewesen sein. Wenn sie jemandem begegnet wäre, hätte das doch sichtbar sein müssen.«

Nick ließ ein Geräusch irgendwo zwischen einem Lachen und einem Stöhnen hören und fuhr sich mit beiden Händen durchs Haar, sodass es in kürzester Zeit wieder vollkommen zerzaust war. »Eins schwöre ich euch, auf so einen Fall lasse ich mich nie wieder ein. Was wir für dieses elende Puzzle hier brauchen, sind Scotland Yard und die zehn besten Denker von Großbritannien. Und ich hatte tatsächlich gedacht, wenn wir nur tief genug graben, finden wir einen Hinweis, der uns weiterhilft. Mit Hunderten von Hinweisen hatte ich nicht gerechnet. Vielleicht sollten wir diese Frau mit unseren Beobachtungen konfrontieren und hören, was sie dazu zu sagen hat.«

»Nein!«, sagte Valerie bestimmt. »Das wäre nicht hilfreich. Wenn wir versuchen, sie mit irgendetwas zu konfrontieren, wird sie Stein und Bein schwören, dass sie von nichts weiß. Copper und ich werden auf eine passende Gelegenheit warten und sie in einen Weibertratsch verwickeln, wenn sie nicht mehr ganz so hysterisch ist.«

»Gut. Dann lasst uns weitermachen. Wer kommt als Nächster?«

»Rosamund Purvis. Du bist dran, Nick.«

»Kommt überhaupt nicht in Frage. Um eine Frau anzuklagen, braucht es eine Frau. Mach selbst weiter.«

Valerie kaute für ein paar Augenblicke auf dem Ende ihres Bleistifts und schrieb dann wieder etwas in ihr Notizbuch. »Was haltet ihr davon?«, fragte sie.

»ROSAMUND PURVIS. Gelegenheit: wie alle anderen. Motiv: vielleicht dasselbe, das Copper bereits bei Leonard vermutete und Charles bei Hamish, Verwechslung nämlich. Sie wollte Ronnie erwischen, erschlug aber Ferrers. Gott weiß, dass sie mehr als einmal den Wunsch gehegt haben muss, ihren Mann umzubringen. Er behandelt sie abscheulich, und ...«

»Ihr wisst«, unterbrach Nick sie müde, »dass Coppers Theorie mir schon beim ersten Hören einigermaßen weit hergeholt vorkam, obwohl ich zugebe, dass sie im Bereich des entfernt Möglichen liegt. Aber je öfter ich sie höre, desto weniger wahrscheinlich finde ich sie. Wollen wir sie nicht für den Augenblick beiseite legen und etwas anderes versuchen?«

»Aber mir fällt nichts anderes ein«, klagte Valerie. »Ich bin ja im Prinzip deiner Ansicht, aber welchen anderen Grund sollte Rosamund haben, Ferrers zu töten? Wenn dir dazu etwas einfällt, übernimm die Anklage bitte selbst.«

Gereizt antwortete Nick: »Es bringt uns nicht weiter, mich nach Gründen zu fragen. Verdammt, Val, ich bin doch erst seit einer Woche auf dieser elenden Insel. Woher soll denn ausgerechnet ich etwas über den Charakter und das Privatleben der Leute hier wissen? Alles, was ich weiß, ist, dass diese Theorie mit dem Ring wirklich nicht wasserdicht sein kann.«

Copper drehte sich schnell um und blickte ihn an. »Ist das so?«, fragte sie grimmig.

»Dann werde ich jetzt dafür sorgen, dass sie ein kleines bisschen wasserdichter wird. Erinnert ihr euch an den Nachmittag beim Picknick auf dem Mount Harriet, gleich nach dem Essen, als wir auf dem Lastwagen lagen und jemand zu dem Wagen kam und eine Hand auf die Kante legte?«

»Was hat das denn mit unserer Frage zu tun?«, fragte Charles ungeduldig. »Natürlich erinnern wir uns. Es war Ronnie, und ... Nein, du lieber Himmel! Es war nicht Ronnie! Es war Ferrers.«

Copper warf Nick einen kurzen, triumphierenden Blick zu und drehte sich dann zu Charles. »Warum warst du denn dann erst so sicher, dass es Ronnie war?«, fragte sie ihn herausfordernd.

Charles dachte einen Augenblick nach und zog die Nase kraus. »Keine Ahnung«, gab er zu. »Aber jetzt, da du es erwähnst, weiß ich, dass ich wirklich erst an Ronnie dachte und dann überrascht war, als ich feststellte, dass es doch Ferrers war. An einen Ring kann ich mich nicht erinnern, aber vielleicht habe ich wirklich deshalb gedacht, Romeo Purvis sei auf dem Weg zu uns.«

»Natürlich«, bestätigte Copper. »Es gibt nicht viele Engländer, die Ringe tragen, und die wenigen, die es tun, tragen normalerweise einfache goldene Siegelringe. Aber Ronnie trägt einen Ring mit einem großen roten Stein, und Ferrers tat das ebenfalls. Und du bist so sehr daran gewöhnt, Ronnies Ring zu sehen, dass dein Unterbewusstsein *Ronnie* suggerierte, als du eine Männerhand mit einem Ring sahst. Erzähl mir jetzt nicht, dass ich mich irre, denn ich weiß, ich habe Recht.«

»Keine Sorge«, antwortete Charles. »Ich habe gar nicht die Nerven, dir zu widersprechen. Und vermutlich hast du tatsächlich Recht, womit denn klar wäre, dass die Ring-Theorie einstweilen nicht ad acta gelegt werden kann. Und so wird der Nebel um uns noch beträchtlich dichter, fürchte ich.«

»Ich verstehe nicht, warum das so sein sollte«, sagte Valerie hartnäckig.

Charles stöhnte und schloss die Augen: »O selige Einfalt,

schönes Weib! Hör zu, meine Liebste, und denk nach! Denk für einen kurzen Augenblick nach! Wenn wir diese Ring-Geschichte weiterhin berücksichtigen, werden wir bald bemerken, dass die ganze Insel nur so von Leuten wimmelt, die darauf brannten, Ronnie zu meucheln, und dass der Mord an dem allzu unbetrauert verstorbenen Ferrers nur auf ein bedauerliches Missverständnis zurückzuführen ist. Für mich ist das ein weiteres düsteres Kapitel einer Geschichte, die von solchen Kapiteln nur so wimmelt.«

Er trank einen kräftigen Schluck und ließ sich auf das Sofa sinken, als Valerie sagte: »Gut, gut, wir lassen diese Theorie für den Augenblick beiseite und fahren mit der Verhandlung gegen Rosamund fort. Zu ihren Lasten: Sie spielt gut Tennis und ist die beste Schwimmerin weit und breit, also war die Beseitigung von Ferrers' Leiche kein großes Problem für sie. Und dann war dieser Nervenzusammenbruch am Heiligabend tatsächlich äußerst merkwürdig. Sie fürchtete sich zu Tode.«

»Allerdings«, stimmte Nick zu. »Und wenn ich jetzt an ihr Verhalten an diesem Abend denke, würde ich gern eine eigene Theorie beisteuern, die es vielleicht ein wenig erklären kann. Ich halte es nämlich für denkbar, dass sie gesehen hat, wie Ferrers zu Tode kam.«

»Aber du …«

»Schsch! Nicht unterbrechen. Nehmen wir einmal an, sie hielt sich am selben Boot fest wie Ferrers und hat gerade genug gesehen, um mitzubekommen, dass ihm jemand eins über den Schädel gegeben hat. Vielleicht hat sie dann in ihrer Panik das Boot losgelassen und ist trotz aller Schwierigkeiten ein Stück geschwommen, um sich an einem anderen Boot festzuklammern. Es hätte wenig Sinn gemacht, irgendjemandem von ihren Beobachtungen zu erzählen, es sei denn, sie wusste, wer der Täter war, was ich aber für unwahrscheinlich halte. Copper hat, denke ich, schon an demselben Abend bemerkt, dass Mrs. Purvis ein seltsames Spiel zu spielen schien: Bist du es? Oder du? Oder du? Das unterstützt die Theorie, dass sie wusste, Ferrers war nicht ertrunken, sondern ermordet worden. Und das würde auch ihr späteres Verhalten erklären.«

»Hm«, machte Valerie nachdenklich. »Das ist durchaus möglich. Aber was, wenn sie ihn selbst erschlagen hat und sich fragte, ob irgendjemand sie dabei beobachtet hat?«

»Zu Rosamunds Gunsten«, fiel Copper ihr ins Wort, »spricht, dass sie nicht am Strand war, als Ferrers Leiche gefunden wurde, und sie nahm auch nicht an dem Abendessen am Weihnachtstag teil. Von Dans Interesse an der Leiche kann sie also offensichtlich überhaupt nichts gewusst haben.«

Valerie sagte: »Dagegen steht aber, dass Amabel, Dutt, Ronnie und Truda ihr davon berichtet haben könnten. Und selbst wenn sie keine Einzelheiten gehört hat, muss sie – vorausgesetzt, sie war die Mörderin – zu Tode erschrocken gewesen sein, als sie hörte, dass die Leiche ihres Opfers wieder aufgetaucht war – und bis zum Zeitpunkt von Ferrers' Beerdigung in höchster Unruhe. Und sie konnte natürlich ohne Schwierigkeiten bei Nacht aus dem Krankenhaus entkommen. Vielleicht ist sie zum Gästehaus gegangen, um sich zu vergewissern, dass der Mord noch nicht entdeckt worden war. Und hat dort Dan vorgefunden.«

»Zum Teufel!«, stöhnte Charles. »Damit haben wir sechs potenzielle Täter. Vielleicht sollten wir Nägel mit Köpfen machen und beweisen, dass sie es alle zusammen getan haben. Wer ist der nächste Kandidat?«

»Nick«, sagte Valerie lachend, aber sie schien die Einzige zu sein, die sich darüber amüsieren konnte.

Charles beobachtete Nick über den Rand seines Glases hinweg, und Nick beobachtete Copper. Copper hingegen betrachtete eingehend ihre Schuhspitzen, ohne ein Wort zu sagen, und Valerie, die plötzlich die Anspannung bemerkte, blickte von ihrem Notizbuch auf und sah von einem zum anderen. Sie öffnete den Mund und schloss ihn wieder, ohne etwas zu sagen.

Nick brach das Schweigen: »Nun, Copper?«

Er sah, wie Copper ihre Hände im Schoß verschränkte, aber abgesehen von dieser leichten Bewegung deutete nichts darauf hin, dass sie ihn gehört hatte.

»Warum plötzlich diese Großmut, Liebes? Nur keine falsche Scheu, wir Mörder sind hart im Nehmen. Bring deine Beweise vor, Copper. Selbst wenn du Val und Charles nicht überzeugen kannst, so gut wie die Geschichte mit dem Ring ist es allemal.«

Charles sah, wie Copper mit einem Ruck ihr Kinn vorschob, und marschierte geradewegs in den Fettnapf hinein. »Also los, Sherlock Junior. Bring deine Beweise vor, vielleicht hilft uns das aus unserem Elend heraus. Dann können wir all die Notizen zerreißen, die Val gemacht hat, um uns in Verwirrung und Verzweiflung zu stürzen, und über Nick herfallen. Ich werde die Aktion von einem sicheren Ort hinter dem Bücherregal aus dirigieren, und ihr beide könnt ihn verhaften. Dann verscharren wir ihn hinter dem Tennisplatz und gehen endlich zum Abendessen, in der beruhigenden Gewissheit, dass der Gerechtigkeit einmal mehr Genüge getan wurde.«

»Ich habe zu Nick nichts zu sagen«, sagte Copper mit einer gequälten, kalten Stimme.

»Weder etwas Belastendes, noch etwas zu seinen Gunsten. Um seine eigenen Worte zu zitieren: Die Anklage gegen einen Mann sollte ein Mann vorbringen. Das heißt, du kannst übernehmen, Charles.«

Für einen kurzen Augenblick leuchteten Nicks Fingerknöchel weiß auf, dann lachte er und entspannte sich in seinem Sessel. Valerie warf Copper einen erstaunten Blick zu und wandte sich dann an Charles: »Es ist der letzte Untersuchungshäftling, Liebster. Übernimm die Anklage, und danach gehen wir nach Hause, und ich mache dir einen wunderbaren Drink und setze mich mit dir auf das Wohnzimmersofa, um Händchen zu halten.«

»Ein klarer Fall von Bestechung«, seufzte Charles. »Aber ich war eben immer schon ein schwacher Charakter. In Ordnung, Angeklagter, treten Sie vor, haben Sie am Nachmittag des 24. Dezember absichtlich oder aus Versehen oder in der Annahme, Mr. Ronald Purvis umzubringen, den Tod eines gewissen Ferrers Shilto herbeigeführt?«

»Einspruch!«, sagte Nick. »Ich erhebe Einspruch, dies ist eine Suggestivfrage.«

Valerie sagte: »Einspruch stattgegeben. Mach weiter, Charles.«

»Gut, gut. Drängt mich nicht! Zu Lasten des Angeklagten spricht: Der hier erschienene Nicholas Tarrent, einer der Segler, hatte jederzeit Gelegenheit, den bereits erwähnten Ferrers Shilto zu erschlagen. Darüber hinaus verfügt er über die körperlichen Fähigkeiten und die Nervenstärke, den Mut, die Intelligenz und was weiß ich noch, die Tat erfolgreich auszuführen. Hinzu kommt die belastende Tatsache, dass er das Schlafzimmer mit dem zweiten Mordopfer teilte und deshalb mit Sicherheit dessen Verdacht bezüglich der Leiche des bereits erwähnten Ferrers Shilto kannte. Tatsächlich«, fuhr Charles, indem er seine Parodie der juristischen Rhetorik abbrach, nun wieder in normalem Englisch fort, »könnte Dan ihm davon und von seinen nächtlichen Plänen erzählt haben. Er hätte dann jede Menge Zeit gehabt, die Sache zu planen, bevor er das Haus verließ: den Mord an Dan, die Beseitigung von Ferrers' Leiche, die ganze Aktion. Ich würde unter diesen Umständen sogar von meiner Behauptung abrücken, dass man all das nicht in eineinhalb Stunden über die Bühne bringen kann. Wenn man alles vorher plante, konnte man es vermutlich sogar in noch kürzerer Zeit schaffen.«

Nick sagte: »Mach nur so weiter, dann breche ich gleich in Tränen aus und gestehe alles. Weiter, Charles, du bist großartig.«

»Tatsächlich«, bemerkte der Angesprochene, »bin ich an dieser Stelle mit meinem Latein auch schon am Ende. Es gibt da nämlich das verschwindend kleine Problem des Motivs. Nur so von Mann zu Mann und ganz im Vertrauen, was war noch mal dein Motiv?«

»Einspruch!«, murmelte Nick.

»O ja, natürlich. So kann man das nicht machen, ich verstehe schon. Val, ich fürchte, du wirst bei diesem Angeklagten ›kein Motiv‹ eintragen müssen. Und das gilt sowohl für den Mord an Ronnie als auch für den an Ferrers, und wenn jetzt jemand das Wort ›Ring‹ ausspricht, fange ich an zu schreien. Val, schreib auf, dass der Angeklagte Tarrent, so weit wir wissen, keinen Streit und kaum eine echte Bekanntschaft mit Mr. Ronald Purvis unterhielt. Er hatte keine gefühlsmäßige Bindung an Mrs. Ruby Stock und hatte Ferrers Shilto wenige Stunden zuvor zum ersten Mal gesehen. Alle anderen Angaben sind genau wie bei den übrigen Verdächtigen. Kann ich jetzt aufhören?«

»Du kannst«, bemerkte Nick. »Und ich will dir sagen, dass mein Fall in deinen Händen wie ein Eimer weißer Wäsche aussieht, während Copper daraus eine Wagenladung Kohlen gemacht hat.«

Charles drehte sich in seinem Sessel um und betrachtete Copper mit neuem Interesse. »Du meinst, sie unterdrückt Beweismittel? Irreführung der Behörden? Nun, es sei fern von mir, sie darin zu entmutigen. Alles in allem wäre ich allerdings jedem dankbar, der noch Belastendes über irgendeinen unserer Verdächtigen zu sagen hat, wenn er es mit einem Ziegelstein beschweren und im Hafen versenken würde. Es reicht mir nämlich für heute, und mir schwirrt der Kopf. Es scheint, als hätten wir inzwischen bewiesen, dass nicht nur ein Mörder frei auf Ross herumläuft, sondern ihrer sieben, und ich kündige daher an, dass ich mich heute Nacht mit einer kugelsicheren Weste unter meinem Pyjama zu Bett legen werde, eine geladene Pistole in jeder Hand. Amateurdetektive und Schlafwandler mögen das bitte zur Kenntnis nehmen.«

Valerie lachte und fuhr mit ihrer Hand unter seinen Arm. »Ich bin wirklich froh, dass derjenige, der unsere Bibliothek zusammengestellt hat, nichts für Schund- und Liebesromane übrig hatte! Ich glaube, einen starken Helden mit kantigen Zügen hätte ich in dieser Situation nicht ertragen. Danke, mein Schatz. Deine Vorstellung war großartig, sie hat mich zum ersten Mal seit Wochen wirklich beeindruckt.«

»Ich war ziemlich gut, oder?«, stimmte Charles selbstgefällig zu. »Theaterkritiker hätten es eine durchgehend großartige Vorstellung genannt.«

»Wenn du nicht aufpasst«, bemerkte Copper bissig, »wirst du eines Tages aufwachen und feststellen, dass du wirklich so redest.«

»Aber das tue ich doch schon!«, sagte Charles. »Ich rede die ganze Zeit so. Es steckt irgendwie an, wie die Beulenpest. Aber keine Sorge, eine anständige Dosis Hemingway macht diesen Bazillen den Garaus.«

»Versuch's doch mal mit Anouilh, Liebster«, riet Valerie. »Und nun hört mir zu, ich werde alles noch einmal vorlesen, was ich heute Nachmittag aufgezeichnet habe, und dann schlage ich vor, dass wir hier verschwinden und einen schönen Spaziergang rund um die Insel machen, bevor es dunkel wird. Aber bevor ich zu lesen beginne, würde ich gern fünf Minuten Stille haben, damit jeder von uns noch einmal alles im Geiste durchgehen kann, was in den letzten zwei Tagen passiert ist, beginnend mit dem Picknick auf dem Mount Harriet. Und wenn euch noch etwas einfällt, irgendeine Kleinigkeit, die euch seltsam oder ungewöhnlich vorkommt, dann sagt es. Seid ihr bereit?«

Die Minuten vergingen in tiefem Schweigen.

»Das war's, die fünf Minuten sind um. Worüber brütest du, Coppy? Ist dir noch etwas eingefallen?«

»Ja«, antwortete Copper zweifelnd, »aber ich weiß, ihr

werdet mich für verrückt erklären, denn ich bekomme es einfach nicht zu fassen. Ich kann mich lediglich erinnern, dass während des Picknicks noch etwas Seltsames passiert ist. Aber ich komme nicht mehr darauf, was es war, nur, dass ich dachte: ›Ist ja seltsam.‹ Vielleicht kommt die Erinnerung später wieder, aber eigentlich kann es nichts Wichtiges gewesen sein.«

»Mal irgendwo ein Fragezeichen hin, Val«, bestimmte Charles. »Hier, fang, ein Rotstift. Copper kann später darüber nachdenken. Und wenn das alles ist, dann schlage ich vor, dass du mit dem Lesen beginnst.«

Valerie kehrte zu ihrem Sessel zurück, griff nach dem Notizbuch und malte ein großes rotes Fragezeichen hinein. »Nun«, sagte sie dann, »werde ich einfach alles durchlesen, was wir heute niedergeschrieben haben, und ich bitte euch, konzentriert zuzuhören. Und wenn euch etwas besonders wichtig vorkommt, merkt es euch. Los geht's!«

Sie setzte sich zurecht und begann mit klarer Stimme ohne jede Gefühlsregung zu lesen, während ihre Zuhörer still und konzentriert dasaßen. Charles streckte sich einmal aus, um das Licht über ihren Köpfen einzuschalten, als es zu dunkel wurde, und einmal schrak Copper zusammen und erstarrte in ihrem Sessel. Die Bewegung war ebenso leise wie das Geräusch, aber Nick drehte sich schnell um und sah, dass sie bleich und mit weit aufgerissenen, schreckerfüllten Augen dasaß.

»Das wäre alles«, schloss Valerie. »Hat irgendwer noch etwas hinzuzufügen?«

Zwei ihrer Zuhörer schüttelten den Kopf.

»Ist euch irgendetwas besonders wichtig vorgekommen?«

Nick warf einen Seitenblick auf Copper und sah, wie sich ihre Finger krampfhaft um die Seitenlehne ihres Sessels schlossen. Aber sie sagte kein Wort, obwohl sie andererseits auch nicht den Kopf schüttelte wie die beiden Männer.

»Dann sind wir fertig«, verkündete Valerie und schloss das

Notizbuch mit einem lauten Klappen. »Und jetzt raus, wir müssen dringend etwas Luft schnappen und uns bewegen. Es ist immer noch schrecklich neblig, aber der Tapetenwechsel wird uns allen gut tun.«

Sie warf das Notizbuch in eine Ecke des Fensterbretts, in seliger Unwissenheit darüber, wie nahe eine weitere Umdrehung ihres verknoteten Nachdenkens sie der Wahrheit gebracht hätte.

18

Es war fast dunkel geworden, als sie die Offiziersmesse verließen, um einen strammen Spaziergang rund um Ross zu unternehmen, und die kleine Insel war vollkommen vom Nebel eingeschlossen, der auch noch das letzte Tageslicht verschluckte.

Die schwache Brise, die früher am Tag aufgekommen war, war mit Einbruch der Dämmerung wieder eingeschlafen, und abgesehen von dem rastlosen Donnern der Brandung, das inzwischen so vertraut war, dass man es kaum noch wahrnahm, brütete eine fast unheimliche Stille über der Insel. Kein Blatt am Baum, kein Zweig bewegte sich, und sie konnten hören, wie die Feuchtigkeit von den Hibiskushecken und von den Bäumen tropfte.

Eine ganze Weile gingen die vier schweigend und im Gleichschritt, obwohl ihre Gedanken weit auseinander trieben.

Charles, der Valerie untergehakt hatte, dachte daran, dass sie ihm für seine »Vorstellung« gedankt hatte. Sie hatte das so verstanden, dass er wegen ihr und Copper versucht hätte, den Diskussionen eine gewisse Leichtigkeit zu verleihen. Aber er hatte es auch in seinem eigenen Interesse getan, denn er wollte sich nicht allzu eingehend mit der Vorstellung beschäftigen, dass Valerie – seine Valerie! – in diesem dunklen Haus schlief, während ein Mörder nach seiner Tat aus den Nebelschwaden der grauen Insel hereinkam und die Tür hinter sich verriegelte.

Denn hinter diesem Gedanken lag das Wissen, dass sie auch heute Nacht dunkle Stunden in diesem Haus verbringen würde.

Er schwor sich, alles zu versuchen, um in ihrer Nähe in Government House übernachten zu können, und verstärkte seinen Druck auf ihren Arm. Valerie erwiderte ihn heftig, freilich hatte sie selbst nicht an die dunkle Gegenwart gedacht, sondern an die goldene, hoffnungsvolle Zukunft, in der sie mit Charles verheiratet sein würde.

Nick, der zwischen ihr und Copper ging, hatte die Hände in den Taschen vergraben und machte kürzere Schritte als gewohnt, um sie nicht zu überholen. Er dachte voller Verwirrung an die Vergangenheit. Er dachte an Kalkutta und an das Gesicht von Ferrers Shilto in einem Korridor des Grand Hotels. Ferrers hatte wie eine furchtsame, bösartige Ratte ausgesehen, eine Ratte, die man in die Enge getrieben hatte. Wer hätte gedacht, dass er diesen Mann jemals wieder treffen würde, geschweige denn so bald? Und was würde Copper über das Geschehen in Kalkutta denken? Nick hatte sich nie groß Gedanken darüber gemacht, was andere Menschen über ihn dachten, aber mit Copper war es anders. Er verzog den Mund und grollte in die wachsende Dunkelheit.

Neben ihm ging Copper, den blonden Schopf gebeugt und die schmalen Schultern ein wenig zusammengezogen, als müsste sie sich gegen einen eingebildeten Sturm stemmen. Sie hielt den Blick fest auf die nasse Straße gerichtet, und endlich einmal, vielleicht zum ersten Mal seit über einer Woche, dachte sie nicht ausschließlich an Nick Tarrent.

Copper ging einen scheinbar trivialen Augenblick vor zwei Tagen im Geiste noch einmal durch und hörte noch einmal eine Zeile aus dem Notizbuch, das nun verlassen auf dem Fensterbrett im Vorraum der leeren Offiziersmesse lag. Ein Augenblick und eine Äußerung, die sich widersprachen. Hatte niemand anders das bemerkt? Würde sich niemand sonst daran erinnern? Würde Valerie es bemerken? Sie sehnte sich verzweifelt danach, mit Nick darüber zu sprechen, ihn um Rat und Gewissheit zu bitten. Aber Nick war auf einmal so fremd für sie geworden, und auch er hatte etwas zu verbergen. Vielleicht hatten sie alle etwas zu verbergen? Auch Charles? Auch Valerie?«

Warum war Nick so wütend auf sie gewesen, als sie ihn darauf hingewiesen hatte, dass er möglicherweise unter

Mordverdacht stehen könnte? Zugegeben, sie hatte es darauf angelegt, ihn zu verletzen. Sie hatte sich selbst mit dem Wissen gequält, dass ihm in der Vergangenheit wohl ein überdurchschnittliches Maß an weiblicher Vergötterung entgegengebracht worden sein musste. Jetzt ärgerte sie sich heftig über den erneut aufsteigenden Verdacht, dass sie für ihn nicht mehr sein könnte als eine weitere kleine Närrin, die ihn anbetete und seine lässige Aufmerksamkeit für etwas Ernsthaftes halten könnte, das nicht existierte.

Nick, so hatte sie gedacht, hatte wohl von ihr erwartet, dass sie eher die gesamte Insel verdächtigen würde als ihn, der in ihren bewundernden Augen nichts Böses tun konnte. Und sie hatte deshalb beschlossen, ihm zu zeigen, dass er nicht mehr für sie bedeutete als die restlichen Segler an jenem Heiligabend vor zwei Tagen. Das Ergebnis ihrer unseligen Enthüllungen war, dass Nick sich von einem Freund in einen Fremden verwandelt hatte, den sie nicht um Hilfe bitten konnte. Und selbst wenn – würde sie es noch riskieren? Dan war ein Freund von Nick gewesen, und Nick konnte … Coppers gequälte Gedanken kehrten hilflos zum Ausgangspunkt zurück und drehten sich ein weiteres Mal im Kreis wie eine Maus im Käfig.

Still und in Gedanken versunken gingen die vier die verlassene Straße hinunter, vorbei am Krankenhaus und dem kleinen Bazar, dessen Türen nun fest verriegelt waren, um den Nebel auszuschließen, und nur noch ein wenig freundliches gelbes Lampenlicht in die Finsternis hinaussandten. In einer klaren Nacht hätte man die Lichter von Aberdeen auf der anderen Uferseite gesehen, aber heute lag der Nebel dicht über dem Meer, und als sie in diese leere, ruhelose Wand aus Wasser blickten, kam es ihnen so vor, als wären sie Hunderte von Meilen von jedem Festland entfernt.

Sie gingen an den Schuppen beim Anleger vorbei, wo ihre Schritte plötzlich lauter klangen, weil sie von dem nassen Boden auf den befestigten Weg traten. Schließlich kamen sie bei dem kleinen Musikpavillon vorbei, der früher der Mittelpunkt des gesellschaftlichen Lebens in rauschenden tropischen Nächten gewesen, doch seit langen Jahren von keiner Kapelle mehr bespielt worden war. Danach verließen sie die mit Korallensplittern befestigte Straße wieder und überquerten die nachgiebige, schwammig-feuchte Rasenfläche beim Clubhaus, hinter dem die Brecher immer noch geisterhafte Fahnen aus Gischt in die Luft schickten.

Ein kleines, dunkles Gebäude am Rand des Rasens, in der Dunkelheit kaum erkennbar, ließ sie erschauern, und instinktiv rückten sie näher zusammen, als sie daran dachten, dass irgendwann letzte Nacht jemand die Leiche von Ferrers Shilto durch die regennasse Dunkelheit zu diesem Haus geschleppt hatte und dass die Leiche dann zwölf lange Stunden oberhalb des schattigen, sturmbewegten Schildkrötenbeckens gehangen hatte, während die Schildkröten nach ihr schnappten und Dan tot im Gästehaus lag.

Sie wandten sich gleichzeitig, in unausgesprochenem Einverständnis, davon ab und gingen schnell über den Rasen dorthin, wo ein gelbes Leuchten aus dem Clubhaus tröstlich durch den Nebel grüßte. Aber außer dem Barmann und einem burmesischen Kellner fanden sie nur Ronnie Purvis vor, der am Ende des leeren Ballsaales saß, ziellos die Seiten einer neun Wochen alten Londoner Illustrierten durchblätterte und offensichtlich ziemlich betrunken war.

Er saß wohl schon seit einigen Stunden hier, ständig trinkend, und hatte bereits das gesellige Stadium und auch das darauf folgende streitlustige hinter sich gelassen, und Nick, der ihn mit halbem Interesse beobachtete, fragte sich, ob dies seine Gewohnheit war oder ob er sich nur heute betrunken hatte, um der grausamen Realität zu entkommen.

Charles, der Ronnie besser kannte, stellte sich ganz andere Fragen. Ronnie trank häufig »einen über den Durst«, wie er das nannte, war aber nie wirklich schwer betrunken, und vor allem trank er nie allein. Mr. Purvis war ein Mann, der seinen Whisky gerne in Gesellschaft zu sich nahm und der, statt alleine zu trinken, eher die gesamte Insel nach einem Zechkumpanen durchsucht hätte. Aber heute Abend hatte er ganz offensichtlich versucht, etwas im Alkohol zu ertränken. Und es ging sicher nicht um irgendeinen Kummer. Es war Panik, stellte Charles leidenschaftslos fest. Der Kerl ist starr vor Angst und versucht sich Mut anzutrinken. Aber was ist der Grund für diese Angst?

Dass Mr. Purvis sich fürchtete, konnte jeder im Raum ohne Weiteres sehen, ebenso gut wie die Tatsache, dass er betrunken war. Seine normalerweise sonnengebräunten Züge (Ronnie war ein Verfechter der weit verbreiteten These, dass »alle gut aussehenden Männer sonnnengebräunte Haut haben«) hatten eine seltsam kalkige Farbe angenommen, seine Hände waren so zittrig, dass er die Seiten der Zeitschrift rüttelte wie ein Windstoß, und seine Augen waren weit aufgerissen und starrten wie die einer erschrockenen Katze. Jedes unerwartete Geräusch und jede Bewegung ließen ihn zusammenzucken.

Irgendetwas an seinem offensichtlichen Schrecken schien abzufärben auf die Eintretenden; Nick konnte den Widerschein davon in Valeries Gesicht sehen. Er sah auch, dass sich die Angst, die in Coppers Augen gelauert hatte, seit Valerie den Inhalt ihres Notizbuches vorgelesen hatte, zu einer leisen Panik gewandelt hatte. Er stand hastig auf, ging durch den Ballsaal und schaltete jede einzelne Lampe in dem großen Raum ein, was zumindest zur Folge hatte, dass die Schatten verschwanden; doch änderte sich nichts an der ungemütlichen Atmosphäre der ganzen Szenerie.

Der Club war weihnachtlich geschmückt mit Casuarina-Zweigen und Lametta, aber die Zweige waren bereits verwelkt und sahen traurig aus, und die plötzliche Flut von Licht schien die Trostlosigkeit der leeren Tanzfläche mit ihren Wasserflecken nur noch zu verstärken. Der Ballsaal sah leerer und einsamer aus als je zuvor.

Charles bestellte eine Runde Getränke, die von dem schmaläugigen, leichtfüßigen burmesischen Boy serviert wurden, der vollkommen geräuschlos aus den Schatten hinter dem Ballsaal aufgetaucht war. Aber der Alkohol konnte die allgemeine Stimmung nicht heben. Ronnie Purvis war jenseits jeglicher Neigung, Konversation zu machen, und alle heldenhaften Versuche von Charles und Valerie, die düstere Stimmung zu vertreiben, blieben eindeutig erfolglos.

Copper tat so, als läse sie eine alte Nummer des *National Geographic Magazine*, aber Nick, der sie aus dem Augenwinkel beobachtete, sah deutlich, dass sie lediglich die Seiten in regelmäßigen Abständen umblätterte. Ihr Blick war starr und unbeweglich, und er erinnerte sich mit Schaudern an Rosamund Purvis' und Dans Stimme, die sagte, wenn jetzt jemand hinter sie träte und sie an der Schulter berührte, würde sie vermutlich das ganze Haus zusammenschreien. Ähnlich verhielt es sich derzeit mit Copper, die freilich nicht geschrien hätte – sie war einfach nicht der Typ dafür. Aber er konnte sich gut vorstellen, dass sie in Ohnmacht fiel …

Draußen krachten die Brecher weiterhin monoton gegen die Felsen und den Beton der Hafenmauer, und gelegentlich schleuderte eine besonders große Welle, größer und stärker als die anderen, einen Bogen Gischt gegen die Fenster des Ballsaals, sodass Ronnie Purvis jedes Mal heftig zusammenzuckte.

Charles setzte sein halb leeres Glas mit einem Ruck ab und stand auf. »Kommt, wir machen, dass wir hier wegkommen. Lass diese widerliche Limonade stehen, Val, du bekommst oben im Haus eine neue. Es reicht mir hier.«

Seine Gefährten standen bereitwillig auf, und selbst Ronnie kam taumelnd zum Stehen, wobei sein Mund zuckte. »Ich … ich glaube, ich komme mit«, sagte er mühsam. »Düsteres Loch hier, nicht? Der blöde Club. Ist … ist es in Ordnung, wenn ich bis zu meinem Bungalow mit… mitgehe?« Er krallte sich an Charles' Arm, als hätte er Angst vor einer

Ablehnung und vor der Möglichkeit, allein die paar hundert Meter gehen zu müssen, die sich zwischen dem Club und seiner Haustür erstreckten.

»Selbstverständlich«, sagte Charles ungeduldig und befreite den Ärmel seines Mantels von Ronnies krallenden Fingern. »Lassen Sie das Glas hier, und kommen Sie mit.« Dann drehte er sich auf dem Absatz um, und Mr. Purvis, der diese Anweisung auf seine eigene Weise verstand, blieb noch einen Moment stehen, um sein Glas Whisky auszutrinken, bevor er Charles auf unsicheren Beinen folgte.

Die Luft draußen fühlte sich nach der stickigen, abgeschlossenen Atmosphäre in den Clubräumen geradezu kalt an, und obwohl es inzwischen Nacht geworden war, wehte immer noch kein Wind. Nur der leichte Regen, der auf die Insel niederfiel, bewegte mit stillen Fingern ein paar Blätter. Er ließ sich in Form von tausend Sternen in Valeries dunklem Haar nieder und verwandelte Coppers blassgoldenen Schopf in Silber. Die Straßenlaternen zwischen den dunklen Wächtersäulen der Kokospalmen waren von einem glitzernden Dunst umgeben.

Sie setzten Ronnie Purvis vor seinem Bungalow ab, obwohl er offensichtlich eine Einladung nach Government House bevorzugt hätte.

»Kann nicht allein nach Hause«, murmelte Ronnie, schwankte gefährlich und umklammerte einen Laternenpfahl, um nicht zu fallen. »Darauf warten sie nur. D-dass sie mich allein kriegen, damit sie mich erschießen können. Haben meinen Revolver geklaut. Der ist weg! Hab ihn überall gesucht.«

»Was reden Sie da?«, fragte Charles scharf. »Haben Sie gesagt, Ihr Revolver sei gestohlen worden?«

»Nicht ge-stohlen. Weg! Da-mit ich nicht zuerst sch-schießen kann.«

»Hören Sie mal, Ronnie«, sagte Charles drängend. »Wenn Sie Ihren Revolver verloren haben, sollten Sie ihn suchen gehen. Und wenn Sie ihn nicht finden können, müssen Sie das melden.«

»Nicht v-verloren. Weg! Kein Mensch im Haus, alle weg. Kommen Sie einen trinken und ein bisschen lustig sein, denn morgen sind wir tot.«

Ronnies Bungalow lag dunkel da, nur aus dem Zimmer der Hausdiener drang ein wenig Licht. Valerie erinnerte sich plötzlich, dass Rosamund und Amabel oben im Krankenhaus lagen und dass Ronnie tatsächlich allein in dem leeren Haus sein würde. Die pure Barmherzigkeit gebot, ihm zumindest ein Abendessen anzubieten. Aber sie brachte es einfach nicht über sich, denn die Wirkung seiner Panik auf ihre eigenen angegriffenen Nerven war zu verheerend. Sie schlugen seine Einladung aus, verabschiedeten sich kurz und knapp, und dann zerrte sie an Charles' Arm, und sie eilten davon. Mr. Purvis stand in dem Lichtfleck der nächsten Straßenlaterne, schwankte leicht und warf verzweifelte, schreckerfüllte Blicke in die Dunkelheit hinaus.

Mit leiser, atemloser Stimme sagte Valerie: »Habt ihr das gesehen? Es ist mir erst aufgefallen, als wir unter der Laterne standen: Er trägt den Ring nicht.«

»Ja«, antwortete Charles nachdenklich. »Ich habe es gesehen. Es scheint inzwischen fast so, als wäre doch etwas an Coppers Theorie, nicht wahr?«

»Meinst du, dass Ferrers tatsächlich an Stelle von Ronnie umgebracht wurde?«

»Nein. Aber ich glaube, dass er das inzwischen glaubt.«

»Aber warum?«

»Warum nicht? Wenn es Copper eingefallen ist, kann es doch auch Ronnie einfallen. Im Übrigen, kannst du dich an irgendeine andere Gelegenheit erinnern, bei der er den Ring nicht trug? Er nimmt ihn doch nicht mal beim Baden ab!«

Niemand antwortete; sie gingen schweigend weiter und kamen an der höchsten Stelle des Hügels am Gästehaus vorbei, das in der nebligen Dunkelheit kaum zu erkennen war.

Die Fenster blinkten geheimnisvoll zwischen den nassen Blättern und spiegelten das Licht der Straßenlaternen wie die Augen eines Tieres, das in die Scheinwerfer eines Wagens blickt.

Copper wandte den Kopf ab, als sie vorbeigingen, aber sie konnte das Bild nicht vertreiben, das vor ihrem inneren Auge entstanden war: Das Bild von Dan Harcourt, der unter diesen regennassen Ästen durch das rostige Eisentor ging, seinem Tod entgegen. Und plötzlich schien es ihr, als gäbe es auf dieser ganzen nebligen, abgelegenen Insel keinen einzigen sicheren Ort mehr: nicht draußen in der feuchten Nacht und ebenso wenig in dem erleuchteten Haus über ihnen. Ihr Herz schlug bis zum Hals, und sie kämpfte den heftigen Impuls nieder, sich umzudrehen und zurück zur Straße zu laufen. Aber es gab keinen Ort, wohin sie laufen konnte. Keine Sicherheit, keinen Schutz, keine Geborgenheit ...

Sie erreichten die Tore von Government House mit ihren steinernen Säulen und folgten der geschwungenen Auffahrt, die unter den dunklen, tropfenden Ästen der Flammenbäume hinaufführte. Als sie den Weg zur Hälfte hinter sich gebracht hatten, tauchte plötzlich vor ihnen eine dunkle Gestalt aus dem Nebel auf. Es zeigte sich bald, dass es sich um Leonard Stock handelte, der hinunter zu seinem Haus ging, um ein paar Habseligkeiten seiner Frau zu holen.

Leonard war nervös und geschwätzig, und wie Ronnie Purvis warf er ständig pfeilschnelle Blicke hinter sich. Valerie, die sich bereits bei derselben Angewohnheit ertappt hatte, fragte sich, ob wohl alle auf der Insel gleichermaßen überreizte Nerven hatten. Sie entschied, dass es wohl so sein müsse. Wenn sie in der Lage gewesen wären, mit Aberdeen zu telefonieren oder Signale zu geben, hätte es zwar kaum etwas an ihrer Situation geändert; trotzdem war das Gefühl, vollkommen von der Außenwelt abgeschnitten zu sein – und dazu an einen Ort gebannt, wo Mord und Totschlag grassierten –, besonders unangenehm. Wie wenn man in einen dunklen Raum eingesperrt wäre, von dem man wüsste, dass er leer ist – um dann jemanden in der Nähe atmen zu hören …

Mr. Stock hatte offenbar dasselbe Empfinden; und ganz offenkundig verabscheute er den ihm von seiner Frau auferlegten Gang in das leere, dunkle Haus, um ihr irgendwelchen nutzlosen Plunder zu holen, den sie leicht entbehren konnte. Valerie empfand zwar Mitleid mit ihm, schalt ihn in Gedanken aber auch einen Toren, dass er jede Laune seiner Frau mitmachte. Laut erkundigte sie sich bei ihm, wie der Nachmittag verlaufen sei. »Ich fürchte, ich habe meine Gäste ziemlich vernachlässigt. Wie geht es Ruby? Und Mr. Shilto?«

»Ruby ist immer noch ein wenig erschöpft, fürchte ich. Sie hat beschlossen, im Bett zu bleiben. Und Shilto hat sich den größten Teil des Nachmittags in seinem Zimmer aufgehalten, ich habe ihn kaum gesehen. Er kam irgendwann ins Büro, um sich eine Schreibmaschine und etwas Papier zu borgen; ich vermute, er wollte arbeiten.«

Valerie antwortete: »Ich hoffe, mein Vater hat unsere Nachricht erhalten, dass wir zum Tee nicht zu Hause sein werden? Er war sehr beschäftigt, als ich anrief.«

»Ja, ja. Wir haben das Büro noch einmal genau durchsucht«, erklärte Mr. Stock. »Sehen Sie, ich hatte die Theorie, dass etwas fehlen könnte, weil einer der Wachmänner kurz nach Mitternacht Licht im Büro gesehen hat, und nachdem Ihr Vater angab, nicht dort gewesen zu sein, war ich … waren wir besorgt, ein Unbefugter wäre vielleicht eingedrungen, während das ganze Haus schlief, und hätte vielleicht etwas entwendet.«

»Und?«

»Nein, nein, es fehlt nichts, außer …« Mr. Stock unterbrach sich und blickte sie schlau und ein bisschen boshaft an.

»Also fehlt doch etwas! Sagen Sie uns, was!«

Mr. Stock tat so, als müsse er überlegen, aber es war ganz offensichtlich, dass er geradezu darauf brannte, seine Neuigkeit loszuwerden. »Ich glaube nicht, dass Sir Lionel …« Er zögerte, knetete seine Oberlippe, warf einen nervösen Blick über seine Schulter und sagte dann mit leiser Stimme: »Sie erzählen es nicht weiter, nicht wahr? Ich glaube nicht, dass es viel schaden kann, wenn Sie vier es hören, aber eigentlich dürfte ich es wirklich nicht erzählen.«

Nicks Mund zuckte bei diesen Worten Leonards, der sein Wissen so offenkundig teilen wollte, aber Valerie sagte ungeduldig: »Weiter. Was fehlt?«

»Der Brief!«, antwortete Mr. Stock mit verschwörerischem Flüstern. »Der Brief, den Ferrers an Ihren Vater geschrieben hat und den Ihr Vater nicht mehr beantworten konnte. Der Brief ist gestohlen worden, da bin ich ganz sicher.«

»Warum? Hat mein Vater es Ihnen gesagt?«

»Um Himmels willen, nein. Er hat mich lediglich gefragt, ob ich einen Briefumschlag gesehen hätte, der in Ferrers' Handschrift beschrieben war, und als ich sagte, nein, ich hätte keinen Umschlag gesehen, meinte er, es sei auch nicht so wichtig. Gar nicht wichtig. Er sagte das sehr bestimmt.«

»Dann hat er wahrscheinlich Recht«, sagte Valerie kurz.

»Aber es muss wichtig gewesen sein, warum hätte er sonst so sehr danach gesucht? Und er *hat* danach gesucht, das kann ich beschwören. Wissen Sie, ich … äh … kam unerwartet zurück in das Büro, und da hatte ihr Vater alle Schubladen noch einmal aufgezogen und ging sämtliche Briefe durch, obwohl wir sie doch erst eineinhalb Stunden zuvor mit der größten Sorgfalt durchgesehen hatten. Er sprach sogar mit sich selbst – Sie wissen, dass er das gelegentlich tut, wenn er in Sorge ist –, und ich hörte deutlich, wie er sagte: ›Aber er muss hier sein, ich weiß doch, dass ich ihn hier abgelegt habe.‹ Er war nicht gerade erfreut, mich zu sehen, tatsächlich wurde er ziemlich unhöflich. Ich kann mich nicht erinnern, dass jemand schon einmal so … Aber ich bin sicher, dass nirgendwo ein Brief mit Ferrers' Handschrift lag. Absolut sicher! So etwas übersieht man doch nicht! Außerdem benutzte er immer diese billige lilafarbene Tinte vom Bazar. Es ist wirklich ungeheuer schade, dass ich nicht … nun … ich glaube nicht, dass einer von Ihnen ihn gesehen hat? Oder dass Sie etwas darüber wissen?«

»Nein«, sagte Valerie sehr kurz.

Leonard wurde rot, und seine Blicke liefen pfeilschnell von einem Gesicht zum anderen; offenbar hatte er das Gefühl, schon viel zu viel gesagt zu haben. Aber irgendwo in seinen Augen lauerte eine seltsame Neugier und eine rätselhafte Panik. Oder war es Bosheit?

Die nachfolgende kurze, aber unangenehme Gesprächspause wurde von Valerie unterbrochen. »Wir wollen Sie nicht aufhalten«, sagte Sie kalt. »Ich bin sicher, Sie haben noch viel zu tun, und Ruby wird sich Sorgen machen.«

Mr. Stock, der ihren eisigen Blick bemerkte, verlor sich in einem Labyrinth von Halbsätzen, machte ein paar Schritte rückwärts und trabte dann den dunklen Blättertunnel der Auffahrt hinunter. Charles sah ihm nach und sagte: »Ich frage mich wirklich, was er zu wissen glaubt. Habt ihr sein Gesicht gesehen? Er sah aus wie eine Katze, die soeben einen Kanarienvogel verspeist hat.«

Nick drehte sich noch einmal um und blickte in die neblige Finsternis, die die schmale Gestalt verschluckt hatte, und sagte nachdenklich: »Ich glaube, wir sollten unbedingt noch mal einen Blick in Vals Notizbuch werfen, je eher, desto besser. Aber es ist weder die Zeit noch der Ort, um herumzustehen und zu diskutieren, und ich werde allmählich ekelhaft nass. Lasst uns ins Haus gehen.«

Sie fanden das große Haus hell erleuchtet vor, als hätten auch die Bediensteten die unsichere Stimmung bemerkt und sich bei Einbruch der Dunkelheit bemüht, die Angst in Schach zu halten, indem sie jede einzelne Lampe im Haus einschalteten. Aber das Licht allein hatte nicht die Macht, die Furcht zu bannen; eine Furcht, die im raschelnden Flügelschlag der Fledermäuse, im Zirpen der kleinen geckoähnlichen Eidechsen und in jedem Knarren von Dielenbrettern und Möbelstücken flüsterte, und die in den Schatten jedes Vorhangs und hinter jeder halb geöffneten Tür lauerte.

Sir Lionel Masson, John Shilto und Ruby Stock waren nirgendwo zu entdecken; tatsächlich war das große Haus unheimlich still. Charles schickte einen der Diener in die Offiziersmesse, um Valeries Notizbuch zu holen, und während sie darauf warteten, bestellte Valerie Getränke auf die Veranda. Sie ertappte sich selbst dabei, dass sie beinahe flüsterte, und ärgerte sich noch mehr darüber, dass ihre Stimme leicht zitterte, als sie sie bewusst wieder hob.

Die Luft in der Veranda roch schal und abgestanden, und sie ging hinüber zu den französischen Fenstern, die auf den kleinen Balkon beim Wohnzimmer führten, und riss sie auf. Der Jasmin-Baum unterhalb des Balkons stand in voller Blüte, und sein schwerer Duft, der durch die Nachtluft und den leichten Regen noch verstärkt wurde, zog aus dem dunklen Garten herein, süßlich und eine Flut unangenehmer Erinnerungen weckend, dachte Valerie erschaudernd – Erinnerungen an die Treibhausblumen bei einer teuren Beerdigung.

Sie schloss das Fenster schnell wieder, wobei sie aus der Schlingpflanze, die den Balkon überwucherte, einen kleinen Regenschauer entließ und eine der kleinen Gecko-Eidechsen erschreckte, die eine Motte quer über die Decke verfolgt hatte. Sie fiel mit einem leisen Laut Copper direkt vor die Füße, und Nick sah, wie alle Farbe aus ihrem Gesicht wich und wie sie mit ihren Zähnen hart auf die Unterlippe biss, um einen Schrei zu unterdrücken.

Er stand schnell auf, ging mit zwei Schritten zu ihr, nahm sie bei den Ellbogen und zog sie hoch, und bevor sie ein Wort sagen konnte, drehte er sie mit festem Griff Richtung Wohnzimmer und drückte sie in einen Sessel am Ende des Raumes. Er beugte sich über sie, eine Hand auf jeder Armlehne des Sessels, sodass sie nicht fliehen konnte, und sagte leise zu ihr:

»Was ist los, Coppy? Wovor hast du Angst? Sag es mir, Liebes.«

Coppers Augen, die vor Furcht ganz schwarz geworden waren, klammerten sich an ihn wie ein Ertrinkender an einen Strohhalm, aber sie schüttelte nur benommen den Kopf.

»Warum willst du es mir nicht sagen? Ist es, weil du befürchtest, ich könnte mit all dem hier etwas zu tun haben?«

Ihr Blick ließ ihn nicht los, und er spürte, wie sie ihre Sinne zurückgewann. Sie befeuchtete ihre Lippen mit der Zungenspitze und begann dann mühsam zu sprechen.

»Nein«, sagte sie mit einem trockenen, zögernden Flüstern.

»Nein. Es hat … es hat nichts mit dir zu tun.«

»Dann sag mir, was es ist.«

»Das – kann ich nicht«, sagte Copper, und rang verzweifelt ihre Hände. »Es gibt nichts, was ich dir sagen könnte. Wirklich nicht. Ich … ich bin nur ein bisschen überreizt … wie alle anderen hier.« Sie versuchte ein kleines, steifes Lächeln, das ihre Lippen verzog, ihre furchtsamen Augen aber nicht erreichte, und die scharfen Falten um Nicks Mund wurden plötzlich weicher.

»Du kannst überhaupt nicht gut lügen, Coppy, mein Schatz, und im Augenblick könntest du nicht mal ein blindes Wickelkind in die Irre führen. Natürlich bist du überreizt, das sind wir alle. Ich bin selbst nicht besonders gut in Form. Sieh dir das an!«

Er hielt seine Hand hoch, und sie sah, dass sie ein wenig zitterte.

Nick legte die Hand wieder auf die Armlehne des Sessels und lächelte auf sie hinunter. »Verstehst du? Wir haben alle den Flattermann, mein Liebes. Und das mit gutem Grund. Wir müssten Übermenschen sein, wenn es anders wäre. Aber das erklärt nicht, weshalb gerade du so schlimm dran bist, dass du dich von einer harmlosen kleinen Eidechse so sehr erschrecken lässt.«

»Stimmt ja gar nicht«, leugnete Copper unsicher. »Das denkst du dir bloß aus.«

»Ja?« Er zog ein sauberes Taschentuch aus seiner Brusttasche und beugte sich mit einer schnellen, unerwarteten Bewegung vor, um damit ihre Lippen zu berühren. Aufkeuchend fuhr sie zurück, aber Nick hielt ihr schon das Taschentuch hin. Der weiße Stoff hatte einen kleinen roten Fleck.

»Das bilde ich mir alles ein?«, fragte er sanft. »Warum verstellst du dich, Copper? Deine Angst ist anders als die von uns allen. Sie ist sogar anders als die von diesem Blödmann Purvis – bei ihm spielen Alkohol, schlechtes Gewissen und Angst, das nächste Opfer zu sein, sehr eng zusammen. Noch vor ungefähr einer Stunde warst du nicht mehr überreizt als Charles, Valerie oder ich. Aber dir ist etwas eingefallen, als Val den Inhalt ihres verdammten Notizbuches vorgelesen hat, nicht wahr? So war es doch, Coppy! Du hast an irgendetwas gedacht oder dich an irgendetwas erinnert, und das macht dir fürchterliche Angst. Und seitdem denkst du darüber nach und wälzt es hin und her, um herauszufinden, ob es Sinn macht.«

»Nein!«, antwortete Copper atemlos. »Nein!«

»Natürlich. Und was noch schlimmer ist: Du hast immer noch schreckliche Angst. Auch jetzt noch. Was ist es, Liebes? Sag es mir!«

»Ich … ich kann nicht«, antwortete Copper mühsam.

Nick griff fester nach den Armlehnen des Sessels, und seine Züge wurden wieder hart. »Du meinst, du willst nicht.«

Coppers Stimme war kaum noch hörbar. »Ich wage es nicht.«

Nick richtete sich auf und steckte die Hände in die Taschen. »Entschuldigung«, sagte er kurz angebunden. »Ich hätte daran denken sollen, dass ich selbst unter Verdacht stehe.« Copper streckte die Hand aus, um ihn zu besänftigen, aber er trat einen Schritt zurück und schaltete das Licht aus. »Ich denke, wir sollten zu unserem Detektivspiel zurückkehren«, sagte er. »Da kommt der Knabe mit dem Notizbuch.«

Charles und Valerie riefen von der Veranda nach ihnen, und Copper stand schwankend aus dem Sessel auf, um ihm dorthin zu folgen.

19

»Hier ist das schicksalhafte Buch«, sagte Charles. »Nun lasst uns sehen, ob unser neuester Hinweis zu unseren Aufzeichnungen passt. Was, glaubt ihr, ist daran?«

»Wir können ja fragen«, sagte Valerie. »Vielleicht sollte ich jetzt wirklich erst einmal gehen, meinen Vater aufstöbern und ihn fragen, was hier eigentlich los ist.«

»Tu das, Schätzchen. Vielleicht stellt sich heraus, dass dies genau der Hinweis ist, den wir brauchen. Und glaub mir, ein wirklicher Hinweis wäre willkommen wie Manna in der Wüste.« Valerie stand auf, aber einer der Hausdiener kam ihr zuvor, denn er brachte eine Nachricht von ihrem Stiefvater.

Sir Lionel war gegangen, um Mr. Dobbie aufzusuchen – vermutlich wegen der Beerdigung von Ferrers Shilto und Dan Harcourt –, und hatte die Einladung des Pfarrers angenommen, zum Abendessen zu bleiben. Er würde erst spät nach Hause kommen, und Valerie sollte nicht auf ihn warten.

»Nun gut, damit wäre dieser Punkt erledigt«, sagte Charles. »Macht nichts, wir können ihn ja morgen fragen. Ich glaube ohnehin nicht, dass irgendetwas Interessantes dabei herauskommt.«

Nick sagte kurz: »Da kann ich dir nicht zustimmen. Wenn Leonard richtig vermutet und jemand den Brief hat verschwinden lassen, dann bedeutet das, dass in diesem Brief etwas wirklich Wichtiges stand. Und wenn er wirklich verschwunden ist, möchte ich wetten, dass ich weiß, wer ihn hat: John Shilto.«

»Warum er?«, fragte Valerie. »Ich verstehe nicht, warum es ausgerechnet er sein soll.«

»Benutz doch mal deinen Verstand, Val! Er ist schließlich sein nächster Verwandter. Wir haben schon festgestellt, dass John Shilto sehr plötzlich seine Meinung geändert hat, was seine Teilnahme am Picknick auf dem Mount Harriet anging, und dies vermutlich, weil er irgendetwas gesehen oder gehört hat, während er sich in Ferrers' Haus aufhielt. Und wir alle haben gehört, wie er ihm angeboten hat, die Plantage zurückzukaufen.«

»Wir haben außerdem«, ergänzte Charles, »gehört, wie Ferrers dieses Angebot ablehnte, und zwar in ziemlich rüdem Ton. So rüde, dass Johns Chancen, die Plantage womöglich zu erben, erheblich geschrumpft schienen. Da Ferrers aber ohne Testament starb, erbt John nun vermutlich alles, was er hinterlässt, und das könnte mehr sein, als wir denken. Soweit wir wissen, steigt der Preis für Copra derzeit kräftig an. Vielleicht hat Ferrers auch einen Weg gefunden, seine Plantage trockenzulegen oder zu düngen, sodass die Nüsse wachsen wie verrückt. Er könnte deinem Vater geschrieben haben, dass er eine außerordentlich reiche Ernte erwartete und zusätzliche Kapazitäten brauchte, um das Zeug zu exportieren. Irgendwas in der Richtung.«

»J-a«, sagte Valerie zweifelnd. »Aber ich verstehe immer noch nicht, wieso John Shilto diesen Brief stehlen sollte. Nachdem mein Vater den Brief ja bereits gelesen hatte, hatte er keine Möglichkeit, ihn geheim zu halten, und was hätte er sonst damit anfangen sollen?«

»Vielleicht war es einfach nur Neugier?«, schlug Nick vor. »Oder vielleicht ein schlechtes Gewissen? Vielleicht wollte er einfach nur wissen, weshalb sein Vetter dem Commissioner geschrieben hat, nur um herauszufinden, wie viel Informationen schon nach außen gedrungen waren.«

Ungeduldig bemerkte Charles: »Das ist doch alles ein Ratespiel. Ich denke, wir sollten es zur Abwechslung mit etwas Praktischerem versuchen, und dazu habe ich einen Vorschlag zu machen.« Er rieb sich das Kinn und legte nachdenklich die Stirn in Falten, während er hinaus in das dunkle Wohnzimmer blickte. Dann stand er auf, ging schnell und leise zu der Verbindungstür und blickte in das Zimmer. Einige Minuten stand er dort, lauschte und ließ den Blick durch den Raum wandern, bevor er wieder zu seinem Sessel zurückkehrte.

»Was ist los, Liebster?«, fragte Valerie mit unsicherem Lachen. »Willst du sichergehen, dass sich kein Mörder unter dem Sofa versteckt hat?«

Charles ging auf ihren scherzhaften Ton nicht ein. »Ich dachte, ich hätte eine Bewegung im Wohnzimmer gehört«, sagte er langsam. »Vielleicht waren es aber auch nur die Fledermäuse oder die Eidechsen – oder Kioh. Aber wie auch immer, ich habe das Gefühl, dass wir hier zu viel und zu laut sprechen. Würdet ihr also bitte ein bisschen näher zu mir heranrücken, dann verspreche ich, leiser zu reden. Also, hört zu; mein Vorschlag lautet folgendermaßen: Ihr Mädchen müsst Shilto irgendwie aus seinem Zimmer hierher locken und ihn ablenken, während Nick und ich sein Zimmer gründlich inspizieren.«

Valerie streckte blitzartig die Hand aus und griff nach seinem Jackenärmel. »Hör auf zu spinnen, Charles! Was erwartest du denn da zu finden?«

»Nichts«, gab Charles bereitwillig zu. »Aber die Hoffnung ist ein zäher Bewohner der menschlichen Brust, und man weiß nie, was sich in diesem Zimmer alles finden könnte. Wenn wir Glück haben, finden wir Ferrers' Brief.«

Für einen Augenblick herrschte Schweigen, dann stand Valerie abrupt auf. »Nun gut. Während ihr euch über das Zimmer hermacht, kann Copper versuchen, John Shilto zu bezirzen, und ich sehe zu, ob ich etwas aus Ruby herausbringe.«

Charles seufzte zufrieden auf. »So kenne ich meine kleine Mata Hari. Und pass auf, Copper, du musst Shilto für mindestens eine halbe Stunde hier festhalten. Zur Not tun es auch zwanzig Minuten, aber das ist das absolute Minimum. Wir warten in Nicks Zimmer, bis du den Mann aus dem Zimmer gelockt hast, und dann schleichen wir uns hinein. Und lass ihn um Himmels willen nicht zurückgehen, um der Natur Genüge zu tun oder Ähnliches, denn dann sind wir geliefert.«

»Ich werde mein Bestes tun«, sagte Copper zweifelnd. »Aber ich kann ihn im Zweifelsfall wohl kaum mit Gewalt hier festhalten.«

»Ihr zwei«, sagte Valerie bestimmt, »müsst so schnell wie möglich arbeiten. Und wenn es ganz dick kommt und er in sein Zimmer zurückgeht, während ihr noch drinnen seid, dann müsst ihr eben aus dem Fenster springen.«

»Oh, vielen Dank«, antwortete Nick grimmig. »Das sind ja auch nur sieben Meter – ganz zu schweigen von der Möglichkeit, auf dem Kopf eines unglücklichen Wachmannes zu landen.«

Valerie lachte. »Ist schon gut, Nick«, beruhigte sie ihn. »Ich wollte euch nicht vorschlagen, einer Verhaftung durch Selbstmord zuvorzukommen. An der Außenseite des Turmzimmers verläuft ein Mauervorsprung, der mehr als einen halben Meter breit ist und fast bis zum Balkon vor deinem Zimmer reicht. Über dieses Mäuerchen könnt ihr ohne Schwierigkeiten bis zu deinem Balkon kommen. Bei Tag ist es jedenfalls kein Problem, bei Nacht ist es vielleicht ein bisschen dreckig.«

»Mir gefällt das Wort ›dreckig‹ nicht«, sagte Nick. »Es klingt so nach Blut und Rettungsmannschaften und einem Wachmann, der uns mit dem Messer vom Weg kratzt.«

»Beruhige dich, mein furchtsamer Seemann«, sagte Charles. »Diese Art von Schmutz hat sie nicht gemeint. Das Einzige, was hier Gefahr läuft, tödliche Verletzungen zu erleiden, ist dein feiner Anzug, denn in dieser Gegend werden alle Holzteile mit einem roten Zeug eingeschmiert, das entsetzlich abfärbt. Das bedeutet, wenn Copper den alten Shilto nicht ausreichend lange betören kann, müssen wir entweder in Vals Pyjama nach Hause gehen oder in unserem Versteck bleiben, bis unsere Anzüge aus der Wäscherei zurückkommen. Dies jedoch sind die grausigen Risiken des Detektivlebens, und wir werden ihnen tapfer ins Auge sehen. ›Wer *halt* zuerst ruft, soll zur Hölle fahren.‹ – ›Noch einmal stürmt, noch einmal, liebe Freunde!‹«

»Um Himmels willen, kannst du mit diesem literarischen Blödsinn aufhören?«, flehte Nick erschöpft.

Eine Viertelstunde später gesellte sich Valerie zu Mr. Shilto und Copper, die auf der Veranda saßen, und ein einziger Blick genügte, um Copper davon zu überzeugen, dass Valeries Mission ein Misserfolg gewesen war.

Als Copper fragend eine Augenbraue hob, schüttelte Valerie nur leicht den Kopf und half während der nächsten Viertelstunde eifrig mit, Mr. Shilto mit Drinks und Gesprächen bei der Stange zu halten. Mehr als einmal erwies sich das als ausgesprochen schwierig, denn Shilto hatte ebenso wie Ronnie Purvis versucht, seinen Mut mit geistigen Getränken zu stärken. Der Effekt war aber ein ganz anderer als bei Mr. Purvis: Shiltos Stimmung stieg in geradezu beängstigendem Maße, er sprach laut und unzusammenhängend und würzte seine Bemerkungen mit häufigen Ausbrüchen albernen Gelächters.

Die Minuten schienen wie Stunden dahinzuschleichen, bis endlich Charles und Nick wieder auftauchten. Mr. Shilto kippte nicht lange danach den Rest seines Brandys herunter und zog sich zurück.

»Und? Glück gehabt?«, fragte Valerie mit fieberhaftem Flüstern. »Bei Ruby war nichts zu holen. Bei der ersten Andeutung machte sie dicht wie eine hysterische Auster und warf mich fast aus dem Zimmer. Wie ist es euch beiden ergangen? Ihr wart ja stundenlang weg! Wir haben schon gedacht, ihr kommt niemals wieder.«

»Es hat ein bisschen gedauert«, erklärte Charles, »weil wir wirklich sehr gründlich gesucht haben. Aber es hat sich gelohnt. Seht her!« Er zog ein zerknülltes Stück Papier aus seiner Tasche und reichte es hinüber.

Valerie strich das Papier glatt und riss die Augen auf. Ihr Gesicht hatte alle Farbe verloren. Denn was sie in der Hand hielt, war ein Briefumschlag, beschriftet mit der billigen lilafarbenen Tinte, die man im Bazar bekam, und mit einer seltsamen, spinnengleichen Handschrift, die sie gelegentlich schon gesehen hatte. Der Brief war gerichtet an

Sir Lionel Masson, C.S.I., C.I.E., C.B.E.,
Government House,
Ross.

Die Schrift war deutlich erkennbar die von Ferrers Shilto, aber der Umschlag war leer.

20

»... und als sie gefunden wurden, waren sie alle tot«, beendete die unermüdliche Pessimistin Miss Amabel Withers ihre schaurige Erzählung.

»Wir haben diese Geschichte alle schon mindestens sechsmal gehört, Amabel!«, fuhr Valerie sie ungewohnt gereizt an. »Und wenn du vielleicht diesen einen Abend dein Repertoire an Gruselgeschichten ruhen lassen könntest, wären wir dir alle zutiefst dankbar, da bin ich sicher.«

Amabels Stupsnase erglühte in tiefem Rosa – eine unangenehme Gewohnheit, die immer dann zum Tragen kam, wenn die Besitzerin der Nase sich in irgendeiner Weise aufregte –, und ihre Augen, ein wenig Kuhaugen ähnelnd, füllten sich mit Tränen. Valerie war sofort von schlechtem Gewissen ergriffen. »Es tut mir Leid, Amabel, ich bin gemein. Hör einfach nicht hin, ich habe es nicht so gemeint. Aber es wäre wirklich eine Hilfe, wenn wir diesen Abend ohne Geschichten von Mord, Krieg und plötzlichen Todesfällen hinter uns bringen könnten.«

Sie saßen wieder alle um den langen Esstisch, und Amabel war zum Abendessen vom Krankenhaus herübergekommen. Sie hatte berichtet, dass Rosamund Purvis sich inzwischen vollständig von ihrem Nervenzusammenbruch erholt hatte, sich aber entschlossen hatte, im Krankenhaus zu bleiben, um Truda Gesellschaft zu leisten. »Denn wisst ihr«, hatte Amabel mit der für sie typischen Taktlosigkeit erklärt, »Truda konnte nicht kommen, weil sie befürchtet, dass der Krankenhauskoch, der selbst krank ist, sterben könnte. Und Rosamund hat gesagt, lieber bleibt sie mit sechs toten Köchen im Krankenhaus als in einem Haus mit einem lebendigen Mörder.«

Diese Bemerkung war mit eisigem Schweigen aufgenommen worden, und Valerie, die heldenhaft den Impuls unterdrückte, gewalttätig zu werden, hatte es geschafft, das Gespräch auf die Tatsache zu lenken, dass die SS *Maharaja* immer noch nicht angekommen war. Allerdings mit zweifelhaftem Erfolg.

»Es sollte mich nicht wundern«, hatte Amabel das neue Thema aufgegriffen, »wenn sie Schiffbruch erlitten hätte. In einem solchen Sturm könnte ein Schiff doch leicht kentern und sinken.«

Jeder Kommentar war sinnlos. »Valerie, meine Liebe«, hatte der Commissioner gesagt, »ich denke, wir gehen jetzt besser zum Abendessen.« Und so hatten sie hastig ihre Drinks ausgetrunken und waren in das Speisezimmer gezogen; eine schweigende Gesellschaft, die derzeit nur einen gemeinsamen Wunsch hegte: Miss Withers gewaltsam zum Schweigen zu bringen.

Während des Abendessens hatte Amabel, die zwei von Charles' Cocktails getrunken hatte und nun unter den verheerenden Folgen litt, sich selbst übertroffen. Vermutlich war daran die ungewöhnliche Schweigsamkeit der übrigen Gesellschaft schuld, denn nur wenige von ihnen fühlten sich in der Lage, Konversation zu machen, und jeder ging mehr oder weniger beunruhigt seinen geheimen Gedanken nach. So konnte Amabel ungebremst weiter schwadronieren, und wären da nicht die schrecklichen Themen gewesen, hätte jeder ihre Geschwätzigkeit begrüßt. Aber angesichts schwermütiger Assoziationen von Gedanken glitten ihr die Geschichten von Mord und Tod durch Ertrinken nur so von der Zunge: eine ununterbrochene, morbide Prozession von Leichen.

Valerie hatte bisher alles mit engelhafter Geduld ertragen, aber eine Neuauflage der Geschichte, die Amabel während des Sturms an Heiligabend auf der Fähre erzählt hatte, war dann doch zu viel für sie und provozierte sie schließlich zu einem beißenden Kommentar. Dieser etwas verspätete Ausbruch Valeries hatte den Strom von Gruselgeschichten für den Rest des Abends wirkungsvoll zum Versiegen gebracht, aber nicht die Düsternis vertrieben, die alle inzwischen befallen hatte. So beeilten sich die Gäste, ihre Teller zu leeren, und verließen den Tisch noch vor Kaffee und Likör.

Valerie und Copper überließen Miss Withers und die Männer sich selbst und machten einen Besuch bei Mrs. Stock, die inzwischen das Zimmer mit ihrem Mann getauscht hatte. In dem kleinen Ankleidezimmer saß sie aufrecht im Bett und trank Ovomaltine, den Morgenrock mit den rosa Federn achtlos um die Schultern geschlungen.

Sie sah müde und verhärmt aus, als wäre sie plötzlich um mindestens zehn Jahre gealtert, und Valerie bemerkte mit leisem Schrecken, dass Mrs. Stock zum ersten Mal, so lange sie sie kannte, nicht geschminkt war. So sah ihre Haut rau und farblos aus, und man konnte die feinen Falten um die Augen und den Mund sehen. Urplötzlich war die Tatsache, dass sie eine Frau mittleren Alters war, erschreckend sichtbar geworden.

Ihr Haar hing ihr in unordentlichen schwarzen Strähnen um den Kopf, was die Blässe ihres Gesichts noch verstärkte, und obwohl sie die beiden jungen Frauen mit teilnahmsloser Stimme begrüßte, konnte Copper sehen, dass ihre Augen, genau wie die von Ronnie, ihrem Mann und Mr. Shilto, niemals stillstanden, sondern ständig pfeilschnelle Blicke durch das kleine Zimmer schickten. »Ich konnte in dem großen Raum nicht schlafen«, beantwortete sie Valeries Frage nach ihrem Umzug. »Es waren so viele Fledermäuse dort, und man bekommt sie einfach nicht hinaus. Und überhaupt fühle ich mich bei Nacht in großen Räumen nie besonders behaglich. Ein kleines Schlafzimmer ist so viel ... nun, gemütlicher, finden Sie nicht?«

Valerie, die sich an Rubys Haus und an das riesige Schlafzimmer der Hausherrin erinnerte, konnte ihr Erstaunen über diese Äußerung kaum verbergen. »Äh ... ja«, stimmte sie hastig zu. »Das ist wohl so. Ich habe nie besonders darüber nachgedacht. Ich vermute, sie haben die Zimmer so groß gemacht, damit sie kühler sind. Ich hoffe, Sie finden dieses Zimmer nicht stickig. Im Augenblick ist es draußen ganz windstill, soll ich vielleicht eines der Fenster öffnen?«

»Nein!«, rief Mrs. Stock unerwartet heftig und klammerte sich an Valeries Arm, als wollte sie die Gastgeberin notfalls mit Gewalt daran hindern. »Nein!« Dann bemerkte sie die erstaunten Gesichter, ließ Valerie los und setzte ein Lächeln auf. »Ich ... ich öffne es später, wenn ich das Licht ausgemacht habe. Ich kann die Käfer und Motten und Insekten nicht leiden, die sonst hereinfliegen.«

Valerie verkniff sich den Kommentar, dass das Moskitonetz die Insekten wirksam abhalten würde, blieb noch ein paar Minuten da, um weiterzuplaudern, und verabschiedete sich dann.

»Ob Sie wohl Leonard eine Nachricht von mir übermitteln würden?«, fragte Mrs. Stock. »Würden Sie ihm sagen, dass ich sehr müde bin und mich jetzt schlafen lege und dass ich nicht gestört werden möchte? Deshalb habe ich seine Waschutensilien auf das Schränkchen im Nebenzimmer gelegt. Ich bin sicher, John Shilto erlaubt ihm, sein Bad heute Nacht mitzubenutzen.«

»Aber natürlich. Und Sie sind sicher, dass wir sonst nichts mehr für Sie tun können?«

»Nein. Nein, wirklich nicht, danke schön. Gute Nacht. Und bitte, schließen Sie die Tür, wenn Sie hinausgehen.«

Valerie und Copper zogen sich dankbar zurück und schlossen die Tür zu dem Ankleidezimmer hinter sich. Sie hatten das große Schlafzimmer, das jetzt Leonard gehörte, zur Hälfte durchquert, als ein Geräusch sie aufmerken ließ, und sie blickten zurück auf die geschlossene Tür des Zimmers, das sie soeben verlassen hatten. Von der anderen Seite hörten sie das unmissverständliche Geräusch eines Schlüssels, der im Schloss gedreht wurde, gefolgt von dem Ratschen von Riegeln. Mrs. Stock, so schien es, verbarrikadierte sich für die Nacht.

»Ich frage mich wirklich, was sie da drinnen macht«, sagte Valerie nachdenklich. »Ich frage mich, ob ...« Sie warf einen fragenden Blick auf die Teakvertäfelung der geschlossenen Tür, dann drehte sie sich auf dem Absatz um. »Komm, Coppy, wir müssen Amabel retten, bevor noch ein Mord geschieht. Ich möchte wirklich nicht erleben, dass Charles als Frauenmörder verhaftet wird, so Recht er auch haben mag.«

Als sie jedoch den Rest der Gesellschaft im Wohnzimmer wieder trafen, sprach Miss Withers nicht mehr. Sie saß zusammengekauert in einer Ecke des Sofas und klagte über Kopfweh. Amabel war Alkohol nicht gewöhnt, selbst in seiner mildesten Form, und die Cocktails vor dem Abendessen zeigten jetzt bereits böse Auswirkungen. Der Commissioner hatte sich zurückgezogen, und Charles, Nick und Mr. Shilto, die vor dem leeren Kamin saßen, diskutierten ohne irgendein erkennbares Engagement irgendwelche Angelgeschichten, während Leonard Stock, der einsam vor dem Bücherregal saß, über einer zerlesenen Nummer von *Country Life* gähnte und nur noch mühsam die Augen offen hielt.

Valerie blieb neben ihm stehen und überbrachte die Nachricht von seiner Frau, die er kommentarlos entgegennahm; offenbar war Mr. Stock derartige Anschläge von seiner Ruby gewöhnt.

Aus einem plötzlichen Impuls, den sie später nicht erklären konnte, senkte Valerie die Stimme und erzählte ihm, ohne die Gruppe vor dem Kamin aus den Augen zu lassen, dass man den Briefumschlag in John Shiltos Zimmer gefunden hatte. »Sie sehen also, Leonard, dass Sie Recht mit Ihrer Vermutung hatten, der Brief sei aus dem Büro entwendet worden. Aber ich glaube nicht, dass mein Vater noch an ihn dachte, als er sagte, es fehle nichts.«

Als sie ihn ansah, entdeckte sie in Leonards blassen Augen etwas, was sie nur als heftigsten Schock bezeichnen konnte. Es war sofort wieder verschwunden, aber der kleine Mann war offensichtlich zutiefst erschüttert. »John Shilto!«, flüsterte er unsicher. »Das ist unmöglich! Ich dachte ...« Er riss sich zusammen. »Ich meine, was sollte er denn mit diesem Brief anfangen? Da muss ein Irrtum vorliegen. Ja, natürlich, ein Irrtum ...«

So brabbelte er noch eine Minute weiter, aber Valerie hatte den Eindruck, er versuche nur, seinen tiefen Schock zu verdecken, und plötzlich ärgerte sie sich über sich selbst, dass sie mit ihm gesprochen hatte. Sie schnitt seine leisen, unzusammenhängenden Halbsätze ab, indem sie ihn abrupt verließ und in die andere Ecke des Zimmers ging, wo Copper müßig in einem Fotoalbum blätterte.

»Ich glaube, jetzt habe ich mich wirklich zum Narren gemacht«, gab sie reuevoll zu. »Ich habe mich vergessen und Leonard erzählt, dass wir den Briefumschlag in John Shiltos Zimmer gefunden haben, und es schien ihn bis ins Mark zu erschüttern. Ganz offensichtlich hat er seine eigene Theorie über das, was hier geschehen ist, und darin kommt John Shilto überhaupt nicht vor. Oder jedenfalls kam er darin nicht vor, bis vor fünf Minuten. Du glaubst doch nicht, dass er wirklich etwas weiß, oder? Vielleicht sollten wir ihn fragen, denn ...«

»Nein, tu das nicht!«, unterbrach Copper sie schnell. »Ich meine ... er ... er rätselt vielleicht auch nur so herum wie wir alle. Lass uns nicht ...« Als sie Amabel herannahen sah, unterbrach sie sich und sagte mit einiger Erleichterung: »Hallo, Amabel, wollen wir eine Partie Mah-Jong oder Slam oder etwas dergleichen spielen?«

»Nein, daf glaube if nif, danke«, sagte Amabel undeutlich. »If glaube, if kriege eine Erkältung. Daf geht immer mit Kopfweh lof, diefmal fing ef beim Pudding an.«

Valerie bemühte sich um ein bisschen Mitleid, unterdrückte mühsam ein Kichern und sagte: »Dann wollen wir die Männer ihren Fischen und Ködern überlassen und sehen, ob wir ein Aspirin für dich finden. Und wenn du es genommen hast, kann Charles dich heimbringen. Im Bett bist du mit deiner Erkältung viel besser aufgehoben. Kommst du mit, Copper?« Die drei jungen Frauen zogen sich unauffällig zurück und machten sich auf die Suche nach Medizin für Amabel.

»Dad hat etwas, was viel besser wirkt als Aspirin«, bemerkte Valerie. »Eine Art Pulver in einer Kapsel, und es wirkt zweimal so schnell. Ich glaube fast, ich könnte auch eine gebrauchen, um meine Nerven ein bisschen auf Vordermann zu bringen. Wir werden seinen Medizinschrank plündern.«

Sie öffnete die Tür zu Sir Lionels Schlafzimmer, schaltete das Licht ein und verschwand, gefolgt von Amabel, durch eine Verbindungstür zur Rechten, die in das Ankleidezimmer ihres Vaters führte. Copper konnte das Klimpern der Flaschen hören, als sie den Medizinschrank durchforsteten, aber statt ihnen zu folgen, blieb sie bei dem offenen französischen Fenster stehen, das auf einen kleinen, überwachsenen Balkon führte, von dem aus man in den Garten blickte.

Unter ihr in der nebligen Dunkelheit warf eine der Wachlaternen, die die ganze Nacht eingeschaltet blieben, ein schwaches Licht, das den Schlingpflanzen einen goldenen Schimmer verlieh und die duftenden Blüten erleuchtete, die über das hölzerne Geländer hingen und sich in den Garten hinunterrankten. Von einem plötzlichen Gedanken geleitet, trat Copper auf den nassen Balkon und blickte hinunter in den Garten. Doch bei dem schwachen Licht war es unmöglich festzustellen, ob die dicken Ranken der Schlingpflanze wohl abgerissen oder verschoben worden waren.

Ein Windstoß bewegte die Nebelfetzen rund um das alte Haus, und schaudernd zog sie sich in den tröstlich erleuchteten Raum zurück.

Sir Lionels Schlafzimmer war groß und kahl und nur mit den nötigsten Dingen möbliert: einem Schrank, einem schmalen Bett mit einem kleinen Nachttisch, einem größeren Schreibtisch und einem einzelnen Stuhl. Bilder oder sonstiger Wandschmuck waren nicht zu sehen, nur auf dem

Schreibtisch stand ein Doppelrahmen für Fotos, darin ein neueres Foto von Valerie und ein älteres, schon etwas ausgebleichtes, das eine Frau zeigte, die Valeries Mutter gewesen sein musste, denn die Ähnlichkeit der Gesichter war bemerkenswert. Copper griff instinktiv nach dem Bilderrahmen und betrachtete die Bilder interessiert. Als sie sie wieder zurückstellte, rutschte etwas aus dem Rahmen und blieb auf dem Tisch liegen: ein Blatt Papier, beschrieben in einer dünnen, spinnengleichen Handschrift mit billiger, lilafarbener Tinte, wie man sie auf dem Bazar kaufen konnte. Ferrers' Brief …

Copper starrte auf das Blatt und hatte ein Gefühl, als ob sich eisige Finger um ihr Herz krallten. Der Brief war an einer Stelle zerrissen und stark zerknüllt, aber hier und dort konnte man ohne Weiteres ein paar Worte lesen.

… wäre ich außerordentlich dankbar, wenn Sie mir einen Rat geben könnten, wie in derartigen Dingen die Gesetzeslage ist. Die Lagune gehört zweifellos mir, und daher ist wohl auch alles, was sich darin befindet, mein Eigentum, aber … hätte ich gern eine offizielle Stellungnahme, bevor ich Kontakt mit Händlern aufnehme … habe aus Kalkutta eine Taucherausrüstung mitgebracht, und die Ergebnisse waren erstaunlich … Wie Sie sich vorstellen können, kann ich nicht riskieren … Gesetzeslage muss gesichert sein …

Perlen! Das musste es sein. Nicht die Plantage, die Lagune! Er war auf eine Fundstelle für Perlen gestoßen, und … ja, natürlich! Sie selbst hatte nach Perlenaustern gefragt, und kurz danach hatte Sir Lionel Ferrers' Brief erwähnt. Das hätte sie stutzig machen müssen. Die Erwähnung der Austern hatte ihn an Ferrers erinnert, nicht Amabels Geschichte von dem ertrunkenen Fischer. Und sie selbst hatte das Gespräch beendet, weil sie nicht an die nasse, kleine Leiche erinnert werden wollte, die das Meer an Land gespült hatte.

Perlen! Und John Shilto hatte es vermutlich herausgefunden. Der Gestank, über den sich Charles beklagt hatte, nachdem er hinter Ferrers' Bungalow gewesen war: die Austern, natürlich. Austern, die in der Sonne verfaulten.

Eine Stimme aus dem angrenzenden Ankleideraum sagte ermutigend: »Genau. Schluck die Kapsel ganz, und in ein paar Minuten wirst du dich viel besser fühlen.« Copper kam mit einem Ruck in die Gegenwart zurück, schob den Brief hastig zurück in sein Versteck und drehte sich schnell zu Valerie und Amabel um, die in diesem Augenblick das Schlafzimmer wieder betraten.

Als sie zu dritt ins Wohnzimmer zurückkehrten, stellte sie erschrocken fest, dass die Anglergeschichte, mit der Charles die männliche Gesellschaft erfreut hatte, als sie gingen, immer noch nicht zu Ende war. Irgendwie hatte sie das Gefühl, sie sei mehr als eine Stunde fort gewesen. Ein kurzer Blick auf die Uhr zeigte ihr freilich, dass es nicht mehr als acht Minuten gewesen waren.

Leonard Stock hatte den ungleichen Kampf aufgegeben und war zu Bett gegangen, und Charles ergriff bei ihrem Eintreten offenbar die Gelegenheit beim Schopf, den Abend zu beenden, denn er ließ seinen Lachs springen, wo er war, und bot an, Amabel zum Krankenhaus zu begleiten. Dies war wohl das kleinere Übel, verglichen mit der Gesellschaft von Mr. John Shilto.

»If glaube nif, daf fie sich bemühen müffen«, schnaufte Amabel. »If nehme eine Rikscha, und einer der Wachleute kommt ohnehin mit.«

»Dann wollen wir Sie nur sicher hinausbegleiten«, drängte Charles ein wenig taktlos. »Hallo, Copper, altes Mädchen. Du siehst aus, als wärest du einem Gespenst begegnet. Was ist los?«

»Nichts«, antwortete Copper steif. »Ich … ich bin nur ein wenig müde.« Und plötzlich stand Nick zwischen ihr und den fragenden Blicken, die Charles' Kommentar hervorgerufen hatte. »Ich auch«, sagte er leichthin. »Ab ins Bett, würde ich sagen.«

So zog die ganze Gesellschaft gähnend in die Eingangshalle, während Nick Copper eine Tasse in die kalte Hand drückte und ihre zittrigen Finger fest darum schloss. Er hielt sie mit seiner großen warmen Hand fest. »Nur ein bisschen schwarzer Kaffee«, sagte er leise. »Aber er ist heiß. Sei ein braves Kind und trink ihn, wie er ist, damit du wieder zu dir kommst.«

Copper versuchte ein kleines Lächeln und trank gehorsam die Tasse leer, aber ihre Zähne klapperten gegen das Porzellan.

Die anderen verabschiedeten sich am oberen Ende der Treppe, als Nick ihr die leere Tasse aus der Hand nahm und mit ihr in die Eingangshalle ging. John Shilto zog sich leise schwankend in sein Zimmer zurück, und Charles und Valerie begleiteten Amabel hinunter. Als Copper ihnen folgen wollte, legte ihr Nick eine Hand auf den Arm und hielt sie zurück. Er lehnte am Treppengeländer, die Schulter an den geschnitzten Figuren und einen Blick auf die Gruppe in der Halle gerichtet, und sprach, ohne den Kopf zu drehen. »Was ist passiert, Copper?«

»Ich habe den Brief gefunden«, flüsterte sie verzweifelt.

»Zum Teufel, wo?«

»In Sir Lionels Zimmer. Er war hinter einem Foto in einem ledernen Rahmen versteckt. Ich habe den Rahmen aufgenommen, um mir die Bilder anzusehen, und da fiel der Brief heraus.«

Nick lehnte sich weiter gegen das Treppengeländer und schien Amabels Abschied mit äußerstem Interesse zu verfolgen, aber seine Worte waren ausschließlich an sie gerichtet: »Denk doch mal nach, Liebes. Es ist ziemlich klar, dass derjenige, der den Brief gestohlen hat, nicht wollte, dass er in seiner Nähe gefunden wird. Aber er wollte auch nicht, dass er zerstört wurde. Und das Schlafzimmer von Sir Lionel ist so ziemlich das beste Versteck im ganzen Haus, denn niemand würde darauf kommen, dort zu suchen, am wenigsten Sir Lionel selbst. Und wenn der Brief wieder gebraucht wird, muss derjenige, der ihn genommen hat, nur abwarten, bis Sir Lionel in seinem Büro ist, und kann sich hineinschleichen und ihn holen.«

»So muss es wohl sein«, antwortete Copper, deren Stimme langsam wieder ruhiger wurde. »Ich weiß auch gar nicht, warum ich einen solchen Schrecken bekommen habe, als ich ihn fand. Es ist bloß ... es ist bloß, weil alles so rätselhaft ist, glaube ich. Jeder hier scheint irgendetwas zu verbergen zu haben.«

»Selbst ich«, stimmte Nick ihr ironisch zu. »Arme Coppy. Ich frage mich, welche düsteren Geheimnisse die junge Amabel hinter ihrer reizlosen Fassade versteckt. Und ich frage mich, was du wohl zu verbergen hast.«

Auf diese Frage zu antworten blieb Copper erspart, denn Valerie und Charles kamen die Treppe hinauf.

»Die gute Amabel«, sagte Charles kopfschüttelnd. »Wie ich dieses Mädchen liebe. Ihre Vorfahren müssen ein blühendes Bestattungsunternehmen ihr Eigen genannt haben, und ich vermute, dass die Mörder Burke und Hare zu ihren direkten Ahnen gehören.« An das Treppengeländer gelehnt, fügte er hinzu: »Meint ihr nicht auch, dass wir bei unserer Mördersuche vielleicht auf einer ganz falschen Fährte gewesen sind? Vielleicht war es doch Amabel, die einfach eine neue Leichenhausgeschichte für ihre Sammlung brauchte.«

Nick konnte darüber nicht lachen. Angespannt sagte er: »Ist sie endlich weg? Gut. Wenn die Luft jetzt rein ist, sollten wir noch ein Weilchen ins Wohnzimmer gehen. Dieser Standort hier ist vielleicht doch ein bisschen zu öffentlich, und Copper hat uns etwas zu berichten.«

Sie gingen zurück in das leere Wohnzimmer, wo Charles sich einen kräftigen Schlaftrunk einschenkte und Copper von ihrem Fund berichtete – und vom Inhalt des Briefes.

»Perlen!«, sagte Valerie atemlos. »Das gibt's doch nicht! Du lieber Himmel!«

»Allerdings«, bestätigte Nick. »Perlen. Oder, mit anderen Worten, Dollars und Cents und Pfund Sterling. Richtig viel Geld. Manche Leute könnten sich wohl vorstellen, dafür einen Mord zu begehen.«

Charles sagte grimmig: »Irgendjemand konnte es sich ganz offensichtlich vorstellen!« Er trank aus und stellte das leere Glas mit Nachdruck auf den Tisch. »Nun, es ist immerhin tröstlich, dass wir endlich einen klaren Anhaltspunkt haben, nachdem wir den ganzen Nachmittag in einem Meer von watteweichen Vermutungen gepaddelt sind. Diese Theorie mit dem Ring und mit dem großen Irrtum des Mörders, der eigentlich Ronnie Purvis um die Ecke bringen wollte, ist mir ziemlich im Hals stecken geblieben, Copper. Als Motiv taugte die Sache nach meiner bescheidenen Ansicht überhaupt nichts. Aber das hier ist nun endlich ein gutes, ehrenwertes Motiv für jede beliebige Zahl von Morden. Wenn man mir eine ausreichende Menge der kleinen weißen Kugeln anbieten würde, wäre selbst ich nicht abgeneigt, einen netten kleinen Mord zu begehen.«

Er drehte sich um und deutete mit einer kleinen Geste auf Valerie. »Werft beispielsweise einen Blick hierauf. Dieses kleine Was-auch-immer, das ihr, wenn ihr genau hinschaut, am Ausschnitt meiner Liebsten seht, wurde ihr von mir anlässlich ihres letzten Wiegenfestes überreicht. Etwas zögerlich, wie ich zugeben muss, denn das Ding hat mich sage und schreibe fünfundvierzig Scheine gekostet. Und woraus besteht es? Aus drei – bitte zählt nach! – drei eher klein gewachsenen Zitronenkernen, von denen der Juwelier, der mir das Geld dafür abknöpfte, stocksteif behauptete, es handle sich um echte Perlen und nicht etwa um künstliche japanische. Das Ganze gefasst in Gold im Preis von etwa zehn Shilling. Durch einfaches Rechnen und unter Ansetzen von allerhöchstens fünfzehn Pfund für die Herstellung des Schmuckstücks kommen wir auf einen Einzelpreis von etwa zehn Pfund für jedes dieser Kügelchen, die auf eine Entfernung von zwei Metern kaum noch zu erkennen sind. Das bedeutet, ein Pint-Krug einigermaßen anständiger Perlen würde wohl so etwa fünfzehn- bis zwanzigtausend Pfund bringen. Habe ich Recht?«

»So etwa«, bestätigte Nick. »Wenn das kein Mordmotiv ist ...«

»Ich finde, es ist keine schlechte Arbeitshypothese«, bemerkte Charles.

»Dann ... dann muss es John Shilto gewesen sein«, murmelte Valerie. »Aber wie hat er es herausgefunden?«

Charles lachte kurz auf. »Er wird es wohl gerochen haben. Nein, was er gerochen hat, war eine Ladung faulender Austern, als er am Morgen des Picknicks zum Bungalow hinaufging. Eine tote Auster lässt sich viel leichter öffnen als eine lebende, also spart man Zeit, wenn man sie erst einmal in die Sonne legt und sterben lässt und sich dann auf die Suche nach den Perlen macht. Vermutlich hat er hinter dem Haus herumgeschnüffelt, um herauszufinden, mit welchem Höllenkraut Ferrers seine Plantage düngt, und dabei ist er mitten in die leeren Austern hineingestolpert. Ich weiß, dass er auf Ceylon gewesen ist, und dort hat er sicher einmal den Perlenfischern zugesehen. Jedenfalls hat er wohl ziemlich schnell begriffen, dass die vielen Austernschalen dort nicht bedeuteten, dass ein Vetter eine besondere Vorliebe für den Verzehr von Schalentieren hegte.«

Nick zog die Brauen zusammen und blickte nachdenklich hinaus in die dunkle Nacht hinter den Fensterscheiben. Dann sagte er langsam: »Ja. Ja, ich fürchte, es läuft alles immer mehr auf John Shilto zu. Aber wir sollten deshalb nicht alle anderen Möglichkeiten vom Tisch wischen.«

»Stimmt«, bestätigte Charles.

»Ach, Unsinn, Charles«, sagte Valerie ungeduldig. »Es kann doch niemand anders gewesen sein. Warum sollte denn irgendein anderer auf diese Idee kommen? Ronnie zum Beispiel?«

»Aus dem gleichen Grund wie jeder beliebige andere, denke ich. Ronnie könnte vermutlich mit einem Eimer Perlen einiges anfangen.«

»Wer nicht?«, fragte Nick. »Ich gebe sogar zu, dass das auch auf mich zutrifft. So gesehen, Copper, kannst du jetzt noch einen weiteren schwarzen Punkt auf meinen Eintrag in Valeries Notizbuch setzen. Wenn ich mich recht erinnere, fehlte dir nur ein schlüssiges Motiv, um mich richtig anzuklagen.«

Copper antwortete nicht, aber Valerie, die sah, wie die Freundin zusammenzuckte, eilte ihr wütend zu Hilfe. »Das ist überhaupt nicht komisch, Nick. Wenn Copper jemals angemerkt hat, dass es belastende Momente gegen dich gibt, dann nur, um dich zu warnen, dass andere Leute, abgesehen von uns, dich ebenso verdächtigen könnten wie den Rest der Segler und dass du auf diese Tatsache vorbereitet sein solltest!«

Nick grinste und sagte ohne jede Ironie: »Entschuldige, Valerie, ich werde keine dummen Bemerkungen in dieser Richtung mehr machen. Aber um wieder auf Purvis zu kommen, ich bezweifle, dass er den Mumm hat, einen Mord zu begehen. Das Gleiche gilt im Übrigen für beide Stocks. Andererseits rieche ich eine Meile gegen den Wind, dass sowohl Ruby als auch Leonard etwas wissen – oder glauben, etwas zu wissen. Das ist eine einigermaßen gefährliche Situation, wenn man weiß, dass ein Mörder frei herumläuft. Und deshalb glaube ich, dass eine kleine Unterredung mit Ruby zum jetzigen Zeitpunkt sehr nützlich sein könnte, denn wenn sie tatsächlich irgendwann in der Nacht beim Treppengeländer gelauert hat, um etwas zu beobachten, dann stehen die Chancen nicht schlecht, dass sie eine gewisse Ahnung von der Identität unseres Mörders hat.«

»Hm«, machte Charles. »Vielleicht. Andererseits, wenn

Ruby zu wissen glaubt, wer es getan hat, warum um Himmels willen sagt sie dann nichts?«

Nick zuckte die Schultern. »Das ist ein Problem«, gab er zu. »Ich könnte mir vermutlich ein halbes Dutzend möglicher Gründe ausdenken, wenn ich genügend Zeit hätte, aber alles, was mir derzeit einfällt, kommt mir ein bisschen fadenscheinig vor. Die folgenden Möglichkeiten kann man aber wohl in Betracht ziehen: reine Panik; dann die Unfähigkeit, einen echten Beweis vorzubringen außer ihrem eigenen Wort, dem vor Gericht ohne weitere Indizien wohl nicht genügend Gewicht zukäme. Oder Angst, dass sie das nächste Opfer sein könnte, wenn sie zugibt, irgendetwas über den Mord zu wissen.«

Charles gab ein müdes Schnauben von sich. »Schwachs...! Ich meine, Unsinn! Glaubst du wirklich, sie traut sich nicht, etwas zu sagen, wenn jede Menge Leute um sie herumstehen? Natürlich könnte sie dann etwas sagen. Sie muss sich doch nur genügend Leute zusammensuchen und dann sagen: ›Da ist der Mörder, greift ihn euch!‹«

»Und wenn man ihr nicht glaubt?«, gab Copper leise zu bedenken. »Wenn sie jemand beschuldigte, der ... der ...« Ihre Stimme versagte, und Charles drehte sich schnell zu ihr um. »Wen meinst du, Coppy?«

»Ich ... ich weiß nicht«, sagte Copper unsicher. »Irgendwen. Ich meine, wenn sie es nun nicht ganz genau wüsste, sondern nur ...« Wieder versagte ihr die Stimme, und sie gab es auf.

»Sondern nur?«

Copper gab keine Antwort mehr, und Nicks Augen wurden schmal, während er sie beobachtete. Valerie, die ihr Zögern nicht bemerkt zu haben schien, seufzte: »Ich fürchte, wir müssen all die mühsamen Notizen von heute Nachmittag noch einmal durchgehen, nachdem wir jetzt dieses wunderbare Motiv mit den Perlen haben. Sollten wir uns den Brief nicht holen? Das würde wenig Schwierigkeiten bereiten, denn mein Vater wühlt immer noch wie ein Biber in seinem Büro herum. Der Ärmste!«

Nick schüttelte den Kopf. »Ich würde das an deiner Stelle nicht tun. Jetzt, wo wir wissen, wo der Brief ist, scheint es mir besser, ihn in Ruhe zu lassen und niemandem davon zu erzählen. Wir sollten allerdings einen unauffälligen Blick auf die Tür dieses Zimmers gerichtet halten und beobachten, ob jemand hineingeht, um den Brief zu holen. Vermutlich hat derjenige, der ihn dort deponiert hat, einen guten Grund, ihn irgendwann wieder zu holen, sonst hätte er ihn vernichtet.«

»Was allerdings nicht ganz so einfach ist, wie es klingt«, warf Charles ein. »Zerrissene Stücke Papier kann man wieder zusammensetzen und lesen, wie wir aus unserer täglichen Lektüre von Kriminalromanen wissen. Auch Spuren von verbranntem Papier lassen in einem Haus, in dem ein Blatt Papier vermisst wird, gewisse Verdachtsmomente aufkommen. Aber, ihr Lieben, was haltet ihr davon, die ganze Angelegenheit auf morgen zu verschieben? Mir schwirrt der Kopf von der bunten, bösartigen Sammlung von Hinweisen, Motiven und verdächtigem Verhalten, und wenn ich mich nicht sehr irre, steht mir der Absturz in den Wahnsinn unmittelbar bevor. Können wir nicht stattdessen ein wenig über das Wetter plaudern?«

Er nahm einen großen Schluck aus seinem Glas und wandte sich an Valerie. »Im Übrigen, Stern meiner Seele, welchen Vorwand hast du deinem hoch verehrten Vater präsentiert, um meine nächtliche Anwesenheit in diesem Haus zu erklären? Er murmelte etwas vom Dach der Offiziersmesse, und da ich auf Derartiges nicht vorbereitet war, konnte ich nicht angemessen antworten.«

»Das tut mir Leid«, entschuldigte sich Valerie zerknirscht. »Ich hätte es dir sagen sollen. Ich wusste, Dad würde mich für verrückt erklären, wenn ich ihm gesagt hätte, du solltest hier bleiben, weil ich mich fürchte mit einem Mörder im Haus. Also habe ich ihm erzählt, dass der Sturm das Dach der Offiziersmesse beschädigt hat und dass du in deinem Zimmer nicht bleiben kannst.«

Charles atmete hörbar aus. »Und was«, fragte er, »sage ich ihm, wenn er morgen runterkommt, um den Schaden zu inspizieren? Sage ich ihm dann, dass das alles nur ein netter kleiner Scherz war? Oder dass ich das Dach soeben mit Papier und Klebstoff repariert habe?«

Valerie lachte und streckte die Hand aus, um ihm durchs Haar zu fahren. »Hör auf, Schatz, du weißt genau, dass er sich der Offiziersmesse nur dann nähert, wenn er es gar nicht vermeiden kann. Und immerhin hat meine Lüge ihren Zweck erfüllt, denn du schläfst hier.«

»Noch nicht«, antwortete Charles, »aber ich plane, es sehr bald zu tun.« Er trank sein Glas leer und stand auf. »Zu Bett, Herrschaften. Und ich schwöre, ich werde nicht so bald wieder aufstehen.«

Eins nach dem anderen wurden die Lichter im Haus gelöscht, bis auf eine Lampe in der Eingangshalle, und das große Haus versank in Dunkelheit. Zwanzig Minuten später hörten Copper und Valerie, die hinter ihren Moskitonetzen verborgen lagen und ihre Betten für diese Nacht unmittelbar nebeneinander in Valeries Zimmer aufgestellt hatten, Sir Lionels Schritte, die die Treppe heraufkamen und den Ballsaal durchquerten. Valerie rief ihm Gute Nacht zu, und einen Augenblick nach seiner Antwort schloss sich die Tür zu seinem Zimmer.

»Gute Nacht, Val.«

»Gute Nacht, Coppy. Schlaf gut.« Valerie schlüpfte mit ihrer Hand unter dem Moskitonetz hindurch und schaltete die Nachttischlampe aus. Dunkelheit und Stille machten sich im Zimmer breit, unterbrochen nur durch das Schwirren der Fledermäuse und das Flüstern des Ventilators, dessen Flügel die feuchtwarme Luft träge durchschnitten. Doch bald war ihre Stimme wieder zu hören, mit einem ängstlichen Unterton: »Ich bin froh, dass Charles heute Nacht hier schläft.

Aber … aber es wäre mir wohler, wenn er nicht gerade in Dans Bett schlafen müsste.«

Copper gab keine Antwort mehr, und da Valerie annahm, dass sie schlief, drehte sie sich auf die Seite, steckte einen Arm unter ihr Kopfkissen und schlief bald ein.

21

Aber Copper schlief nicht, und während die dunklen Nachtstunden sich dahinschleppten, verschwand der Schlaf immer weiter aus ihrem gedankenschweren Kopf.

Das Haus war so still. So tödlich still, dass sie nach einer Weile feststellte, dass der Regen aufgehört haben musste, denn sie hörte nicht einmal mehr das leise Tropfen des Wassers von den Regenrinnen. Selbst das Meer war ruhiger geworden, und das ferne Grollen der Brecher war leiser als zuvor; ein sanfter, schläfriger Ton, wie das Schnurren einer riesigen Katze. Doch die Insel war immer noch voller Laute, und die scheinbare Stille war, wie immer, von hundert kleinen Geräuschen durchsetzt, die sich zu einem großen Schweigen summierten, und Coppers angespannte Nerven nahmen jedes einzelne dieser Geräusche wahr.

Jedes unbekannte Knarren oder Knirschen, jedes Schwirren einer Fledermaus und jedes Klopfen eines Nachtkäfers gegen eine Fensterscheibe – selbst der vertraute Ton der Uhr in der Eingangshalle, die die Stunden schlug – ließen ihren Puls vor Schreck hochschnellen. Und als sie einen Nachtvogel laut im Garten schreien hörte, spürte sie ihr Herz bis zum Hals schlagen, und sie ertappte sich dabei, wie sie sich mit verkrampften Fingern an der Bettdecke festkrallte, um nicht loszuschreien.

Sie versuchte, nicht an Dan und Ferrers zu denken – und nicht an den Tod oder an irgendeines der unheimlichen Ereignisse der letzten drei Tage oder an den blanken Schrecken der Nacht nach Heiligabend. Aber sie kam nicht dagegen an, und ihr erschöpftes Hirn führte sie unnachgiebig immer wieder zurück zu diesen schrecklichen Stunden, und im Geist ging sie all die grausigen kleinen Aufzeichnungen wieder durch, die Valerie mit ihrer sauberen Schulmädchenschrift aufgeschrieben hatte. Und mit jeder Erinnerung wurde ihre Angst größer.

Sie waren verrückt gewesen, verrückt und dumm und überheblich, zu glauben, dass sie dabei helfen könnten, dieses hässliche, bluttriefende Gewirr aufzulösen. Ihre Einmischung und ihre Nachforschungen war alles andere als hilfreich, und am Ende konnten sie sie alle in schreckliche Gefahr bringen, denn jemand, der schon zweimal gemordet hatte, würde wieder töten, wenn man ihn genügend in die Enge trieb.

Was würde geschehen, wenn der unbekannte Mörder Verdacht schöpfte? Wenn er ihr Tun, ihr Interesse, ihre Fragen bemerkte und fürchtete, dass sie irgendwann die Wahrheit erkennen würden? Dieser Gedanke war zu entsetzlich, um sich damit zu befassen. Aber sie konnte nicht verhindern, sich Fragen zu stellen und darüber nachzugrübeln – und sich zu fürchten.

Was hatte Nick zu verbergen? Wovor hatte Ronnie so große Angst? Warum hatte sich John Shilto heute Abend so systematisch betrunken und so wirres Zeug geredet? Was hatte Rosamund Purvis so sehr erschreckt, und warum hatte Ruby das Zimmer gewechselt und sich für die Nacht eingeschlossen und die Tür verriegelt? Warum hatte Dan niemandem von seinem Verdacht über den Tod von Ferrers Shilto erzählt, und warum hatte die Nachricht von dem Briefumschlag in John Shiltos Zimmer Leonard Stock so sehr erschüttert?

Die Fragen zogen wirr durch Coppers schmerzenden Kopf wie die Stücke eines Puzzles, und es schien ihr, als fehlte ihr nur noch ein wichtiges Stück, damit sie schnell und wie von selbst an die richtige Stelle fielen. Und plötzlich stand es für sie fest, so sicher, dass sie es sich selbst nicht erklären konnte, dass der Schlüssel zu dem ganzen mörderischen Rätsel hinter jenem letzten Fragezeichen verborgen lag, das Valerie in ihr Notizbuch gemalt hatte. Ein rotes Fragezeichen, das für ein unbedeutendes Ereignis beim Picknick auf dem Mount Harriet stand und ihr dort seltsam vorgekommen war. Wenn sie sich nur erinnern könnte, was es war, dann würden die Teile des Puzzles zusammenpassen, und in dem vollständigen Bild würden sie die Antwort auf alle ihre Fragen finden.

Aber sie konnte sich nicht erinnern. Sie zermarterte sich das Hirn, aber die Erinnerung wollte nicht kommen, und müde kehrte sie zu der langen Reihe von Informationen zurück, die zwischen den Deckeln des Notizbuches eingeschlossen war. Sie legte die Hände an ihre schmerzende Stirn, während sie all das Warum und Was und Wann ein weiteres Mal hin und her wälzte. Doch die einzige Antwort, die sich aus all dem ergab, war zu Furcht erregend, um sie auch nur zu denken, und sie scheute davor zurück, als wäre sie etwas Stoffliches, das man unter keinen Umständen berühren dürfte.

Ihre Gedanken kehrten verzweifelt zu Nick zurück. Aber das brachte ihr keine Erleichterung, denn Nick hatte wie alle anderen etwas zu verbergen, und das allein flößte ihr ebenso Furcht ein wie die Tatsache, dass Dan ermordet worden war. Denn der eigentliche Grund ihrer Angst war nicht die Vorstellung, dass Nick in die Verbrechen verwickelt sein könnte, sondern die Sorge, dass er ein wichtiges Stück Information besaß, dass dem Mörder gefährlich werden könnte, und dass man ihn zum Schweigen bringen musste, um diese Information zu hüten. Dan war zum Schweigen gebracht worden …

Copper setzte sich im Bett auf, schlang die Arme um die Knie und starrte in die Finsternis. Morgen früh musste sie Nick warnen, sie musste sie alle warnen, dass sie, solange sie sich in diese Sache einmischten, nicht nur mit Feuer spielten, sondern mit Sprengstoff. Ihr wurde ein wenig übel bei dem Gedanken, dass sie das alles ausgelöst hatte, als sie den Vorschlag gemacht hatte, sich mit dem Mord an Dan zu beschäftigen. Dan war tot, aber wenn sie sich weiterhin mit der Sache beschäftigten, konnte das leicht zu einem weiteren Mord auf der Insel führen. Sie musste die anderen warnen, gleich morgen früh, bevor es zu spät war.

Bevor es zu spät war? Plötzlich war es ihr, als wäre aus der Dunkelheit ein eiskalter Finger aufgetaucht und hätte sie berührt, sodass ihr Herz zu schlagen aufhörte. So plötzlich, dass ihr übel wurde, erinnerte sie sich daran, dass Ronnies Revolver verschwunden war.

Wie konnte sie das vergessen haben? Wie konnten sie alle das vergessen? Warum hatten sie nicht begriffen, wie tödlich wichtig das war? Ronnie war entsetzlich betrunken gewesen, und sie waren alle ziemlich ungeduldig gewesen und hatten sich bemüht, ihm möglichst schnell zu entkommen. Und dann hatte Valerie sie alle mit der Bemerkung aufgeschreckt, dass er seinen Ring nicht trug, und ein paar Augenblicke später hatten sie Leonard Stock getroffen, dessen Geschichte mit dem verschwundenen Brief sie abgelenkt hatte – abgelenkt von der Tatsache, dass hier der sichere Beweis vorlag, dass ein dritter Mord nicht nur in Erwägung gezogen, sondern tatsächlich geplant wurde.

Copper rang die Hände und versuchte darüber nachzudenken, was sie tun sollte.

Am Morgen, sobald es hell war, würde sie Charles und Nick wecken, und danach musste die Insel nach diesem Revolver abgesucht werden, bis er gefunden war. Gott sei Dank, dass das Meer sich allmählich beruhigte; vielleicht konnten sie morgen damit rechnen, wieder Verbindung zum Festland aufzunehmen. Wenn Dr. Vicarjee und Benton, der Assistent des Commissioners, wieder hier wären, und wenn Ted Norton und seine Polizisten kämen und auch Benton, der stellvertretende Commissioner, dann würde der Druck, der auf ihnen allen lastete, merklich nachlassen.

Copper seufzte müde und legte ihren schmerzenden Kopf auf die Knie. Als etwas ganz leicht ihren Arm berührte, setzte ihr Herzschlag wieder aus, aber im gleichen Moment erkannte sie, dass es nur ihr Moskitonetz war, das sich nach innen gewölbt hatte, bewegt durch einen Luftzug vom offenen Fenster. Endlich war ein bisschen Wind aufgekommen, der den Nebel zerstreuen würde. Er ließ die Blätter im Garten rascheln und die trockenen Bambusrohre aneinander schlagen und brachte eine kühlende Brise in die dunklen Räume.

Die Uhr in der Eingangshalle schlug zwei, und in der Stille, die auf den metallischen Ton folgte, meinte Copper, eine Bodendiele in der Eingangshalle knarren zu hören. Sofort war sie wieder wachsam, wartete mit bis zum Zerreißen angespannten Nerven auf das leichte Zittern des Fußbodens, das andeutete, dass jemand – oder etwas – durch den Ballsaal kam. Aber sie hätte nicht sagen können, ob es kam oder nicht, denn während sie noch wartete, bewegte ein weiterer Windstoß, stärker als der erste, ihr Moskitonetz erneut und ließ sogar das eiserne Gestänge wackeln, an dem es befestigt war. Danach strengte sie wieder ihre Ohren an, um in den Ballsaal hinaus zu lauschen, aber es war nichts zu hören, und nach ein paar Minuten ließ sie sich zurück auf ihr Kopfkissen sinken und versuchte sich zu entspannen.

Allmählich kehrte ein wenig Ruhe in ihrem Kopf ein, vermutlich mehr durch die Erschöpfung hervorgerufen als durch irgendetwas sonst. Eine gesegnete Müdigkeit befiel sie und lullte sie ein. Morgen, dachte sie schläfrig, morgen muss ich es Nick sagen. Der Revolver … das ist gefährlich … morgen …

Genau in diesem Augenblick hörte sie den Schuss.

Der krachende Widerhall dieses gewaltsamen Geräuschs ließ die Stille in hundert wilde Echos zerspringen, die das Haus anzufüllen schienen und keinen Hinweis darauf gaben, aus welcher Richtung es gekommen war. Einen Augenblick lang herrschte gelähmte Stille, dann war das Haus voller Geräusche.

Copper war schon halb aus dem Bett und kämpfte mit den Falten des Moskitonetzes, die sie aufhielten, als das Licht anging und Valerie auch schon neben ihr stand und sich an sie klammerte. Sie war leichenblass, und selbst ihre Stimme schien blutleer zu sein. »Was war das?«

»Ronnies Revolver!«, schluchzte Copper mit einem heiseren, halb erstickten Flüstern. Sie griff blitzschnell nach ihrem Morgenmantel, und ohne sich die Zeit zu nehmen, ihn überzuziehen oder darüber nachzudenken, in welche Gefahr sie sich möglicherweise begab, riss sie sich von Valerie los und rannte durch den Flur.

Nicks Zimmer war hell erleuchtet, und als sie die Tür erreichte, stieß sie heftig mit jemandem zusammen, der aus dem Zimmer lief.

»Nick!«, schluchzte Copper atemlos. »Oh, Nick!« Im nächsten Augenblick wurde sie hochgehoben und so fest gehalten, dass sie kaum noch atmen konnte. Sie schlang die Arme eng um seinen Hals und schluchzte ungehemmt weiter.

»Alles in Ordnung mit dir?« Nicks Stimme war rau vor Angst, und er hielt Copper fest, als wollte er sie nie wieder loslassen.

»Ich dachte, du wärest tot«, weinte sie. »Ich dachte, er hätte dich umgebracht.«

Nick küsste sie heftig und wild, während er sie weiter festhielt. In allen Zimmern gingen jetzt die Lichter an, und das Haus schien voller Menschen in Pyjamas und Morgenmänteln zu sein und voller ängstlicher Stimmen. Charles, den der Schuss im Tiefschlaf überrascht hatte, wankte noch halb benommen aus dem Zimmer und krachte in sie hinein. »Es kam von links, glaube ich«, sagte er atemlos. Nick schob Copper weg, und die beiden Männer rannten den Flur entlang zum Turmzimmer, Valerie und Copper dicht auf ihren Fersen.

Das Turmzimmer lag im Dunkeln, und einen schrecklichen Augenblick lang suchte Charles nach dem Lichtschalter und rief nach John Shilto. Dann kam das Klicken, und das Licht ging an, und Charles sagte: »Der schläft – oder er ist vollkommen betrunken«, denn sie konnten das Bett mit dem festgestopften Moskitonetz sehen und hinter dem Schleier den dunklen Hügel des Körpers, der darin lag.

Aber John Shilto war nicht betrunken. Er schlief auch nicht.

Etwas tropfte von dem Bett auf den glatten Fußboden, und jeder Tropfen fiel langsam, mit einem monotonen kleinen Platschen, in die kleine Pfütze, die sich bereits neben dem Bett gebildet hatte und sich langsam über die Ritzen des Fußbodens ausbreitete.

Nick zog mit einem Ruck das Moskitonetz heraus, warf einen kurzen Blick darunter, ließ es dann wieder fallen und drehte sich blitzschnell um. »Raus, Copper!«, befahl er kurz. »Du auch, Val. Ihr könnt nichts mehr für ihn tun, er ist tot.«

Die Mädchen rührten sich nicht vom Fleck. Es schien, als hätten sie alle Kraft verloren, sich zu bewegen. Dann stand plötzlich der Commissioner im Zimmer, und Leonard Stock kam gleich hinter ihm her, die Füße hastig in Tennisschuhe gesteckt und um die Schultern einen bunt gemusterten Morgenmantel, der aussah, als gehöre er seiner Frau.

Ordonnanzen, Hausdiener und einer der Wachleute drängten sich in der Tür zum Turmzimmer, und vom ganzen Haushalt fehlte nur Ruby Stock, was umso verdächtiger erschien.

Der Commissioner schob sich an Valerie vorbei und trat an das Bett. »Was ist los?«, fragte er. »Was ist passiert? Grundgütiger Himmel!« Seine Stimme versagte, als er das Moskitonetz zur Seite schob.

Das überfüllte Zimmer war plötzlich totenstill, und man hörte nur das leise Platschen der Blutstropfen. Für einen Augenblick schien es, als hielte das Haus selbst vor Grauen den Atem an.

John Shilto war mehr als tot. Wo sein Kopf gewesen war, befand sich nur noch eine klebrige, formlose, tropfende Masse. Die eine Hand lag schlaff auf der Matratze, die Finger waren locker um den Griff eines schweren Dienstrevolvers gelegt, dessen Schuss das Haus so abrupt geweckt hatte. Ein schwacher Geruch von Schießpulver lag in der Luft, und an das Kopfkissen war ein Blatt Papier geheftet. »Selbstmord, mein Gott!«, keuchte der Commissioner. Er streckte die Hand nach dem Revolver aus, aber Nick sagte scharf: »Nicht anfassen! Fingerabdrücke!«

Aber es war zu spät. Sir Lionel hatte den Revolver bereits in der Hand, drehte sich zu Nick um und blickte ihn wütend an. »Reden Sie nicht so einen verdammten Unsinn! Wessen Fingerabdrücke sollten denn wohl darauf sein, wenn nicht seine eigenen?«

»Die von Purvis beispielsweise«, antwortete Charles.

»Purvis? Wie zum Teufel ... Hier, Stock, nehmen Sie den mal vorerst an sich!«

Leonard Stock trat sofort einen Schritt zurück, wobei er einem neugierigen Hausdiener auf die Zehen trat, der laut aufstöhnte.

»Ich? Oh, nun, selbstverständlich. Natürlich.« Er nahm die Waffe zögernd, als hätte er Angst, sie könnte in seiner Hand explodieren, und hielt sie so weit wie möglich von sich weg und betrachtete sie unglücklich. Sir Lionel, der Diener und Ordonnanzen aus dem Zimmer geschickt hatte, wandte sich wieder dem Bett zu. »Und nun ...«, begann er, aber er brachte den Satz nicht zu Ende, denn Charles fiel ihm ohne weitere Anstalten ins Wort. »Val, Liebes, geh mit Copper hinaus, ja? Bitte! Und zwar sofort!«

»Nein«, gab Copper mit gepresster Stimme zurück. »Ich gehe nicht hinaus, solange ich nicht weiß, warum er es getan hat. Wenn ... wenn er es getan hat. Warum hat noch niemand gelesen, was auf dem Blatt steht?«

Sir Lionel drehte sich mit einem leisen Ausruf um und riss das gefaltete Blatt vom Kopfkissen. Es handelte sich um ein einziges, eng mit der Maschine beschriebenes Doppelblatt Briefpapier, das mit einer Unterschrift in einer großen, schwungvollen, breit laufenden Schrift versehen war. Er überflog den Text schnell und begann dann sehr bedächtig laut zu lesen.

Ich, John Chalmers Shilto, bei voller körperlicher und geistiger Gesundheit, habe beschlossen, meinem Leben ein Ende zu setzen. Die Umstände, die zu diesem Entschluss geführt haben, sind folgende:

Die Entfremdung zwischen meinem Vetter, dem verstorbenen Ferrers Shilto, und mir, ist allgemein bekannt, aber wenige haben wohl bemerkt, wie bitter unsere Feindschaft tatsächlich war. Ich will andere nicht mit den Einzelheiten unseres privaten Streits behelligen. Bekannt sollte aber werden, dass die Bitterkeit vieler Jahre am Heiligabend ihren Höhepunkt fand, und zwar in einer Meinungsverschiedenheit über eine private Angelegenheit, die mich davon überzeugte, dass diese Inseln nicht mehr groß genug waren, um sowohl meinem Vetter Ferrers als auch mir Platz zu bieten. Daher entschloss ich mich, ihn aus dem Weg zu räumen.

Das Schicksal spielte mir in die Hände, und während des Sturms am Abend desselben Tages hielten mein Vetter und ich uns für ein paar Augenblicke an demselben kieloben treibenden Boot fest. Beim Kentern des Bootes hatte ich nach der Ruderpinne meines Bootes gegriffen und hielt sie immer noch in der Hand. Sie gab eine hervorragende Waffe ab. Ich schlug meinem Vetter damit über den Hinterkopf, und ich bin der Überzeugung, dass er sofort tot war. Einige Augenblicke später stieß mein Boot mit einem anderen zusammen, und ich ließ mein Boot los, um mich an dem anderen festzuhalten. Die Sicht war während der ganzen Zeit so schlecht, dass ich nicht glaube, von irgendjemandem beobachtet worden zu sein. Man konnte fast nicht sehen, wer neben einem war, und ich hätte meinen eigenen Vetter auch kaum erkannt, hätte er nicht den Ring getragen und sich mit dieser Hand neben mir am Kiel des Bootes festgehalten. Niemand bemerkte sein Verschwinden, und so blieb es, bis wir von dem Rettungsboot an Bord genommen wurden, was eine halbe Stunde später der Fall war. Dann wurde selbstverständlich angenommen, dass er ertrunken war.

Eine unglückliche Laune der Strömung brachte es aber mit sich, dass seine Leiche ohne sichtbaren Schaden auf Ross an Land getrieben wurde, und durch einen noch unglücklicheren Zufall war Schiffsarzt Harcourt dabei zugegen. Er bemerkte, was Dutt entgangen war, und aus einer unglücklichen Neugier heraus ging er in der Nacht zum 25. Dezember hinunter zum Gästehaus, um seinen Verdacht bestätigt zu sehen.

Da er diesen Verdacht aber bereits allzu deutlich geäußert hatte, war ich auf ein solches Verhalten vorbereitet. Es gelang mir, ungesehen aus dem Haus zu kommen und ihm zum Gästehaus zu folgen, wo ich ihn tötete.

Natürlich habe ich bedauert, das tun zu müssen, aber ich hatte unter diesen Umständen keine Wahl. Sein Leben oder meines, das war die Entscheidung, und man wird vielleicht verstehen, dass ich es vorzog, seines zu opfern. Aber ich hatte wieder kein Glück, denn ein paar Zoll fehlender Länge des Sarges machten zunichte, was, wie ich glaube, eigentlich kein schlechter Plan war.

Seither musste ich stündlich immer mehr erkennen, wie die Gefahr, entlarvt zu werden, wuchs, und um diese Gefahr zu mindern, hätte ich noch einmal töten müssen. Ich hatte ein gewisses Maß an Freude daran, Ferrers zu töten, aber den jungen Harcourt aus dem Weg zu räumen, war mir sehr zuwider, und jeder weitere Mord – am Ende womöglich sogar an einer Frau – wäre mir nicht nur zuwider gewesen, sondern hätte außerdem die Gefahr, entdeckt zu werden, noch erhöht. Ein Leben unter diesen Bedingungen schien mir nicht mehr lebenswert, und so habe ich beschlossen, den gordischen Knoten einer Situation zu durchschlagen, die allzu schwierig für mich geworden ist.

Mit den besten Grüßen und der Bitte um Verzeihung

John Chalmers Shilto

Nachdem Sir Lionel zu lesen aufgehört hatte, entstand ein kurzes Schweigen, und das Briefpapier raschelte laut, als er es wieder zusammenfaltete. Dann sagte er mit schwerer Stimme: »Ich denke, wir sollten einen Arzt rufen. Dutt wird noch einmal herhalten müssen.«

Charles nahm Valerie beim Arm und drehte sie zur Tür. »Du und Copper, ihr solltet jetzt ins Bett gehen, Liebes.«

»Das geht nicht, Charles, du weißt, dass das nicht möglich ist«, flehte Valerie.

»Dann geht und setzt euch auf die Veranda. Ich komme nach, sobald ich kann. Hier, Leonard ...« – er packte Mr. Stock an seinem bunten Ärmel – »seien Sie ein braver Pfadfinder, und begleiten Sie diese beiden Kinder auf die Veranda. Und sorgen Sie bitte dafür, dass es nicht zu hysterischen Anfällen kommt. Es wird alles gut, Valerie. Leonard bleibt bei euch, und ich komme in ein paar Minuten nach.«

Dann schob er die beiden jungen Frauen aus dem Zimmer, und Mr. Stock folgte ihnen dankbar und erleichtert.

22

»Ich glaube das alles nicht«, sagte Copper nach langem Schweigen.

Sie saßen zu dritt in dem Teil der Veranda, der hinter dem Wohnzimmer lag; wie durch eine geheime Übereinkunft hatten sie sich so weit wie möglich von dem toten Körper entfernt, der da im Turmzimmer lag.

Zehn Minuten waren vergangen, seit Charles sie aus dem Raum geschickt hatte, und während dieser zehn Minuten hatte keiner von ihnen ein Wort gesprochen. Mr. Stock hatte zwar ein paar verzweifelte Versuche unternommen, ein Gespräch in Gang zu bringen, aber die leeren Blicke seiner zwei Schützlinge hatten ihn bald eines Besseren belehrt, und inzwischen war er dazu übergegangen, einen nervösen kleinen Trommelwirbel auf der Armlehne seines Sessels zu vollführen.

Valerie wandte ihren leeren Blick von den dunklen Fensterscheiben ab und fragte teilnahmslos: »Was kannst du nicht glauben?«

»Dass er sich selbst umgebracht hat.«

»Wieso?« Valerie setzte sich ruckartig auf, starrte sie an und entspannte sich dann wieder. »Oh, bitte, mach dich nicht lächerlich, Coppy«, sagte sie müde. »Es ist doch vollkommen klar, dass es niemand anderer getan haben kann. Und was sollte denn sonst der Brief?«

»Genau das meine ich. Hättest du einen solchen Brief von ihm erwartet? Ich meine, dass er sich so ausdrückt?«

Valerie zuckte die Schultern. »Der Stil ist ein bisschen geschraubt, aber ich denke, wenn man seinen letzten Willen und sein Testament zu Papier bringt, neigt man vielleicht dazu, sich ein bisschen geschwollen auszudrücken. Was meinen Sie, Leonard?«

Mr. Stock, der grau und erschöpft aussah, zuckte ein wenig zusammen, als er angesprochen wurde, und dachte dann einen Augenblick nach. »Ja, ich denke, wahrscheinlich haben Sie Recht«, gab er vorsichtig zu. »Und dazu kommt, dass jemand, der gerade dabei ist, Selbstmord zu begehen, vielleicht nicht ganz zurechnungsfähig ist, selbst wenn er ansonsten bei voller geistiger Gesundheit ist. Einen ganz normalen Brief darf man unter diesen Umständen wohl nicht erwarten. Ich vermute, die meisten Abschiedsbriefe sind entweder hysterisch oder dramatisch, und die hochgestochenen Zeilen des armen Shilto gehören wohl in die zweite Kategorie.«

»Der arme Shilto!«, fuhr Valerie heftig dazwischen. »Ein gemeiner, kaltblütiger, feiger Mörder! Bei Ferrers hatte er wenigstens noch eine Art Entschuldigung wegen des Streits, aber Dan hat er einfach nur ermordet, um seine eigene elende Haut zu retten. Der arme Dan!« Ihre Stimme versagte.

Mr. Stock scharrte unruhig mit den Füßen und murmelte etwas von »De mortuis …«, und Copper sagte: »Ich persönlich halte die Rettung der eigenen Haut für ein bei weitem besseres Motiv als eine schlichte Meinungsverschiedenheit. Und das ist der zweite Grund, warum ich nicht glaube, dass es Selbstmord war. Wir haben einen Teil dieses zweiten Streits mit angehört, und so sehr sie auch mit Worten aufeinander losgingen, sah es doch nicht so aus … Ach, ich weiß auch nicht!« Sie seufzte ungeduldig und starrte wieder hinaus in die Dunkelheit.

»Was sagen Sie?«, fragte Mr. Stock eifrig. »Sie haben die beiden Shiltos tatsächlich noch ein zweites Mal streiten hören?«

»Ja«, antwortete Copper und gab Wort für Wort wieder, was sie von dem Streit noch in Erinnerung hatte, während Valerie aufmerksam in die Schatten des dunklen Wohnzimmers blickte.

Leonard Stock verfolgte erst interessiert und ein wenig boshaft, am Ende aber enttäuscht Coppers Bericht. Als sie damit fertig war, schüttelte er den Kopf und sagte: »Nein, ich finde auch nicht, dass es so klingt, als könnte dieser Disput

Shilto zu einem Mord getrieben haben. Es ist natürlich äußerst schade, dass Sie nicht mehr gehört haben. Aber Sie dürfen auch nicht die jahrelange Feindschaft vergessen, die die beiden hinter sich hatten. Wenn man das berücksichtigt, denke ich, ist seine Tat zu verstehen, wenn auch kaum zu vergeben.«

Copper sah ihn jetzt mit unverhohlener Verachtung an. Die Phrase »kaum zu vergeben« angesichts eines vorsätzlichen, kaltblütigen Mordes schien ihr geradezu lächerlich unpassend, und sogar Valerie rang sie ein schmales Lächeln ab.

Sie saßen in einem einsamen Lichtfleck, der von einer Stehlampe mit schwerem Bronzefuß ausging; das ganze Haus war hell erleuchtet, aber das Wohnzimmer und die Veranda waren bis auf diese eine Lampe dunkel geblieben.

Der kleine Lichtkreis schien eine Art Zauberkreis zu bilden, der sie schützte vor den Schatten der anderen Zimmer und vor der grausigen, stillen Gestalt, die unheimlich angeleuchtet in dem Turmzimmer am entgegengesetzten Ende des Hauses lag.

Copper wandte ihren Blick von Leonards ruhelosen Fingern zu der tröstlichen Festigkeit der riesigen Bronzedrachen, die ein längst verblichener burmesischer Handwerker irgendwann gestaltet hatte und die sich in erstarrter Wut über die schwere Standfläche des seltsam verschlungenen Kandelabers wanden, der einmal als Weihrauchständer in einem Tempel gedient hatte und jetzt zum Tragen zweier elektrischer Glühbirnen degradiert war. Und während Copper mit den Augen den Kurven und Windungen des Metalls folgte, machten sich ihre Gedanken wieder auf die Reise durch die quälenden Kurven und Windungen der letzten Ereignisse.

Vergessen war ihre frühere Angst und ihr Entschluss, sich nicht mehr in diese mörderische Angelegenheit einzumischen, denn John Shiltos Brief hätte ein Muster vollenden sollen, und genau das tat er nicht. Es fehlte immer noch ein Teil in ihrem Puzzle – das entscheidende Stück …

Sie hob den Kopf und sprach schnell und hektisch. »Ich verstehe nicht, weshalb er den Anlass für den Streit mit Ferrers in dem Brief nicht nennt. Wenn er entschlossen war, sich umzubringen, gab es doch keinen Grund, ihn zu verschweigen. Er schien mir überhaupt nicht der Mann zu sein, der davor zurückschreckt, in der Öffentlichkeit schmutzige Wäsche zu waschen, vor allem, wenn es sich um Ferrers' schmutzige Wäsche handelte.«

Valerie antwortete ungeduldig: »Bist du immer noch mit der Idee zugange, dass es kein Selbstmord war? Wenn das einer deiner Gründe ist, nicht an Selbstmord zu glauben, dann ist er ziemlich schwach. Ich wüsste nicht, warum Shilto sich in seinem Brief noch ausführlicher hätte äußern sollen. Wenn er erst alles, was zu dem Streit mit Ferrers geführt hat, detailliert beschrieben hätte, dann hätte er womöglich wertvolle Zeit verloren und wäre vielleicht daran gehindert worden, sich zu erschießen.«

»Ich verstehe das«, sagte Copper, die sich unruhig in ihrem Sessel bewegte. »Aber ich werde trotzdem das Gefühl nicht los, dass die Sache einen Haken hat. Es ... es passt überhaupt nicht zu ihm, sich umzubringen, und schon gar nicht, bevor er wirklich in die Enge getrieben wurde.«

Sie legte die Handflächen an ihre schmerzenden Schläfen und dachte wieder an die eine Sache, die sie verfolgte, seit Valerie den Inhalt ihres Notizbuches noch einmal vorgelesen hatte: ein Bild und eine Äußerung, die sich widersprachen. Nick hatte gesagt, es gäbe nur sieben Personen, die im Verdacht stehen konnten, Ferrers Shilto ermordet zu haben, weil nur sieben Personen draußen in der Bucht gewesen waren, als der Mord geschehen war.

Aber Copper hatte hinunter auf die Bucht geblickt, nur zwanzig Minuten, nachdem Ferrers und die anderen sieben vom Mount Harriet aufgebrochen waren, und sie hatte ein Segel gesehen. Ein winziges weißes Dreieck auf der riesigen Wasserfläche unter ihr, das zu keinem der drei Boote gehört haben konnte, die einige Zeit später den Anleger von Crown Point verlassen hatten.

Leonard Stock räusperte sich entschuldigend. »Wenn ich einen Vorschlag machen dürfte«, sagte er zögernd. »Ist da nicht vielleicht ein Fehler in Ihrer – äh – Perspektive?«

»Ich weiß nicht, was Sie meinen.«

»Nun, äh, selbst wenn es tatsächlich unwahrscheinlich wäre, dass ein Mann von John Shiltos Format sich selbst erschießt, wäre es dann in diesem Fall nicht noch unwahrscheinlicher, dass jemand anderer es getan haben könnte? Ich vermute, Sie haben geschlafen, als der Schuss fiel, und deshalb ...«

»Nein«, unterbrach Copper ihn, »ich war wach.«

»Nun, umso besser, das illustriert mein Argument noch besser. Darf ich fragen, was Sie taten, als Sie den Schuss hörten?«

»Ich bin aus dem Bett gesprungen«, antwortete Copper.

»Und Sie sind sofort aus dem Zimmer gerannt?« Die Betonung lag auf dem Wort *sofort*.

»Nun, fast sofort. Ich hatte nicht mehr an das Moskitonetz gedacht und mich darin verfangen.«

»Wie viel Zeit, würden Sie sagen, lag zwischen dem Schuss und der Zeit, die Sie brauchten, um Ihre Zimmertür zu erreichen?«

Copper dachte einen Augenblick nach. »Nicht viel mehr als eine Minute, denke ich. Ich bin nicht einmal stehen geblieben, um meinen Morgenmantel überzuziehen. Ich habe nur danach gegriffen und bin zur Tür gerannt.«

»Und trafen Sie jemanden im Flur?«

»Nur Nick – und Charles.«

»Nein, ich meine, kam Ihnen jemand aus der Richtung des Turmzimmers entgegen?«

»Nein«, antwortete Copper langsam. »Nein. Aber es war dunkel, Licht brannte nur in unserem Zimmer und bei Nick.«

Valerie mischte sich ein. »Es hat keinen Zweck, Copper. Ich weiß schon, worauf Leonard hinauswill, auch wenn du es noch nicht siehst. Und er hat ganz einfach Recht. Niemand hätte die Zeit gehabt, den Schuss abzufeuern und den Raum wieder zu verlassen, weil wir alle so schnell dort hingerannt sind. Niemand hätte das riskiert, denn die Gefahr, dass jemand wach sein und sofort aus dem Zimmer rennen und ihm den Rückzug abschneiden würde, war einfach zu hoch. Und bitte erzähl mir jetzt nicht, dass es jemand von draußen gewesen sein könnte. In dem Augenblick, als der Schuss abgefeuert wurde, waren die Diener und Wachleute sofort da, und das Risiko bei einem Sprung aus dem Fenster war einfach zu groß. Im Übrigen würde es wohl einen neuen Douglas Fairbanks brauchen, um aus sieben Metern Höhe auf einen Kiesweg zu springen, dann aufzustehen und einer ganzen Schar von Wächtern zu entkommen.«

Copper sah immer noch nicht überzeugt aus. Leonard Stock räusperte sich wieder und sagte zaghaft: »Sehen Sie, es ist einfach ein Problem der Zeit. Den Schuss abzufeuern, den Brief am Kopfkissen zu befestigen, das Moskitonetz wieder festzustopfen, das Zimmer zu verlassen und den Flur hinunterzulaufen und außer Sicht zu sein, bevor irgendjemand kommt, das ist meiner Ansicht nach nicht möglich.«

»Nein«, sagte Valerie bestätigend. »Natürlich nicht. Also, Copper, sei so gut und halt den Mund.«

Copper antwortete nicht mehr. Valerie sah, dass sie in der Sofaecke zusammengesunken war und dass ihre schmale Gestalt auf einmal seltsam steif aussah, während ihre Augen in die Schatten starrten, als sähe sie etwas, was sich in dem dunklen Wohnzimmer bewegte.

»Was ist, Coppy?«, fragte Valerie scharf. »Was hast du … ach, das ist nur Kioh.«

Die schlanke Gestalt der Siamkatze bewegte sich auf den Lichtfleck zu, schnurrte freundlich und rieb ihren Kopf an Coppers Knöchel. Copper beugte sich vor, um den dunklen

Kopf zu streicheln, aber ihre Hand zitterte merklich. Valerie sah, wie sie mit der Zunge über ihre Lippen fuhr, als wären sie trocken, und dann richtete sie sich ein wenig steif auf und sagte mit einer Stimme, die trotz aller Anstrengungen mehr als nur ein wenig unsicher war: »Ich – habe gesehen, wie sie sich bewegt, und – das hat mich schon wieder so erschreckt. Ich glaube, ich drehe langsam durch. Die Nerven!« Sie warf einen Blick auf Mr. Stock und versuchte ein kleines Lächeln. »Katzen sind manchmal richtig unheimlich, nicht wahr? Würden Sie so nett sein und die Lampe auf die andere Seite Ihres Sessels rücken, damit ein wenig Licht in das Wohnzimmer fällt?«

»Ich mache das Licht im Wohnzimmer an, wenn Sie wollen«, bot Mr. Stock an und erhob sich hoffnungsvoll.

»Nein! Nein, gehen Sie nicht hinein, es ist viel gemütlicher hier, so dicht beieinander. Das Haus kommt mir so riesig und leer vor, wenn alle Lichter an sind.«

»Also wirklich, wir sollten nicht allzu nervös werden!«, sagte Mr. Stock in einem vergeblichen Versuch, sich verwegen zu zeigen. »Ist es besser so?« Er stellte die Lampe so, dass ihr Licht einen Teil des dunklen Wohnzimmers erfasste und die dichten Schatten ein wenig schwächer machte.

»Danke«, sagte Copper zittrig. »Sie sind sehr nett.« Das Herz schlug ihr bis zum Hals, und ihre Augen waren weit aufgerissen und starrten ins Dunkel.

Aber hinter ihrem starren Blick arbeitete ihr Hirn fieberhaft. Denn sie wusste jetzt, wer Ferrers und Dan ermordet hatte und wer vor einer halben Stunde auch John Shilto erschossen hatte.

Das Fragezeichen in Valeries Notizbuch war nicht länger ein Rätsel, sondern bildete jetzt das Verbindungsstück in ihrem Puzzle; mit ihm rückten alle anderen Teilchen an die richtige Stelle – genau wie sie es sich zuvor gedacht hatte. Aber nun stand sie vor einem neuen, noch viel schwierigeren Problem: Wie konnte sie es beweisen? Was konnte sie tun?

Im Augenblick jedenfalls konnte sie gar nichts tun, sie konnte nur auf Nick warten und ihm dann alles erzählen. Nick würde wissen, was zu tun war.

Und dann, ganz plötzlich und erschreckend, begann ihr Herz wieder wie verrückt zu schlagen. Denn Valerie sagte: »Du lieber Himmel, Leonard! Sie haben Blut an den Händen! Sie müssen ihn angefasst haben! Hu, das ist ja grauenhaft!«

Leonard Stock blickte kurz auf seine Handflächen, und seine Augen wurden groß dabei. Denn im Lampenlicht sahen sie tatsächlich rot verschmiert aus. Aber es war kein Blut ...

Copper war aufgesprungen und hatte die Hand ausgestreckt, in dem verzweifelten Versuch, Valerie am Weiterreden zu hindern, aber es war zu spät. »Nein, das ist kein Blut, es ist nur das Holzschutzmittel vom Balkon. Himmel, Leonard, Sie sind ja über und über beschmiert damit! Wo sind Sie denn ...«

Dann hielt sie plötzlich inne, und in dem kurzen Moment lähmender Stille, der nun folgte, wurde ihr die ganze Tragweite ihrer eigenen Worte bewusst. Sie stand langsam auf und starrte ihn an; ihr Mund war trocken, und ihre Hände zitterten.

»Sie!«, flüsterte sie. »Sie waren es!«

Leonard Stock atmete lange und hörbar aus, stand auf und streckte sich. Als hätte ein harmloser trockener Zweig sich plötzlich gedreht und sich nicht als Stück totes Holz, sondern als lebendige, giftige Schlange erwiesen.

»Ja«, sagte er sehr leise, fast entschuldigend und mehr so, als ob er laut dachte, »ja, ich war es.«

»Das ist nicht wahr!«, flüsterte Valerie halb erstickt. »Das kann nicht wahr sein. Sie machen sich über uns lustig, oder?«

»Nein«, seufzte Leonard Stock. »Ich würde es leugnen, hätte ich nicht gerade einen dummen Fehler begangen. Meinen ersten Fehler, und einen besonders dummen noch dazu. Sehr unaufmerksam von mir, und ich dachte noch, Sie würden es vielleicht nicht bemerken. Aber ich muss leider zugeben, Miss Randal ist klüger, als man ihr zutraut. Wie schade.«

Er kicherte leise; ein ausgesprochen unangenehmes Geräusch.

»Ja«, sagte Copper ruhig. »Ich habe es gesehen. Wirklich sehr schade.«

Sie ließ sein Gesicht nicht aus den Augen, aber sie horchte angestrengt in der Hoffnung, Stimmen zu hören, die ihr sagten, dass Nick und Charles endlich kamen.

»Schade für Sie, fürchte ich«, sagte Mr. Stock mit einem weiteren leisen Kichern. »Denn so sehr ich die Notwendigkeit auch bedaure, es ist mir vollkommen klar, dass ich jetzt zwei weitere … nun, vielleicht sollte ich sagen: Eliminationen vornehmen muss.«

Valeries Finger schlossen sich um Coppers Arm. »Schrei, Coppy«, sagte sie atemlos.

»Nein!«, antwortete Copper scharf; so erstarb Valeries Schrei in ihrer Kehle. Sie hatte vergessen, dass Leonard immer noch Ronnie Purvis' Revolver bei sich trug.

»Sehr klug von Ihnen«, grinste Mr. Stock.

Das Lampenlicht funkelte unheimlich auf dem Lauf der Waffe, die er in der Hand hielt, und die Erkenntnis, dass sie vollkommen hilflos waren, überfiel Copper wie eine Welle der Übelkeit. Hinter der längs gestreckten Veranda konnte man das ständige Kommen und Gehen eiliger Gestalten wahrnehmen, die sich zwischen dem Treppenhaus und dem Turmzimmer bewegten.

Aber niemand betrat die Veranda. Und da weder sie noch Valerie rufen konnte, war jede Hilfe meilenweit entfernt. Würden Nick und Charles denn nie kommen?

Dieser Gedanke wurde aber sofort von dem nächsten abgelöst: von der lähmenden Furcht, dass, wenn sie kamen, dieser in die Ecke getriebene kleine Irre womöglich aus purer Angst um sich schießen würde. Copper hatte keine Ahnung von Feuerwaffen, aber vage wusste sie, dass ein solcher Dienstrevolver mehrere Kugeln laden konnte. Waren es sechs? Bisher war nur eine benutzt worden, nämlich für den Mord an John Shilto, und das bedeutete, es gab noch fünf. Eine für sie, eine für Valerie. Immer noch drei. Eine für Charles ... Nick!

Kalte Panik bemächtigte sich für einen Augenblick ihres Hirns, wurde aber sehr schnell durch noch kältere Logik niedergekämpft. Plötzlich entspannte sie sich und sagte sehr ruhig: »Darf ich mich setzen? Wenn nicht, falle ich nämlich gleich um, und das würde einen ziemlichen Lärm verursachen.«

Mr. Stock grinste. »Aber selbstverständlich. Wie aufmerksam von Ihnen. Sie auch, meine Liebe.« Er machte mit dem Lauf der Waffe eine Bewegung zu Valerie, die sofort gehorchte; sie bewegte sich wie eine Marionette und starrte immer noch auf die Waffe in seiner Hand. »Näher zusammen, bitte. Danke schön.«

Copper sah, wie sein Blick für einen Moment von ihnen abschweifte und Richtung Ballsaal ging, woher Stimmen drangen, weil ein Bote jemandem im Erdgeschoss Anweisungen gab. Dann richtete Stock den Blick wieder auf die beiden jungen Frauen und glitt ein paar Schritte weg von ihnen Richtung Fenster.

»Es nützt nichts«, sagte Copper ruhig und sehr deutlich. »Sie wissen genau, dass sie uns nicht umbringen können. Sie wagen es nicht, diesen Revolver abzufeuern, weil er einen Höllenlärm macht. Und wenn Sie versuchen, uns zu töten, indem sie einer von uns über den Schädel schlagen, wird die andere das Haus zusammenschreien, und dann ist ihre letzte Möglichkeit zur Flucht dahin.«

Leonard Stock nickte ernst. »Sie sind eine intelligente junge Frau. Ja, ich war gerade zu demselben Schluss gelangt.

Hm.« Er wippte von einem Fuß auf den anderen mit einer kleinen, schaukelnden Bewegung und blickte auf die Waffe in seiner Hand, und nach einem Moment des Nachdenkens sagte er: »Ich sage Ihnen, was ich stattdessen tun werde. Ich werde jetzt auf der Stelle das Haus verlassen. Sollte ich irgendwelche Rufe oder Geräusche hören, die darauf hindeuten, dass ich verfolgt werde, erschieße ich den Ersten, den ich sehe, und vermutlich auch noch die nächsten vier, denn diese wunderbare Waffe hier enthält noch fünf Kugeln. Wenn Sie Ihre Hände also nicht mit dem Blut unschuldiger Menschen beflecken wollen, lassen Sie mich gehen, ohne zu schreien oder um Hilfe zu rufen, und sie werden auch die nächste halbe Stunde davon absehen, Alarm zu schlagen. Habe ich mich klar ausgedrückt?«

Valerie und Copper nickten wortlos.

»In diesem Fall«, sagte Mr. Stock, »werde ich auf Dutts Ankunft warten, denn dann wird sich der größte Teil des Haushalts aus dem Treppenhaus in das Turmzimmer zurückziehen, sodass ich freie Bahn habe. Dieses Vorgehen erlaubt mir auch noch ein paar Minuten in Ihrer Gesellschaft, und wenn ihre beiden etwas unüberlegten Verehrer hier auftauchen sollten, werden Sie wohl nicht so dumm sein, einen Verdacht zu wecken. Darf ich zu Ihrer Information vielleicht hinzufügen, dass ich ein ausgezeichneter Schütze bin?«

Er steckte die Waffe wieder in die Tasche seines Morgenmantels, und zu Coppers Erstaunen setzte er sich und zündete sich eine Zigarette an.

»Valerie, meine Liebe«, sagte er glatt, »ich fürchte, ich muss Sie noch einmal behelligen. Ich kann wohl kaum in diesem Aufzug das Haus verlassen; vielleicht wären Sie so gut und könnten in mein Zimmer gehen und mir das Paar feste Wanderschuhe bringen, das sie dort finden? Dazu die Flanellhosen und den Tweedmantel – beide hängen über einem Stuhl – sowie mein Hemd, den Hut und den Regenmantel. Holen Sie die Sachen bitte, ohne dass man Sie sieht, was nicht schwierig sein dürfte, wenn Sie sich ein wenig im Schatten halten und einen Zeitpunkt wählen, wenn niemand durch den Ballsaal geht. Ich bitte Sie, sich außerordentlich zu beeilen, denn wenn ich misstrauisch werde, weil Sie zu lange ausbleiben, oder wenn Sie in Begleitung von jemand anderem zurückkommen, werden die Folgen für ihre junge Freundin hier höchst unerfreulich sein.«

»Ich gehe nicht!«, flüsterte Valerie.

»Geh schon, Val«, sagte Copper ruhig. »Ist schon gut. Er wird nur schießen, wenn er in die Enge getrieben wird, und wenn du tust, was er dir sagt, verringerst du wenigstens die Gefahr für Charles und Nick.«

»Ihre Freundin hat die Lage bewundernswert klar erkannt«, bestätigte Leonard Stock. »Ich kann Ihnen nur raten, es ihr gleichzutun.«

Valerie stand unsicher auf. »Gut«, sagte sie mit zitternder Stimme, »ich gehe.« Sie drehte sich um und lief mit von Angst beschleunigten Schritten durch die Tür zum Wohnzimmer, dann verschwand sie in den Schatten.

Copper saß angespannt und wartend da. Mit jeder Sekunde, die verging, konnte sie beobachten, wie Leonards Gesicht immer angespannter und sein Blick wachsamer wurde. Während sie ihn betrachtete, fragte sie sich, wie sie ihn jemals für charakterlos oder schwächlich gehalten haben konnte, denn jetzt, in dem gelblichen Lampenlicht, war er eindeutig keins von beidem.

Und auf einmal wusste sie, warum. Das seltsam flackernde Licht, das hinter seinen blassen Augen zu brennen schien, enthüllte plötzlich seinen wahren Charakter: eine verzehrende Sehnsucht nach Rache. Und mit dieser Erkenntnis wurde Copper wieder von kalter Panik überfallen, die ihr Herz zum Hämmern brachte. Ja, er war schwächlich gewesen, vielleicht auch charakterlos, aber jetzt war er weder das eine noch das andere, denn der Hass hatte ihm sowohl Stärke als auch Charakter verliehen.

Sie fragte sich, wie lange dieser rebellische Funke wohl schon in seinem Herzen geglimmt haben und was dazu geführt haben mochte, dass er plötzlich aufflammte. War es der Sturm gewesen? Waren es die langen Jahre der Enttäuschung und der verpassten Gelegenheiten, die vielen Nackenschläge von Menschen, die ihm dienstlich oder gesellschaftlich überlegen waren, oder das unablässige Nörgeln und Schurigeln seiner herrischen Frau? Was lag hinter der plötzlichen Verwandlung eines kleinen schüchternen Mannes in einen gnadenlosen und kaltblütigen Mörder, der bereits drei Menschen getötet hatte und zweifellos dazu fähig war, ihr eine Kugel durch den Kopf zu schießen, wenn Valerie sich nicht minutiös an seine Anweisungen hielt?

Diese plötzlich so geschraubte Sprache, war sie auch ein Zeichen für seinen Hass? War sie das, was er vorhin als »dramatisch« bezeichnet hatte? Er spielte eine Rolle, selbst seine derzeitige lässige Pose war nur gespielt, aber die ganze Zeit blieben seine blassen Augen angespannt und wachsam, und als die Minuten vergingen und Valerie nicht wiederkam, sah Copper, wie seine Hand verstohlen zur Tasche des Morgenmantels glitt, und trotz der schwülen Luft in der Veranda wurde ihr plötzlich eiskalt. Wie es sich wohl anfühlte, erschossen zu werden? Kalter Schweiß lief ihr über die Stirn und über die Wange. Dann stand plötzlich Valerie vor ihnen, heftig atmend und den Arm voller Kleider.

»Ah!«, sagte Leonard Stock mit einem kurzen Seufzen. »Ich dachte schon, Sie hätten eine Dummheit begangen. Setzen Sie sich bitte wieder neben Ihre Freundin.«

Er schlüpfte aus dem Morgenmantel und begann sich anzukleiden, wobei er die Kleidung über seinen Pyjama zog, schnell, doch ohne Hast. Und während er sich ankleidete, sprach er mit einer leisen, deutlichen Stimme, die seine Worte wie Tropfen eiskalten Wassers erscheinen ließ.

»Ja«, sagte er, »es ist schon seltsam, dass man trotz allergrößter Vorsicht solch unverzeihliche Fehler begehen kann.

Während der ganzen Angelegenheit habe ich nicht einen einzigen vermeidbaren Fehler begangen. Ich denke, ich habe die Sache in dem Brief überzeugend dargelegt, den ich an das Kopfkissen des armen Shilto heftete. Die Entdeckung von Harcourts Leiche, bedingt durch die Tatsache, dass der Sarg ein paar Zoll zu kurz war, muss wohl als tragischer Unfall durchgehen.

Aber der Plan für die Beseitigung von John Shilto schien keinen Fehler zu enthalten. Ich hatte alles von allen Seiten her genauestens bedacht, bis ins kleinste Detail, wobei freilich die Sache kindisch einfach war … Ich musste lediglich von meinem Zimmer zu seinem gehen, den Brief an sein Kopfkissen stecken (glücklicherweise war er ja so betrunken, dass er fest schlief), ihn erschießen, in fünfzehn bis zwanzig Sekunden aufräumen, was nötig war, und schließlich aus dem Fenster steigen. Der wunderbar gemusterte Morgenmantel meiner Frau diente als großartige Tarnung, falls jemand von unten hinaufgeblickt hätte, aber der Nebel war eigentlich noch wertvoller.

In dem Augenblick, in dem diese beiden jungen Männer im Nebenzimmer hinaus auf den Flur gelaufen waren, war nichts einfacher, als ihr Zimmer vom Balkon aus zu betreten, es zu durchqueren und mir Zeit zu lassen, um mich all denen anzuschließen, die sich vor dem Turmzimmer versammelten. Aber zwei Dinge habe ich vergessen: die verdammte Farbe und das Moskitonetz. Ich gratuliere Ihnen, meine Liebe, dass Sie das bemerkt haben. Denn Sie haben es bemerkt, nicht wahr?«

»Ja«, sagte Copper ruhig. »Valerie und Charles und ich waren die einzigen Personen im Zimmer, als Nick das Moskitonetz herauszog, um Mr. Shilto anzusehen. Niemand konnte wissen, dass es festgesteckt war, als wir ihn fanden. Außer, es war eben kein Selbstmord, sondern Mord. Denn nur der Mörder konnte das wissen.«

»Genau. Sehr gedankenlos von mir, ein dummer Fehler.«

»Und es gab noch etwas«, sagte Copper mit ruhiger Stimme, aber in höchster Konzentration. »Nicht gerade ein Fehler, aber ein nützlicher Hinweis.«

»Sie überraschen mich«, murmelte Mr. Stock, der sich bückte, um seine Schuhe zuzubinden, den Revolver neben seinem Fuß und in Reichweite seiner flinken Finger. »Ich hatte gedacht, abgesehen von diesen zwei wirklich unverzeihlichen Dingen wäre ich tadellos gewesen.«

Copper sagte: »An dem Tag auf dem Mount Harriet habe ich gesehen, wie sie mit einer Hand eine große Kiste voller Flaschen vom Auto zum anderen Ende des Rasens trugen. Ich weiß noch, wie erstaunt ich war. Später, als wir darüber sprachen, dass sie nicht der Mörder sein könnten, weil sie die Kraft dazu nicht hätten, hatte ich die Sache vergessen und konnte mich nur noch erinnern, dass irgendetwas Seltsames an diesem Nachmittag passiert war. Ich konnte es nicht einmal mehr mit einer bestimmten Person in Verbindung bringen.

Aber als Sie sich wegen des Moskitonetzes verplapperten und ich begriff, dass Sie vor uns in John Shiltos Zimmer gewesen sein mussten, da dachte ich: ›Es ist unmöglich, denn derjenige, der ihn erschossen hat, muss die anderen beiden auch ermordet haben, und dafür ist er nicht kräftig genug.‹ Und in diesem Augenblick dachte ich an die Kiste mit den Flaschen, und deshalb bat ich Sie, die Lampe zu verrücken, nur um sicherzugehen. Normalerweise braucht es zwei Hausdiener, um die Lampe hochzuheben, aber Ihnen fiel es ganz leicht.«

Mr. Stock richtete sich auf und lachte wieder sein kleines, blutleeres Lachen. »Schlau!«, bestätigte er. »Sehr schlau. Ja, es hat Zeiten gegeben, da wollte ich Sportlehrer an einer Privatschule werden; das war noch vor meiner Zeit in Indien. Aber Ruby fand solchen Sport unwürdig, und so habe ich die Pläne aufgegeben. Aber ich habe immer insgeheim trainiert, kein Morgen ohne ein paar Liegestütze.«

Seine dünnen Lippen verzogen sich und ließen seine Zähne sehen, und die geballte Bosheit dieses Lächelns ließ Copper das Blut in den Adern gefrieren. Unwillkürlich schreckte sie zurück.

Aber Leonard Stock dachte gar nicht an sie ... »Ruby!«, sagte er leise, und seine schlanken Finger legten sich fest um den Griff der Waffe. »Die gute Ruby. Ich sollte ihr eine Kugel durch den Kopf jagen, bevor ich gehe, aber diese ganze Sache ist schlimmer für sie als der Tod. Ich denke, sie hat mich inzwischen auch schon im Verdacht. Zum ersten Mal in ihrem Leben hat sie Angst, und das ausgerechnet vor mir!«

Es war deutlich, dass er nicht mehr mit Copper sprach, sondern lediglich laut dachte. »Siebzehn Jahre lang habe ich sie ertragen. Siebzehn Jahre meines Lebens! Und wie oft habe ich mir ausgedacht, wie ich sie umbringen würde. Das war das Einzige, was mich aufrechterhalten hat: in allen Einzelheiten diesen Mord zu planen. Aber so ist es besser. Wer hätte gedacht, dass die kleine Ratte Ferrers über Perlen stolpern würde? Hätten wir an diesem Tag nicht bei seinem Haus Halt gemacht, hätte ich es vielleicht nie herausgefunden. Es muss in der Lagune hinter dem Haus sein. Und der Idiot lässt die Austern einfach in der Sonne verfaulen!«

Noch einmal, und wieder zu spät, erinnerte sich Copper an etwas. Sie dachte an den Blick, den Leonard den beiden Shilto-Vettern zugeworfen hatte, als sie sich auf dem Mount Harriet getroffen hatten. Ja, er hatte es da schon gewusst, und in diesem Augenblick hatte er begriffen, dass auch John Shilto etwas wusste ...

Aber er sprach immer noch, und nun klang seine Stimme plötzlich verletzt und verwirrt: »Ich wollte ihn nicht umbringen. Es war nicht meine Schuld. Es war der Sturm. Ich fühlte mich schon den ganzen Tag seltsam überdreht und überreizt, und als der Sturm losbrach, war es, als ob etwas überschnappte. Er war neben mir, und da kam mir der Gedanke, dass ich, wenn ich ihn umbrachte, an die Perlen kommen könnte. Freiheit und Geld. Freiheit von diesen verdammten Inseln und Freiheit von Ruby! Mit diesen Perlen konnte ich einfach gehen, einfach verschwinden ... Also tötete ich ihn. Harcourt war ein Fehler – sein Fehler, nicht meiner. Und nachdem es schien, als hätte auch John Shilto die Sache mit den Perlen herausgefunden, musste er auch weg. Im Übrigen war es natürlich gut, die ersten beiden Morde einem anderen anhängen zu können. Und dann geht alles schief wegen ein paar Flecken roter Holzschutzfarbe und einem Versprecher!«

Leonard Stock warf den Kopf zurück und lachte, so plötzlich und so schrill, dass Copper unwillkürlich hochsprang. Im Bruchteil einer Sekunde war der Lauf der Pistole auf ihre Brust gerichtet, und zwar von einer vollkommen ruhigen Hand. »Keine Tricks, meine Liebe«, warnte Leonard.

Er griff hinter sich und zog seinen Regenmantel an, wobei er den Revolver von der rechten Hand in die linke wechselte und wieder zurück. Aus der Eingangshalle waren Stimmen zu hören, und er sagte: »Ah, das wird Dutt sein. Ja, er geht zum Turmzimmer, also werde ich jetzt wohl verschwinden können, ohne unnötiges Aufsehen zu erregen. Darf ich Sie beide daran erinnern, dass Sie mit dieser Geschichte nicht zu ihren Freunden rennen, bevor ich ausreichend Zeit hatte, die Insel zu verlassen? Eine halbe Stunde, würde ich sagen.«

»Sind Sie verrückt geworden?«, unterbrach ihn Valerie atemlos. »Sie sitzen doch genauso auf dieser Insel fest wie wir alle.«

»Aber nein!« Leonard lachte, jetzt wirklich amüsiert. »Sie vergessen, dass ich immer mein Boot im alten Schwimmbad habe. Und nach der Entdeckung von Harcourts Leiche habe ich es mit Proviant versehen, nur für den Fall der Fälle. Ich gebe zu, bei diesem Wetter fährt man nicht mit dem Segelboot hinaus, aber es hat einen guten Motor, und glücklicherweise hat auch der Seegang einigermaßen nachgelassen, es müsste also gehen. In einer halben Stunde bin ich weg von der Insel. Also, denken Sie daran, kein Geschrei, wenn Sie weiteres Blutvergießen vermeiden wollen.«

Er winkte ihnen mit dem Revolver, voll grimmiger Jovialität und mit einem bösen Lächeln. »Nun, au revoir, meine Lieben, ich vermute zwar nicht, dass wir uns jemals wiedersehen, aber man weiß ja nie …«

Plötzlich unterbrach er sich. Im Ballsaal waren Stimmen zu hören, aber diesmal war es Charles. Es waren Charles und Nick.

Copper schwankte, einer Ohnmacht nahe, und hielt sich an der Armlehne des Sofas fest, um sich aufrecht zu halten. Sie sah, wie Leonard Stock den schweren Revolver in die Tasche seines Regenmantels gleiten ließ, aber seine Hand hielt ihn in der Tasche fest, und sie wusste, sein Finger lag immer noch auf dem Abzug.

Er verzichtete darauf, sie noch einmal daran zu erinnern, dass wenigstens ein Leben, wenn nicht alle vier, von ihrem Verhalten während der nächsten paar Minuten abhing. Vielleicht wusste er, dass jede Ermahnung unnötig war. Er begann in seiner üblichen schüchternen Weise zu sprechen, und sie sahen mit neuer Angst, dass sein Gesicht wieder schwächlich und charakterlos geworden war, sogar ein wenig dümmlich, als hätte er eine Maske über das andere Gesicht gezogen, das einem gewissenlosen Mörder dreier Menschen gehörte.

Valerie lachte hysterisch auf und sagte: »Und ich habe irgendwann einmal behauptet, die Geschichte von Jekyll und Hyde wäre an den Haaren herbeigezogen! Man lernt doch nie aus.«

»Was ist mit Jekyll und Hyde?«, fragte Charles. Und dann standen Nick und er neben ihnen, wunderbar wirklich und greifbar und lebendige Wesen in dieser seltsam irrealen Welt.

Nick warf einen scharfen Blick von Copper zu Valerie und sagte: »Ihr zwei seht ziemlich fertig aus. Ein steifer Brandy würde uns allen gut tun, glaube ich.«

»Unbedingt«, bestätigte Charles. »Grundgütiger Himmel, was für eine Nacht! Hallo, Leonard, alter Junge, warum haben Sie sich so rausgeputzt? Wenn Sie sich auf den Weg machen wollten, um Dutt zu holen, sind Sie zu spät dran, der ist schon vor ein paar Minuten hier angekommen und macht sich gerade über die Leiche her. Deshalb haben wir uns jetzt zurückgezogen.«

»Äh … eigentlich …«, stotterte Mr. Stock, »eigentlich ist es nur so, dass Ruby ein bisschen aufgeregt ist und sagt, sie kann nicht schlafen, wenn ich ihr nicht die Tabletten hole, die sie manchmal nehmen muss, und die befinden sich unglücklicherweise in unserem Haus. Ich habe ihr versprochen, dass ich hinuntergehe und sie hole – bin gleich zurück.«

»Himmel, diese Ehefrauen«, bedauerte Charles ihn. »Es wäre wohl doch besser, Junggeselle zu bleiben.«

Copper versuchte ein Lachen. »Du bist sehr charmant, das vor deiner zukünftigen Frau zu sagen, Charles. Bekommen wir jetzt was zu trinken oder nicht?«

»Aber selbstverständlich, kommt!« Sie gingen ein Stück die Veranda hinunter, Leonard Stock ein Stückchen hinter ihnen, und blieben am oberen Ende der Treppe stehen. »Ich denke, ich kann den Drink besser gebrauchen, wenn ich zurückkomme«, sagte er.

»Wir heben Ihnen einen auf«, versprach Charles. »Brechen Sie sich auf dem dunklen Weg nicht den Hals.«

»Ich werde mein Bestes tun«, sagte Mr. Stock artig. »Gute Nacht.«

Dann ging er langsam und etwas steif die Treppe hinunter, und als er fast unten war, kam Sir Lionel Masson mit schnellen Schritten durch den Ballsaal. »Hallo, Stock, wohin des Wegs?« Er wartete die Antwort nicht ab, sondern bemerkte nur mit geschäftiger Stimme: »Übrigens, dieser Revolver von Purvis, den sollte ich wohl besser an mich nehmen.« Dabei streckte er die Hand aus, und Mr. Stock blieb auf der Treppe stehen und beging seinen vierten und letzten Fehler.

Hätte er gesagt: »Ich habe ihn in Ihrem Zimmer deponiert«, oder eine ähnliche Lüge, dann wäre diese Nacht wohl ganz anders zu Ende gegangen. Aber sein instinktiver Gehorsam führte ihn in die Irre, und er zog mechanisch den Revolver aus der Tasche. Eine halbe Sekunde später erkannte er bereits seinen Irrtum, aber nun war es zu spät, denn der Commissioner hatte die Waffe schon gesehen.

»Danke«, sagte er. »Ich werde morgen früh mit Purvis darüber sprechen. Ich verstehe wirklich nicht, warum er ihn nicht sicher verwahrt hat.«

Mr. Stock rührte sich nicht vom Fleck, und Nick trat einen Schritt vor, als ob er die Waffe an sich nehmen wollte. Aber Copper machte eine schnelle Bewegung und blieb zwischen ihm und der Gestalt auf der Treppe stehen, ihre kalten Finger eng um seine geschlossen. Sie erkannte Wut, Unsicherheit und List in den Augen des kleinen Mörders im Regenmantel, dessen Züge nun wieder das wahre Gesicht des Mörders angenommen hatten. Dann war der Commissioner schon an ihr vorbei, ging die paar Stufen hinunter, die sie trennten, und streckte die Hand aus.

Mit einem seltsamen kleinen Seufzer zog Stock den Revolver aus der Tasche. Er blickte noch einmal in die Gesichter der anderen, die oben an der Treppe standen, und schwieg einen kleinen Augenblick. Dann begann er plötzlich und unerwartet zu lachen, ein lautes, schrilles Lachen, und seine Lippen verzogen sich zu einer seltsam tierischen Grimasse. Erschrocken durch den plötzlichen schrillen Ton kreischte Kioh, die dem Commissioner auf den Fersen gefolgt war, wütend los, schnellte vorwärts und schoss zwischen seinen Beinen hindurch die Treppe hinunter …

In einem einzigen Augenblick war alles vorüber, bevor irgendwer sich rühren oder schreien konnte.

Leonard Stock, durch die Bewegung der Katze überrascht, trat einen Schritt zurück und verlor das Gleichgewicht. Instinktiv hob er die Hände, und dabei verkrampfte sich wohl sein Finger um den Abzug, denn während er noch fiel, gab es einen Blitz und einen Krach, und sein Körper taumelte die Stufen hinunter und landete am Fuß der Treppe, wo er noch einmal erzitterte und dann regungslos liegen blieb.

Die Kugel war unter seinem Kinn eingedrungen und am Hinterkopf wieder ausgetreten. Er war tot, lange bevor sie bei ihm waren.

23

Es war ein wunderbarer Tag. Der Perlmuttschimmer des Morgens war dem schimmernden mittäglichen Sonnenlicht gewichen, und hinter den geschwungenen Stränden von North Corbyn's erstreckte sich das Meer in einem glatten, durchsichtigen Türkis bis zum Horizont. Ein paar Inselchen waren weit hinten zu sehen, wo das Wasser in das Blau eines wolkenlosen Himmels überging.

Valerie und Copper, begleitet von Nick und Charles, hatten den kleinen Fischkutter *Jarawa* bestiegen und sich aufgemacht, um nördlich von North Corbyn's, mit Badeanzügen und Picknickkörben versehen, einen Tag mit Sonnenbaden und Schwimmen zu verbringen.

Der Commissioner war zutiefst dankbar gewesen, dass sie sich dazu entschlossen hatten. Er hoffte, sie würden wenigstens für diesen einen Tag die Schrecken der Nacht vergessen, in der John Shilto und Leonard Stock gestorben waren. Ob er selbst dazu in der Lage sein würde, bezweifelte er freilich.

Es hatte einige Zeit gedauert, bis er aus seiner erschöpften Stieftochter und ihrer Freundin einen einigermaßen zusammenhängenden Bericht über die Ereignisse vor Leonards Tod herausbekommen hatte, und zuerst hatte er den beiden kaum glauben können. Tatsächlich war er erst dann wirklich überzeugt gewesen, als er bei Morgengrauen das Segelboot in dem unbenutzten Schwimmbad inspiziert und danach ein langes, eindringliches Gespräch mit Stocks Witwe geführt hatte. Da erst hatte er begriffen, dass hier tatsächlich ein Mörder für seine Verbrechen bezahlt hatte, indem er sich unfreiwillig selbst gerichtet hatte.

Zwei gedrängte, äußerst unangenehme Tage waren gefolgt, voll von endlosen Befragungen und Diskussionen. Ferrers, Dan, John Shilto und Leonard Stock waren beerdigt worden, und allmählich hatte sich das Meer beruhigt, sodass die Verbindung mit dem Festland wiederhergestellt werden konnte, obwohl der Nebel die kleine Insel immer noch fest im Griff hatte.

Sir Lionel hatte einen vergeblichen Versuch unternommen, Valerie und Copper ins Bett zu verbannen, aber sie hatten bald gemeutert und waren durchs Haus und über die neblige Insel gewandert, erschöpft und hohläugig und mit der strikten Weigerung, irgendeinen Aspekt der Morde zu diskutieren. Bei jedem unerwarteten Geräusch waren sie heftig zusammengezuckt. Endlich, am dritten Tag, war die Sonne an einem wolkenlosen Himmel aufgegangen, der Nebel war mit dem Morgendunst verschwunden, und der geplagte Commissioner hatte seine Stieftochter und ihre Freunde angewiesen, auf der Stelle die Insel zu verlassen und so lange wie möglich wegzubleiben.

»Und wenn ich auch nur ein Haar von euch vor dem Abendessen sehen muss«, hatte er gesagt, »dann verdonnere ich euch zu sieben Tagen Strafarbeit. So, jetzt wisst ihr Bescheid! Ihr könnt die *Jarawa* für heute haben und zum Fischen oder Picknicken oder Baden fahren. Und jetzt macht, dass ihr wegkommt, und lasst mich arbeiten.« Er küsste Valerie, dann drängte er die vier mit sanfter Gewalt aus dem Haus.

Die Inseln, die nach all dem Sturm und Nebel jetzt im Sonnenlicht lagen, sahen grüner und schöner aus als je zuvor, und die Limettenbäume blühten im Urwald hinter Corbyn's. Riesige bunte Schmetterlinge taumelten in der windstillen Luft auf und nieder, der Sand an dem langen weißen Strand war feucht und fest unter den Füßen, und das Meer, das vor kurzem noch so heftig gewütet hatte, lag jetzt glatt wie ein Spiegel; das Wasser war kristallklar mit lavendelfarbenen und violetten Flecken, wo die Korallenriffe unter dem Wasser durchschimmerten.

Die *Jarawa* hatte so nahe am Strand wie möglich Anker geworfen, und die vier Passagiere waren mit ihren Körben und Badetüchern auf dem Kopf an Land gewatet, um den

Vormittag mit Schwimmen und Sonnenbaden zu verbringen. Am Mittag hatten sie ihr Picknick unter einem Baum verzehrt, der seine Äste weit über den Strand ausstreckte, und danach eine lange, friedliche Siesta gehalten. Copper war am späten Nachmittag von einem Möwenschrei geweckt worden; die anderen schliefen noch immer.

Sie stützte sich auf den Ellbogen und blickte über den Strand auf das friedliche Meer. Schwer vorstellbar, dass es noch vor kaum einer Woche in rasender Wut die Inseln attackiert hatte, voller Gebrüll, krachend und reißend.

Inzwischen hatten Wind und Wellen die meisten Spuren der Verwüstung schon mit sich genommen, und abgesehen von ein paar umgestürzten Kokospalmen und einer ungewöhnlich großen Zahl von Muscheln, die auf dem Sand lagen, erinnerte kaum noch etwas an die wilden Tage und Nächte. Auf Ross sieht das anders aus, dachte Copper nüchtern. Auf der kleinen Insel gab es vier frische Gräber, die die Erinnerung an den großen Sturm auf ewig wach halten würden.

Zum ersten Mal seit der schrecklichen Nacht, in der John Shilto gestorben war und Leonard Stock sich selbst gerichtet hatte, sah sie sich in der Lage, ruhig und mit einer gewissen Distanz über das ganze Geschehen nachzudenken. Und nach einer Weile stellte sich auch die alte Neugier wieder ein.

Valerie war offenbar ebenfalls von der Möwe geweckt worden, und ihre Gedanken mussten in dieselbe Richtung gegangen sein, denn sie stützte sich ebenfalls auf ihren Ellbogen, und ihre Stimme durchbrach die schläfrige Nachmittagsstille.

»Charles …«

»Mhm?«

»Charles, wie ist das alles passiert? Ich meine mit Leonard und den Shiltos und allem. Habt ihr es herausgefunden?«

»Frag mich ein andermal«, murmelte Charles in den Hut, den er sich ordentlich über die Nase gezogen hatte.

»Ich will es nicht ein andermal wissen, sondern jetzt. Ich habe es vorher nicht wissen wollen, weil ich dachte, wenn jemand die ganze schreckliche Geschichte mir gegenüber auch nur erwähnt, verliere ich vollends die Fassung. Aber hier, weit weg von Ross, und bei diesem wunderbaren Sonnenschein und dieser Ruhe, fühle ich mich richtig erholt und merke, wie meine geistige Gesundheit zurückkehrt – und meine Neugier.«

»Ich hingegen«, antwortete Charles, »bin dabei, ein gutes Essen und süßen Wein zu verdauen und wünsche mir dabei Ruhe, keine Unterhaltung.«

Valerie warf einen Blick auf ihre Armbanduhr. »Du hattest jetzt mehr als zwei Stunden absolute Ruhe, und du besitzt die Verdauungskraft eines Straußenvogels. Also wach auf, und erzähl uns alles, wirklich alles, sonst werde ich ein paar Einsiedlerkrebse holen und ihnen zeigen, wie und wo man dich am besten zwicken kann.«

Charles stöhnte und drehte ihr den Rücken zu. »Frag Nick, er weiß ohnehin viel mehr darüber als ich.«

»Nick soll natürlich auch erzählen. Wir wollen jede Art von Informationen von euch, nicht wahr, Coppy?«

Copper nickte. »Ich wollte bisher auch nichts davon wissen«, gab sie zu, »aber jetzt bin ich neugierig. Ich vermute, es liegt daran, dass dieser Ort so himmlisch ist; Kampf und Mord und plötzlicher Tod scheinen hier ganz unwirklich und nicht mehr so wichtig. Das ist wie mit den Kürbislaternen im Herbst, wenn ihr versteht, was ich meine. Drüben auf Ross erscheint alles, selbst an einem Tag wie diesem, viel zu real und Furcht erregend; da ist die Kürbislaterne eben nicht nur ein bisschen Kerzenwachs und ein ausgehöhlter Kürbis, sondern ein echter, grausiger Geist.«

Nick schob den Hut zurück und grinste sie an. »Und du glaubst, wenn du jetzt alles über die Beweggründe und Motive hörst, hilft dir das, den Geist wieder einzusperren, oder?«

»Nein«, gab Copper nach einer kurzen Pause zurück. »Ich glaube nicht, dass irgendetwas diesen Geist für irgendeinen von uns bannen kann, abgesehen von sehr viel Zeit oder vielleicht sehr viel Glücklichsein. Aber wenn ich so viel wie möglich über die Beweggründe und Motive weiß, wird mir das alles ein bisschen weniger Angst einjagen.«

Nick setzte sich auf und streifte den Sand von seinen Haaren. Dann lehnte er sich mit dem Rücken an eine günstig gebogene Baumwurzel, zündete sich eine Zigarette an und sagte: »Du hast ja Recht. Wach auf, Charles, eine Stimme schreit: ›Sleep no more!‹ In diesem Fall sind es sogar zwei Stimmen. Besänftige sie, und lass dabei Ergebenheit und Umsicht walten.«

»Zum Teufel!«, stöhnte Charles, stützte sich auf den Ellbogen und griff nach einem Bier. »Na gut. Welches Detail der letztvergangenen Unbilden darf ich für euch Quälgeister aufklären?«

»Wir wollen kein Detail, sondern alles«, sagte Valerie. »Wir wollen Stück für Stück, und zwar von Anfang an.«

Charles ließ ein halbes Glas Bier die Kehle hinunterrinnen, überlegte einen Augenblick und sagte dann: »Nun gut. Erinnert ihr euch an die Lagune, die Teil der so genannten Plantage war, die John Shilto seinem Vetter Ferrers angedreht hatte? Nun, es zeigt sich inzwischen, dass diese ganze Lagune praktisch nur so wimmelt von Perlenaustern.«

»Du meinst, in all diesen Jahren lag das einfach hier so vor unserer …«

»Pass auf«, unterbrach Charles sie. »Wenn du meinst, du könntest diese meine packende Erzählung durch kindliche Schreie unterbrechen, werde ich auf der Stelle zu meinem wohl verdienten Schlummer zurückkehren. Du verwirrst mich damit. Wo war ich? O ja. Nun, auf die eine oder andere Weise, wir werden niemals erfahren, wie, entdeckte Ferrers die Tatsache, dass zwar die eine Hälfte seiner Plantage praktisch keinen Apfel und noch weniger als ein Ei wert war, dass aber die andere Hälfte nach konservativen Schätzungen auf etwa eine Million Pfund Sterling kam.«

»Grundgütiger!«, staunte Valerie. »Ich wusste nicht einmal, dass es so viel Geld auf der Welt gibt.«

Charles grinste. »Es ist ein ordentliches Stück vom Kuchen, das würde ich auch sagen. Schade, dass wir nicht selbst ein bisschen da draußen herumgepaddelt sind. Stellt euch vor, wie wütend der alte Ferrers gewesen sein muss, als er entdeckte, dass er fünfzehn oder sechzehn Jahre in bitterster Armut und kochend vor Wut verbracht hat, während die ganze Zeit das Vermögen eines Filmstars in seinem Hinterhof lag und er nur einen Badeanzug und einen Eimer brauchte, um es aufzusammeln. Ich wette, er ist vollkommen ausgerastet.

Nun, um die Saga fortzusetzen, der kleine Mann fuhr hinüber nach Ross, borgte sich die Encyclopedia Britannica von unserem Kaplan und las alles, was er unter dem Eintrag ›Perlen‹ finden konnte. Dann verbrachte er ein Gutteil seiner Zeit tatsächlich im Badeanzug in der Lagune und holte offenbar eine ordentliche Menge Austern hoch, die er in der Sonne hinter seinem Haus verteilte, damit sie verfaulten und er sie öffnen und darin nach Perlen wühlen konnte. Dieses Vorgehen erklärt den bestialischen Gestank rund um seine Hütte.

Aber er muss auf diese Weise mehr als hundert Perlen von anständiger Größe gefunden haben. Und ihm wurde klar, dass da noch viel mehr zu holen war. Um die Sache richtig groß aufzuziehen, brauchte er freilich einen Taucher. Oder, noch besser, einen Taucheranzug. Also packte er eines Tages seine Siebensachen ein, verstaute seinen Krug mit Perlen in der Tasche und machte sich auf nach Kalkutta.«

»Natürlich!«, unterbrach ihn Copper. »Wie dumm ich bin! Ich habe mich schon damals, als Valerie mir zum ersten Mal von ihm erzählte, gefragt, wie er es sich leisten konnte, im Grand Hotel abzusteigen, wenn er doch so arm war. Vermutlich hat er die Perlen verkauft.«

»Das ist anzunehmen, mein Herz. Er schaffte es jedenfalls, einen kompletten Taucheranzug mit hierher zu bringen, und so ein Ding bekommt man auch nicht für ein Butterbrot. Er hat dann damit weitergemacht, und die Geschäfte liefen großartig. Eimerweise holte er die Austern herauf, und die ganze Plantage begann zu riechen wie eine Sickergrube. Und damit mischte sich der erste Wermutstropfen in seinen Drink. Es war klar, dass es nicht mehr lange dauern würde, bis irgendjemand anfangen würde, Fragen zu stellen, woher diese seltsame Duftnote stammte. Und wenn damit jemand anfing, wo stand er dann in rechtlicher Hinsicht? Hatte er überhaupt das Recht, diesen Teich auszubeuten, oder würde die Landwirtschafts- und Fischereibehörde oder eine ähnliche Ansammlung schnauzbärtiger Banditen ihm auflauern, um ihm zwei Drittel der Beute abzuknöpfen? Ein erhebliches Problem, und nachdem er darüber eine Weile gebrütet hatte, schrieb er einen Brief an den Commissioner und ließ vorsichtig diese Frage fallen, wobei er den wahren Grund für seine Anfrage hinter einem Märchen über einen Streit mit einem Freund in Kalkutta versteckte.«

Valerie lachte. »So viel Fantasie hätte ich dem kleinen Kerl gar nicht zugetraut«, bemerkte sie.

»Oh, unter seinem Skalp verbarg sich ein Gehirn von nicht unbedeutender Größe«, sagte Charles. »Und das bringt uns zum Heiligabend. Süßer die Glocken nie klingen! Am Heiligabend nämlich hielten wir an Ferrers' Bungalow an, um unseren Wagen mit Wasser zu versorgen, und John Shilto witterte eine Ratte – oder, um korrekt zu sein, er witterte etwa eine Tonne verfaulender Austern. Ich roch sie ebenfalls, aber für den Sohn meines Vaters bedeutete all das lediglich ein hohes Maß an ekelhaftem Gestank. John Shilto jedoch war schon einmal auf Ceylon gewesen, und ich wette, dass er den Geruch von dort kannte. An dieser Stelle kann ich nur raten, aber ich stelle mir vor, dass er im wahrsten Sinne des Wortes herumschnüffelte und mit der Nase in der Wahrheit landete.

Nicht mitten in der Wahrheit, sondern nur am Rande, vermutlich, weil Ferrers ohnehin eine Schwäche für Austern hatte und seine Hausdiener eine schlampige Bande war, sodass man jederzeit mit ein paar faulenden Austernschalen im Hinterhof rechnen konnte. Aber Perlenaustern sehen ein bisschen anders aus, und ich vermute, John Shilto kannte durchaus den Unterschied.

Nun gut, er zählte zwei und zwei zusammen und kam auf sechs, und irrtümlich nahm er an, dass Ferrers der Wahrheit noch nicht auf die Spur gekommen war. Also marschierte er uns hinterher, erzählte uns allerlei Seemannsgarn über die besänftigende Wirkung des Weihnachtsfestes und wie sehr er sich danach sehnte, seinem Vetter endlich wieder die Hand zu reichen. Was gar nicht so erstaunlich ist, wenn man bedenkt, dass die Hand seines Vetters, bildlich gesprochen, voll von Perlen war. Aber wie es mit Tagträumen so geht, es wurde nichts daraus. Ferrers kannte nicht nur den Unterschied zwischen essbaren Austern und Perlenaustern, er verweigerte John jegliches Entgegenkommen und war wild entschlossen, so weiterzumachen wie bisher.«

Valerie sagte: »Ja, bis dahin kann ich, glaube ich, folgen. Aber John hat Ferrers nicht umgebracht, sondern Leonard. Wie um alles in der Welt ist Leonard der Sache auf die Spur gekommen?«

»Erinnere dich, mein Engel«, drängte Charles. »Weißt du noch, als wir an Ferrers' Bungalow anhielten, dass der Hausdiener uns sagte, die Stocks seien da gewesen und hätten Ferrers mitgenommen? Die Stocks hatten die Dobbies bei sich, und Ferrers sollte nach dem Picknick mit nach Ross fahren, um ein paar Nächte bei den Dobbies zu verbringen. Seltsames Wirken des Schicksals! Mrs. Dobbie möchte eine Kleinigkeit wegen des Bettzeugs klären – bringt er sein eigenes mit? –, und es ist ein heißer Tag, und Ruby möchte gern eine Limonade trinken. Also tauchen sie alle bei Ferrers' Haus auf, wo sie, so berichtet Ruby, Ferrers in ausnehmend guter

Laune antreffen. Sie schlagen ihm vor, sie zu dem Picknick zu begleiten und danach mit ihnen nach Ross zu fahren. Der Vorschlag wird positiv aufgenommen, und während Ferrers seine Siebensachen einpackt, unternimmt Leonard, der immer schon eine alte Schnüffelnase war, einen kleinen Spaziergang ums Haus, um zu sehen, ob Ferrers vielleicht ein paar gestrandete Wale dazu benutzt, seine Plantage zu düngen. Denn so riecht es rund um das Haus. Da stolpert er über die Austern, die aber auch ihm nur anzeigen, dass Ferrers gern Austern isst. Und erst als er seine Nase in den Schuppen hinter dem Haus steckt, beginnen seine grauen Zellen ein wenig zu turnen. Denn seht ihr, dort in dem Schuppen hing der Taucheranzug.«

»Woher weißt du das alles?«, fragte Valerie.

»Ferrers' burmesischer Hausboy sah ihn dort herumwühlen. Und auch Ruby kann dazu etwas berichten. Sie sagt, als Leonard zurückkam, sah er ziemlich aufgeregt aus, und nachdem Ferrers immer noch nicht kam und sie keine Lust mehr hatten zu warten, gingen sie in sein Zimmer, um ihm beim Packen zu helfen. Offenbar marschierten sie einfach rein, ohne anzuklopfen, und fanden den Herrn des Hauses auf Händen und Knien auf dem Boden, wo der Teppich in einer Ecke ein wenig zurückgeschlagen war.

Leonards ironische Frage, ob er irgendetwas suche, verleitete Ferrers zu einem ganz unerklärlichen Wutausbruch, und es entstand ein heftiger Wortwechsel. Dann muss wohl Ruby leicht ätzend eingeworfen haben, so wie er sich anstelle, müsse man vermuten, dass er etwas zu verbergen habe. Diese schlagende Logik hat ihn wohl wieder zur Vernunft gebracht. Er entschuldigte sich jedenfalls und murmelte etwas von einem Skorpion, den er gesehen habe. Dann legte er den Teppich wieder zurecht, und dabei rollte etwas weg. Ruby sagt, sie habe gesehen, wie ihr Mann den Fuß darauf stellte und es wenig später, als Ferrers ihnen den Rücken kehrte, aufhob und in die Tasche steckte. Sie nahm sich vor, ihn später danach zu fragen, vergaß es aber. Inzwischen wissen wir natürlich, dass es sich um eine Perle handelte und dass Leonard, der ja kein Narr war, nun ebenfalls zwei und zwei zusammenzählte. Und anders als John Shilto kam er zu dem richtigen Ergebnis.«

Valerie rutschte unruhig herum. »Du meinst«, fragte sie, »Ferrers fuhr auf den Mount Harriet und ließ die ganzen Perlen in seinem Haus herumliegen?«

»Nein, von Herumliegen kann keine Rede sein. Sie waren sorgfältig unter einer losen Fußbodendiele versteckt. Er hat nicht nach der Perle gesucht, die er hatte fallen lassen – das hat er wohl gar nicht bemerkt. Er hat alles sorgfältig verstaut, und die eine Perle, die Leonard aufhob, war eben Ferrers' Pech.«

»Und«, unterbrach Copper, »das Pech von Dan und John Shilto und von Leonard selbst.«

»Wenn du so willst, ja«, gab Charles zu. »Aber jetzt lasst uns nachdenken. Wie geht es weiter? O ja: Der Streit zwischen den Verwandten Shilto, und der Aufbruch der Segler.« Er drehte sich zu Nick um, der gedankenverloren blaue Rauchringe in die Stücke blauen Himmels steigen ließ, die durch das grüne Blätterdach blinkten, und übergab das Wort an ihn. »Als Mitglied der Segelcrew wird Mr. Tarrent jetzt das Ruder übernehmen. *En avant, mon brave* ... ich übergebe Ihnen das Wort.«

Nick blies noch einen Rauchring und sagte dann: »Ihr wisst schon, was geschah, als der Sturm uns erwischte. Da wir durch Stock eine genaue Beschreibung des Mordes haben – er hat sie selbst in die Maschine getippt und Shilto untergejubelt –, wissen wir auch, wie er darauf kam, dass der Mann im Wasser neben ihm Ferrers war; was nur beweist, dass Coppers Ring-Theorie gar nicht so falsch war. Der Gedanke, Ferrers eins über den Schädel zu ziehen, ist ihm vermutlich wirklich erst in diesem Augenblick gekommen. Er hatte sein Boot gesteuert und hielt die Ruderpinne noch in der Hand, die sich gelöst hatte, als sie über Bord gegangen waren. Er schlug Ferrers damit über den Hinterkopf und verursachte damit einen Schädelbruch, der ihn vermutlich sofort tötete. Ferrers verschwand im Wasser, und Leonard stellte bei dieser Gelegenheit fest, dass Mord ein Kinderspiel sei. Aber er hatte übersehen, dass sich neben Ferrers auf der anderen Seite noch eine Person befand: Rosamund Purvis. Es muss nicht überraschen, dass er sie nicht bemerkte, denn sie hing wesentlich tiefer im Wasser als Leonard; sie hielt sich nämlich am Steuerruder fest und sah selbst nicht viel bei dem Platzregen, der schäumenden Gischt und dem heulenden Sturm. Aber sie sah genug, um zu begreifen, dass einen halben Meter von ihr entfernt jemand kaltblütig ermordet worden war.«

»Natürlich«, sagte Valerie plötzlich. »Wir hätten aus ihrem Verhalten an dem Abend schließen können, dass etwas wirklich unglaublich Schreckliches geschehen sein musste. Sie ist doch normalerweise viel zu vernünftig und standfest, um so hysterisch zu werden, nur weil ein paar Segelboote gekentert waren und weil dabei einer der Segler, noch dazu ein Mann, den sie nicht ausstehen konnte, ertrunken war.«

Nick schnippte seinen Zigarettenstummel auf einen allzu neugierigen Einsiedlerkrebs und lehnte sich zurück, beide Hände hinter dem Kopf verschränkt. »Einverstanden. Inzwischen begreifen wir wohl alle, warum die arme Frau so aufgelöst war. Versteht ihr, sie wusste, dass Ferrers nicht ertrunken war. Sie wusste, dass er ermordet worden war, denn sie hatte es mit eigenen Augen gesehen. Schließlich war es keinen halben Meter von ihr entfernt geschehen. Aber sie hatte keine Ahnung, wer es getan hatte! Sie sagt, dass sie sofort das Boot losließ, als hätte es aus glühenden Kohlen bestanden. Nach ein paar Minuten war sie dann gegen ein anderes Boot gestoßen, an dem sie sich festgehalten hatte. Ihr war klar, dass es nichts nützen würde, auch nur ein Wort über das Gesehene zu verlieren, denn nachdem sie das Boot losgelassen hatte, konnte sie ja nicht mehr herausfinden, wer außer ihr dort gewesen war.«

»Aber was ist mit Ronnie?«, fragte Valerie. »Warum war er so verschreckt? Erzähl mir jetzt nicht, er hat es auch gesehen.«

»Nein, er hat die Tat nicht beobachtet. Aber er hat die Waffe zu fassen bekommen.«

»Die Ruderpinne? Ich dachte, Leonard hat sie weggeworfen!«

»Hat er auch, aber nachdem sie aus Holz ist, schwimmt sie natürlich, und es hat gar nicht lange gedauert, bis sie an Ronnie antrieb, der danach griff. Der Wellengang wurde inzwischen immer heftiger, und er fürchtete, von seinem Boot weggerissen zu werden, also steckte er die Ruderpinne durch seine Jackenärmel in der vagen Hoffnung, sie könnte ihn über Wasser halten, wenn er den Halt am Boot verlor. Da blieb sie, bis das Rettungsboot ihn auffischte, und er sagt, dass er sie herauszogen und auf den Boden der Kajüte geworfen hat; erst nach einer halben Stunde, als sie die Suche nach Ferrers aufgegeben und beschlossen hatten, sich an Land zu begeben, fiel ihm etwas an dem Teil auf. Am einen Ende der Ruderpinne befindet sich nämlich ein Metallband, und irgendetwas war zwischen dem Metall und dem Holz eingeklemmt. Das Seewasser hatte alle Blutspuren abgewaschen, aber ein Stückchen Haut und ein Büschel graues Haar waren noch da.«

»Huh!«, schauderte Valerie. »Das ist ja ekelhaft!«

»Ja, Ronnie muss wohl auch ganz schön zusammengezuckt sein. Er hob die Ruderpinne auf, um sie genauer zu untersuchen, und entdeckte, dass tatsächlich nicht nur ein Stück Haut und ein Büschel Haar dort hingen, sondern dass es auch vollkommen ausgeschlossen schien, dass sie dort zufällig hingekommen sein konnten. Die Ruderpinne hätte natürlich jemanden treffen können, als sie im Wasser trieb, aber das Stückchen Haut saß so tief zwischen Holz und Metall, dass erhebliche Kraft angewandt worden sein musste. Selbst da kam es Ronnie noch nicht in den Sinn, dass er hier das Beweisstück für einen Mord in der Hand hielt. Er sagt, er war viel zu durcheinander, um normal zu denken, und nachdem er den Anblick einfach nur ekelhaft fand, warf er die Ruderpinne über Bord. Nach einer Weile freilich, als sein Hirn wieder besser funktionierte, begann er zwei und zwei zusammenzuzählen – mit dem Ergebnis, dass bei unserem Abendessen an Heiligabend tatsächlich drei Leute am Tisch saßen, die wussten, dass ein Mord geschehen war: der Täter und die zwei, die wussten, dass der Mord passiert war, die auch wussten, wie es geschehen war, aber keine Ahnung hatten, wer ihn begangen hatte.«

»Daher Rosamunds Veitstanz-Anfall«, ergänzte Charles. »Nicht gerade ein gutes Gefühl, bei einem Abendessen zu sitzen und zu wissen, dass einer der Teilnehmer ein Mörder ist, aber keine blasse Ahnung zu haben, wer es ist. Kein Wunder, dass sie ein bisschen nervös war. Das Gleiche gilt natürlich für Ronnie. Ich an ihrer Stelle hätte mich in meinem Zimmer eingeschlossen und mich geweigert, es vor dem Eintreffen der Polizei wieder zu verlassen. Meine Vermutung ist sogar – obwohl Ronnie das leidenschaftlich leugnet –, dass die Vorstellung seiner lieben Frau in ihm den Verdacht geweckt hat, sie selbst wäre die Mörderin.«

Valerie sagte: »Und ich vermute, auch Rosamund leugnet, dass sie jemals Ronnie im Verdacht hatte. Aber das war offensichtlich der Fall, sonst hätte sie ja nicht so entschieden darauf bestanden, ins Krankenhaus zu gehen. Sie wollte ja auf keinen Fall bei uns bleiben oder mit ihm nach Hause gehen. Sie konnte dagegen einigermaßen sicher sein, dass Truda es nicht getan hatte.«

Eine kurze Stille folgte auf Valeries letzte Worte, denn alle vier dachten an dasselbe: die dunklen Stunden, die auf Rosamunds Verabschiedung folgten.

»Wie erklärt ihr das?«, fragte Valerie endlich.

»Es gibt keine Erklärung«, antwortete Nick langsam. »Es gibt keine Erklärung außer der, die Iman Din gegeben hat.«

»Du meinst«, sagte Valerie schaudernd, »du meinst, dass … dass Ferrers tatsächlich in dieser Nacht zurückkam?«

»Weiß der Himmel«, antwortete Nick. »Ich will es nicht beschwören und auch nicht sagen, dass so etwas unmöglich ist. Vielleicht war es auch nur eine optische Täuschung, hervorgerufen durch den Blitz, und die Geräusche können ebenso gut von den Katzen oder den Fledermäusen gekommen sein. Andererseits, selbst nach meinem kurzen Aufenthalt auf diesen Inseln bin ich schon bereit, fast alles zu glauben. Und natürlich gibt es noch das viel zitierte Wort von William Shakespeare: ›Es gibt mehr Dinge zwischen Himmel und Erde, Horatio, als sich Eure Schulweisheit träumen lässt.‹ Und das gilt auch für Coppers Albträume. Ich finde, wir sollten diese Dinge ruhen lassen.«

»Ja, bitte!«, seufzte Charles aus tiefstem Herzen. »Und ich für mein Teil werde euch jetzt auch ruhen lassen und einen letzten langen Streifzug ins Salzwasser unternehmen, bevor ich meine ungeteilte Aufmerksamkeit dem Tee zuwende. Kommt jemand mit? Also los! Wer als Erster im Wasser ist, bekommt die letzte Makrone.«

Alle vier standen gleichzeitig auf und rannten den Strand hinunter und ins Wasser.

Copper schüttelte sich das Salzwasser aus den Augen. »Ich werde mich um den Tee kümmern, während ihr die Geschichte zu Ende erzählt. Mach weiter, Charles.«

Der Angesprochene hörte auf, sich mit Valeries Handtuch die Haare zu trocknen, und blickte sie empört an. »Grundgütiger Himmel, Copper, kannst du denn nie genug davon kriegen? Ich dachte, ich hätte deine Lust auf unappetitliche Details endgültig erstickt.«

»Sei nicht albern, Charles. Natürlich musst du die Geschichte zu Ende erzählen. Mach weiter.« Copper verschwand hinter dem Baum, wo sie mit Treibholz eine kleine Feuerstelle gebaut hatten, und Charles nahm seinen Bericht wieder auf.

»Wir kommen nun«, sagte er resigniert, »zum Weihnachtstag und zu dem Moment, als Ferrers am Strand angespült wurde. Ihr müsst schon zugeben, es war für Leonard Stock ein Schock und großes Pech, dass Ferrers gerade an diesem Strand wieder auftauchte. Praktisch an jedem beliebigen anderen Ort wäre er so übel an die Felsen angeschlagen, dass weder Dan noch jemand anderes noch irgendetwas Ungewöhnliches an ihm hätte erkennen können. Aber so wie es war, gab es doch ein paar Hinweise, die Dan nachdenklich gestimmt hatten. Was hat Vicarjee gesagt, Nick?«

»Oh, er bemerkte, dass Ertrunkene normalerweise eine bläuliche Gesichtsfarbe haben, und Ferrers war alles andere als blau. Und er hätte Schaum um Mund und Nase haben sollen, oder wenigstens im Mund. Und dann hat er noch was von so genannten ›Waschfrauenhänden‹ gesagt, das habe ich aber nicht so ganz verstanden. Auf jeden Fall fehlten eine ganze Reihe von Anzeichen, und das brachte Dan dazu, sich zu fragen, ob der Mann tatsächlich ertrunken sein konnte. Den Riss am Hinterkopf kann er nicht bemerkt haben, denn er hat die Leiche nicht umgedreht, und selbst wenn er es getan hätte, wäre die Stelle kaum zu sehen gewesen, denn nach vierundzwanzig Stunden im Wasser war alles sauber abgewaschen, und die Haare hingen darüber. Aber ich vermute, je mehr er darüber nachdachte, desto sicherer war er, dass irgendwas an der Sache faul war, und – nun, den Rest wisst ihr selbst. Er zog los, um noch einmal nachzusehen … An dieser Stelle erscheint nun wieder Leonard Stock auf der Bühne, und wir müssen wieder raten, wie es weiterging. Aber es scheint wohl etwa so abgelaufen zu sein: Leonard war sehr erschrocken, als berichtet wurde, dass Ferrers Leiche unversehrt wieder aufgetaucht war. Noch erschrockener war er allerdings, als Vals Vater während des Abendessens erwähnte, dass er einen Brief von Ferrers bekommen hatte, möglicherweise zum Thema Perlen. Soweit wir wissen, hat er sich in dieser Nacht aus dem Haus geschlichen und im Büro nach dem Brief gesucht, ihn aber nicht gefunden. Und zwar aus einem einfachen Grund: John Shilto war vor ihm da gewesen. Vermutlich war Leonard schon wieder auf dem Rückweg, als er sah, wie Dan durch den Ballsaal kam, und begriff, was er vorhatte.

Danach ist er wohl wieder in sein Zimmer gegangen, hat sich die Hose über den Pyjama gezogen, den Regenmantel übergeworfen und hat dann das Haus über die Hintertreppe verlassen, die von seinem Schlafzimmer hinunterführt. Über den indischen Wachmann muss er wohl einfach drübergestiegen sein, denn dieser hat, soweit wir wissen, den größten Teil der Nacht schlafend verbracht, den Regenumhang übers Gesicht gezogen.«

»Was ich nicht verstehe«, bemerkte Copper, die plötzlich hinter dem Baum vorkam, die Augen tränend vom Rauch des kleinen Lagerfeuers, »ist, warum Ruby ihn nicht gehört hat. Er musste doch durch ihr Zimmer, um in den Ballsaal und ins Büro zu kommen.«

»Ich kann es dir sagen«, antwortete Charles. »Rubys angebliche Schlaflosigkeit ist kompletter Blödsinn. Tatsächlich schläft sie wie der sprichwörtliche Stein, und die Sache mit der Schlaflosigkeit war nur eine weitere Schikane gegen Leonard, pure Wichtigtuerei. Und Leonard, der das wusste, fand es lediglich angenehm, sie ab und zu ins Spiel zu bringen, wenn es ihm in den Kram passte. Erinnert ihr euch, wie er uns am nächsten Tag erzählte, dass Ruby so schlecht geschlafen habe? Der Witz war, in dieser Nacht scheint es gestimmt zu haben. Ruby schlief tatsächlich nicht besonders gut, und sie hat tatsächlich gehört, wie Leonard hinausging. Das hat sie ziemlich erschreckt, so sehr, dass sie nicht sofort aufstand, um ihn zu fragen, was los sei, sondern erst eine Weile im Bett vor sich hin grübelte, dann aufstand und in sein Zimmer ging, um nachzusehen. Er war nicht da, und die Hintertür seines Badezimmers war offen.

Ruby scheint sofort daraus geschlossen zu haben, dass er irgendwas mit einer anderen Frau hatte; sie zog ihren Morgenmantel an und ging in den Ballsaal, um herauszufinden, was los war. Ich glaube ehrlich gesagt nicht, dass sie wirklich geglaubt hat, eine von euch Händchen haltend mit ihrem Mann auf der Veranda zu finden, aber sie hat jedenfalls überall herumgeschnüffelt und dabei aus Versehen ein paar Federchen bei Hindenburg hinterlassen. Dann ist sie in ihr Zimmer zurückgekehrt und hat festgestellt, dass Leonard immer noch nicht wieder da war. Und nun wurde sie nervös. Diese Finsternis barg etwas Unheimliches, und Ruby fragte sich, ob Leonard vielleicht allmählich verrückt wurde. Sie sagt, dass sie fast eine Stunde lang wach gelegen und auf ihn gewartet hat, und während dieser Zeit kam sie auf die Idee, seine Taschen durchzusehen, um festzustellen, ob darin ein belastendes Indiz auf ein Rendezvous zu finden war. Und tatsächlich, sie fand etwas! In eine Ecke seines Taschentuchs eingeknotet fand sie eine Perle. Es war offenbar eine besonders schöne Perle, und Ruby erkennt gutes Geld sofort. Irgendwann muss sie aber doch eingeschlafen sein, und sie hat ihren Mann erst wieder gesehen, als ihr zwei mit der Nachricht von Dans Tod bei ihr vor dem Bett standet.«

Valerie war verwirrt. »Aber ... aber warum hat sie sich so seltsam benommen, als sie davon hörte? Copper und ich haben wirklich gedacht, sie hätte den Mord entweder selbst begangen oder sei dabei gewesen, als es passierte. Sie bekam fast einen Herzanfall.«

»Denk doch mal nach, mein Engelchen. Versetz dich doch mal in ihre Lage. Sie fragt sich seit Stunden, wo ihr Mann letzte Nacht gewesen ist, und plötzlich hört sie, dass ungefähr zu der Zeit, als er unterwegs war, ein Mord begangen wurde. Kein Wunder, dass sie fast einen Herzanfall bekam. Ich an ihrer Stelle hätte mindestens ein Dutzend Herzanfälle bekommen. Offenbar zog sie sofort die richtigen Schlüsse, nämlich, dass ihr Mann den Mord begangen hatte.

Wisst ihr, irgendwie habe ich das Gefühl, dass wir alle Ruby unrecht getan haben, wenn wir jemals ihre Intelligenz in Frage gestellt haben. Sie ist nämlich wirklich nicht auf den Kopf gefallen, sie ist sogar ziemlich schlau, wenn auch auf ihre sehr eigene Art. Nachdem sie euch zwei aus dem Zimmer komplimentiert hatte, hat sie sich ein nasses Handtuch um den Kopf gewickelt und nachgedacht. Warum wurde Dan ermordet? Was hat er im Gästehaus gemacht? Warum ist Ferrers' Leiche verschwunden? Die Antwort, die wir so lange vergeblich gesucht haben, hatte sie sofort parat. Und die Perle gab ihr den entscheidenden Hinweis auf Ferrers' Mörder. Ja, sie ist wirklich nicht dumm, unsere Ruby.«

Plötzlich dämmerte es Valerie: »Dann hat sie die Perle weggeworfen? Aber warum?«

»Weil sie ganz einfach die Nerven verloren hat. Sie hatte keine Ahnung, wie viele Leute von diesen Perlen wussten oder wie lange es dauern würde, bis jeder davon wusste und das Motiv für den Mord für alle auf der Hand lag. Sie wollte kein Risiko eingehen, selbst in Verdacht zu geraten, also nahm sie die Perle und warf sie ins Meer. Es muss ihr das Herz gebrochen haben, denn diese Perle war vermutlich etwa einhundertfünfzig Pfund wert.«

»Und John Shilto?«, fragte Copper. »Warum hat er die ganze Zeit so widerlich in sich hineingegrinst? Und warum hat er sich die Schreibmaschine geholt?«

»Der Reihe nach«, antwortete Charles. »Er hatte guten Grund, zufrieden mit sich zu sein. Er entdeckt, dass Ferrers auf einem Vermögen sitzt; als er versucht, seinen Anteil daran zu ergattern, holt er sich zwar eine Abfuhr. Ein paar Stunden später jedoch ist Ferrers tot, und er, John, ist nach wie vor sein nächster Verwandter. Was deine zweite Frage angeht: Er borgt sich die Schreibmaschine aus in der überaus löblichen Absicht, Ferrers Testament zu fälschen – nur um doppelt sicherzugehen. Darin vermacht Ferrers seinem Vetter John sein gesamtes Vermögen in der Hoffnung, dieser möge ihm vergeben und allen Streit vergessen. Es ist ein ausgesprochen rührendes Dokument, und trotz allen Ernstes der Lage haben wir uns beim Lesen halb totgelacht. Es wurde in Shiltos Manteltasche gefunden, und ich vermute, der Hauptgrund für ihn, den Brief aus dem Büro zu entwenden, war die Tatsache, dass er Ferrers' Unterschrift brauchte, um sie zu fälschen.«

»Wohin haben wir den Tee eingepackt?«, fragte Copper, die wieder hinter dem Baum auftauchte. »Und wie kam der Brief in Sir Lionels Zimmer?«

»Der Tee ist in diesem Ding, das aussieht wie eine Seifenschale aus Aluminium«, sagte Valerie. »Und, ja, wie ist er da reingekommen, Charles?«

»Ich vermute, einer der Küchendiener hat ihn mit dem Löffel ... ach, du meinst den Brief? Ja, weißt du, dein Vater verdächtigte wohl ebenfalls John Shilto. Er hatte ihm seinen Bademantel geliehen, damit er eine Art Morgenrock hatte, du weißt schon, den gestreiften.«

Valerie unterbrach ihn: »Charles, was redest du für einen Unsinn? Was um Himmels willen hat der Bademantel damit zu tun?«

»Ganz einfach: An der abgesplitterten Ecke des Schreibtischs unten im Büro wurden an diesem Morgen drei Fäden von dem gestreiften Bademantel gefunden. Deshalb sagte dein Vater, als er feststellte, dass der Brief fehlte, kein Wort, mit dem er Shiltos Verdacht hätte wecken können. Aber er passte auf und schlich sich später am Tag ins Turmzimmer, wo er, wie nicht anders zu erwarten, den Brief fand. Er ließ den Umschlag, wo er ihn vorgefunden hatte, und nahm den Brief mit, um ihn später zu lesen und herauszufinden, weshalb er gestohlen worden war. Deshalb fand sich der Umschlag in Shiltos Zimmer und der eigentliche Brief bei deinem Vater. Was uns natürlich alle in Verwirrung gestürzt hat.

Und was John angeht: Wenn sein Schicksal nicht schon vorher besiegelt war, dann war er auf jeden Fall ein toter Mann, als ihr Leonard erzählt habt, dass der Brief – ihr habt ja nicht ausdrücklich gesagt, dass es nur der Umschlag war – in Johns Zimmer gefunden worden war. Leonard wusste nicht genau, weshalb Ferrers den Brief geschrieben hatte, aber er vermutete, dass darin genug stand, um John auf die richtige Fährte zu setzen, was die Perlen anging. Kurz danach marschierte er ab zu seinem Haus, vermutlich, um Johns ›Geständnis‹ zu entwerfen und abzutippen und alle anderen Einzelheiten zu planen.

Ronnies Revolver hatte sich Leonard schon vorher beschafft. Ich denke, als Dans Leiche gefunden wurde, war ihm klar, dass er die beiden Morde irgendwie jemand anderem in die Schuhe schieben musste. Und wie konnte er das besser tun als durch einen dritten Mord, der wie ein Selbstmord aussah? Er ging also gegen Viertel vor zehn hinunter zu seinem Haus, nahm der Form halber einen Wachmann mit und blieb mehr als zwei Stunden verschwunden. Ihr erinnert euch, es war etwa gegen Mitternacht, als er wieder auftauchte.

Und dann spielte ihm Ruby natürlich voll in die Hände. Sie war inzwischen sicher, dass er die Morde begangen hatte, und sie fürchtete sich zu Tode. Schließlich hatte sie ihren Mann jahrelang bis aufs Blut schikaniert, und nun hatte er bereits zwei Männer kaltblütig umgebracht. Sie hatte so viel Angst um ihr eigenes Leben, dass sie das Zimmer mit ihm tauschte, damit sie sich die Nacht über einschließen konnte. Aber selbst so tat sie kein Auge zu, und als sie den Schuss und den ganzen Aufruhr im Haus hörte, wagte sie nicht, aus dem Zimmer zu gehen, und blieb dort eingeschlossen bis zum Morgen.

Ja, das ist alles. Der Rest ist wohl im Großen und Ganzen so abgelaufen, wie Leonard es euch erzählt hat. Shilto hatte zu viel getrunken und war außer Gefecht, er war also eine leichte Beute. Leonard musste lediglich gegen zwei Uhr nachts in sein Zimmer marschieren, das kleine Nachttischlicht anmachen, das Moskitonetz herausziehen, das ›Geständnis‹ ans Kopfkissen stecken und den Lauf des Revolvers an Shiltos Schläfe halten. Dann drückte er ab. Dabei trug er einen Handschuh von Ruby an seiner rechten Hand.

Nachdem er abgedrückt hatte, steckte er Shilto die Waffe in die Hand und schloss die Hand seines Opfers um den Griff. Dann steckte er das Moskitonetz wieder fest, machte das Licht aus und kletterte aus dem Fenster. Die ganze Sache kann nicht mehr als zehn oder fünfzehn Sekunden in Anspruch genommen haben, und er wusste, er hatte mindestens eine halbe Minute Zeit. Selbst seine Verkleidung hatte er mit Bedacht gewählt. Dieses bunte Ding von Ruby war eine perfekte Tarnung vor dem Muster der Holzverkleidung und den Schatten der Bäume an der Hauswand. Aber er vergaß das Moskitonetz, und vor allem vergaß er das rote Holzschutzmittel draußen an der Hauswand. Wollt ihr noch was wissen?«

»Ja«, sagte Valerie, wie aus der Pistole geschossen. »Was ist mit Ronnie? Warum war er an diesem letzten Abend so panisch?«

Charles kicherte. »Ach, das war wegen Amabel. Verstehst du, zwei Morde an zwei aufeinander folgenden Tagen waren wohl etwas zu viel für Ronnies Nerven. Er hatte keine Ahnung, was das Motiv für die Morde war, und nun kam unser Sonnenschein Amabel mit derselben Theorie daher wie Copper. Sie machte eine schicksalhafte Bemerkung über seinen Ring, als Ronnie die Frauen am Nachmittag im Krankenhaus besuchte, so in der Richtung, dass Ferrers ja auch einen Ring getragen habe und dass Ringe vielleicht Unglück brächten und dass er womöglich das nächste Opfer sein könnte. Eine für Amabel typische Bemerkung, die er vielleicht überhört hätte, wenn er nicht selbst schon auf die Idee gekommen wäre, dass der Mörder ihn vielleicht mit Ferrers verwechselt hatte. Zunächst einmal lachte er Amabel natürlich aus, weil ihre Bemerkung so lächerlich weit hergeholt klang, dass nur ihre unerschütterliche Entschlossenheit, stets das Schlimmste anzunehmen, dahinter stecken konnte. Aber so ganz allmählich begann er sich zu fragen, ob nicht vielleicht doch etwas daran sein könnte. Er konnte sich nicht vorstellen, warum jemand Ferrers ermorden sollte, und der Gedanke, dass in Wirklichkeit er gemeint gewesen war, begann an ihm zu nagen. Und als er an diesem Nachmittag gegen halb sechs entdeckte, dass sein Revolver Beine bekommen hatte, drehte er durch und kippte erst einmal eine halbe Flasche Whisky runter. Danach, als im Haus kein Alkohol mehr aufzutreiben war, verzog er sich ins Clubhaus, um dort weiterzutrinken. Und dort sind wir dann auf ihn gestoßen.«

»Verstehe«, sagte Valerie nachdenklich. »Der arme Ronnie! Er scheint begriffen zu haben, wie unbeliebt er ist. Sonst wären ihm doch nicht gleich so viele Gründe eingefallen, warum jemand ihn ermorden sollte.«

»Geschieht ihm recht«, antwortete Charles grimmig. »Ekelhafter kleiner Frauenheld! Wenn wir Glück haben, hat ihm die Sache jetzt einen solchen Schrecken eingejagt, dass er sich von Grund auf ändert und zum mustergültigen Ehemann wird. So wäre dann, um einmal ein vollkommen neues Sprichwort zu prägen, aus Bösem Gutes entstanden.«

Gedankenverlorene Stille breitete sich über der Gruppe unter dem großen Baum aus. Man hörte lediglich das freundliche Blubbern des kochenden Wassers im Teekessel und das Knistern der Flammen. »Tee!«, verkündete Copper, die mit einer riesigen Teekanne hinter dem Baum hervorkam, mit Wangen, die vom Feuer glühten.

24

Die Sonne versank hinter dem Horizont, als sie ihre Picknickkörbe zusammenpackten und am Strand entlang zur *Jarawa* zurückkehrten, die in der Bucht vor Anker lag.

Das ablaufende Wasser hatte den nassen Sand in einen gekrümmten silbernen Spiegel verwandelt, der die Farben des blassen Meeres und des perlmuttfarbenen Himmels wunderbar reflektierte. Die Inseln in der Ferne hatten ihr schimmernd transparentes Aussehen verloren und lagen jetzt wie lilafarbener Samt auf dem grünen Wasser, und über das flammende Grün der bewaldeten Hügel hatte sich ein Dunstschleier gelegt, der die Farben sanfter machte und mit einem bläulichen Schimmer überzog.

Himmel und Meer änderten ihre Farbe langsam von perlmuttrosa zu einem dunklen Rosa und Gold, dann zu einer kräftigen Lavendelfarbe und einem dunklen Grün. Und der Vollmond stieg durch das Dämmerlicht über die stille, glasklare Fläche, während die kleine *Jarawa* durch das dunkle Wasser nach Hause tuckerte, vorbei an dunklen, romantischen Stränden und einsamen Riffen, die vom ablaufenden Wasser entblößt wurden, nach Hause zu der winzigen Insel Ross, auf der schon die ersten stecknadelgroßen Lichter zu sehen waren.

Hier und da waren in der Dämmerung verstreut die ersten Sterne zu sehen, die immer mehr wurden, bis die dunkle Halbkugel des Himmels übersät davon war; der zunehmend kräftiger glänzende Vollmond freilich dämpfte ihr Strahlen.

Nick, der träge auf dem Vordach des Bootes lag und seinen eigenen Gedanken nachging, sagte: »Mein Schiff kommt morgen.«

Er sprach nicht darüber, dass das Schiff morgen auch wieder fahren würde und dass dies sein letzter Abend auf den Inseln sein würde, denn sie wussten es alle.

Für einen Augenblick schwiegen sie, dann sagte Valerie: »Ich möchte noch nicht nach Hause. Wollen wir nicht in Corbyn's Cove zu Abend essen? Es ist ein so himmlischer Vollmond, und die Nacht wird sicher traumhaft.«

Charles gab sofort seine uneingeschränkte Zustimmung und bemerkte dann pragmatischer, dass sie zuerst nach Ross fahren müssten, um sich neuen Proviant zu besorgen. »Gut«, willigte Valerie ein. »Den holen wir uns im Clubhaus und rufen gleich von dort aus an, damit uns in Aberdeen ein Wagen abholt. Und wir rufen meinen Vater an und sagen ihm, dass wir zum Abendessen nicht zu Hause sein werden. Auf diese Weise verlieren wir am wenigsten Zeit.«

»Meine praktische Penelope!«, murmelte Charles bewundernd. »Welch ein Organisationstalent in einer so kleinen Frau! Mit ihr an meiner Seite habe ich den Marschallstab praktisch schon im Rucksack.«

Er fiel zurück in ein zufriedenes Schweigen, bis Copper vorschlug, dass sie George und Amabel einladen sollten, sie zu begleiten. »Um Gottes willen!«, rief er und setzte sich kerzengerade auf. »Ich will doch nicht den ganzen Abend den Ringrichter spielen! Ich sehne mich nach Romantik, nach Mondlicht und tropischen Stränden, die meine Augen erfreuen, und dazu etwas sentimentale Musik von Bing Crosby fürs Ohr. Plus Kaviar und Guinness für den Gaumen und zur Stärkung. Ein Abend mit Amabel und George in ihrer derzeitigen Stimmung endet garantiert in lautem Wortwechsel und schlechter Verdauung.«

Copper lachte, blieb aber unerwartet hartnäckig bei ihrem Vorschlag.

»Lass sie halt mitkommen, Charles«, sagte Nick träge. »Verstehst du nicht, dass Copper sentimental geworden ist? Sie will ihre zarte italienische Hand versuchen und ein wenig Amor spielen, vielleicht auch ein wenig Schicksal oder etwas in der Art, und zwei entzweite Herzen wieder vereinen. Ist es nicht so, Coppy?«

Copper wurde rot und zog die Brauen zusammen. »Sie formulieren es ein wenig scharf, Mr. Tarrent, aber im Prinzip haben Sie vollkommen Recht.«

»Natürlich habe ich Recht. Und ich stimme voll und ganz zu. Wenn wir die beiden Dickköpfe sich selbst überlassen, werden sie den Rest von Georges freudloser Dienstzeit hier damit verbringen, über die Insel zu trotten wie zwei betretene Ohrwürmer und es nicht wagen, einander in die Augen zu sehen. Aber wenn wir sie auf einen netten kleinen mondbeschienenen Strand setzen und uns dann davonschleichen und sie sich selbst überlassen, dann werden sie vermutlich bei unserer Rückkehr die Verlobung bekannt geben. Ich behaupte, dass niemand einer Nacht wie dieser widerstehen kann.«

Copper warf ihm einen kritischen Seitenblick zu, sagte aber nichts, und Charles seufzte schließlich: »Nun gut, so wollen wir uns denn auf dem Altar der Liebe opfern. Es kann nur dazu führen, dass wir irgendwann zu einem teuren Stück Fisch und einem Paket Toast eingeladen werden, aber was soll's? ›Was wir jetzt tun, ist viel, viel besser als alles, was wir je zuvor getan haben.‹ Oder so ähnlich. Und da sind wir auch schon!« Die *Jarawa* stieß an den provisorischen neuen Anleger, und die vier gingen an Land.

Eine Stunde später saßen sie in demselben uralten Ford, der sie an jenem schicksalhaften Heiligabend auf den Mount Harriet gebracht hatte, und fuhren zügig über die mondbeschienene Straße Richtung Corbyn's Cove.

Nick saß am Steuer, Copper und Amabel mit einer Sammlung von metallenen Keksdosen neben sich, während Valerie, George und Charles den Rücksitz mit dem Picknickkorb, einer größeren Anzahl von Flaschen und mehreren Decken teilten. Und es war wirklich, wie Valerie vorausgesagt hatte, eine himmlische Nacht.

Das Mondlicht warf Streifen aus Licht auf die Straße, weißes Licht zwischen ebenholzschwarzen Schatten der Baumstämme; die Luft war warm und still und schwer vom Blumenduft, und die hübsche, geschwungene Bucht von Corbyn's Cove lag wie ein silberner Bogen da, mit einem Spitzensaum aus hohen Palmen, die sich über den Sand beugten, deutliche Muster vor den mondhellen Himmel zeichneten und den Sand mit ihren Schatten zierten.

Ein Grammophon sorgte für leichte Musik, während sie auf dem trockenen Sand vor den Badehütten mit ihren Dächern aus Palmblättern ihr Abendessen einnahmen. Die Schallplatten, die sie auf gut Glück aus dem Clubhaus mitgenommen hatten, boten zwar ausschließlich Tanzmusik von beliebten Bands oder fröhlichen Sängern, aber die schlichten Melodien, die über den weißen Strand und die glitzernde Bucht wehten, verwandelten die zauberhafte Nacht in pure Magie.

»Liebster George«, bettelte Valerie unter Aufbietung ihres gesamten Charmes, als das Essen beendet war, »sei doch bitte, bitte ein Schatz und sieh nach, ob ich eine Taschenlampe im Auto mitgebracht habe. Wenn sie nicht da ist, ist es auch nicht schlimm.«

George trabte gehorsam los, und nachdem sie Amabel am Wasser mit einem Haufen Geschirr zum Spülen zurückgelassen hatten, verließen die restlichen vier Teilnehmer des Essens eilig den Schauplatz.

»Hui«, machte Valerie und warf sich keuchend und atemlos auf eine Sandbank am Ende des Strandes. »So bin ich nicht mehr gerannt, seit ich meine Sünden dadurch abbüßte, dass ich in der Hockeymannschaft meiner Schule Rechtsaußen spielte. Was Amabel wohl tun wird, wenn sie merkt, dass wir sie alleine zurückgelassen haben?«

»Du meinst«, korrigierte Charles, »wenn sie merkt, dass wir sie allein mit George zurückgelassen haben. Nun, wenn sie auch nur einen Funken Verstand hat – was ich ehrlich gesagt bezweifle –, wird sie sich ihm in die Arme werfen und sagen: ›George, mein Liebster, wenn du mir nur vergibst, verspreche ich, nie mehr einen Cocktail anzurühren.‹ Aber wie ich diese unterbelichtete junge Frau kenne, gibt sie vermutlich ihre berühmte Rühr-mich-nicht-an-Nummer. Und dasselbe gilt, fürchte ich, auch für George.«

Copper, die auf dem Rücken lag und den Mond betrachtete, setzte sich auf und schüttelte den Sand aus den Haaren. »Ich wette um zehn Rupien«, sagte sie, »dass die beiden bei unserer Rückkehr eng umschlungen dasitzen und sich gegenseitig verzückt vergeben werden. Hält jemand dagegen?«

Charles sah hinauf zum Mond und dann den lang gezogenen Strand hinunter, schließlich hinaus auf das silberglänzende Meer und die winzige schwarze Insel namens Snake Island.

Irgendwo hinter ihnen verbreitete ein Jasminbaum seinen süßen Duft in der warmen Nachtluft, und das Meer murmelte schläfrig zwischen den Felsen an der Landspitze. Charles seufzte. »Nein«, sagte er. »Ich halte nicht dagegen. Ich glaube, Nick hat Recht, einer Nacht wie dieser hier zu widerstehen liegt außerhalb menschlicher Fähigkeit. Das ist nicht nur romantisch, es ist Romantik pur – mit großem R. Val, mein Stern, reich mir deine Hand. Ich bin mehr als begeistert.«

Er atmete tief durch und ließ sich auf den Rücken nieder.

»Copper«, sagte Nick plötzlich, »würde es dir etwas ausmachen, wenn ich noch einmal auf diese Mordgeschichte zurückkomme?«

»Nicht unbedingt. Warum?«

»Weil ich die ganze Zeit noch über eine Sache nachdenken muss. Was hat dir einen so furchtbaren Schrecken eingejagt, als Val an dem Nachmittag in der Offiziersmesse ihre Notizen vorlas?«

Copper antwortete nicht, und nach einer kleinen Pause voll seltsam peinlichen Schweigens wiederholte Nick seine Frage. »Nichts Wichtiges«, antwortete Copper zurückhaltend.

»Ich werde dir sagen, was es war«, sagte Valerie überraschend.

»Val! Aber du weißt doch gar nicht …«

»Doch, ich weiß es. Sie hat gedacht, mein Vater könnte es getan haben«, sagte Valerie ruhig. »Ist doch so, oder, Coppy?«

»Grundgütiger Himmel!«, rief Charles. »Sir Lionel? Aber warum, in drei Teufels Namen?«

»Ich … ich habe an das Segel gedacht. Es war noch jemand außer unseren Booten da draußen unterwegs, und als wir alle heimkamen, erfuhren wir, dass Sir Lionel hinausgefahren war. Und seht ihr, die ganze Zeit haben wir immer gesagt, dass es nur sieben Verdächtige gibt, weil noch sieben weitere Personen im Wasser lagen, als Ferrers umgebracht wurde. Aber es waren nicht sieben, es waren acht. Und dieser achte war Sir Lionel.«

»Jetzt verstehe ich«, sagte Nick sehr nüchtern. »Arme Coppy! Wirklich ein ausgesprochen fieser Gedanke, um sich damit schlafen zu legen. Warum hast du mir nichts davon gesagt?«

»Ich … ich glaube, ich hatte Angst, dass du … dass du etwas unternehmen würdest. Und schließlich ist er Vals Vater, und … Ach, ich weiß auch nicht. Ich hatte einfach so viel Angst, dass ich nicht mehr klar denken konnte. Ich habe immer wieder darüber nachgedacht, wie er es getan haben könnte, und ich dachte, das erklärt vielleicht, warum Ronnie, der doch offensichtlich irgendetwas wusste, kein Wort sagte: weil ihm einfach niemand glauben würde. Und als ich dann den Brief in seinem Zimmer fand, bin ich fast verrückt geworden. Val, ich muss mich bei dir entschuldigen. Ich muss vollkommen blöd gewesen sein.«

»Unsinn, Liebes. Du warst besonders klug. Verstehst du, dass der Dickschädel an meiner Seite die Bedeutung dieses zusätzlichen Segels nicht begriffen hat? Ich habe sofort daran gedacht, und glaub mir, es war kein schöner Gedanke.

Aber für mich war es ein bisschen anders als für dich, denn ich wusste natürlich, dass er es einfach nicht gewesen sein konnte. Charles, Liebster, darf ich deinen Arm als Kopfkissen benutzen?«

»Aber selbstverständlich, mein Schatz. Alles, was ich habe, gehört dir, trotz dieser ungezogenen Bemerkung über meine werte Person gerade eben. Nick, gib mir doch mal eine Zigarette. Danke.«

So richteten sie sich bequem nebeneinander ein, die Rücken auf der Sandbank, den Blick fest hinaus auf das leuchtende Wasser gerichtet, zufrieden schweigend, während das sanfte Murmeln der Wellen und das monotone Zirpen der Zikaden zwischen den Bäumen in den Hügeln ihnen ein Lied sang, süßer als es der schmalzigste Nachtclubsänger gekonnt hätte.

»Erinnert sich noch einer von euch«, sagte Nick und brach damit das lange, friedliche Schweigen, »was Copper heute Nachmittag darüber gesagt hat, dass nur sehr viel Zeit oder sehr viel Glück das Gespenst der vergangenen Unbilden auf Ross vertreiben kann?«

»Hm«, machten die anderen drei schläfrig. »Warum?«

»Ich habe über die zweite Hälfte dieser Bemerkung nachgedacht«, fuhr Nick fort.

Dann schwieg er wieder.

»Und?«, fragte Valerie neugierig.

»Was, und?«

»Ja, mach weiter!«

»Oh, ich habe nur so gedacht, dass mir diese zweite Möglichkeit wesentlich attraktiver vorkommt. Ich glaube nicht, dass ich warten möchte, bis ich ein Mann in den so genannten besten Jahren bin, damit ich nicht mehr aus Albträumen hochschrecke oder träume, dass ich mich wieder in einer Gesellschaft von Mördern befinde.«

Valerie lachte leise. »So gesehen macht es Sinn, es mit der zweiten Möglichkeit zu versuchen.«

Nick drehte sich um und blickte sie an. »Du glaubst also wie Copper, dass man sich darauf verlassen kann? Denn ich würde ungern einen Versuch riskieren und dann feststellen, dass ich immer noch von finsteren Gestalten verfolgt werde.«

»Was mich angeht«, sagte Valerie, »so bin ich überzeugt, dass das Mittel wunderbar wirkt. Und gemeinsam mit diesem schlummernden Etwas zu meiner Rechten werde ich es auf diese Weise auch in der nahen Zukunft versuchen. Gezeichnet: Valerie Anne Masson.«

»Was ist mit dir, Charles? Würdest du die Ansicht der jungen Dame unterschreiben?«

»Heute Nacht unterschreibe ich alles«, antwortete Charles. »Man zeige mir lediglich die gepunktete Linie.«

»Ja, wenn das so ist«, sagte Nick und legte sich wieder mit dem Rücken auf die Sandbank, die Hände hinter dem Kopf gefaltet.

»Wer nicht wagt ...«, murmelte Valerie hintersinnig.

»Wie bitte? O ja, und so geht es, glaube ich, weiter: ... der nicht gewinnt. Copper?«

»Ja?«

»Würdest du mich heiraten?«

»Was?«

Drei der vier Gestalten lagen nicht mehr ruhig auf dem Rücken, sondern saßen aufrecht. Nick jedoch lag da, als wäre nichts geschehen, und betrachtete den Mond.

»Was hast du gesagt?«, fragte Copper.

»Du hast es doch gehört«, antwortete Charles.

»Ich habe dich gefragt, ob du mich heiraten würdest«, wiederholte Nick mit freundlicher Stimme.

»Oh«, machte Copper nur.

»Charles!«, sagte Valerie bestimmt. »Ich glaube, dies ist der Moment, in dem wir beide, du und ich, blitzartig hinter einer Palme verschwinden sollten.«

»Aber auf keinen Fall, Schätzchen! Die Sache interessiert mich brennend. Nebenbei bemerkt, müssen wir Männer zusammenhalten. Woher soll ich wissen, ob Nick nicht sehr bald meiner starken Schulter bedarf, um sich auszuweinen? Oder meiner Dienste als Trauzeuge? Los, Coppy, eine anständige Frage hat eine anständige Antwort verdient. Wir hängen an deinen Lippen.«

»Sei nicht albern«, fuhr Valerie ihn an und stand auf. »Nick, du solltest dich was schämen!«

»Geht nicht«, sagte Copper zu ihrer Überraschung. »Vielleicht könnte ich ja auch ein bisschen Unterstützung gebrauchen.«

»Natürlich«, bestätigte Charles. »Setz dich hin, Val, mein Schatz. Mach weiter, Coppy. Ich fordere im Namen meines Mandanten, dass man ihn aus dem Elend seiner Ungewissheit erlöst. Ein klares, schlichtes Ja oder Nein, Miss Randal.«

»Ich glaube«, sagte Copper nachdenklich, »dass ich gern erst noch eine oder zwei Fragen stellen würde.«

»Oh, ich denke, das erübrigt sich«, fuhr Charles unbeirrt fort. »Der junge Mann hier vor dir ist stinkreich, falls du dich fragen solltest, ob er deinen extravaganten Lebensstil überhaupt finanzieren kann. Tatsächlich ist sein jährliches Einkommen, abgesehen von dem Gehalt, das eine gütige Regierung ihm zu zahlen beliebt, dermaßen hoch, dass meine nicht allzu bescheidenen Einkünfte sich daneben ausmachen wie der sprichwörtliche Hosenknopf im Klingelbeutel. Ich würde dir raten zuzugreifen, bevor er wieder zur Vernunft kommt, denn …«

Sehr plötzlich schwieg er, den Mund voller Sand.

»Das wird ihn eine Weile zum Schweigen bringen«, sagte Valerie heiter. »Mach weiter, Coppy. Was wolltest du wissen?«

Copper drehte sich um und betrachtete Mr. Tarrent, der immer noch auf dem Sand lag. »Nick …«

»Liebes?«

»Hattest du vorgehabt, mir diese Frage heute Abend zu stellen?«

»Nein«, sagte Nick ohne zu zögern. »Tatsächlich hatte ich die feste Absicht, abzureisen, ohne diese Frage zu stellen.«

»Das dachte ich mir«, nickte Copper. »Warum hast du es trotzdem getan?«

»Weil ich herausgefunden habe, dass es keinen dritten Weg gibt. Ich musste entweder diese Frage stellen oder mich den Rest meines Lebens von Geistern verfolgen lassen.«

»Hör auf!«, sagte Copper scharf. »Ich mache keinen Spaß, ich will den wahren Grund wissen.«

»Ich mache keinen Spaß. Und es ist der wahre Grund. Ich spreche nicht von Leonards Opfern, Liebste. Der Geist, von dem ich spreche, das wärst du gewesen, und für den Rest meines Lebens hätte mich die Vorstellung verfolgt, dass ich einmal in all den Jahren die Richtige gesehen hätte und zu dumm gewesen wäre, zuzugreifen.«

»Null – fünfzehn für meinen Mandanten«, sagte Charles und spuckte eine Portion Sand aus.

»Halt den Mund, Charles!«, sagte Valerie.

Copper fuhr ernsthaft fort: »Warum warst du an dem Nachmittag in der Offiziersmesse so sauer?«

Nick schwieg ein paar Minuten lang, und im hellen Mondlicht sah Copper, wie sich eine steile Falte zwischen seinen Augenbrauen bildete. Endlich sagte er: »Ich war nicht nur sauer, ich war blind vor Wut, das kann ich dir sagen. Du hattest dir so viele belastende Dinge gegen mich ausgedacht, dass ich glauben musste, du hättest mich wirklich im Verdacht. Und das hat mich sehr getroffen – festzustellen, dass ich in deiner Wertschätzung so weit unten rangiere, dass du mir sogar zutraust, einen meiner besten Freunde zu ermorden. Ich war so wütend, dass ich dich mit Freuden erwürgt hätte.«

»Und dabei wollte ich dich nur warnen.«

»Ich weiß. Allerdings bin ich mir nicht ganz sicher, was das Wörtchen ›nur‹ angeht. Du wolltest mir schon auch einen Schlag aufs Auge versetzen, oder nicht?«

Copper wurde rot, aber sie war zu ehrlich, um ihn anzulügen. »Doch, du hast Recht.«

Nick lachte kurz auf. »Das ist dir jedenfalls gelungen. Ich habe selten einen schlimmeren Faustschlag bekommen. Sonst noch irgendwelche Fragen?«

»Noch zwei. Wann hast du Ferrers Shilto getroffen, bevor du hierher kamst, und warum hast du uns nichts davon gesagt?«

Charles setzte sich heftig auf. »Willst du damit sagen«, fragte er, »dass du die ganze Zeit eine Leiche in deinem Keller versteckt hattest? Grundgütiger Himmel! Wenn ich das gewusst hätte, hätte ich dich ohne zu zögern verhaftet.«

»Da bin ich sicher«, antwortete Nick trocken. »Vielleicht habe ich das ja befürchtet. Woher wusstest du das, Coppy?«

»Das habe ich dir doch gesagt. Ich habe die Aufkleber auf Ferrers' Gepäck gesehen, und du hattest uns selbst erzählt, wo du in Kalkutta abgestiegen warst. Die Zeiten passten ebenfalls zusammen. Aber dass du ihn getroffen haben könntest, das habe ich nur geraten. Und als ich sah, dass ich richtig geraten hatte, und du den Sachverhalt nicht aufklären wolltest, bekam ich Angst.«

»Darf ich jetzt mal was fragen, bevor ich dir darauf antworte? Warum willst du das überhaupt wissen?«

Copper überlegte einen Augenblick.

»Zum Teil aus Neugier, denke ich. Aber vor allem, weil es das letzte fehlende Puzzleteilchen in unserer Geschichte ist. Alles andere weiß ich bereits, und mit diesem Teilstück wäre die Geschichte komplett.«

»So sehe ich das auch«, sagte Charles. »Wobei ich mehr Gewicht auf die Neugier legen würde. Also los, hol die Leiche aus dem Keller!«

Nick griff nach einer Zigarette und zündete sie mit besonderer Sorgfalt an, bevor er antwortete. Dann legte er sich wieder mit dem Rücken auf die Sandbank, blickte hinauf zu den schwarzen Mustern, die die Palmwedel an den mondhellen Himmel zeichneten, und sprach mit einer Stimme, die vollkommen ausdruckslos war, langsam, als müsste er jedes Wort einzeln suchen.

»Ich habe Ferrers Shilto in Kalkutta getroffen. Wir übernachteten im gleichen Hotel. Ich ... ich habe eine Freundin in Kalkutta getroffen, eine attraktive, beliebte und ... verheiratete Frau. Auf die Einzelheiten muss ich hier nicht eingehen; Tatsache ist, dass sie eines Morgens um vier Uhr beobachtet wurde, als sie mein Zimmer verließ. Und derjenige, der sie beobachtete, war der jüngst verstorbene Ferrers. Unglücklicherweise hatte er das Zimmer mir gegenüber und erkannte die Dame. Sie und ihr Mann sind nämlich relativ bekannt. Am nächsten Morgen tauchte er bei ihr zu Hause auf und wollte sie ein wenig erpressen. Vielleicht war es doch nicht so einfach, die Perlen zu verkaufen, ich weiß es nicht. Auf jeden Fall hatte er keinen Erfolg, denn die Dame, zweifellos eingedenk der meisterhaften Taktik des seligen Herzogs von Wellington in einer ähnlichen Situation, sagte ihm, er könne damit gern an die Öffentlichkeit gehen, aber sie warne ihn, denn dann stünde sein Wort gegen ihres.

Hätte er jetzt das Ganze auf sich beruhen lassen, wäre er ungeschoren davongekommen. Aber er war so dreist, zu mir zu kommen, weil er dachte, bei mir wäre vielleicht etwas zu holen. Da vergaß ich mich und meine Kinderstube und nahm auch keine Rücksicht auf die Tatsache, dass er älter war als ich: Ich habe ihn gründlich vermöbelt und das, was danach von ihm übrig blieb, auf die Straße geworfen. Ich erzählte auch dem Hotelmanager, dass Ferrers versucht hatte, mich zu erpressen, woraufhin der Kerl vor die Tür gesetzt wurde; seine Rechnung hatte er nämlich auch noch nicht bezahlt. Und – das war alles. Ich hatte nicht die leiseste Ahnung, woher er kam und wohin er ging, bis ich ihn zu meinem nicht geringen Schrecken auf der Wiese am Mount Harriet wieder traf. Mein einziger Trost ist, dass sein Schrecken wohl erheblich größer war als meiner!«

Nick sprach nicht weiter, blickte Copper aber auch nicht an.

»Hm«, machte Charles. »Eine unangenehme Situation für dich.«

»Verdammt unangenehm«, stimmte Nick zu. »Ich hoffe, du verstehst nun, warum ich diese Geschichte nicht unbedingt erzählen wollte.«

»Allerdings! Ich würde auch nicht an die große Glocke hängen, dass ich kürzlich auf besonders fiese Art erpresst worden bin und dem Erpresser eine ordentliche Tracht Prügel verabreicht habe, wenn derselbe wenig später ermordet aufgefunden wird. Die Leute könnten zwei und zwei zusammenzählen und im Ergebnis auf dreizehn kommen.«

»Eben«, sagte Nick. »Und schließlich war ich, abgesehen von Dan, der einzige Fremde hier, und wie Copper freundlicherweise bemerkte, wusste niemand besonders viel über mich. Zumal es kein Motiv für den Mord zu geben schien. ›Cui bono, wem nützt es?‹, ist schließlich die klassische Frage nach jedem Mord, und ich vermute, die Antwort hätte man schnell gefunden: ›das Opfer einer Erpressung‹. Also habe ich den Mund gehalten und gehofft, dass alles gut ausgeht, sowohl um meinetwillen als auch …«

Er unterbrach sich und runzelte die Stirn.

»Du meinst Copper«, sagte Charles. »Hör auf, mich zu treten, Val, Liebes, das nützt nichts. Wir wissen alle, was er meint. Ist doch klar, dass er fürchtete, Copper würde ihn zum Teufel jagen, wenn sie von der Geschichte erführe. Stimmt's nicht, alter Junge?«

Nick schwieg weiterhin, und nach ein paar schmerzhaften Augenblicken fragte Copper: »Hast du sie geliebt?«

Er schwieg so lange, dass Valerie fast schon dachte, er hätte die Frage nicht gehört oder wollte darauf nicht antworten. Aber er hatte sie gehört und wusste, dass eine Antwort unumgänglich war. Er wollte nur nicht schnell oder gedankenlos antworten. Sein Instinkt warnte ihn, dass er, wenn er

»Nein« sagte, Copper verlieren würde. Nur die Wahrheit würde ihm jetzt helfen. Aber wie sah die Wahrheit aus? Hatte er diese wunderbare, rothaarige Frau geliebt? Natürlich hatte sie ihn fasziniert, und er war mehr als bereit gewesen, sich faszinieren zu lassen. Sicher war auch, dass sie sich schließlich in ihn verliebt hatte. Aber für ihn war die Verbindung nie besonders eng gewesen, und trotz ihres offensichtlichen Wunsches, etwas Ernstes daraus zu machen, war es für ihn immer eine Affäre geblieben, eine oberflächliche, wenn auch knisternde Affäre.

Selbst dieser Besuch zu früher Stunde war nicht mehr gewesen als eine leichte Indiskretion. Sie waren zum Tanzen im Saturday Club gewesen und danach nach Tollygung zum Baden gefahren. Judith hatte ihm angeboten, ihn im Wagen nach Hause zu bringen, und als sie ihn am Hotel abgesetzt hatte, war sie auf die Idee gekommen, sich zu einem Drink bei ihm einzuladen. Es war schon spät, und er war sehr müde – zu müde, um vernünftig zu sein, und nicht müde genug, um unhöflich zu werden. Sie war fünfzehn Minuten geblieben, und während dieser Zeit hatte er etwa fünfzehn Mal herzhaft gegähnt. Sie hatte gelacht und ihm gesagt, seine Manieren wären grauenhaft, dann hatte sie ihn mitten in das fünfzehnte Gähnen hinein geküsst, hatte geseufzt und ihn verlassen – nur um geradewegs in Ferrers Shilto hineinzulaufen, der nach einer ähnlich langen Nacht in sein Zimmer zurückkehrte.

Aber würde Copper diese Geschichte glauben? Nick hatte sich noch nie besonders darum gekümmert, was andere glaubten oder nicht glaubten, aber in diesem Fall … Coppers Frage war immer noch unbeantwortet.

Langsam sagte er: »Ich mochte sie sehr. Sie war schön und intelligent und amüsant, und es machte Spaß, mit ihr zusammen zu sein. Noch vor einer Woche hätte ich vielleicht gesagt, ja, ich habe sie geliebt. Aber das liegt daran, dass ich vor einer Woche noch nicht wusste, was Liebe bedeutet.«

»Was bedeutet sie denn?«, fragte Copper äußerst interessiert nach.

»Das kann ich dir beantworten«, fiel Charles ein, ernst diesmal. »Klappe, Nick! Ich habe auf genau derselben Türschwelle vor ein paar Monaten gestanden, und deshalb kenne ich die Antwort schon länger als du. Er meint Folgendes, Coppy: Obwohl er nicht die Absicht hatte, sich zu verloben oder zu verheiraten oder sonst wie zu binden, und obwohl er sich fest vorgenommen hatte, eher zu sterben, als sich auf ein derartiges Abenteuer einzulassen, hat er festgestellt – möglicherweise sogar höchst unwillig festgestellt –, dass das Licht der Vernunft in seinem Kopf erloschen ist und dass er sich gezwungen sieht, gegen jeden Impuls von Intelligenz, gesundem Menschenverstand und Willenskraft, sich selbst und seine Zukunft dir zu Füßen zu legen, weil er weiß, dass weder er noch seine Zukunft irgendetwas wert sind, wenn er dich nicht dazu überreden kann, das, was dir zu Füßen liegt, anzunehmen.«

Charles machte eine kleine Pause, hob Valeries Hand und berührte leicht seine Wange damit, bevor er langsam weitersprach. »Er weiß auch: Wenn du das, was dir zu Füßen liegt, nicht annimmst, ist die Tatsache, dass du es einmal berührt hast, das einzig Wertvolle, was damit jemals passiert ist.«

Copper drehte sich halb herum: »Ist das so, Nick?«

»Ja«, antwortete Nick. »Und das bedeutet auch, dass ich, selbst wenn du mich abweist, niemals aufhören werde, dich zu lieben.«

»So kann man es natürlich, wenngleich mit weniger schönen Worten, auch sagen«, bestätigte Charles. »Eine meisterhafte Zusammenfassung, in der Gefühl, Gewissheit und ein Hauch von Pathos sich mit geistiger Unabhängigkeit paaren, die eines Mannes würdig ist. Und nun, Caroline Olivia, erwartet das hohe Gericht Euren Spruch. Aber flott!«

Copper seufzte und blickte auf den Mond. »Aber lieber Charles, das geht doch nicht so schnell! Woher soll ich wissen, dass ich Gefallen daran finden könnte, die Hälfte meines Lebens an Orten wie Malta, Gibraltar, Jamaica, Java und Plymouth zu …«

»Hör zu«, unterbrach Charles sie. »Arithmetik, nicht Geographie sollte die Wissenschaft sein, die uns leitet, wenn wir uns den passenden Partner suchen. Mein Mandant verfügt über große Mengen flüssigen Vermögens, er ist ein ebenso anständiger wie bezaubernder Mann, und jetzt will ich nichts mehr von diesem Unsinn hören. Willst du diesen Mann haben, in guten wie in schlechten Tagen? Ich rate dir zu einem eiligen Ja, bevor das Angebot zurückgezogen wird.«

»Will ich ihn, Val?«, fragte Copper.

»Das glaube ich schon, Liebes«, sagte Valerie ruhig.

»Das war der Stichentscheid«, seufzte Copper. »Die Mehrheit ist für Ja.«

»Val«, sagte Nick, »würde es dir etwas ausmachen, dein Ein und Alles ein kleines Stück weiter den Strand hinaufzubefördern? In etwa zehn Sekunden werde ich diese junge Dame leidenschaftlich küssen, und ich würde es vorziehen, dies ohne die hilfreichen Anmerkungen von Charles zu tun.«

»Schätzchen«, sagte Charles, an Valerie gewandt, »dieser Mann ist ein undankbarer Krake, und ich bedaure zutiefst, dass ich ihm mit meinen wertvollen Ratschlägen durch die jüngste Krise geholfen habe. Ich weise jedoch darauf hin, dass sich links von uns ein wunderbares Palmenwäldchen befindet, wo ich mich im Schutze der Dunkelheit ein weiteres heftiges Mal mit dir verloben könnte. So wollen wir uns denn dorthin zurückziehen.«

Und beide gingen über den mondhellen Strand davon.

Mr. Hurridge, stellvertretender Commissioner und eingefleischter Junggeselle, war hinaus nach Corbyn's Cove gefahren, um sich nach dem Abendessen eine gute Zigarre zu gönnen und über die kürzlich vergangenen finsteren Ereignisse auf Ross nachzudenken.

Er würde einen Bericht schreiben müssen, mehrere Berichte sogar. Es war alles so schrecklich ... fürchterlich! Eine zutiefst schockierende Angelegenheit. Sein Mitleid ging hinaus nach Ross zu allen, die diese Tage und Nächte der Angst durchlebt hatten, vor allem zu den jungen Leuten, über deren junges Leben die grauenhaften Ereignisse dunkle, unauslöschliche Schatten werfen würden. Er malte sich aus, wie sie jetzt im Haus des Commissioners saßen, schweigend und niedergeschlagen, bedrückt vom Erlebnis des schnellen, gewaltsamen Todes. Ernster geworden, erwachsener ... ich frage mich, dachte Mr. Hurridge, ob es wohl als pietätlos empfunden würde, wenn wir ein kleines Picknick arrangierten, vielleicht nächste Woche. Das ist zwar noch ein bisschen früh nach all diesen Erlebnissen, aber ich denke doch, man sollte sie aus ihren düsteren Gedanken herausholen.

Er war ein wenig erstaunt gewesen, bei seiner Ankunft in Corbyn's Cove den Ford dort zwischen den Palmen geparkt zu finden, hatte aber geschlossen, dass vielleicht Mrs. Stock hierher gekommen war, um allein zu sein.

Mr. Hurridge konnte keine einsame Gestalt entdecken, die traurig am Flutsaum entlangging. Doch als er sich den Badehütten näherte, um sich auf eine der Holzbänke zu setzen, die dort standen, hörte er Stimmen und blieb unwillkürlich stehen. Die Unterhaltung war alles andere als erbaulich:

»Es war alles meine Schuld, Liebling!«

»Nein, gar nicht, es war meine Schuld, Liebling!«

»O nein, Liebling! Ich war ekelhaft!«

»Du warst alles andere als ekelhaft, Liebling!«

»Im Übrigen war es die Schuld dieser schrecklichen Rosamund ... Da sieht man's mal wieder!«

»Vergibst du mir?«

»O George!«

»O Amabel!«

Mr. Hurridge wandte den Kopf ab und ging mit eiligen Schritten vorbei. Er war zutiefst schockiert. Es schien unter den obwaltenden Umständen einigermaßen unanständig, dass die junge Amabel Withers und George Beamish nach Corbyn's Cove gefahren waren, um sich dort sentimentalen Versöhnungsfeiern hinzugeben, während ... Er verlangsamte seine Schritte und strebte einem schattigen Flecken zu, wo eine umgestürzte Palme eine einladende Sitzbank bildete. Doch ach!, sie war schon besetzt.

»Wir werden heiraten, sobald ich nach Hause kommen kann. Das wird wohl etwa im April sein. O Val, Liebes, nur noch vier Monate!«

Mr. Hurridge fühlte sich wie eine ältliche Jungfer, die soeben einen Einbrecher unter ihrem Bett entdeckt hat. Das war unanständig! Schockierend!

War ein kaltblütiger, grausamer Mord – oder vielmehr drei Morde, um genau zu sein, und dazu ein wenn auch verdienter Unfalltod – von so geringer Bedeutung, dass die jungen Leute von Ross nichts Besseres zu tun hatten, als hier auf den Inseln herumzuturteln? »Ekelhaft!«, sagte Mr. Hurridge und hustete missbilligend.

Er entschied sich, auf der Sandbank am Ende des Strandes eine Zigarre zu rauchen und noch ein wenig nachzudenken. Aber es sollte nicht sein. Mr. Hurridge hatte an diesem Abend keine Chance gegen so viel Romantik.

»Eines muss ich dich noch fragen, das habe ich vergessen: Liebst du mich, Coppy?«

»O Nick!«

»O verdammt«, sagte Mr. Hurridge.

Er drehte sich auf dem Absatz um, stolperte über ein Stück Treibholz, wobei ihm seine noch nicht angezündete Zigarre herunterfiel, ließ sich auf alle viere nieder, um sie zu suchen, wurde von einem Einsiedlerkrebs kräftig gebissen und verließ – ohne Zigarre und unter Ausstoßen heftigster Flüche – den Strand: ein Frauenhasser fürs Leben.

Oder wie Amabel zweifellos gesagt hätte: »Da sieht man's mal wieder!«

Weltbild Buchverlag

Steinerne Furt, 86167 Augsburg
4. Auflage 2007

Projektleitung: Gerald Fiebig
Übersetzung: Marie Henriksen
Redaktion: Gisela Hack-Molitor
Umschlag: Hauptmann & Kompanie
Werbeagentur GmbH, München – Zürich
Umschlagabbildung: Burton McNeely/getty images
Satz: AVAK Publikationsdesign, München
Druck und Bindung: GGP Media GmbH, Pößneck

Gedruckt auf chlorfrei gebleichtem Papier

ISBN 978-3-89897-799-9